कुणाल सिंह

बहुचर्चित युवा कथाकार और सम्पादक कुणाल सिंह का जन्म 22 फरवरी, 1980 को कोलकाता के समीपवर्ती एक गाँव में हुआ। उन्होंने प्रेसिडेंसी कॉलेज, कोलकाता से हिन्दी साहित्य में एम.ए. और जवाहरलाल नेहरू विश्वविद्यालय, नई दिल्ली से एम.फिल. किया। उनकी प्रकाशित पुस्तकें हैं—'सनातन बाबू का दाम्पत्य', 'इतवार नहीं', 'अन्य कहानियाँ तथा झूठ' (कहानी-संग्रह); 'आदिग्राम उपाख्यान', 'उत्तरजीवी' (उपन्यास); 'रोमियो जूलियट और अँधेरा', (लघु उपन्यास)। सभी महत्त्वपूर्ण भारतीय भाषाओं के साथ-साथ इतालवी और जर्मन भाषाओं में भी उनकी कहानियों के अनुवाद हुए हैं। 'आखेटक' कहानी पर फ़िल्म निर्मित और 'साइकिल' कहानी के कई नाट्य-मंचन हो चुके हैं।

उन्हें 'साहित्य अकादेमी युवा पुरस्कार' (2012), 'भारतीय भाषा परिषद युवा पुरस्कार' (2011), 'भारतीय ज्ञानपीठ नवलेखन पुरस्कार' (2010 और 2006), 'कथा अवार्ड' (2005), 'कृष्ण बलदेव वैद फेलोशिप' (2005), 'प. बंग राज्य युवा पुरस्कार' (1999) और 'नागार्जुन सम्मान' (1999) से सम्मानित किया गया है।

सम्प्रति : 'वनमाली कथा' मासिक का सम्पादन।

अन्य कहानियाँ तथा झूठ

कुणाल सिंह

लोकभारती पेपरबैक्स

लोकभारती पेपरबैक्स में
पहला संस्करण : 2024

लोकभारती पेपरबैक्स : उत्कृष्ट साहित्य के लोकप्रिय संस्करण

लोकभारती प्रकाशन
पहली मंजिल, दरबारी बिल्डिंग, महात्मा गांधी मार्ग
प्रयागराज-211 001
द्वारा प्रकाशित

वेबसाइट : www.lokbhartiprakashan.com
ई-मेल : info@lokbhartiprakashan.com

शाखाएँ : 1-बी, नेताजी सुभाष मार्ग, दरियागंज, नई दिल्ली-110 002
अशोक राजपथ, साइंस कॉलेज के सामने, पटना-800 006
1, अनमोल सोराबजी संतुक लेन, धोबी तलाव, मरीन लाइंस, मुम्बई-400 002

विकास कंप्यूटर एंड प्रिंटर्स
ट्रॉनिका सिटी-201 102
द्वारा मुद्रित

मूल्य : ₹299

ANYA KAHANIYAN TATHA JHOOTH
Stories by Kunal Singh

ISBN : 978-81-19996-66-7

रवीन्द्र कालिया की सादर स्मृति में

क्रम

आदिग्राम उपाख्यान

परिमलेन्दु हाल्दार की आश्चर्य कथाएँ

कहानी में एक और कहानी। कथा के पीछे एक दूसरी ही कथा। पहली की पूरक नहीं, एक बिल्कुल ही अलग। इस तरह कथाओं का अनुवर्तन करतीं एक पर एक कई कथाएँ, कि कोई ओर-अन्त ही न सूझता। और कथाएँ भी कैसी? सुनने वाले को एकबारगी विश्वास ही न हो, ऐसी एकदम से अनोखी। कई बार तो लगता, परिमलेन्दु हाल्दार अपनी इन कथाओं की अविश्वसनीयता को ख़ुद ही भाँप जाते हैं और जान-बूझकर एक दूसरी कथा के उड़ते रेशे पकड़ने लगते हैं। कहानी कहते हुए ही उनके मुँह में संशय का एक छिछोरा स्वाद घुलने लगता होगा। उन्हें महसूस होता होगा कि सामने वाला उनकी कथा की नंगई अचानक साफ़-साफ़ देखने लगा है। यह एक ऐसी घड़ी होती जब परिमलेन्दु दा बुरी तरह सिहर जाते। सकपकाते हुए वे अपनी कथा की उघड़ी थिगलियों को ढँकते-दबाते अचानक कोई दूर की कौड़ी निकाल लाते। हमें जब तक इस बात का पता चल पाता कि वे कोई दूसरी कथा कहने लग गए हैं, तब तक बहुत देर हो चुकी होती। हम देखते कि परिमलेन्दु दा के चेहरे पर एक स्निग्ध तरलता तिरने लग गई है और भावों का आवर्तन बहुत स्वाभाविक ढंग से होने लगा है। कुछ देर बाद हम भूल ही जाते कि उन्होंने हमारे साथ धोखाधड़ी की है और तत्काल उनकी उस नई कथा को सुनने लग जाते। ऐसा कई बार होता।

हमें कभी-कभी घोर आश्चर्य होता कि आख़िर उनके पास इतनी कहानियाँ आती कहाँ से होंगी! हमें ज़रा भी मोहलत मिलती और हम उन्हें घेरकर बैठ जाते। परिमलेन्दु दा को कभी चिढ़ते नहीं देखा। उल्टे कई बार लगता कि वे फ़ुर्सत से हमारी राह ताका करते हैं। कभी-कभी कहते कि आज तुम लोगों ने बड़ी अबेर कर दी—आओ, तुम्हें एक नई कहानी सुनाता हूँ। उनकी हर कहानी नई होती। हम लोगों के बीच वह जो दुबला-पतला-सा राखाल नाम का लड़का है, उसकी स्मृति बड़ी तेज़ है। उसने कभी भी यह शिक़ायत नहीं की, कि दादा यह कहानी तो दो साल

पहले वैशाख की उस दोपहर सुना चुके हो, जिस दिन जदू दा की बहन पारुल की शादी थी।...एक दिन बहुत साहस कर बाब्लू ने पूछा था—परिमलेन्दु दा, आख़िर तुम इतनी कथाएँ गढ़ कैसे लेते हो? उन्होंने तब एक ही आश्चर्य जवाब दिया था कि जब हिल्सा माछ और गरम भात का थाला उनके आगे होता है तभी बुद्धि जवाब दे जाती है। जितनी देर में सुस्वादु खाना सधता है, उतनी ही देर तक उनके मस्तिष्क को विराम मिल सकता है। बाक़ी बचे सारे समय कथाएँ उनके दिमाग़ में आती ही रहती हैं। कहानियाँ हवा में होती हैं, अराजकता में इधर से उधर रेले मारतीं। ज़रूरत बस उन्हें पकड़कर शब्द पहिनाने की है। जैसे रेडियो हवा में उड़ती ध्वनि-तरंगों को पकड़ लेता है, ठीक वैसे ही।

उनकी बातों पर हमें शक़ होता है। कहानियाँ कहीं हवा में चिड़ियों की तरह उड़ती हैं भला! हमें तो कभी नहीं दिखीं। परिमलेन्दु दा ज़रूर कुछ छिपा रहे हैं। लेकिन जो रेडियो वाली बात उन्होंने कही, उसमें तो सचमुच दम लगता है। तो क्या वाक़ई अपनी एक बात के खोखलेपने को छिपाने के लिए वह एक दूसरी बात गढ़ लेते हैं?

अच्छा, अगर वाक़ई कहानियाँ हवा में उड़तीं तो कितना मज़ा आता! हम खेतों की तरफ़ दौड़ते और खुले में कोई कहानी तैरती-सी हमारी देह से आ लगती। बहुत ज़माने पहले की बात है। रानी रासमणि एक कहानी में दुखी होकर विलाप कर रही थी और देखो कि वही कहानी आकर देह से सट गई। रानी रासमणि के आँसू मेरी कमीज़ भिगो गए। इसी दशा में घर जाऊँ तो निश्चित है माँ पीटेंगी। सोचेंगी कि कपड़ा पहिने ही घोष लोगों के पद्द पुकुर में छलाँग मारी है। कहीं डूब जाता तो? रानी रासमणि के दुख में डूबकर मैं भी दुखी हो जाता। रासमणि का पालतू तोता पूछता कि तुम कौन हो और रासमणि के दुख में दुखी क्यों हो? मैं कहता, बहुत ज़माने बाद की बात है।

मैं शायद मुस्कराने लगा था। मुझे मुस्कराता देख परिमलेन्दु दा मुस्कराने लगे थे। वे ज़रूर रानी रासमणि और मेरा चक्कर समझ गए होंगे। वे एक ही बुद्धिमान हैं। मेरे काकू ननी गोपाल के बाद गाँव के वे ही एकमात्र हैं जो कोलकाता हो आए हैं। हमारा विचार है कोलकाता में ज़रूर-ज़रूर ज्योति बाबू से मिले होंगे, जिनकी पँचरुपहली तस्वीर बटतल्ला के मेले से ख़रीदकर फेलूनाथ ने अपनी परचून की दुकान में लगा रखी है।

मुझे शर्म आ रही है। मेरे दोस्तों ने मुझे मुस्कराते हुए नहीं देखा। सिर्फ़ यही देखा कि परिमलेन्दु दा मुस्करा रहे हैं। राखाल फुसफुसाया—बहुत ज़माने पहले किसी कहानी में परिमलेन्दु दा ने मुस्कराया। ज़माने बीतते गए और वे अब भी मुस्करा रहे हैं। देखो...।

निमाई को शक़ हुआ—नहीं, परिमलेन्दु दा तो इसी ज़माने के हैं। मिठुन की तरह बाल रखते हैं। दरअसल हुआ यह होगा कि बहुत ज़माने पहले किसी कहानी में

कोई प्राचीन आदमी मुस्करा रहा होगा। जब वह मरने लगा तो उसकी जगह उसका बेटा मुस्कराने लगा। ऐसा करते-करते ज़माने बीते और अपने पिता के गुज़रने के बाद अब परिमलेन्दु दा मुस्करा रहे हैं। देखो...।

अब मुझे पूछना था—लेकिन परिमलेन्दु दा के बाद क्या होगा? उन्होंने तो शादी नहीं की। फिर कौन उनकी मुस्कराहट को आगे बढ़ाएगा?

लेकिन मैंने पूछा—क्या तुम लोग बता सकते हो कि रानी रासमणि कैसे मुस्करा सकेगी? कोई उपाय है ऐसा? बहुत ज़माने पहले वह दुखी थी और रो रही थी।

कहने को तो कह गया, लेकिन उसके बाद नये सिरे से शर्म आई। मैं लजाकर अपनी भीगी हुई कॉलर छिपाने की कोशिश करने लगा। मुझे लगा, बहुत ज़माने से यह कोशिश कर रहा हूँ।

हम पाँच, परिमलेन्दु हाल्दार और ढोढ़ाई पर उद्योग-धन्धा

कुल मिलाकर हम पाँच थे जो दिन-रात परिमलेन्दु दा से कहानी सुनने की फ़िराक़ में लगे रहते—मैं, राखाल, निमाई, तपन और बाब्लू। कभी-कभी निमाई का छोटा भाई ढोढ़ाई भी आ जाता, लेकिन उसकी एक गुप्त बात है। अभी से ही वह बीड़ी पीने लगा था। बहुत ज़माने बाद उसके होंठ काले पड़ने वाले थे। इसलिए अपने बड़े भाई से बहुत डरता था और हम लोगों से शर्माता था। वह एक कथा सुनने के बाद तीन-चार दिन तक गाँव में दिखाई नहीं पड़ता। घर वालों को इसकी आदत थी। वे निश्चिन्त रहते थे, कि जब उसे फिर कथा सुनने की तलब होती, वह प्रकट हो जाता। हम लोगों के साथ अगर निमाई हुआ तो थोड़ी दूर पर किसी पेड़ की आड़ से कथा सुनता। निमाई यह जान गया था, इसलिए तीन-चार दिन के अन्तराल में वह जान-बूझकर कथा सुनने नहीं जाता। जाता भी तो परिमलेन्दु दा से ज़ोर आवाज़ में कथा सुनाने का आग्रह करता, ताकि पेड़ की आड़ में बैठा ढोढ़ाई भी स्पष्ट सुन सके। ढोढ़ाई की सोचकर निमाई दुखी रहता है।

हम पाँचों गाँव के एक ही पाजी लड़के हैं। हमें शक़ है कि परिमलेन्दु दा जब कोलकाता गए थे, तब वहाँ से ख़ूब सारा पैसा खरचकर असंख्य गल्पों की कोई मोटी किताब ख़रीद लाए होंगे। रात में जब गाँव के सभी लोग सो जाते हैं, तब एकान्त में किताब की कोई कथा मुखस्त कर लेते होंगे और बाद में हमें सुना देते होंगे। निमाई ने देखा है, रात-बिरात परिमलेन्दु दा के कमरे से प्रकाश आता है। हमारे शक़ की कुछ पुख्ता वजहें भी हैं। ज़ब कभी हम छोकरे परिमलेन्दु दा के घर उनकी अनुपस्थिति में कथा सुनने पहुँच जाते, उनका वह दासू नाम का पिद्दी नौकर हमें उनके कमरे के इर्द-गिर्द भी फटकने नहीं देता। हमें तत्क्षण उस पर बहुत ग़ुस्सा आता। वह बहुत बूढ़ा है। बाद में दासू के साथ हमारी सहानुभूति

होती है। उसके चेहरे की झुर्रियाँ नमकीन होतीं। वह बरामदे में बिठाकर हमें चाय पिलाता है। चाय मीठी होती।

वह आश्चर्य किताब एक और जगह हो सकती है। तपन बता रहा था कि दोपहर बारह बजे के आसपास जब गाँव के सभी मर्द खेतों पर होते हैं, वह परिमलेन्दु दा को अक्सर घोष लोगों के बगान की तरफ़ जाते देखता है। हमने देखा है कि घोष लोगों के बगान में घने आम-लीची के पेड़ों से दिन के वक़्त भी ठंडा अँधेरा छन रहा होता है। चौबीसों घंटे झींगुरों की चिर्र-चिर्र। चारों ओर मच्छरों की भिनभिनाहट का साम्राज्य। फिर ऊँची घनी घास-झाड़ियाँ, वनलताएँ और उनके बीच कित्-कित् खेलते साँप छछूँदर। बिना काम कोई उस तरफ़ जाने की हिम्मत नहीं करता।

बगान के पूरब कोने में थोड़ी साफ़-सफ़ाई है और दाईं तरफ़ उसी से लगता घोष लोगों का विशाल पद्द पुकुर। बगान और पद्द पुकुर के बीच जो थोड़ी-सी जगह निकलती है, वहाँ है घोष लोगों की पुरानी कोठी, जिसके आगे का अहाता जर्जर और टूटा-फूटा है। हममें से कुछ मित्रों का विचार है कि हो न हो सबसे आँख बचाकर परिमलेन्दु दा ने उस किताब को इन्हीं मलबों में कहीं दबा रखा हो और दोपहर में जब कोई उन्हें देखने वाला नहीं होता, चुपचाप आकर कहानी पढ़ जाते हों। यह भी हो सकता है कि परिमलेन्दु दा ने किताब मलबों में न रखकर बगान में कहीं छिपा दी हो। यह सोचकर मैंने प्रस्ताव रखा कि कभी सब लड़के दल बाँधकर बगान से होते हुए उन मलबों की तरफ़ जाएँगे। एक साथ जाने से हमें डर नहीं लगेगा और काम भी शीघ्रता से निबट जाएगा।

मेरे इस प्रस्ताव पर सभी ख़ुश हुए सिवाय निमाई के। दरअसल निमाई सोचता है कि अपने ग़ायब दिनों में ढोढ़ाई घोष लोगों के बगान में ही छिपकर रहता है। वहाँ उसे कोई देख नहीं सकता कि वह बहुत ज़माने पहले से बीड़ी पीता आ रहा है। उसने किसी घने पेड़ को अपना ठिकाना बना लिया होगा, या किसी ऐसे खन्दक को जो घास-झाड़ियों के घने में समतल दिखता हो। अपने निविड़ एकान्त में वह बेतरतीब हो सकता है। खँगालकर अपनी धोती फैला दी हो और नंगे ही ज़मीन पर पड़ा बीड़ी पीता हो। ऐसे में यदि हम बगान में चले गए तो वह उदास होकर ठिकाना बदलने के लिए बाध्य होगा। छिपने का ठिकाना बदलना सिर्फ़ पेड़ या खन्दक बदलना नहीं होगा। हो सकता है तब वह पृथ्वी का कोई ऐसा कोना चुन ले जो निमाई और उसके घर वालों की सोच से बाहर का हो। ऐसे में ढोढ़ाई का हमेशा के लिए ग़ायब हो जाने का ख़तरा है।

जब वह ग़ायब होता है, तब पृथ्वी में किसी ख़ास जगह एकदम खुले में होता होगा। वहाँ का कोई स्थानीय व्यक्ति यदि उसे पहचान ले तो उसे पुन: जगह बदलना पड़ सकता है। इस तरह बार-बार जगह बदलकर इस भरी-पूरी दुनिया में अपनी

शिनाख़्त करवाता वह चाहे तो अत्यन्त लोकप्रिय हो सकता है।...लेकिन उसके ग़ायब होने का कोई पंचांग नहीं था। जब उसका प्रकट और ग़ायब होना सूर्योदय और सूर्यास्त की तरह विश्वसनीय हो जाएगा, तब कुछ व्यापारी उसका उद्योग करेंगे। फ़िलहाल सिर्फ़ सट्टा किया जा सकता है कि ढोढ़ाई कब प्रकट होगा।

जलता हुआ झाऊ का जंगल और किन्नरों का धूप-देश

गाँव के दक्खिनी सीमाने से लगता एक झाऊ और करोंदे का भरा-पूरा जंगल था—घोष लोगों के बगान से कहीं बड़ा और अभेद्य। गाँव में यह सोचने और कहने का प्रचलन होता था कि उस जंगल में कई खूँखार जंगली जानवर रहते हैं, हालाँकि गाँव में अब तक किसी ने उन्हें साफ़-साफ़ और दो टूक नहीं देखा था। ऐसा नहीं था कि झाऊ के जंगल में सिर्फ़ झाऊ के पेड़ होते थे। वहाँ और भी कई गाछों, पौधों की प्रजातियाँ होंगी। इस पर भी उसे झाऊ का जंगल कहा जाता था। हो सकता है कि गाँव के किसी आद्य पुरुष ने सभ्यता की जल्दबाज़ी में उसका यही नामकरण कर दिया हो और तब से यही नाम परम्परा में चलता आया हो।

धूप होती तो जंगल का ऊपरी सिरा बहुत मद्धम सुलगता था। दोपहर के सुनसान में उदास लकड़ियों के चिटखने की आवाज़ सुनाई पड़ती। ऊपर उठते भाप के रेशे हरे रंग में होते। कोई सहज ही चिन्तित हो सकता है कि इस तरह तो जंगल की सारी हरियाली बिला जाएगी! लेकिन हर ज़माने में लोगों के पास सच्ची चिन्ताओं के साथ झूठी दिलासाएँ होतीं। जंगल में तोते बहुतायत में होते। जंगल की किसी रहस्यमयी आहट से सभी तोते उड़ते और दूर से देखने पर भ्रम होता कि हरा जंगल जल रहा है और हरे-हरे भाप उड़ते हैं। लोग हँसते और अपने काम से काम रखते।

गाँव के कामकाजी बड़े-बूढ़े आदमियों में जंगल की कुछ ख़ास चिन्ता नहीं होती थी, जबकि प्रत्येक जंगल अपनी बेतरतीबी से आदमी के बच्चों को अपनी तरफ़ खींचता। इतिहास में यदि कोई बूढ़ा आदमी किसी जंगल में गुम हो गया हो तो समझना होगा कि इस समझदार आदमी में किसी बच्चे की रहनवारी होती थी। झाऊ का जंगल भी हमारे आकर्षण का केन्द्र हो सकता था, लेकिन हम अपने बड़े होने तक आसानी से बच सकते थे। ऐन गाँव में घोष लोगों का बगान होता था। इससे हमारा ध्यान बँट जाता था। यह ठीक है कि घोष लोगों के बगान का वह बीहड़ वनैला खिंचाव नहीं था, लेकिन वहाँ कई रसीले फलों के पेड़ थे। बगान में रसीले फल के पेड़ों की बात भी सुनी-सुनाई थी। दरअसल हम अभी इतने बहादुर नहीं हुए थे कि बगान में जाकर सचाई का पता लगाते। हो सकता है ढोढ़ाई हक़ीक़त जानता हो। अगर यह सच है तो हम बच्चों को बरगलाने के लिए रसीले फल के पेड़ों का जाल बिछाना घोष लोगों के बगान का टुच्चापन था। बहरहाल

गाँव के बड़े-बूढ़ों के लिए घोष लोगों के बगान का बहुत बड़ा आश्वासन था कि उनके बच्चे सदा उनके पास हैं। ढोढ़ाई के वृद्ध पिता भी उसके बारे में कुछ ऐसा ही सोचते चैन से बूढ़े होते हैं।

झाऊ के जंगल से सटा गाँव का वह हिस्सा है जो जंगल प्रदेश को गुलज़ार करता है। गाँव से थोड़ा हटकर लगभग जंगल के धुँधलके में किन्नरों के दो-चार घोंटुल हैं। इनमें किन्नरों का उन्मुक्त और सामूहिक बासा था। इनसे बाईं ओर सान्थालों की कुछ झोंपड़ियाँ थीं। झोंपड़ियाँ साधारणतया पीली मिट्टी से बनी होतीं और उन पर फूस की छाजन दी जाती। घर-दुआर सब मिट्टी से लिपे हुए चमचम चमकते। किन्नरों के घोंटुल उजड़े हुए होते।...ये सब गाँव के हम बाशिन्दों से कटे किन्हीं दूसरे लोक में जीते। सान्थालों को आज तक किसी ने गाँव के भीतरी हिस्से में जाते हुए नहीं देखा। जंगली कन्द खाते, लकड़ियाँ चुनते और थोड़ी-बहुत खेतीबाड़ी करते। अलबत्ता शादी-ब्याह और गोद भराई जैसी रस्मों पर इक्के-दुक्के किन्नर गाँव में दिख जाते। वे ढोल पर थाप देकर ख़ूब नाचते-गाते और कभी न थकते। बनाव-सिंगार और चुहल-मज़ाक़ पर विशेष ध्यान देते। गाँव के लोगों के बीच बिला शर्म अश्लील इशारे करते और लतीफ़े बनाते। बड़े-बूढ़े हँसते और घरों में स्त्रियाँ जल भुनतीं।

यदा-कदा गाँव में आने वाले इस किन्नर दल में फ़िरोज़ा, बनफूल, अमीना और झरना हमेशा ही होतीं। हम बच्चों को बनफूल बड़ी अच्छी लगती। लच्छेदार ढंग से बातें करती और नाना प्रकार का अभिनय कर सबको चकित कर देती। एक दिन उसने हँसी-मज़ाक़ में मुझे गोद में उठा लिया। मैं इतना छोटा भी नहीं था कि गोद में ले लिया जाऊँ। बड़े-बूढ़े ठिठोली कर रहे थे और मेरे संगी-साथी हँस-हँसकर लोट-पोट हुए जा रहे थे। सिटपिटाकर गोद से उतरने के चक्कर में मेरा दाहिना हाथ उसके वक्ष से छिलता गया और एक पलक-क्षण के लिए मैं उसकी देह की धूप में चकाचौंध रह गया। मुझे शर्म आ रही थी। उसने मुझे दो बार चूमकर पृथ्वी पर उतार दिया। पृथ्वी मेरे बड़प्पन के भार से दबती-सिहरती जा रही थी।

घोंटुल में कुल कितने किन्नर थे—इसका कोई अनुमान नहीं। यह अजीब बात थी कि सान्थाल कम होते जा रहे थे और किन्नरों की संख्या बढ़ती ही जाती थी। अघोर मोशाई कहते हैं कि किन्नरों के साथ कुछ ऐसे भी हो गए हैं जो सचमुच के किन्नर नहीं हैं। झूठ-मूठ के किन्नर कैसे होते हैं, इसका हमें अन्दाज़ा नहीं। कोई सभ्य घर का आदमी भला किन्नर होने क्यों जाएगा?

दूर से देखने पर किन्नरों का समाज बड़ा उत्सवधर्मी लगता। दिन-भर तरह-तरह के मुखौटे बनाना, उन पर रंग-रोंगन और पॉलिश करना, ढोलक से नई ताल निकालना और उत्फुल्ल होकर गीत गाने का अभ्यास करना बड़ा रंगधर्मी प्रतीत होता है। तपन कहता है कि उनमें से कुछ किन्नर जादू जानते हैं। जंगल से रात-बिरात रोशनी उठती तो हमें लगता, वे अपने जादू को सिद्ध करते होंगे। तभी तो उनके चेहरे

कैसे दिपदिपाते हैं, जबकि सान्थालों की देह में कालिख पुती होती। कोई कहता कि रात में भी किन्नरों की बस्ती में धूप खिली होती।

रात की धूप को हम दुनियावी लोग सोकर व्यर्थ गँवा देते।

क्या सान्थालों के हिस्से की धूप ग़ायब होती जा रही थी?

यह धूप का चक्कर भी अजीब है। भूगोल के मास्टर मोशाई कहते हैं कि ध्रुव प्रदेशों में छह महीने की धूप होती है। छह महीने—एक-जैसी धूप। कितने आश्चर्य की बात है! मैं सोचता हूँ सुबह-सुबह की धूप और हवा एकदम सुबह-सुबह की तरह ही होनी चाहिए। फेफड़े में सुबह की हवा भर ली जाए और शाम को छोड़ी जाए तो कोई चौंककर कहे—अरे, सुबह का झोंका शाम को आया। फिर गर्मी में सुबह की धूप जाड़े में सुबह की धूप की तरह नहीं होती होगी। ध्रुव प्रदेशों में जाकर छह महीने का सूरज देखना चाहिए। उदाहरण के लिए अपनी खाताबही में लिखना चाहिए—आज सुबह की धूप का समय ध्रुव प्रदेशों में अनवरत धूप का कोई समय होगा। यह लिखकर खाताबही को किसी गुप्त स्थान पर ठीक से छुपा देना चाहिए। और रोमांचित होकर सोचना चाहिए कि यदि इस लिखे को ऐन छह महीने बाद देखें तो उस वक़्त दिन होगा कि रात?

हाथ-घड़ी पर बिल्कुल भरोसा नहीं करना चाहिए। सुबह साढ़े पाँच का समय सिर्फ़ सुबह-सुबह का समय होता है। यदि कोई पूछे कि कितने बजे हैं, तो कहना चाहिए कि अभी सुबह-सुबह बजा है।

घोष लोगों की पुरानी कोठी, रानी रासमणि का दुख और अमेरिका चलो

हवा में उड़ती-फिरती उस कहानी में रानी रासमणि का दुख बढ़ता ही जाता है। दुख के बोझ से कहानी भारी पड़ती जाती है और इस तरह उड़ते रहने में बड़ी दिक़्क़त होती है। यह एक नाज़ुक घड़ी है जब रानी रासमणि की कहानी सदा के लिए कहीं बस जाने का निर्णय ले सकती है। अन्त में ख़ूब एकान्त देखकर उसने घोष लोगों की पुरानी कोठी में अपना डेरा जमाया। झूठ नहीं बोलूँगा, एक बार रानी रासमणि के दुख में भीगकर मुझे उससे प्यार हो गया था। बहुत ज़माने पहले वह एक अलग ही दुनिया होगी जहाँ रानी रासमणि का दुख अपनी वजहों और निदानों के साथ रहता था। बहुत ज़माने बाद मैं उसी दुनिया की खोह तलाशता फिरता हूँ। रासमणि के ज़माने में परिमलेन्दु दा का कोई पुरखा मुस्करा रहा होगा। एक ऐसी मुस्कान जिसका अलग से कोई अर्थ नहीं होगा—किसी तरह की यातना और वंचना से रहित एक छूट चुकी या भूल पड़ी मुस्कान जैसा मामला, जैसा बहुत ज़माने बाद परिमलेन्दु दा के सौम्य चेहरे पर शाश्वत है। एक ऐसी ही मुस्कान मैं रख देना चाहता हूँ रानी रासमणि की कथा में। एक कथा-सुबह रासमणि नहाकर अपने बाल पछींटती बरामदे में निकलेगी

और वहाँ संगमरमरी थाले में रखी होगी ताज़ी, अभी-अभी खिली मुस्कान। रासमणि एक नज़र इधर-उधर देखेगी और चुपके से मुस्कान उठाकर पहिन लेगी। इस तरह अपने कथा-समय में सदा सुखी हो जाएगी रानी रासमणि। इतने-भर की बात है।

रासमणि के आने से घोष लोगों की कोठी में रौनक आ गई। गाँव के पुराने ज़मींदार थे घोष लोग। अब उस परिवार में एक बूढ़े अशक्त घोष बाबू और उनकी एक उदास बेटी पारुल बची है। बाक़ी सारे लोग मर-खप गए। दो साल पहले वैशाख के महीने में पारुल का ब्याह राजापुर हाल्ट के एक सामन्त परिवार में हुआ था। पति एक बार कमाने कोलकाता गया, सो वापस नहीं लौटा। कोई हाल-समाचार, चिट्ठी-पत्री नहीं। हरिपद मोशाई कहते हैं कि कोलकाता की किसी रूपसी जादूगरनी ने उसे बकरी बनाकर बाँध लिया है। दो साल के भीतर ही पारुल वापस पिता के यहाँ लौट आई। तब उसका भाई जदू दा ज़िन्दा था। साल-भर पहले जाने क्यों उसने कुएँ में कूदकर जान दे दी। जदू दा के मरने के बाद घोष बाबू का दिखना कम होते-होते बन्द हो गया। अब कोठी में उनकी हल्की बुज़ुर्ग छाया-भर डोलती रहती है—हवा की तरह, जो है पर दिखती नहीं। दृश्य के बाहर एक पुराना स्टील का ग्लास गिरता है और देर तक उसकी मैली टुनटुनाहट बजती रहती है। अब दृश्य में पारुल भारी नि:श्वास छोड़ती है और धीरे से उठकर उस तरफ़ जाने लगती है जिधर से आवाज़ बनी थी। इतने-भर ही घोष बाबू का होना दिखता है।

पद्द पुकुर के पश्चिमी छोर पर कोठी से जुड़ा लकड़ी का एक छोटा घाट है। पुरानी सीली लकड़ी के पट्टों पर अब फफूँद उठ रहे हैं। आजू-बाजू पोखरे की पूरी गोलाई में कच्चू के चौड़े लम्बोतरे पत्तों की सघन आड़ है। कोठी के अहाते का वह हिस्सा जो पोखर की छुअन में है, अब भी मज़बूत है। पानी के आसपास कोठी की दीवार दूर से कक्कैये रंग में बूड़ी दिखती है।

दुमहली कोठी का निचला हिस्सा लतरों से बुरी तरह ढँका-छिपा है। लतरों के बीच छोटी-छोटी फाँकों को मकड़ियों ने जाले से बुन डाला था। दरवाज़े-खिड़कियों पर लतरों और जाले के सघन हरियल कपाट। कोठी की यह पूरी तरह से परित्यक्त हिस्सा था। देर दुपहरी कबूतरों की स्याह ठंडी गुटरगूँ बजती रहती। कोठी के ऊपरी माले पर दो कमरे अब भी साबुत और ज़िन्दा थे। एक पीछे की तरफ़ और दूसरा पद्द पुकुर से दिखता ठीक आगे की तरफ़। इस दूसरे कमरे में पद्द पुकुर को खुलती एक दुबली खिड़की थी जिसकी सलाखें ज़ंग खाकर बेजान और टेढ़ी-मेढ़ी थीं। पल्लों की जगह जूट की एक काली पड़ चुकी ढँकनी टँगी रहती। यह कमरा पारुल का होगा। उसे भी उसके पूरे आकार में बहुत कम लोगों ने ही देखा है। कभी-कभी जूट की ढँकनी हिलती और खिड़की से दिख जाता उसका गोरा मुखड़ा। बाक़ी देह कमरे के अन्धे कुएँ में डूबी रहती। अक्सर दोपहर को स्नानादि से ख़ाली पड़ चुके पद्द पुकुर में पानी की सुनसान चमक को वह उदास आँखों से देखती। पानी पर फिसलती धूप

की चौंध उसके चेहरे को दमकाती रहती। देर बाद जब कोई भूला-भटका नहाने, कपड़ा धोने पद्‌द पुकुर पहुँचता, या पीछे के कमरे से घोष बाबू की खाँसी की सूखी छिली आवाज़ आने लगती तो ढँकनी गिर जाती। रानी रासमणि का अक्स छिप जाता। अब कोई फ़ायदा नहीं। परिमलेन्दु दा लौटने लगते। बगान से लौटते हुए वे उदास होते। किसी घने पेड़ की आड़ से ढोढ़ाई उन्हें देखता और छिपकर बीड़ी पीता रहता।

घर को लौटते हुए मैं देखता हूँ कि घर लौटाने वाले रास्ते ज़्यादा मज़बूत और गहरे होते हैं। अपने आपको घर की तरफ़ ढकेले जाने से किसी तरह बचाता मैं दूसरा लम्बा रास्ता ले लेता हूँ और ख़ुश होता हूँ। गोधूलि से पहले लौटकर मैं उदास घर देखना नहीं चाहता। ताल गाछ के नीचे दो थके-माँदे यात्री बैठे हैं—अपनी-अपनी पोटलियों के साथ। दो होने के बावजूद वे सगी पोटलियाँ दिखती हैं। एक में सत्तू होगा तो दूसरी में गुड़ की भेली। यात्रा में पानी साथ लिए चलने का रिवाज़ नहीं होता था। पानी के लिए पृथ्वी पर भरोसा किया जाता था कि पृथ्वी हरी-भरी है।

यात्रियों में एक बूढ़ा है, दूसरा जवान। बूढ़े की आँखों में पीछे छूट चुके रास्तों के गर्द छिटक रहे हैं। जवान की आँखों में आगे तय किये जानेवाले रास्तों की धूप खिल रही है। दोनों सगे-सम्बन्धी दिखते हैं। कुल मिलाकर दोनों उदास दिखते हैं।

मैंने पूछा—कहाँ के लिए? कोलकाता जाएँगे?

अमेरिका जाना है—दोनों बोले और उदास हो गए।

मैंने कहा—हवाई जहाज़ से जाना होगा। सात समुन्दर पार है। भूगोल के नये मास्टर मोशाई ने बताया है।

जवान ने कहा—पहले कोलकाता जाकर नेताजी सुभाष बोस से मिलेंगे। वे सब बन्दोबस्त कर देंगे। मैंने इतिहास नहीं पढ़ा। मेरा काम चल जाता है। मुझे समय का कोई ज्ञान नहीं। मेरे पास घड़ी नहीं है।

मैंने बूढ़े से पूछा—अमेरिका ही क्यों जा रहे हैं?

बूढ़े ने कहा—मुझे सब पता है। अपने बाल धूप में सफ़ेद नहीं किये बच्चू!

मैंने दुनियादारी में शातिर बूढ़े का मुस्कराकर अभिवादन किया। उसके बाल सन की तरह उजले थे। यह महज़ इत्तेफ़ाक़ की बात है कि मैंने बूढ़े से पूछा था। शायद जवान कोई उपयुक्त उत्तर देता। उसके पास सफ़ेद बालों का बहाना नहीं था। मुहावरे में काले बालों का ज़िक्र नहीं होता था।

जवान ने उकताकर पूछा—यही पगडंडी जाएगी न? तुम भले लड़के दिखते हो।

एकदम नाक की सीध में चले चलिए—मैंने अपनी भलमनसाहत का परिचय दिया। मुझे दिशाओं का अच्छा ज्ञान था, हालाँकि मेरे पास दिशा-सूचक यंत्र नहीं था। यदि कलाई में घड़ी के साथ उसे भी बाँधने का प्रचलन होता तो दिक्-काल की छोटी-मोटी कई समस्याओं का तुरत-फुरत निबटारा हो जाता—मैंने सोचा और ख़ुशी-ख़ुशी दोनों को शुभ यात्रा कहकर आगे चल पड़ा। अपराह्न की नीली छतरी में एक

अदृश्य पाखी उड़ता चला आया। क्या रासमणि का तोता? कहाँ चले—कोलकाता या अमेरिका?...उड़ते हुए मेरे सिर के ऊपर उसकी गति धीमी हो गई होगी। रानी रासमणि के दुख से भीगी मेरी कमीज़ से उसे कोई गन्ध-सूत्र मिला होगा। मेरी आँखें पद्द पुकुर के पार टिकी होंगी—जूट की ढँकनी के पीछे तक। तोते के लिए इशारा काफी होगा। वह दिशा बदलकर खुले भूरे खेतों के ऊपर से गुज़रता हुआ पद्द पुकुर के लिए उड़ेगा। आकाश में इसी पगडंडी—एकदम नाक की सीध में। मैं उसे देर तक देखता रहूँगा और शुभ यात्रा कहना भूल जाऊँगा।

खुलती सुबह के डूबते तारे
रात से पहले पृथ्वी पर उजालों के रेशे उड़ते थे

रब्बा रब्बा!

आदिग्राम के लोगों की गति ठीक नहीं। फेलूनाथ की परचून की दुकान के सामने मूढ़े पर कुछ पुलिस वाले बैठे मुफ़्त की मूड़ी फाँक रहे हैं। कुछ हवलदार पंचानन मोशाई के दरवाज़े पर बैठे कुएँ से पानी खींचतीं स्त्रियों को देखकर अवांछित टोकाटाकी करते हैं। स्कूल-घर के पास तेंतुल गाछ की ठंडी छाँव में खाकी वर्दी पहिने बड़ा बाबू जाने कैसे काग़ज़-पत्तर में मगज मार रहे हैं।

आदिग्राम के लोगों की गति ठीक नहीं। ग्रहों की दशा गड़बड़झाला—बूढ़ा दासू बुड़बुड़ाता है। परिमलेन्दु दा कविता की कोई किताब पढ़ते हैं और एक नज़र बाहर देख लेते हैं।...पहले तो ऐसा कभी नहीं हुआ। हमेशा से शान्तिप्रिय रहे सान्थालों को अचानक क्या हो गया! ज़रूर कोई गोलमाल है। पूरी बात किसे पता! रब्बा रब्बा!

केंदा माँझी का जवान लड़का दुलु सान्थालों का नेता बना है। मुँहअँधेरे ही दत्ता लोगों की खड़ी फ़सलें जला डालीं और फलों से लदी फुलवाड़ी पर कब्ज़ा कर लिया। बेनी माधव मोशाई ने देखा है कि सान्थालों के पास नुकीले हथियार और लाठियाँ हैं। पुलिस वालों को बताया कि बच्चे तक तमंचों से लैस हैं। परिमलेन्दु दा कहते हैं कि उम्रदराज होकर भी बेनी माधव मोशाई प्रचंड मिथ्यावादी हैं।

कासारी पाड़ा पुलिस चौकी से अतिरिक्त हवलदार मँगाए गए हैं। चासी पाड़ा थाना से ही काम नहीं चलने का। कैसे तो दुलु पागलों की तरह हँसुआ हाथ में लेकर दौड़ पड़ा था दत्ता मोशाई के मँझले लड़के हाड़ू के पीछे! गिरते-पड़ते हाड़ू भगाड़ की तरफ़ से भागकर किसी तरह जान बचा पाया था।

झाऊ के जंगलों के नीम अँधेरे में जहाँ किन्नरों के साथ सान्थाल बसते हैं, वहाँ पेड़ों से ऋतु वसन्त की आख़िरी पत्ती गिरने-गिरने से पहले एक बार नहीं गिरने की तरह अटकी होगी। हमेशा जंगल में झड़ते हुए पीले पत्तों की बात करते रहना मनुष्य की ख़तरनाक प्रवृत्ति है। हो सकता है पूरे जंगल का मिजाज़ यकायक बदल जाए।

आख़िर कब तक उसे अनदेखा किया जा सकता है? फिर पुलिस वालों का क्या भरोसा? दिन ढलते न ढलते वे तो चलते बनेंगे चासी पाड़ा या कि कासारी पाड़ा चौकी को। बूढ़ा दासू कब तक बुड़बुड़ाता रहेगा अपनी नमकीन झुर्रियों के इस पार खड़ा सुरक्षित? इस गाँव की अब ख़ैर नहीं। जंगल में प्रत्येक पेड़ का स्वप्न आदिग्राम के सभ्य बाशिन्दों के लिए भारी पड़ेगा। मसहरियों पर झड़-झड़ गिरेंगे पतझड़ में पीले आदमी।

किन्नर दल में आज ख़ूब हलचल है, जैसे कोई उत्सव का दिन हो। कितने ही किन्नर गेरुआवर्णी कपड़े पहिने लकदक झूमते नाचते-गाते हैं। किसी के गले में रुद्राक्ष तो किसी में नरमुंडों की माला और हाथ में रंग-बिरंगे ध्वज। उनके चेहरे विचित्र मुखौटों से ढँके हैं। कहीं बाघ का चेहरा, कहीं गाय का तो कहीं गुलाब के फूल का चेहरा। और भी महीन—कहीं प्राचीन स्वर्ण मुद्राओं का चेहरा तो कहीं शास्त्र-पुराणों का चेहरा। इन मुखौटों की ओट में बंनफूल का चेहरा कहाँ है?... आश्चर्य, मैं ये देखना भूल गया कि किन्नरों की संख्या इतिहास में आज पहले से ज़्यादा है। अद्‌भुत शोभायात्रा निकाली है किन्नरों ने!

आदिग्राम के लोगों की गति ठीक नहीं। ग्रहों की दशा गड़बड़झाला।

रब्बा रब्बा!

रात की बिखरती चाँदी में घोष लोगों की पुरानी कोठी के भीतर अद्‌भुत शान्ति। टूटे आँगन में बेतरतीबी से उग आयीं घास-झाड़ियों पर साँवले आकाश की परछाईं लहरती है। ठीक बीचोंबीच एक उदास हैंड पम्प खड़ा है—रात की सीझती गरिमा में किसी आद्यमूर्ति की तरह। उसके शीर्ष पर एक गिरगिट सोता है। चाँद अपनी वासना में उतरकर खिड़की-दरवाज़ों की लतरों में फँसा जैसे-तैसे सुबह होने का इन्तज़ार करता होगा।

ऊपर के कमरे अपनी छोटी-मोटी हरकतों के साथ अब भी जगे हैं। रह-रहकर झींगुरों की एकसार आवाज़ को दो फाँक करता घोष बाबू की खाँसी का बेबस स्वर उठता है और हवा में देर तक खड़खड़ाता रहता है। अहाते पर रात की धुएँदार रज़ाई में छिपा कोई चूहे जैसा जन्तु एकबारगी सिहरकर खाँसी की जर्जरता को सुनता है।... दूसरे कमरे में ठंडे फ़र्श पर लेटी अपनी नग्न देह को निहारती है पारुल और बुदबुदाती है कोई अस्फुट शब्द। उसके उत्तप्त कानों की लवों को छूती हुई हवा फुसफुसाती है—सुनो, यह पाप है और शायद ईश्वर भी। उसके होंठों की मिट्‌टी नम होती जाती है। रात के अँधेरे में रासमणि का तोता परिमलेन्दु दा के घर की ओर उड़ जाता है।...

एक कथा के पीछे दूसरी कथा। अँधेरी सीढ़ी के नीचे सिकुड़कर सोता बूढ़ा दासू शाश्वत सोता हुआ दिखता है। एक-दो-तीन—उसकी झुर्रियों को गिनते हुए परिमलेन्दु दा उस पर तरस खाते हैं और चुपचाप अपने कमरे में चले आते हैं। दरवाज़े के पीछे खड़े होकर देर तक बाहर की साँय-साँय सुनते हैं। क्या एक दिन सोते में ही दासू मर

जाएगा? कमरा बन्द होने की खुट से बूढ़ा दासू चौंककर जाग गया होगा। सन्नाटे में बहुत धीरे-धीरे और देर तक हिलती होगी उनके दरवाज़े की कुंडी। दासू बहुत धीरे-धीरे और देर तक मरेगा। सुनो, वैशाख की उस दोपहर क्या तुम वही थे जो अब हो? नहीं, परिमलेन्दु दा की हर कथा नई होती है। वह कथा कोई और होगी। रोज़ ही बदल जाता होगा पद्द पुकुर का पानी। तो पुराना पड़ चुका पानी क्या मर जाता होगा? पानी बहुत धीरे-धीरे और देर तक मरता है--आदमी की तरह।...बनफूल का क्या करें? किन्नरों की शोभायात्रा में वह भी वहीं कहीं होगी। रंग-बिरंगे मुखौटे के पीछे वह क्या मर गई?

दूसरी के पीछे तीसरी कथा। सामान समेटता हुआ मैं एक पल ठिठक जाता हूँ और तहाकर रखने लगता हूँ रासमणि के दुख में भीगी कमीज़। सुबह होते ही ननी गोपाल काकू के साथ मुझे रवाना होना है कोलकाता के लिए। इस गाँव में अब मेरी कोई वापसी नहीं।...कोलकाता कि अमेरिका? मैं दिशाएँ अच्छी तरह पहिचानता हूँ। इस तरह क्या कोई अन्त तक बचेगा जो यात्रियों को शुभ यात्रा कह सके? तब घोष लोगों के बगान में छिपकर बीड़ी पीता ढोढ़ाई पृथ्वी पर आख़िरी बचा हुआ आदमी होगा। दुनिया में उस पर बहुत बड़ी ज़िम्मेदारी है। वह सबके बाद बिल्कुल अन्त में अपनी आख़िरी बीड़ी ख़त्म कर रवाना होने की प्रतीक्षा करता फ़िलहाल ग़ायब है।...दुलु माँझी के बारे में क्या ख़्याल है? बेनी माधव मोशाई कहते हैं, आज नहीं तो कल जब पुलिस के हत्थे चढ़ेगा, उसकी ख़ैर नहीं।

तीसरी के पीछे चौथी। एक कथा के तारे अभी ठीक से डूबते नहीं कि दूसरी कथा में सुबह खिलने लगती।

अलस्सुबह स्टेशन जाने के लिए मैं ननी गोपाल काकू के साथ मोटर में बैठता हूँ। भर्र-भर्र की तेज़ आवाज़ के साथ बढ़ने लगती है मोटरगाड़ी। पीछे छूटते जाते हैं निमाई, राखाल, तपन, बाब्लू और शंकर। और भी पीछे—इतने कि दृश्य में नहीं दिखते—परिमलेन्दु दा, ढोढ़ाई, बनफूल और दुलु को हाथ हिलाता मैं अलविदा कहना चाहूँगा। दूर से दिखता है पद्द पुकुर का हरियल घेराव और घोष लोगों की कोठी। सुबह के खुलते उजाले में पद्द पुकुर के गर्म पानी से स्नान करती होगी रानी रासमणि। मोटरगाड़ी भागती है सरपट। खेतों में खड़े खूँटे पीछे सरकते जा रहे हैं तेज़ी से। गोल-गोल घूमती है सुबह की भीगी हवा। मेरे कान बजते हैं। ज़ोर से आवाज़ करते हुए ऊपर आसमान में एक हवाई जहाज गुज़रता होगा अमेरिका के लिए। मोटर के पीछे और कच्ची सड़क के दोनों ओर असंख्य भौंरों का भीषण गुँजार उठता है धीरे-धीरे।

['वागर्थ', 2004, सं. रवीन्द्र कालिया]

इति गोंगेश पाल वृत्तान्त

मेरा नाम रमाकान्त तालुकदार है। रमाकान्त नहीं, शशिकान्त। नहीं-नहीं, क्या अंट-शंट बक रहा हूँ—शशिकान्त तो मेरे पिता का नाम है। मेरा मणिकान्त ठीक रहेगा। मणिकान्त, कि लक्ष्मीकान्त? क्या सब गड़बड़झाला है! कहानी की शुरुआत में ही यह कैसा गोलमोल रे बाबा! अजी मुझे छोड़िए, यह जिसकी कहानी है, ठीस उसी पर आते हैं। और क्या? तो कहानी है गोंगेश पाल की। गोंगेश पाल, कि गङ्गेश पाल? या कि गंगेश पाल? महाशय, यह सब एक ही बात है—यहाँ हम उसे गोंगेश पाल कहना ही तय करते हैं। ठीक तो?

यह क्या ही अजीब बात है कि एक व्यक्ति को जीवन-भर एक ही नाम से काम चलाना पड़ता है। जीवन-भर ही क्यों, मरने के बाद भी तो हम उसे इसी नाम से याद करते हैं। बताइए कि दो अच्छर के नाम में उसकी पूरी छवि समा सकती है भला! एक ज़माने पहले मिला था गोंगेश पाल से। उसी ज़माने के अपने एक दोस्त (फ़िलहाल उसका नाम याद नहीं) से मिला कुछ दिनों पहले पुरी यात्रा के दौरान। पुराने दिनों को याद करते हुए बातें चल निकलीं। गोंगेश पाल की बात जब होने लगी तो वह बताने लगा कि जिस व्यक्ति को मैं गोंगेश पाल कह रहा हूँ, उसका नाम तो हरिदास पाल था। मैं अड़ गया कि हरिदास पाल वाली बात मनगढ़न्त है। मुझे ठीक-ठीक याद है, उसका नाम गोंगेश पाल ही था। अन्त तक हम किसी ऐसे निष्कर्ष पर नहीं पहुँचे कि मन को शान्ति मिलती। बताइए तो, यह क्या लीला-व्यापार है! अच्छा, गोंगेश पाल का नाम यदि हरिदास पाल ही होता तो कहानी में क्या बदलाव आ जाता? कहानी तो कहानी है! हरिदास पाल का वही हश्र होना होता जो उसके गोंगेश पाल रहते हुआ। बहरहाल, आगे बढ़ते हैं।

जिन दिनों घर-दुकान की दीवारों पर विज्ञापन लिखने का नया-नया रिवाज़ चला था, उन दिनों भी यह कहानी लिख लेता तो गोंगेश पाल को क्या पता बचाया जा सकता था। मुझे याद है, जब हमने मौलाली चौरस्ता से गुज़रते हुए अपने जीवन में पहली बार दीवार पर चकमक रँगे एक ताज़े विज्ञापन को देखा था—'हम दो हमारे दो'। कैसा तो लाल-पीला चटख रंग था उसका। हम कई दिनों तक उसे भूल नहीं पाए थे। और झूठ नहीं बोलूँगा—मेरे मन में तब कोई खटका नहीं हुआ था, बल्कि

अच्छा ही लगा था। हमारे देखने के लिए दुनिया में एक नया दृश्य बढ़ गया था। बाद के देखे हुए कुछ और भी विज्ञापन याद आते हैं—सल्फेट यूरिया, बॉम्बे डाइंग, लाइफब्वॉय साबुन आदि। लाइफब्वॉय है जहाँ, तन्दुरुस्ती है वहाँ। कहना नहीं होगा, बग़ैर लाइफब्वॉय के भी गोंगेश पाल तब तक दुरुस्त व तन्दुरुस्त था।

गोंगेश पाल की यह कहानी बहुत पहले ही लिख लेना चाहता था। एकाध बार ट्राई भी किया, बात बनी नहीं। 'दुनिया रोज़ बनती है' और गोंगेश पाल की यह कहानी उसी अनुपात में रोज़ बिगड़ने लगी। आप ही बताइए, जब गोंगेश पाल से मैं मिला था और उसके विस्मयकारी चरित्र पर लिखने की सोच रहा था, तब टाइपरायटर का ज़माना था। मन में एक साध थी कि एक टाइपरायटर ख़रीदूँ और गोंगेश पाल की कहानी लिखता चला जाऊँ—डायरेक्ट। दिमाग़ में कुछ दौड़ा और टाइपरायटर की खटाखट पर सीधे काग़ज़ पर उतरता चला गया। कलम-वलम की ज़रूरत कहाँ!... अच्छा कलम की ही बात लीजिए। तब तक बॉल पेन का फ़ैशन ज़ोरों पर था, फाउंटेन पेन का प्रचलन मृतप्राय। अब साला जेल इंक पेन से नीचे कुछ मिज़ाज पर ही नहीं चढ़ता। कहाँ टाइपरायटर और कहाँ कम्प्यूटर! अब आपसे क्या छिपाऊँ, उस वक़्त चाँदनी मार्केट से सेकेंड-हैंड टाइपरायटर भी नहीं ख़रीद सका था और आज कम्प्यूटर पर इस कहानी को कम्पोज़ कर रहा हूँ—डायरेक्ट। है न मज़ेदार बात! वो क्या कहते हैं—एकदम बिन्दास! अच्छा, एक बड़ी बात और है कि कम्प्यूटर के होते भी कहानी कम्पोज़ करते हुए बड़ी काहिली-सी महसूस हो रही है। मन में लगातार यह कि क्या पता दुनिया में आगे क्या नया होनेवाला हो। कोई आविष्कार ऐसा कि सोची और कम्पोज़िंग का झमेला भी नहीं, कहानी हाथ में आ जाए—डायरेक्ट। एकदम जादू-जैसी चीज़।

जादू से याद आया—अपना गोंगेश पाल भी एक जादूगर ही था। पी.सी. सरकार जैसा प्रसिद्ध जादूगर होता तो आप सब भी जानते उसे। छोटा-मोटा जादूगर कह लें। इसलिए मेहरबान-क़दरदान, मैं अच्छी तरह जानता हूँ कि उस छोटे-मोटे जादूगर पर मुझ-जैसा कोई छोटा-मोटा लेखक ही लिखेगा और कोई छोटी-मोटी पत्रिका का सम्पादक ही उसे छापेगा। सो जयन्ती-मंगला का पाठ करके कहानी की शुरुआत की जाए, लेकिन उससे पहले लेते हैं एक छोटा-सा ब्रेक।

हैव अ ब्रेक...

हैव अ किटकैट...

हुई शाम उनका ख़याल आ गया...

—क्या आपके वैवाहिक जीवन में भूचाल आ गया? आज ही लीजिए हिमालय से चुन-चुनकर लाई गईं जड़ी-बूटियों से निर्मित—रत्न केशरी शक्तिवर्द्धक चूर्ण। सौ फ़ीसदी हर्बल—देखो, परखो तो मानो...

हुई शाम उनका ख़याल आ गया...

ब्रेक के बाद आपकी वापसी का स्वागत है—

चाँदनी मार्केट के भीतरी भागों में दिनोंदिन उजड़ते जाते महानगर में अब भी बच रह गई आबाद बस्तियाँ हैं। सत्तर फ़ीसदी रहनवारियाँ मुसलमानों की हैं। साधारणतया मोटर-पार्ट्स और टीवी, रेडियो, सीडी, डीवीडी, कम्प्यूटर, मोबाइल आदि की मरम्मत की दुकानें हैं। इन सबके छोटे-छोटे चिप्स और खुले पुर्जों से बजबजाता रहता है सारा फुटपाथ। कलकत्ते से छपने वाले ज़्यादातर अख़बारों के प्रेस भी इसी अंचल में हैं। पुराने मकान हैं और उनमें रहने वाले किरायेदार न जाने कब से ऐसे रहते आए हैं। कोई हिसाब-किताब है क्या? उनके पुरखों का जीवन भी इसी तरह बीता होगा जैसे कमोबेश उनका बीत रहा है। आगे मिर्ज़ा ग़ालिब स्ट्रीट की तरफ़ निकलने वाली गली के मुहाने पर ही जो चार मंज़िली इमारत है, उसकी दूसरी मंज़िल की तीसरी खोली में अपने पिता के गुज़रने के बाद गोंगेश पाल अकेले रहा करता है। मेरा मतलब रहा करता था। लोग बताते हैं कि बचपन से ही गोंगेश कुछ अजीबोग़रीब हरकतें किया करता था। एक बार दूसरी मंज़िल से हाथ फड़फड़ाता हुआ कूद गया था। न जाने कहाँ से उसके दिमाग़ में आ गया था कि आदमी भी पक्षियों की तरह उड़ सकता है। उसे लगा होगा कि आदमी के हाथ किसी ज़माने में उसके डैने रहे हों और डैनों के रूप में ज़्यादा इस्तेमाल न होने के कारण उसके पर झड़ गए हों आदि। दो साल का था तब ही माँ गुज़र गई। गली के मोड़ पर कबाड़ की दुकान चलाया करता था उसका बाप। शुरू की कुछ जमातें पढ़ने के बाद एक दिन गोंगेश अपने पिता से बोला—अब्बा, अब मुझे नहीं पढ़ना। मुझे कमाना है। पड़ोस के मुस्लिम लड़कों की देखा-देखी वह भी अपने बंगाली बाप को अब्बा कहता था। अब्बा ने समझाया कि कम-से-कम माध्यमिक पास कर जा। कोई जुगत बिठाकर किसी प्रेस में नौकरी दिलवा दूँगा। नहीं तो मेरी ही तरह कबाड़ी बना रहेगा ज़िन्दगी-भर। पर गोंगेश एक न माना। वह कमाना चाहता था—अभी का अभी। बाप ने दो चाँटे रसीद किये और अपने साथ दुकान पर बिठाना शुरू कर दिया। धन्धा-पानी का हालचाल बताता और छोटा-मोटा सौदा उसे ही तय करने देता। पुराने अख़बार, काग़ज़-पत्तर, बही-खाता से लगाकर टूटे बर्तन और शीशी-जार तक की वे ख़रीद करते थे—नगद। गोंगेश व्यावसायिक बुद्धि का निकला और थोड़े ही दिनों में ऐसी-ऐसी जगहों पर डंडी मारकर दिखला देता, जहाँ उसके बाप को गोंगेश के पिट जाने की पूरी समझ होती। यह भी होता रहता तो ठीक था। लेकिन कुछ दिनों के बाद अब्बा ने उसे कुछ अनमना रहते महसूस किया। उसके मन में हमेशा से कुछ और ही चलता रहता। कुछ तो उसके स्वभाव में था और रही-सही कसर पूरी कर दी उस पंजिका ने जो एक सौदे के दौरान उसके हाथ अचानक ही लग गई थी। पंजिका क्या, पूरी एक पोथी ही कहिए, जिसमें

बंगाल के काला जादू को सिद्ध करने के तंत्र-मंत्र सुझाए गए थे। बस फिर क्या था, उसके आवारा मन ने शह दिया। रोज़ाना दुकान के काम निबटा लेने के बाद गोंगेश पूरी लगन से उस पंजिका के अध्ययन में जुट जाता। धीरे-धीरे वह कॉलेज स्ट्रीट से खोज-खोजकर ऐसी पंजिकाओं, पोथियों और शास्त्रों को जुटाने लगा जो तंत्र-मंत्र और इन्द्रजाल से सम्बन्धित हुआ करते थे।

गोंगेश ने एक पुरानी लाल डायरी में काम की बातें नोट करना शुरू कर दिया। उसने तय किया कि दिन के वक़्त ख़ाली समय में वह उसे पढ़ा करेगा। अब वह जान गया था कि तांत्रिक और जादूगर दूसरे प्राणियों से अलग जीव होते हैं। दिनांक 16.12.1964 वाले पृष्ठ पर (डायरी बहुत पुरानी थी, सो दिये गए दिनांक का कथा-काल से कोई वास्ता नहीं) उसने लिखा—

> *हज़ारों सालों की तपस्या कर ऋषियों ने कहा है—पृथिवी पर जीने-मरने वाले समस्त चराचरों में मनुष्य सर्वश्रेष्ठ है। मनुष्यों में भी श्रेष्ठ जाति जादूगरों की है—साधक और तांत्रिकों की। देखिए कि आम आदमी का वास्ता रोटी, कपड़ा और मकान से होता है। उसकी चिन्ता में देवता-प्रकोप, ब्याह-श्राद्ध, पत्नी की गुज़ारिशें, नौकरी के छूटने की चिन्ता आदि का प्रमुख स्थान है। किन्तु जादूगर की चिन्ता में वह सभी चीज़ें होती हैं, जिन्हें आम आदमी भूल चुका है। पेड़ क्यों रो रहे हैं, घड़ी थकती नहीं क्या, रास्ते पर किसी के द्वारा भुलाया जा चुका एक जूता भी अपना रक्त माँगता है आदि सब बातें एक जादूगर को ही सोचना होती हैं। सूतरांग, आसपास की चीज़ों पर निगाह डालिए—कुछ न कुछ लावारिस और सन्दिग्ध आपको मिल जाएगा। और कुछ नहीं तो बेकार लुढ़क रही सोडे की बोतल या हवा में इधर-उधर उड़ता एक पुराना पोस्टकार्ड। जादूगर का वास्ता इसी बोतल और पोस्टकार्ड से मिलेगा।*
>
> —श्रीरंजन मल्लिक कृत इन्द्रजाल रहस्य, भाग-2, पृ. 37

ये वो दिन थे जब गोंगेश पाल धीरे-धीरे समाज की गिरफ़्त से बाहर आ रहा था—जैसे फटी हुई चादर से हवा चुपचाप सरकती हुई निकल लेती है। गोंगेश जानता था कि जादूगर का कोई समाज नहीं होता। समाज के लिए जादूगर, बढ़ई या लुहार जैसा उपयोगी जीव नहीं होता। कोई पढ़ाई-लिखाई इसलिए करता है कि डॉक्टर-इंजीनियर बनेगा। रुपया-पैसा तो जादूगरी की लाइन में भी है, किन्तु बचपन से ही कोई इस तरह नहीं सोचता कि बड़ा होकर जादूगर बनेगा। समाज इसकी इजाज़त नहीं देता। जादूगर एक अलग दुनिया में जीता है। वह विश्वकर्मा होता है। उसे देखकर पृथ्वी रोती है और वह अपने लिए एक नई पृथ्वी बनाता है। इस तरह गोंगेश का गुटका-पंजिका पढ़ना पृथ्वी के प्रति पहली निष्टुरता का पाठ पढ़ने की तरह होता है। पृथ्वी रोती है—रे दैया!

पहले-पहल लोगों ने समझा, बाप के गुज़रने के बाद गोंगेश की मति मारी गई है। वह रास्ता चलते अचानक रुक जाता और ज़मीन पर पड़े टीवी, रेडियो के किसी पुर्ज़े को उठाकर इस तरह देखने लगता जैसे अलीबाबा का चिराग़ हो। कुछ देर बाद उसे जेब में डालकर आगे बढ़ जाता। वह दिन-रात इसी तरह भटकता रहता। सबसे ज़्यादा पार्क स्ट्रीट के आसपास उसे देखा जाता। दुकानों के बड़े-बड़े शोरूम में खड़ी सजी-धजी, रंगीन कपड़ों और महँगे जेवरों से लदी गुड़ियों को निहारता, आते-जाते लोगों को ग़ौर से देखकर पहचानने की कोशिश करता, उनके हावभाव आदि के बारे में अपनी डायरी में नोट लिखता। 14.4.1964 के पृष्ठ पर लिखा एक मज़ेदार नोट देखिए—

शीर्षक—सड़कों की तितली

रशेल स्ट्रीट में उसे पहली बार देखा। फिर एक दिन थियेटर रोड में किसी महँगी दुकान से निकलते हुए और एक दिन लैंस डाउन में बस के लिए खड़ी भीड़ में। हो सकता है कि तीनों अलग-अलग हों और मुझे भ्रम हुआ हो। मेरी बढ़ी हुई दाढ़ी और इस चिपचिपी गर्मी में भी ओवरकोट पहने रहने से उसे मैं एक अलग आदमी दिख रहा होऊँ—इसलिए पहली ही मुलाक़ात में उसने मुझे ग़ौर से देखा। या हो सकता है कि वह कोई सेल्सगर्ल हो और आते-जाते लोगों को इस तरह ध्यानपूर्वक देखकर उनकी औक़ात का अन्दाज़ा लगाती हो। इस तरह पहली नज़र में हर कोई उसे ग्राहक दिखता हो। उसने मुझे टोका नहीं। इसका अर्थ यह कि उसने ताड़ लिया होगा कि मेरी जेब में फूटी कौड़ी नहीं है। आजकल के युग में रुपये-पैसे की क्या माया है रे बाबा! (आगे की दो पंक्तियाँ स्पष्ट नहीं)...कितनी एक मज़ेदार बात की खोज मैंने की है कि जैसे-जैसे वह आगे बढ़ती जाती है, मैं उसकी पहुँच से बाहर होता जाता हूँ। पीछे छूट गए आदमी को क्या एक बार मुड़कर देख लेने से ही बराबर का दर्ज़ा दिया जा सकता है?

(नोट : यह अंश व्याकरण और वर्तनी सम्बन्धी भूलें सुधारने के बाद—लेखक)

इस तरह धीरे-धीरे गोंगेश पाल इस भरी-पूरी दुनिया में पीछे छूटता गया। दिन-भर महानगर की सड़कों की खाक छानता फिरता और शाम होते ही हाड़ू घोष की भट्ठी पर जा बैठता। प्रसंगवश गोंगेश से मेरी पहली मुलाक़ात यहीं हुई थी। यह प्राय: रोज़ का नियम था कि आधा बोतल बांग्ला (देसी शराब) चढ़ाने के बाद बुड़बुड़ की आवाज़ करते हुए गोंगेश अपनी लाल डायरी के किसी पन्ने को पढ़कर हाड़ू को सुनाता। हाड़ू घोष को उसकी बातें बड़ी अच्छी लगतीं। कोई महात्मा-विचारक की तरह बोलता है गोंगेश—एक बार उसने मुझसे कहा था।

"सुनता है रे हाड़ू, पृथिवी तो सूर्य के चारों ओर गोल-गोल घूमती है। ठीक टाइम पर दिन-रात घटित होता है कि नहीं? अजीब चक्रान्त है साला! स्त्री-पुरुष के रात्रिवास से ही तो सृष्टि चलती है रे हाड़ू। यह सब तो इष्टदेव का बनाया नियम-कानून है। कोई घूस नहीं चलेगा। लाल बाज़ार थाना समझ रक्खा है क्या? इस तरह के एक ही सत्य से खिलवाड़ करके क्या कोई बच सका है रे पृथिवी पर? इतिहास में अकबर पहले हुआ था कि सिराजुद्दौला? जवाब जान-सुनकर उल्टा देने से जान को ख़तरा है हाड़ू। और क्या? साला आदमी की क्या औक़ात! क्या रात में भी धूप खिला सका है कोई बैनचो?"

हाड़ू हँसता है। मैं हँसता हूँ। बाहर खड़ी सजी-सँवरी लड़कियाँ हँसती हैं। खानगियाँ हैं सब। हाड़ू की बीवी भी पहले खानगी थी। ख़ुद मैं कितनी बार उसके साथ 'बैठा' हूँ, याद नहीं। तब हाड़ू पुरुलिया से भागकर नया-नया आया था। पास में कुछ पूँजी थी, सो तिरपाल डालकर भट्ठी लगाई। दो पैसे के लोभ में यहीं के कुछ दलालों ने उसकी मदद की। पुलिस से जान-पहचान कराई। दो बरस पहले उसने दीवार को पक्का किया। सोनागाछी में आज की तारीख़ में सबसे बड़ी भट्ठी का मालिक है हाड़ू। रामबाग़ के बँधे गाहक भी यहीं अपना गला तर करने आते हैं। ख़ैर, वक़्त हो चला है, अब लेते हैं एक छोटा-सा ब्रेक।...आप सोचते होंगे, इस तरह बार-बार ब्रेक लेने की क्या दरकार? जनाब, मेरा मानना है कि कहानी को युग-सापेक्ष होना चाहिए। और यदि कहानी गोंगेश पाल की हो तब तो ब्रेक की अनिवार्यता हो जाती है। यह आगे चलकर स्पष्ट होगा। बहरहाल...

देवियो और सज्जनो, पन्ने मत पलटिएगा
हम अभी हाज़िर होते हैं—एक छोटे-से ब्रेक के बाद

साइला रे...साइला रे
क्या बोला फिर बोल रे...

हाय, आई ऐम शाहरुख़ ख़ान एंड यू आर रीडिंग द स्टोरी ऑव गोंगेश पाल।

एंज्वाय...ध्रिंग ध्रांग धूम...अपुन बोला तू मेरी लैला...

कहानी के अगले भाग के प्रायोजक हैं—

धर्मा सीमेंट—जनतांत्रिक गठजोड़ का प्रतीक
और विटमिन ई युक्त अनूपा हेयर ऑयल—अब आपके बाल नाच उठेंगे।

ब्रेक के बाद की कहानी इस तरह—

अब तक यह तय होना बाक़ी नहीं रहा कि गोंगेश पाल ने जिस तरह की ज़िन्दगी अख़्तियार की थी, वह एक नौकरीपेशा आम आदमी की हरगिज नहीं हो सकती। शीघ्र

ही यह भी स्पष्ट होने से बाक़ी न रहा कि इस लाइन में बने रहने के लिए दुनिया में रोज़ घटित होने वाले परिवर्तनों का गहनतापूर्वक अध्ययन करना अनिवार्य हो गया है। ग़ौर कीजिए कि दुनिया देखते-देखते कितनी बदल चुकी है। चीज़ें किस क़दर घुसी चली आ रही हैं कि कोई ख़ाली जगह ही नहीं बचेगी कहीं। आख़िर कितना कुछ जाना जा सकता है कि हर आदमी की अपनी सीमा होती है। गोंगेश के पास एक आसान रास्ता यह था कि दुकानों, घरों में या सड़कों पर जो भी नई चीज़ देखे, उसके बारे में अपने जाने ठीक से पता लगाए। लोग क्या खा-पी रहे हैं, क्या पहन-ओढ़ रहे हैं या क्या बोल-सुन रहे हैं आदि को ठीक से नहीं जानने से तो काम चलेगा नहीं। आँख मूँदकर दो डग भी चला जा सकता है क्या? आख़िर उसे इसी दुनिया में और इन्हीं दुनियावी लोगों से अपना काम चलाना है। फिर एक जादूगर और आसपास की चीज़ों का तो मामा-भगिनी का रिश्ता है। अब कोई जादूगर आजकल के युग में खड़ाऊँ ग़ायब करके तो खेल दिखाएगा नहीं। खड़ाऊँ-जैसी चीज़ें तो अपने-आप ग़ायब होती जा रही हैं। उसे इन लोगों के बीच बाटा का जूता ग़ायब करके दिखलाना होगा। तभी तो वह श्रेष्ठ जादूगर है। फिर बाटा का जूता ग़ायब करने के लिए बाटा कम्पनी के जूतों से जान-पहिचान तो होनी ही चाहिए। उसे इनकी प्रकृति से वाक़िफ़ होना पड़ता है। और क्या? दिनांक 31.1.1964 के पृष्ठ पर उसने लिखा—

> *सबसे बड़ा जादू है लोगों के देखते रहते चीज़ों को ग़ायब कर देना। यह साक्षात् जादू है। शक़ की कोई गुंजाइश नहीं। दुनिया में कोई-कोई जादूगर दृष्टि-भ्रम से ऐसा कर दिखाते हैं (चीज़ें वहीं हैं पर दिखती नहीं—गोंगेश पाल) लेकिन सच्चा जादूगर चीज़ों को वाक़ई ग़ायब करता है। यह कोई दूध-भात की तरह आसान काम नहीं। दुनिया में हर चीज़ की अपनी दैवी शक्ति होती है। उसी के बल पर चीज़ें दुनिया में जमी रहने के लिए सदा संघर्ष करती हैं। विद्या-विशारद जादूगर को चीज़ों की उस शक्ति से भिड़ना पड़ता है। गुरुकृपा प्राप्त मंत्रसिद्ध जादूगर इस लड़ाई में जब जीत जाता है तो बाध्य होकर चीज़ों को ग़ायब होना पड़ता है। लेकिन ख़बरदार, यह आग से खेलने-जैसी बात है। यदि इस लड़ाई में चीज़ों की विजय हुई तो तत्क्षण ही जादूगर की विद्या-बुद्धि का सर्वनाश तो होगा ही, यह कभी-कभी प्राणलेवा भी सिद्ध हो जाता है।*
>
> —प्राचीन बंगाल का तिलिस्म, अन्नदाशंकर भौमिक, पृष्ठ 76

इसी से मिलता-जुलता एक और नोट लिखा है 25.8.1964 के पृष्ठ पर—

> *विज्ञान की बात है कि पृथिवी गुरुत्वाकर्षण बल से परिमंडल को संचालित करती है। पृथिवी के ज्ञात-अज्ञात समस्त जीव-जन्तु, कीट-पतंग ही नहीं, निर्जीव वस्तुओं का भी अपना भाषा-सिद्धान्त होता है क्या? पृथिवी का कोई*

भी सजीव किंवा निर्जीव चिह्न परिस्थिति-संज्ञान से ख़ाली नहीं। रसोईघर में रखी एक माचिस की डिबिया दूसरे कमरे में मेज़ पर रखी कलम को कूट ध्वनि-तरंगों द्वारा सम्बोधित करती है, जिसे मानव नहीं समझ सकता। यदि डिबिया पर कोई विपत्ति आए तो तत्क्षण ही कलम या दवाई की शीशी गिर-टूटकर प्रतिकार कर सकती है। जादूगर को यह सब जानना चाहिए। सूतरांग, जादू के प्रदर्शन में निर्जीव वस्तुओं की मन-भावना की भी चिन्ता कीजिए। आपकी किसी हरकत से किसी वस्तु को ठेस पहुँचती है तो दूसरी वस्तुएँ खेल गड़बड़ा सकती हैं।

—श्रीरंजन मल्लिक कृत इन्द्रजाल रहस्य, भाग-2, पृष्ठ 87

चीज़ों को ग़ायब करने की बात से एक मज़ेदार वाक़या याद आ रहा है। एक दिन हाड़ू घोष की भट्ठी पर बैठा माल पी रहा था कि दौड़ते हुए बंटा आया और एकाएक दरी पर थसड़कर बैठ गया। वह बुरी तरह हाँफ रहा था और पेट पर हाथ रखकर हँसे जा रहा था। खाकी हाफ पैंट और हिमानी पाउडर की छापवाली फोकट की सफ़ेद झक्क गंजी पहने बंटा को देखकर भट्ठी में मौजूद लोगों ने अनुमान लगाया कि ज़रूर कोई मज़ेदार घटना देखकर आया है। कुछ लोग बिना कुछ जाने-सुने पहले से ही इस बात की उम्मीद पर हँसने लगे कि अभी वह बताएगा मामला क्या है। कुछ अधैर्यवान लोग लगातार पूछने लगे कि बोल बे बंटा बात क्या है। कुछ तो बोल स्साले!

थोड़ी देर बाद बंटा स्थिर हुआ। बोला, "अरे मत पूछो पल्टू दा, क्या दारुण दृश्य देखकर आया हूँ। बहुत मज़ा, बहुत मज़ा!"

नशे में छितराए हाती बागान के प्राणमथ बाबू को और धैर्य नहीं। अपनी आशुतोष मुकर्जी मार्का मूँछों को माल से तर करते हुए चिंघारे, "अरे खानगी की औलाद, बताता है कि तेरी माँ को..."

बंटा—"विक्टोरिया मैदान में गोंगेश को देखा, मालूम?"

हाड़ू घोष—"हाँ, फिर?"

बंटा—"जादू दिखा रहा था। और...और जानते हो, उसके आसपास जादू देखने के लिए एक प्राणी भी उपस्थित नहीं था।"

पल्टू—"क्या रे, हवा में जादू दिखा रहा था गोंगेश?"

हाड़ू घोष—"जब कोई था ही नहीं तो जादू किसको दिखा रहा था?"

बंटा—"वही तो गुरु, मेरे साथ आनन्दी का बेटा भी था। उसने पूछा कि गोंगेश दा, क्या कर रहे हो? तो गोंगेश बोला, जादू दिखा रहा हूँ। मैंने पूछा, दिखा किसको रहे हो? यहाँ तो कोई भी नहीं। तो मालूम उसने क्या जवाब दिया?"

(सब उत्सुक)

बंटा—"उसने कहा कि जो लोग जादू देख रहे थे, उन्हें मंत्र फूँककर ग़ायब कर दिया है।"

हँसी के एक सामूहिक ठट्ठे से एकबारगी लगा, भट्ठी की छत ही गिर जाएगी। पहले-पहल मुझे दुख हुआ जब सब आपस में कहने लगे कि गोंगेश नकलची है, झूठमूठ जादू-जादू करता है। उसे आता-जाता कुछ नहीं। कोई कह रहा था कि ठग है, पकड़कर पीटना चाहिए। कोई कहता था कि पागल हो गया है आदि। बाद में मुझे भी लगा कि लोगों की बातों में दम है। यदि वाक़ई गोंगेश जादूगर-तांत्रिक आदि होता तो समाज में अपनी विद्या का प्रदर्शन क्यों नहीं करता! कितने तो जादूगर हैं जो अपना खेल दिखाकर हज़ारों कमा रहे हैं। छुटभैये सब नुक्कड़ पर या लोकल ट्रेनों में एकाध मैजिक दिखाकर फुटकर कमाकर पेट तो पाल लेते हैं अपना। लेकिन अपने गोंगेश को तो आज तक किसी ने कोई खेल दिखाते नहीं देखा। पूछने पर उल्टा कहता है कि अभी पक्का जादूगर नहीं बना, इसलिए दिखाता नहीं। आधी विद्या के प्रदर्शन से सर्वनाश हो जाता है आदि। यह तो वही अनादि-अनन्त वाला क़िस्सा हुआ जी! अरे कोई तो शुरुआत हो, कहीं तो तुम पकड़ में आओ। प्राणमथ बाबू ठीक ही कहते हैं कि पंजिका-पोथी पढ़कर ही जादूगर बनना होता तो अब तक हज़ारों लोग जादूगर बन गए रहते। अजी व्यापक साधना की ज़रूरत होती है इसके लिए—खेला बात नहीं है कोई। पहले के ऋषि-मुनि नहीं करते थे तपस्या आदि! तभी तो निमता के त्रिजटा बाबा हुगली नदी पर यों चलकर दिखा दिये थे कि क्या कोई ज़मीन पर चलता हो! और कुछ नहीं जी, सौ में एक बात यह है कि जितना जतन कर लो, पेट में बच्चा और विद्या छुपाए नहीं छुपती।

हाँ तो मेहरबान कदरदान, आप सबको विदित हो कि हाड़ू घोष की भट्ठी पर गोंगेश को लेकर घटित हुई मज़ाक़ की यह बात तब की है जब घर-दुकानों की दीवारों पर विज्ञापन लिखने का नया-नया रिवाज चला था। गोंगेश पाल को लेकर कविता या कहानी जैसा कुछ लिखने का विचार पहले-पहल लगभग इन्हीं दिनों आया था दिमाग़ में। तब से हुगली में कितना पानी बह निकला—हिसाब है कोई? नक्सलियों को पूरी तरह ख़त्म किया जा चुका था। सत्ता में सीपीआई (एम) विराजमान हो चुकी थी। लोगों का जीवन चैन-शान्ति से कट रहा था। नये लड़के पढ़ाई-लिखाई कर विदेश जाने लगे—दिल्ली, बम्बई, अमेरिका, दुबई। अब कोई ज़रूरत नहीं लेनिन-माओ को पढ़ने की। दुनिया की धारा दूसरी तरफ़ हो गई। पैसा कमाओ घर बसाओ। विचारधारा वालों को लाल बाज़ार पुलिस ठोक देगी सरे राह। दुनिया क्या से क्या हो गई। एक-एक करके सारे चटकल बन्द हो गए। कोलकाता की सड़कों पर बिहारी, उड़िया और ग़रीब बंगालियों का एक नौकरबाज़ार बन गया। घर बैठे एक फ़ोन घुमाइए और हर काम में पारंगत नौकर पाइए—वाजिब और मुनासिब दाम पर। हमारे यहाँ महिलाओं के मन-बहलाव के लिए हृष्ट-पुष्ट लड़कों की भी सप्लाई की जाती

है। कैटलॉग फ़ैसिलिटी और प्राइवेसी की पूरी गारंटी...। यह ठीक है कि मेटियाबुर्ज़, गोड़िया, तारातल्ला, नाकतल्ला, बेहाला, ठाकुरपुकुर आदि कई जगहों पर कोलकाता का चेहरा कमोबेश पहले-जैसा ही रहा, लेकिन चेहरे के इर्द-गिर्द की हवा कितनी बदल गई है! हर नुक्कड़ पर फास्ट फूड सेंटर, साइबर कैफ़े, तीन महीने की कोर्स में खाना बनाना सिखाने वाले सेंटर, धाराप्रवाह अंग्रेज़ी बोलना सिखाने वाले सेंटर। ब्यूटीपार्लर तो मस्ट है रे गुरु! एकदम होना ही माँगता—क्या? चारों तरफ़ सनसनी, छिछोरापन और ताम-झाम का ज़माना। पेप्सी, शाहरुख़, कंडोम और मोबाइल। सबसे बड़ी सुरक्षा व्हिस्पर सुरक्षा। मॉर्निंग वॉक, जॉगिंग, योगा, जिम। स्लिम एंड सेक्सी फ़िगर। काँटा लगा हाय लगा...। दुनिया की मति-गति का कोई ठिकाना नहीं। कभी आगे तो कभी पीछे। जोड़ासाकू की बड़ी घड़ी के पेंडुलम की तरह।

टक् अटलबिहारी वाजपेयी - टक् मन्दिर बनकर रहेगा - टक् मुम्बई-चेन्नई की तरह कलकत्ता भी कोलकाता - टक् डेबोनेयर, फैंटेसी - टक् मल्टीप्लेक्स, राहुल बोस - टक् क्योंकि सास भी कभी बहू थी - टक् मो. अज़हरुद्दीन - टक् एसएफआई, लाल सेलाम - टक् नरेन्द्र मोदी - टक् आती क्या खंडाला - टक् कौन बनेगा करोड़पति - टक् कर लो दुनिया मुट्ठी में - टक्-टक्-टक्क - बारह बजकर पाँच मिनट।

जोड़ासाकू की बड़ी घड़ी ने बजाया बारह बजकर पाँच मिनट। समय हो चला है एक छोटे-से ब्रेक का।

कहानी के बीच एक छोटा-सा ब्रेक—

क्या मौत भी सच्चे प्यार को जुदा नहीं कर सकता? क्या हर जन्म में उस प्यार की सदाएँ आती हैं?

देखिए—'सौ बार जनम लेंगे'

सोमवार से शुक्रवार, रात 8.30 बजे—सिर्फ़ स्टार प्लस पर।

. . .

ऑस्ट्रेलिया के ख़िलाफ़ मेलबोर्न में चल रहे पाँचवें और अन्तिम एक दिवसीय मैच में भारत का स्कोर हुआ बाईस ओवर में 172 रन, तीन विकेट के नुकसान पर। अन्तिम आउट होने वाले वीवीएस लक्ष्मण ने 70 रनों का निजी स्कोर खड़ा कर लड़खड़ाती भारतीय बल्लेबाज़ी को सहारा दिया। क्रीज़ पर अभी राहुल द्रविड़ (37) और मो. कैफ़ (15) टिके हुए हैं। आगे की जानकारी 'हल्दीराम भुजिया क्रिकेट अपडेट' के अगले एपीसोड में।

'हल्दीराम भुजिया क्रिकेट अपडेट' के सहप्रायोजक हैं—पेप्सी, ये प्यास है बड़ी! और लक्स कोज़ी, ये अन्दर की बात है।

ब्रेक के बाद आपकी वापसी का स्वागत है—

मौलाली चौरस्ता से गुज़रते हुए जब जीवन में पहली बार किसी विज्ञापन को देखा था तब इत्तेफ़ाक़न गोंगेश मेरे साथ था। उसके पूछने पर 'हम दो हमारे दो' के निहितार्थ की व्याख्या मैंने ही की थी। जहाँ तक मुझे याद है, तब वह मुस्कराया था। पूछा, "और जो ख़ुद ही दो न हों?" मुझे हँसी आई। वह शादी क्यों नहीं कर लेता जैसे किसी सवाल से वहाँ उसको बहलाया जा सकता था। लेकिन तब मुझे मालूम न था, वह भीतर ही भीतर क्या खिचड़ी पका रहा है। उसने मन-ही-मन कहा होगा—बैनचो, अब इनकी इजाज़त लेनी होगी बच्चे पैदा करने वास्ते? लेकिन ये हैं कौन सब जो इस तरह लोगों को उपदेश दे रहे हैं? अगर वह पूछता तो मैं अपनी इस जानकारी को ज़रूर प्रदर्शित करता कि यह भारत सरकार द्वारा जनहित में जारी सन्देश है। लेकिन कहता कैसे कि तब के ज़माने में यह शब्दावली भी तो निर्मित नहीं हुई थी। हो सकता है तब मैं इसी अर्थ के लिए किन्हीं दूसरे जुमलों का इस्तेमाल करता। या क्या पता कि तब उस विज्ञापन का तंत्र ठीक से मेरी समझ में आता भी कि नहीं। कुल गरज यह कि तब मुझे किसी ख़तरे का आभास नहीं हुआ था। उसका चेहरा अमूमन विकारहीन होता था। देखकर यह पता लगाना बहुत कठिन होता कि उसके भीतर क्या चल रहा है। मुझे हमेशा से वह उदास दिखा। या क्या पता उसके चेहरे की बनावट ही ऐसी हो!

"गोंगेश किसी महात्मा-विचारक की तरह बोलता है।" एक बार हाड़ू ने कहा था। उसकी बीवी क्या पता क्यों गोंगेश से चिढ़ती थी। बोली, "उसके साथ बात करना अपने समय को नष्ट करने जैसा है।"

यह सुनकर मुझे कोफ़्त हुई। खानगी का समय कितना मूल्यवान होता है, यह कौन नहीं जानता! साली घंटे का तीस लेती थी। ब्याह कर लेने से ही खानगियाँ पूरी तरह बदल जाती हैं क्या?

"लेकिन उसके तर्क ठीक लगते हैं।" मैंने कहा। मैं जानता था, 'तर्क' का मानी हाड़ू की बीवी नहीं जानती। जानता यह भी था कि गोंगेश के तर्क हुगली नदी के बुलबुले की तरह होते हैं। या ज़्यादा हुआ तो अंडे के खोल की तरह कह लें जैसे इकतारा बजाकर गाने वाले बाउलों के होते हैं। एक वहशी उन्माद ही उन अनगढ़-अनपढ़ तर्कों के बिखरे सिरे जोड़ सकता है। मैंने देखा हाड़ू की बीवी भीतर जाने लगी। जाते हुए उसने कैसे तो मुझे देखा और उसकी देह कैसे तो लचक उठी—यह मुझे अच्छी तरह मालूम है। धन्धा छोड़ने के बरसों बाद भी रोज़मर्रा की आदतों के महीन सिरे पर पुरानी खानगियाँ एकबारगी पहचानी जा सकती हैं।

हाड़ू की बीवी के जाने के बाद मैं भी चल पड़ा बाहर की हवा खाने। एक बासी गाना अधबुझे चूल्हे के धुएँ की तरह उड़ता हुआ बह रहा था। चारों तरफ़ खानगियों के हँसने-महकने और सीटी मारने का शोरगुल। यह शोरगुल पूरे सोनागाछी इलाक़े में एक-सा बना रहता है। आँखें बन्द करने से हठात् पता नहीं चलेगा, किस गली के

सामने खड़े हैं। आगे जाकर बीके पाल एवेन्यू क्रॉसिंग तक पहुँचते न पहुँचते शोरगुल की प्रकृति बदल जाती है—सड़क की गति और उस पर चलने वाले आदमियों के क़दमों की भाषा भी।

इंडियन एक्सप्रेस की बिल्डिंग के बाजू चाय की गुमटी के पास गोंगेश मिल जाता है। "क्यों रे, आजकल नहीं आता हाड़ू के यहाँ?" मैं पूछता हूँ। जवाब देने के बदले वह मेरे साथ हो लेता है। कहाँ न कहाँ भटकते हुए हम मौलाली चौरस्ता के सामने दीवार पर लिखे उस विज्ञापन के सामने जा खड़े होते हैं। सचमुच उस वक़्त मैं यह भाँप न पाया था कि गोंगेश की मति-गति किधर है।

रीगल सिनेमा के सामने पोस्टर देखते हुए वह पूछता है, "क्यों दादा, क्या मैं भी अपना विज्ञापन लिखवा सकता हूँ?"

पोस्टर बड़ा ही अर्थवान था। एक अधेड़ औरत एक तरफ़ खड़ी है और ठीक उसके सामने उसके घुटनों तक एक पर एक रखीं मोटी-मोटी किताबों के ऊपर चढ़कर एक पन्द्रह-सोलह साल का लड़का खड़ा है। दोनों मुँह से मुँह सटाए किस कर रहे हैं—फ्रेंच किस। लड़के का दायाँ हाथ औरत के ब्लाउज़ के भीतर है जिस पर काला रंग पोत दिया गया है। पोस्टर में सबसे नीचे पीले बड़े-बड़े अक्षरों में शीर्षक दिया गया है—मस्ती बड़ी सस्ती। नीचे एक बेस लाइन भी है—ही इज़ सिक्सटीन, आई ऐम फोर्टी प्लस। आई ऐम हिज़ ट्यूटर।

"क्यों दादा, आपने कुछ बताया नहीं! क्या मेरा भी..."

"तेरा दिमाग़ फिर गया है। और क्या? माथा ठंडा करके ठीक से सोच।"

"क्यों नहीं भला? मैं एक जादूगर हूँ। मेरा भी पोस्टर छप सकता है। जैसे ओलम्पिक सर्कस वाले छपवाते हैं।"

"उसके लिए चाहिए पूँजी—कैपिटल। कहाँ से लाएगा?"

"वो सब बन्दोबस्त हो जाएगा दादा। मुझे एक आदमी मिला था चार दिन पहले। वो थियेटर रोड-एजेसी बोस रोड क्रॉसिंग पर। बता रहा था कि ठीक से पब्लिसिटी होने से ही धन्धा निकल पड़ेगा। उसने मेरा नाम-पता आदि नोट किया और फिर मिलेगा, बताया।"

"कोई फ्रॉड होगा। आजकल की दुनिया में ऐसे लोगों की कमी है क्या?"

"कोई गोलमाल नहीं। फिफ्टी-फिफ्टी की भागीदारी होगी दादा। लिखा-पढ़ी पहले। मुझे सिर्फ़ उसका साथ देना है। वह जहाँ कहे, वहीं जाकर जादू का प्रदर्शन करना है। और कहीं करने से मेरा मूल्य घट जाएगा—बोलता था। भीड़ वह जुटाएगा। टिकट लगाएगा। पब्लिसिटी करेगा—यह भी कहा उसने। दिमाग़ उसका, काम मेरा—फिफ्टी-फिफ्टी।"

खाओ ब्रिटेनिया फिफ्टी-फिफ्टी, वेरी-वेरी टेस्टी-टेस्टी। गोंगेश ठीक कहता है। वह आदमी सचमुच मिला था उसे। पचपन-छप्पन का होगा। खिज़ाब से बाल

काला किये, ढीली-ढाली रंगीन कमीज़ और ख़ूब टाइट जींस पहने। कपड़े उस पर ज़रा भी नहीं फब रहे थे। बोलता था तो उसके मुँह से थूक की बिन्दियाँ झड़ती थीं।

"यू आर इंटेलिज़ेंट, ऐज़ वेल ऐज़ नीडी। आई ऐम इंटेलिज़ेंट, ऐज़ वेल ऐज़ ग्रीडी। मेक अ बॉण्ड टुगेदर। मालामाल कर दूँगा तुम्हें। तुम्हारा अपना दफ़्तर होगा—फ़र्स्ट क्लास एसी चेम्बर में बैठना। पूरा ऑफ़िस पेपरलेस—सेंट परसेंट कम्प्यूटराइज़्ड। फ़ोन-फ़ैक्स की सुविधा। दुनिया-जहान से सम्पर्क। आज लन्दन, कल टोक्यो में विज़िट।

"अंग्रेज़ी जानते हो? कोई बात नहीं। एक दो वाक्य बाँग्ला में बोलने के बाद डैम गुड, फ़क इट, ओ शिट्, गो टू हेल आदि बोलते रहना। बाक़ी मैं सँभाल लूँगा। आख़िर मैं किसलिए हूँ?

"अरे तुम कुछ नहीं जानते गोंगेश—दुनिया बदल रही है। नब्ज़ पकड़ो दुनिया की। हर युग में लोग किसी चमत्कार की प्रतीक्षा करते हैं। चमत्कार माने जादू। ऑफ़िस के बाद लोगों को चाहिए एंटरटेनमेंट। लोग पैसे देकर देखेंगे तुम्हारा जादू। नेताजी इनडोर स्टेडियम में ख़ूब भव्य शो आयोजित करवाऊँगा—स्पॉन्सरशिप के पैसे से। फिर साल्टलेक स्टेडियम, निको पार्क और पीयरलेस इन में भी। हर शो के पहले रवीन्द्र संगीत होगा। लोगों को कैसे नचाना चाहिए, यह मैं अच्छी तरह से जानता हूँ गोंगेश।

"शक़ की कोई गुंजाइश नहीं। आमदनी आधा-आधा। लिखा-पढ़ी पहले। समझे गोंगेश?"

गोंगेश का माथा घूम रहा है। यह सब तो होगा—ठीक है। लेकिन उस डर का क्या करे जो चौबीसों घंटे उसके साथ लगा रहता है! कहीं यदि वह जादू दिखाने में असफल हुआ तो? पहले की कोई प्रैक्टिस भी तो नहीं। पब्लिक के सामने पोल खुल गई तो जूते पड़ेंगे। हो-हल्ला होगा, अख़बार में नाम आ जाएगा। पब्लिक को उल्लू बनाने के जुर्म में लाल बाज़ार भी जा सकता है। एक बार थाने जाने पर पुलिस आदमी के पिछाड़ का क्या हाल करती है, जानता नहीं क्या! ज़िन्दगी-भर लँगड़ाते बीतेगा।

यह वह समय था मित्रो जब गोंगेश को किसी पुख्ता नतीज़े पर पहुँचना था। दुनिया एक नई मंज़िल के लिए सफ़र की तैयारियाँ कर चुकी थी। यह पूरी तरह गोंगेश पर था कि वह इस सफ़र में दुनिया के साथ चलता है या पिछड़ जाना पसन्द करता है। इसमें कोई सन्देह नहीं कि ज़रा भी हिम्मत दिखलाता तो करोड़पति भी हो सकता था गोंगेश। लेकिन फिर वही...। उस डर का क्या करे गोंगेश? गोंगेश... गंगेश...या कि गङ्गेश!

अच्छा, गोंगेश का नाम यदि हरिदास पाल रहता तो सचमुच कहानी क्या वही रहती जो अब है? कितने लोग तो अंकशास्त्रियों से राय-मशविरा कर अपने नाम के हिज्जे बदल लेते हैं और क्या से क्या हो जाते हैं। सफलता उनके क़दम चूमने लगती

है। गोंगेश के केस में तो पूरा नाम ही बदल जाता है। फिर?...देखा जाए तो गोंगेश नाम में भी कोई बुराई नहीं थी। दुनिया में कितने तो गोंगेश हैं जिन्होंने तब ज़रा-सी हिम्मत दिखलाई और उनका वारा-न्यारा हो गया। टीवी पर आने लगे यह कहते हुए कि आप भी बन सकते हैं करोड़पति या कि बनिए मेरी तरह अन्दर से स्ट्रांग आदि।

लेकिन मेहरबान कदरदान, जिस गोंगेश पाल की यह कहानी है, उसका कुछ न बना। अलबत्ता वह जहाँ पहले था, वहाँ भी न रहा। एक दिन न जाने क्यों दूसरी मंज़िल से कूदकर उसने अपनी जान दे दी। क्या पता वह अपने जादू की परीक्षा कर रहा हो! वह सोच रहा हो कि कूदते हुए हवा में एक मंत्र फेंकेगा और उसे कुछ न होगा। याद है? एक बार बचपन में वहीं गोंगेश उतनी ही ऊँचाई से कूद पड़ा था। उस वक़्त तो बच ही निकला था अन्ततः। पता नहीं इस बार क्या हुआ?

क्या यह महज़ इत्तेफ़ाक़ ही है कि गोंगेश की आत्महत्या के थोड़ी देर बाद ही, अभी आसपास के छोकरे रोते-बिलखते उसकी अन्तिम यात्रा की तैयारी में जुटे ही थे कि दुनिया में एक ऐसा चमत्कार हुआ कि लोगों की आँखें फटी रह गईं। अजी मैं उसी चमत्कार की बात कर रहा हूँ जिसे आपने भी अपनी नंगी आँखों से देखा होगा। पूरे भारत में चमत्कार की यह घटना कैसे बिजली की रफ़्तार से फैली थी, इसके गवाह हम और आप दोनों हैं।

सुबह अख़बार देखा तो दंग रह गया था मैं। मेरी तरह और भी लोग होंगे—आप भी शायद। घटना की शुरुआत दिल्ली से हुई थी जब सफ़दरजंग अस्पताल के पास किसी श्रद्धालु के हाथों भगवान गणपति ने दुग्धपान करना आरम्भ किया था। फिर क्या था—देश-भर में लाखों गणपतियों को लाखों लोगों ने लाखों बाल्टियाँ दूध पिला दिया। कलकत्ते के लोग सबसे आगे रहे। श्रद्धालु भक्त पार्टियों द्वारा हर गली, हर नुक्कड़, हर चौराहे पर कैम्प बनाकर गणेशजी को दूध पिलाने का बन्दोबस्त किया गया। वैज्ञानिकों और नास्तिकों को धता बताते हुए लोगों के मन में भक्तिकालीन श्रद्धा का भाव इतने दिनों के अज्ञातवास के बाद पुरानी शिद्दत के साथ लौट आया। ख़ुद मैंने अपने दफ़्तर के लोगों के साथ लाउडन स्ट्रीट पर बने कैम्प में जाकार बाक़ायदा लाइन लगाकर गणपति को दूध अर्पित किया। कैसे इनकार किया जा सकता है भला!

कुछ लोगों ने व्यावसायिक नज़रिये से इस पूरे घटनाक्रम का अध्ययन किया। कम्युनिस्टों के इस शहर में भी इतने भक्त लोग रहते हैं—यह पहली बार पता चला। ज़रा ग़ौर करने पर ही इस बात का खुलासा किया जा सकता था कि इन भक्तों की प्रकृति पहले से जुदा और एकदम नई है। इनके हृदय में जो भक्ति भावना है, वह अनूठी है। इतिहास उलटने पर पता चला कि इस तरह के भक्तों के निर्माण का कार्य एक अरसा पहले किसी रामानन्द सागर ने टीवी के लिए रामायण बनाकर शुरू कर दिया था। नौकरीपेशा, व्यापारी और धन्नासेठों से लगाकर भीख माँगने वाले लोगों तक में भक्ति की एक नई भावना विकसित हुई। घटनाक्रम का विस्तार से अध्ययन

करने वालों ने फ़िलहाल के लिए अपने रजिस्टर में नोट किया कि समय आने पर ये नये भक्त लोग ही देश को एक नया रुख़ देंगे। कहना न होगा कि दृष्टि में पड़ने वाली सतह के बहुत नीचे तक गुपचुप ही एक नये एजेंडे पर काम शुरू हो चुका था। कभी-कभी मैं सोचता हूँ कि आज की तारीख़ में गोंगेश यदि जीवित रहता तो आस्था या संस्कार जैसे किसी चैनल के साथ साझेदारी में 'गोंगेश्वरजी महाराज—लाइव इन कंसर्ट' नामक एक कार्यक्रम बनाकर लाखों कमाया जा सकता था। याद है कि हाड़ू ने कहा था, "किसी महात्मा-विचारक की तरह बोलता है गोंगेश।"

बहरहाल, मैं अक्सर सोचता हूँ कि गोंगेश की आत्महत्या और जगत् व्यापी इस चमत्कार का कोई तो 'कार्य-कारण' सम्बन्ध होना चाहिए। झूठ नहीं बोलूँगा कि मैं साधारणतया किसी निष्कर्ष पर नहीं पहुँचता और पहुँचता भी हूँ तो किसी ऐसे निराकरण पर कि दो दिन बाद ख़ुद के ही सोचे पर शर्म आए। मैं हूँ ही ऐसा। मैं न जाने कब से सोचता हूँ कि गोंगेश पर एक कहानी लिखूँगा और देखिए न कि हर बार सिर्फ़ सोचता ही रह जाता हूँ।

['तद्भव-11', 2004, सं. अखिलेश]

सनातन बाबू का दाम्पत्य

जो नहीं है, मेरे होने में इस तरह जगह घेरता हुआ स्थित
है कि मैं गवाह होता हूँ उसके नित नहीं होते जाने का।

होता यह है कि एक सपना देख रहे हैं और यकायक नींद टूट जाए। अक्सर जब सपने की उम्र बड़ी होती है तो नींद अल्पायु। मन का मन में ही रह जाता है कि कभी सपने के पूरा होने तक हम सोते रहते और यह महसूस करते कि सपना जब ख़त्म होता है तो कैसे सारे दर्शक अपनी सीट से खड़े होकर ताली बजाने लगते हैं। जब सपने की स्क्रीन पर टँग जाए 'द एंड' का शीर्षक और सारे दर्शक हॉल से बाहर निकल आएँ। बाहर निकलते हुए देखे गए सपने के बारे में एक-दूसरे से बहस करें। उसका विश्लेषण करें। किसी निष्कर्ष पर पहुँचें। लेकिन होता यही है कि सपना देख रहे हैं और अधबीच ही नींद टूट जाती है। हमें कुछ याद नहीं रहता। कभी कोई टुकड़ा याद रह जाए तो दिन के उजाले में बड़ा थोथा और हास्यास्पद लगता है।

अब ज़रा सोचें कि एक आदमी, उदाहरण के लिए सनातन बाबू, जो सपना रात में देखें, वही दिन के उजाले में पूरी तरह जागते हुए देखा करें तो क्या किया जाए! रात में छूट गए या टूट गए सपने के किसी अंश को दिन में पूरा कर एक बिन्दु पर पहुँचा जाए और दूसरी रात उस बिन्दु से आगे का सपना देख लिया जाए। उदाहरण के लिए रात के सपने में देखा जाए कि सनातन बाबू ने भात के साथ मछली की तरी खाई। दिन के जागते में यह कल्पना कर ली जाए कि उसके बाद उन्होंने चार लोटा पानी पिया। और दूसरी रात सपने में देख लिया जाए कि पानी का बर्तन नीचे लुढ़काकर वे सो गए। इस तरह एक कहानी गूँथी जाए। इस बात का पूरा ध्यान रखते हुए कि लापरवाही में कहानी हाथ से फिसलकर कहीं चूर-चूर न हो जाए। कि इस कहानी में सनातन बाबू के साथ घटने वाली घटना झूठ के सिवा कुछ नहीं। उतनी ही नीम झूठी जितना कि दिन के उजाले में सपने का कोई दृश्य साबित हो जाता है। इसलिए एक हल्की सजगता, एक ज़रा-सी दुनियादारी कहानी को नष्ट कर देगी। वैसे भी क्या सभी कहानियाँ सच ही होती हैं? क्या हम सच से उकताकर थोड़ी देर

के लिए जान-बूझकर झूठ नहीं जीने लगते? उदाहरण के लिए 'माना सूरज पश्चिम से उगता है' जैसी एक सचमुच की झूठी बात। कितना भोला और ज़िन्दादिल झूठ, जिस पर सौ सचाइयाँ क़ुर्बान।

सनातन बाबू से बहुत पहिले मिला था। अर्थात् कहानी की शुरुआत इस तरह कि बहुत दिनों पहिले की बात है। सनातन बाबू का दूर-दूर तक कोई ऐसा नहीं जिसे अपना कह सकें। वैसे तो जान-पहिचान वाले बहुत हैं, लगभग सारा गाँव उन्हें पहिचानता है। सबसे राम-राम, दुआ-सलाम है। लेकिन कर-कुटुम, नाते-रिश्तेदारी में कोई नहीं। एक ही अकेले हैं। शादी की नहीं और उम्र के जिस पड़ाव पर हैं, अब कोई गुंजाइश भी नहीं निकलती। सिर के चौथाई बाल ग़ायब और बचे-खुचे के चौथाई पर चाँदी का पानी चढ़ रहा है। देह की रंगत तवे की चिकनाई लिए हुए। चेहरे के नक़्श तीखे और इतने पहिचाने कि लगे कहीं देखा है। हमेशा मुस्कराते रहते। मुस्कराहट भी ऐसी गोया किसी ज़माने में ठठाकर हँसे हों और बीतते ज़माने में वह हँसी सिमटते-सिमटते अब मुस्कराहट के रूप में होंठों पर जमा हो गई हो—बारिश के बाद छज्जों पर बचे-खुचे पानी की तरह। यानी इस मुस्कराहट का ज़माने के हास्यरस से कोई देना-पावना नहीं। यों कहें कि यह सनातन बाबू का स्थायी भाव है।

सनातन बाबू की उम्र जानकर क्या करेंगे? कृपया यह न पूछिए—क्योंकि आज न बता सकूँगा। बहुत हिसाब-किताब का मामला है। गाँव में कोई भी नहीं जानता, सनातन बाबू कितने वयसी हैं। वैसे भी दुनिया में अकेले की उम्र का क्या ठिकाना! बढ़ते-बढ़ते अचानक घटने लग जाए जैसी उम्र का कोई पता जानता है भला! सरल रेखा में दूरी और उम्र को मापा जा सकता है, लेकिन गोलाई में घूमने वाले की कहाँ शुरुआत और कहाँ अन्त! क्या बचपन में खेल नहीं खेला कि आगे चोर और पीछे पुलिस बने लड़के भागते हैं गोल-गोल। कुछ देर बाद हिसाब गड़बड़ा जाता है कि कौन भाग रहा है और पीछा कौन कर रहा है। कहीं से देखें, सनातन बाबू आगे तो उम्र पीछे। कहीं से उम्र आगे तो सनातन बाबू पीछे। सनातन बाबू पर ग़ौर कीजिए ज़रा—छोटी-छोटी पनैली आँखें, बड़े-बड़े कान, कानों में घने बाल। और भी ग़ौर करें तो गरदन से बाईं तरफ़ उतरती एक नस फूलकर इतनी हट्ठी-कट्ठी कि दूर से ही दिख जाए। छँटी हुईं मूँछें और मूँछों को फैलाती मुस्कराहट। मुस्कराने से आँखों और नाक की दोनों तरफ़ जो सिलवटें पड़ जाती हैं, वे हमेशा मुस्कराते रहने के कारण सनातन बाबू के चेहरे पर स्थायी होकर अब झुर्रियाँ बन गई हैं। अरे नहीं भाई, उनकी उम्र का पता मुझे नहीं। गाँव में किसी को नहीं। सनातन बाबू को देखनेवाले उन्हें कई वर्षों से ऐसे ही देखते चले आ रहे हैं। यानी सिर्फ़ नाम-भर से नहीं, सचमुच सनातन बाबू एक सनातन आदमी हैं। क्या पता ऐसे ही पैदा हुए हों!

सनातन बाबू हमारे गाँव के स्टेशन मास्टर हैं। लेकिन यह एक ठीक वाक्य नहीं है। गाँव के नहीं, गाँव में पड़ने वाले स्टेशन के स्टेशन मास्टर कहा जाना चाहिए।

स्टेशन मास्टर कहिए या गार्ड या टिकट बाबू—सबकुछ वही हैं। मौक़ा पड़ने पर कुली भी बन सकते हैं। सुबह एक पैसेंजर गाड़ी जाती है और शाम को वही लौट आती है। सप्ताह में इक्के-दुक्के लोग ही चढ़ते-उतरते हैं। सुबह गाड़ी के चले जाने पर सनातन बाबू घर चले आते हैं। खाना बनाते हैं, खाते हैं और चार लोटा पानी पीकर सो जाते हैं। शाम को वापस स्टेशन जाना पड़ता है—इस चक्कर में दिन-भर स्टेशन मास्टर की वर्दी पहिने रहते हैं। गाँव में, हाट-बाज़ार में और सड़क पर जब भी वे दिखे, वर्दी पहिने रहने के कारण स्टेशन मास्टर ही दिखे। बाईं जेब में हरी झंडी और दाईं में लाल झंडी लपेटकर रखे, गरदन में रेल की सीटी लटकाए। बाज़ार में उन्हें घूमता-फिरता देख किसी को भी शक़ हो जाता है कि कहीं पास में रेलगाड़ी खड़ी कर इधर-उधर घूम रहे हैं। उदाहरण के लिए वर्दी पहिने ही वे घर में विश्राम कर रहे हैं तो ज़माने-भर की रेलगाड़ियाँ रुकी पड़ी हैं जहाँ की तहाँ। अब वर्दी पहिने सनातन बाबू उठें, हाथ-मुँह धोकर चाय पिएँ, फ़ारिग़ होकर हरी झंडी दिखाएँ तो ज़माने-भर की रेलगाड़ियाँ चलें। रेलगाड़ी पर चढ़कर सनातन बाबू घूमने निकले हैं। पाँचला मोड़ हाट बाज़ार में सनातन बाबू रेलगाड़ी से उतरकर एक किलो आलू, दो मुट्ठे पालक, पाव-भर प्याज़ और अदरक-लहसुन ख़रीदते हैं। सब्जी वाले को पैसे देते वक़्त कुछ पैसे कम पड़ जाते हैं तो उसे दिल्ली-बम्बई का एक टिकट दे देते हैं कि कभी बाल-बच्चों के साथ घूम-फिर आना। सनातन बाबू आगे बढ़ जाते हैं। सब्ज़ी वाला ख़ुश होकर अपने बीवी-बच्चों समेत हाथ हिलाकर टाटा करता है। रेलगाड़ी आगे बढ़ती है तो उन्हें दोनों तरफ़ सुन्दर-सुन्दर दृश्य दिखलाई पड़ते हैं। एक पहाड़ दिखता है। और फिर एक मैदान। छोटे-छोटे घर। गाय भैंस बकरियाँ। कदम्ब का पेड़ और बाँसुरी बजाता एक चरवाहा दिखता है। चारों तरफ़ हरियाली दिखती है और एक नीले जल वाला सरोवर दिखता है, जिसमें उजले-उजले हंस तैरते हैं। सनातन बाबू लाल झंडी दिखलाकर रेलगाड़ी रोक देते हैं। उतरकर सरोवर में स्नान करते हैं। सुखी हो जाते हैं। थेई-थेई कर नाचते हैं। रात घिरने से पहले ही घर लौट आते हैं। दिन के बचे भात के साथ पालक सानकर खाते हैं। तिस पर चार लोटा पानी पीकर सो जाते हैं। रेलगाड़ी को भूल जाते हैं। सुबह वह उनके दरवाज़े पर ही मिलेगी। गाँव में कोई रेलगाड़ी चलाना नहीं जानता जो चुराकर लिए चला जाए। रेलगाड़ी गाय-गोरू भी नहीं। इसलिए रेलगाड़ी को खूँटे से बाँधकर रखने का कोई झंझट नहीं होता था।

स्टेशन मास्टर होने की वजह से गाँव के लोग सनातन बाबू की क़द्र करते। वे आदर से उन्हें रेल बाबू कहते। कभी कोई समस्या उठ खड़ी होती तो उनसे राय ली जाती। स्त्रियाँ उन्हें भली नज़रों से देखतीं। किसी के घर कुछ अच्छा पकता तो सनातन बाबू के लिए भी पकता। गन्ने की सीजन में गुड़ की पहली भेली सनातन बाबू के हिस्से में पड़ती। सनातन बाबू ख़ुश रहते। उन्हें कोई काम पड़ जाता तो घर

से बाहर निकल खुले में आकर रेल की सीटी बजाते। कई घरों के दरवाज़े खुल जाते और लड़के एक के पीछे एक लगकर मुँह से रेलगाड़ी की आवाज़ करते हुए दौड़ते चले आते।

लड़के—सूँ...धुक-धुक...रेलबाबू रेलबाबू क्या काम है?

सनातन बाबू—धोबी से कपड़े में लोहा करवाना है।

लड़के उनकी वर्दी लेते और रेलगाड़ी की आवाज़ करते धोबी के यहाँ चले जाते उनकी वर्दी में लोहा करवाने। धोबी इसके पैसे नहीं लेता। वर्दी में लोहा करना सरकार की सेवा करना होता। हे-हे, हे-हे! धोबी बड़ा ही देशप्रेमी है। सरकारी नीतियों में दिलचस्पी लेता। बराबर वोट देता और तिरंगे की क़द्र करता। हे-हे, हे-हे!

गाँव-देहात में धोबी की तरह बहुत से लोग होते जो सरकार की क़द्र करते। ऐसा नहीं है कि जिस किसी को पकड़ लाया जाए और कहा जाए कि यह व्यक्ति सरकार है, सो सभी नागरिकों को इसकी इज़्ज़त करनी चाहिए। सरकार किसी हाड़-मांस के व्यक्ति की तरह इतनी प्रगट नहीं होती कि उसकी दो-टूक पहिचान सम्भव हो। वह एक ग़ायब चीज़ है, ईश्वर की तरह। या क्या पता सरकार-जैसी कोई चीज़ ही नहीं दुनिया में और देश अपनी दिशा-गति का निर्धारण ख़ुद करता हो। समझना होगा कि कोई लचर व्यक्ति जो कल तक सबकी जी हजूरी करता हो, अचानक किसी दिन अकड़ जाए, सब पर शासन चलाने लगे, आदेश देने लगे तो इस व्यक्ति को सरकार की शै लग गई है। जैसे किसी-किसी पर माताजी आ जाती हैं कभी-कभार। लेकिन धुर देहात में ऐसे किसी व्यक्ति को आए दिन साक्षात् देखना सम्भव नहीं। इसलिए यहाँ सरकार की मानी दिल्ली होती है। किसी-किसी के लिए नई दिल्ली। इसी तरह कोलकाता-बम्बई-मद्रास आदि चार महानगर हैं। बंगलौर-अहमदाबाद का नाम किसी ने नहीं सुना। पाकिस्तान के बारे में सब जानते हैं। नागा चक्रवर्ती का लड़का सूरत में नौकरी करता है।

चूँकि रेलगाड़ी एक सरकारी चीज़ है, इसलिए गाँव-देहात के लोग रेलगाड़ी की क़द्र करते हैं। किसी को कसम खानी होती तो सबसे विश्वसनीय कसम रेलगाड़ी की कसम होती। रेलगाड़ी की आवाज़ सुनना अच्छा सगुन माना जाता। बलरामपुर के बंशी मूर्तिकार ने दुर्गापूजा की झाँकी के लिए दुर्गा की सवारी के रूप में रेलगाड़ी की मूर्ति बनाई है—कोलकाता-दिल्ली राजधानी एक्सप्रेस। जिस गाँव से होकर रेलगाड़ी गुज़रती, वहाँ चोरी-डकैती का कोई भय नहीं होता कि उस गाँव को सरकारी संरक्षण प्राप्त है। जिन गाँवों से रेलगाड़ी नहीं गुज़रती, वहाँ के लोग इसे पूर्वजन्म के किसी पाप का दंड मानते। उस गाँव में भी सुख-शान्ति बनी रहे, इसके लिए लोग काल्पनिक रेलगाड़ी का जुगाड़ बिठा लेते। गाँव के बीचोंबीच हल और कुदाल से दो समानान्तर रेखाएँ खींच दी जातीं। लोग उन्हें पटरियों का दर्ज़ा देते। बच्चे उन लकीरों को पार करते वक़्त सावधानीवश दाएँ-बाएँ ज़रूर देख लेते कि कहीं रेलगाड़ी तो नहीं आ

रही! औरतें निबटान के लिए मुँहअँधेरे उन्हीं पटरियों के पास जा बैठतीं। उस दिन राजापुर के प्रफुल्ल माइती की बीवी उससे झगड़कर उन लकीरों पर जा लेटी। वह तो समय रहते प्रफुल्ल को पता चल गया, नहीं तो अनर्थ हो जाता। इस तरह रेलगाड़ी के होने के सुख में गाँव-देहात के दिन कटते थे। रेलगाड़ी के न होने पर अशुभ को खदेड़ने के लिए रेलगाड़ी का बिजूका खड़ा किया जाता।

गाँव में सनातन बाबू का घर कुछ इस तरह पड़ता है जैसे बाक़ी घरों को पछाड़कर बीसेक क़दम आगे बढ़ गया हो और गाँव की सरहद से निकल पड़ने को बेताब हो। इस तरह बाक़ी घरों के साथ रहकर भी सनातन बाबू का घर गाँव से छिटका हुआ घर था—सनातन बाबू की तरह एक ही अकेला। दो कमरों का घर था। दाएँ-बाएँ दो कमरे और दोनों के आगे एक बरामदा। पिछवाड़े फेंस से घिरा हुआ खुलापन था, जहाँ सनातन बाबू ने फूल के पौधे लगा दिये थे। कमोबेश वही फूल थे जो स्टेशन पर लगे थे। इन फूलों से सनातन बाबू को प्रेम था। सुबह-सकारे वहीं खुरपी लेकर धँसे नज़र आते। वहीं सुबह की चाय पीते और नलके पर नहाते। शाम की रेलगाड़ी को हरी झंडी दिखाने के बाद लौटकर आरामकुर्सी डटाकर अँधेरा घिरने तक वहीं पड़े रहते और रेडियो पर छायागीत सुनते। इतने वर्षों में घर का भूगोल सनातन बाबू की ज़ेहन में कुछ इस तरह रच-पग गया था कि चाहें तो आँख पर पट्टी बाँधे-बाँधे सारा काम निबटा सकते थे। हर चीज़ अपनी मुक़र्रर जगह पर होती, हालाँकि किसी अकेले के घर का हमेशा यह डर होता कि जिस चीज़ को एक दिन किसी ख़ास रोशनी में रखें, क्या दूसरे दिन वह ठीक वहीं मिलेगी?

कमरों में साज-सज्जा न के बराबर थी। जिस कमरे में सनातन बाबू पढ़ते थे, उसकी पीली दीवार पर उनके पिता स्व. तारापद बाबू की तस्वीर टँगी थी। चुन्नट वाली शिलचरी धोती और चूनरदार अद्धी के कुरते में वे काफी फब रहे हैं। वे नाटे क़द के थे। शरीर की अपेक्षा सिर भारी और सावधानी से माँग काढ़े हुए काले लहरदार बाल, तेल से चिपकाए। उँगलियाँ मोटी और अँगूठियों से भरी हुईं। वे बैठे थे पैर आगे की ओर हल्के फैलाए, टखनों को एक पर एक रखे। पैरों में पालिश किये हुए नोकदार जूते।...सोने के कमरे में भी एक तस्वीर टँगी थी, जिसमें तारापद बाबू अपनी पत्नी स्व. बानीप्रिया देवी के साथ बैठे हैं। बानीप्रिया देवी के गले में सोने की जंज़ीर है। माथे पर बड़ी-सी लाल बिन्दी। जैसे आजकल की फ़ैशनदार स्त्रियाँ दोनों भौंहों के बीच लगाती हैं, वैसी नहीं, ललाट के ठीक बीचोंबीच। गोल फूली बाँह का ब्लाउज़ पहिने। उस समय सीधे पल्ले में साड़ी पहिनने का रिवाज़ चलता था। साड़ी ज़रूर धनियाखाली या टाँगाइल की होगी। ख़ूब फिसलने वाली सिल्की या जार्जेट-फार्जेट तो नहीं ही है। मुर्शिदाबादी-टुर्शिदाबादी भी नहीं। यह तस्वीर निश्चय ही किसी स्टूडियो में जाकर खिंचवाई गई होगी। बानीप्रिया देवी के बाज़ू सनातन बाबू से सात साल

बड़ी मुन्नी खड़ी है। सनातन बाबू का भी जन्म हो चुका है। वे अपनी माँ की गोद में हैं। पीछे नीले पर्दे की दीवार है जिस पर नदी पेड़ पर्वत और चन्द्रमा के चित्र बनाए गए हैं। सनातन बाबू को आज तक पीछे का दृश्य अधूरा लगता है। उन्हें लगता है कि तस्वीर में तारापद बाबू और बानीप्रिया देवी के बीच से पीछे दिखने वाले पर्दे में एक रेलगाड़ी का चित्र भी होना चाहिए था।

ये दोनों तस्वीरें उन अनाम जगह के कुड़मुड़े दिनों की हैं, जहाँ सनातन बाबू का जन्म हुआ। अनाम जगह कहने का अर्थ यह कि सनातन बाबू को नहीं मालूम, ख़ास किस जगह उनका जन्म हुआ। उन्हें सिर्फ़ यही मालूम है कि अरसे पहिले अपने परिवार के साथ तारापद बाबू इस गाँव में कहीं बाहर से आ बसे थे। बड़े आश्चर्य की बात है कि उन्हें यह भी नहीं मालूम कि तारापद बाबू का क्या कारोबार था। तस्वीरों से उनकी जो छवि बनती है, वह निश्चित ही किसी ज़मींदार या ठेकेदार की है, जिसकी माली हालत दुरुस्त है और घर-परिवार में सुख-शान्ति है।

उदाहरण के लिए सनातन बाबू के पिता तारापद बाबू मालदा या सिलीगुड़ी के निवासी थे, जैसा कि नहीं थे। उदाहरण के लिए वे रेल में किसी ऊँचे ओहदे पर थे, जैसा कि नहीं थे। मालदा में उनका जो घर था, उसमें दीवारें नहीं थीं। उन नहीं दीवारों पर एक नहीं छत थी। उस छत पर सनातन बाबू पतंग नहीं उड़ाते थे। पतंग उड़ाते-उड़ाते सनातन बाबू थक जाते तो उनकी बहन मुन्नी दूध का गिलास लेकर नहीं आती थी। वे दूध पीकर सो नहीं जाते थे। इस तरह वे बड़े नहीं हुए। शादी-ब्याह कर घर नहीं बसाया। इस घर में उनकी पत्नी नहीं रहती थी। पत्नी सुन्दर नहीं थी। भात के साथ मछली की तरी सानकर खाते हुए सनातन बाबू को पानी लाकर नहीं देती थी। चार लोटा पानी पीकर सनातन बाबू सो जाते तो पत्नी जूठे बर्तनों को उठाती नहीं थी। वे जागते तो पत्नी सोती नहीं थी। वे सोते तो पत्नी भी सो जाती थी।

पत्नी बनने के पहिले वह एक कुँवारी लड़की थी। कुँवारी लड़की धीरे-धीरे बड़ी हुई तो स्त्री बनी। सनातन बाबू ने शादी नहीं की तो स्त्री, पत्नी नहीं बनी—हमेशा। वह किसी और से शादी कर अपना घर-बार बसा सकती थी। इससे सनातन बाबू का पिंड छूट जाता। सनातन बाबू को शक़ है कि वह कहीं और नहीं गई तो तंग आकर उसके माता-पिता ने उसे घर से निकाल दिया होगा। यह एक ख़तरनाक बात है। वह किसी ग़लत आदमी के हाथ पड़ सकती थी। वह उसे बाज़ार में बिठा सकता था। पाँचला मोड़ हाट बाज़ार में सनातन बाबू से उसकी मुठभेड़ हो जाती तो सनातन बाबू को अपनी आँखें नीची कर लेनी होती। धीरे-धीरे पूरी दुनिया में यह बात फैल सकती थी कि उस स्त्री के सामने पड़ते ही सनातन बाबू की आँखें नीची हो जाती हैं। सनातन बाबू इसके लिए बाध्य होते, कि उनकी आधी ज़िन्दगी बीत चुकी है और अब आँखें चार करने की उम्र नहीं। उदाहरण के लिए सनातन बाबू की नज़रें उस स्त्री की नज़रों से जा टकराईं और उन्होंने तत्काल अपनी आँखें नीची

नहीं कीं। इससे उनका बीता हुआ सबकुछ लौटकर आ सकता है, जब वह स्त्री अपने पिता के घर उनका इन्तज़ार कर रही होती थी। उस समय से लगाकर आज तक की घड़ी के बीच जो बासी हवाएँ डोल रही हैं, उनसे पृथ्वी यकायक ख़ाली हो जाती। निर्वात् की स्थिति में सनातन बाबू और स्त्री, एक प्राचीन स्त्री-पुरुष बन जाते। नाम-धाम सब धुल-पुँछ जाते। उनके मिलने से सन्ततियाँ विकसतीं। कितनी ही सभ्यताएँ पनपतीं। भाषा का निर्माण होता। फिर जैसे ही 'पराया धन' जैसा शब्द बनता, कोई स्त्री बाज़ार में आ बैठती। बासी हवाएँ लौट आतीं। सनातन बाबू की आँखें नीची हो जातीं। सरल रेखा में उम्र और दूरी को मापा जा सकता है, लेकिन गोलाई में घूमने वाले की कहाँ शुरुआत और कहाँ अन्त!

हाँ री स्त्री! पराया धन, बाप के सिर पर बोझ। तेरे हिस्से में भी उजाला होता। घोड़े पर चढ़कर राजकुमार आएगा की तरह सनातन बाबू रेलगाड़ी पर चढ़कर आते। शुरुआत में वे तुमको 'आप' कहकर सम्बोधित करते कि अभ्यस्त भद्रताबोध एकाएक कैसे जाएगा! बाद में प्रेम होता तो 'आप' से 'तुम' कहने लगते। शुरुआत में तुम उनसे शरमाती—ख़ूब शरमाती। तुम्हारी नज़र में बिल्कुल न समझ में आने वाला कैसा तो 'किन्तु-किन्तु' भाव होता। सनातन बाबू पूछते—तुम्हारा कोई प्रेमी तो नहीं? एक दिन मैं दोपहर में तुम्हारे हाथ का राँधा हुआ माछ-भात खाने के बाद विश्राम करूँ तो तुम्हारा प्रेमी आ जाए तुम्हें भगा ले जाने के लिए। मुझे सोता देख तुम्हारा मन बदल जाए और तुम जाने से इनकार कर दो। तुम्हारा प्रेमी ज़िद करे तो तुम मुझे जगा दो। मैं तुम्हारे लिए लड़ूँ। लड़ाई में पढ़ाई-लिखाई, पद-ओहदे, सभ्यता-सलीके का कोई मूल्य नहीं। मैं हिंसक हो जाऊँ। तुम्हारे प्रेमी का वध कर तुम्हें अपने बाहुबल से जीतूँ। हम दोनों सुखी हो जाएँ।

तुम कहतीं—तुम पति-पुरुष हो। तुम निश्चय ही ऐसा कर सुखी हो जाओगे तो मेरे दुखी होने का कोई कारण नहीं बचता। मैं तुम्हारे साथ सुखी होकर भी कभी-कभी अपने हारे हुए प्रेमी के लिए रो लूँगी। अगर तुम चाहो तो तुमसे छिपकर रो लूँगी। तुम्हारी इच्छा सबसे ऊपर।

सनातन बाबू कहते—तुम स्त्री-पत्नी हो। सनातन बाबू सो जाते तो तुम भी सो जातीं। सनातन बाबू ने शादी नहीं की तो उन्हें पता नहीं कि तुम उनकी पत्नी हो और उनके सो जाने के बाद सो गई हो।

सोते हुए कोई खटका होता है तो सनातन बाबू को शक़ हो जाता है। अकेले के घर में रात खटकों से भरी होती है। लेकिन इस घर में ज़रूर कोई और भी है। सनातन बाबू के जाने बग़ैर छिप-छिपकर रहता आया है। शुरू-शुरू में कुछ स्पष्ट नहीं था। उदाहरण के लिए सनातन बाबू ने दो बेला के लिए भात बनाया। रात के लिए भात रखकर गए और लौटकर देखा तो भात ग़ायब। बर्तन धो-पोंछकर करीने से लगा

दिया गया है। फिर जो साबुन पहले महीने-भर चलता था, अब दो हफ़्ते में ख़त्म हो जाता है। सिर में लगाए जानेवाले तेल का भी वही हाल।

कुछ दिनों ऐसे ही चला। फिर सनातन बाबू को पूरा शक़ हो गया कि यह दूसरा अदृश्य व्यक्ति कोई स्त्री ही है, जो उनकी मौजूदगी में कहीं छिपकर समय काट लेती है और जब वे स्टेशन पर होते हैं, घर की मालकिन बनी फिरती है। धीरे-धीरे यह शक़ यक़ीन में बदलने लगा। उनकी वर्दी फट जाती और दूसरे दिन अपने-आप सिली हुई मिलती। वे अख़बार और किताबें बिखराकर जाते और शाम को वे अपनी जगह पर होतीं। चादर-पर्दे मैले हो रहे होते और अचानक एक दिन धुलकर चमकने लग जाते। पहले-पहल तो सनातन बाबू को सदमा-सा लगा। मन-ही-मन डरे भी। कोई भूतनी-वूतनी का चक्कर तो नहीं? किसी ओझा-गुनी से बताया जाए? कोई पूजा-पाठ की दरकार तो नहीं? दिन बीतते रहे। सनातन बाबू को कोई ख़ास परेशानी नहीं होती। अलबत्ता कुछ फ़ायदा ही हुआ कि उनकी देखभाल करनेवाला भी कोई है—भले वह दिखता नहीं। उनका सारा काम निबट जाता है। बदले में दो जून के भोजन का खर्च कोई मायने नहीं रखता। सनातन बाबू ने समझौता कर लिया, कि इस तरह जीवन असुखी नहीं है, बल्कि क्या पता बदस्तूर सुख का ही खेल हो!

खेल की शुरुआत में सनातन बाबू ने पत्नी से पूछा—आम का क्या अर्थ होता है, बोलो तो!

पत्नी समझ गई। इतराते हुए बोली—चीज़ों को उनके सही नाम से जानना चाहिए। आम का अर्थ आम ही होना चाहिए। उदाहरण के लिए तुम्हारा अर्थ तुम और मेरा अर्थ मैं।

सनातन बाबू को पत्नी का इतराना अच्छा लगा। बोले—लेकिन मेरा नाम सनातन बाबू है। तिस पर भी तुम मुझे सनातन बाबू से ज़्यादा पति समझती हो। गाँव के लोग मुझे सनातन बाबू से ज़्यादा रेल बाबू समझते हैं। बूझो तो जानें!

पत्नी ने कहा—तुम एक पति हो जैसे राम एक अच्छा लड़का है। उदाहरण के लिए सीता एक अच्छी लड़की है जैसे आम एक फल है। बूझो तो जानें!

सनातन बाबू समझ गए। उन्होंने कहा—आम के साथ लीची, अमरूद, बेल, सेब, नारंगी, नासपाती, अंगूर, पपीता इत्यादि फल हैं। ऐसे-ऐसे फलों से भरी एक टोकरी है।

पत्नी ने कहा- गरै, गैंची, पोठिया, बामी, रोहू, कतला, बुआरी, झींगा, इलिश इत्यादि मछलियाँ हैं। ऐसे-ऐसे मछलियों से भरा एक पोखर है।

सनातन बाबू चुप रहे।

पत्नी चुप रही। पत्नी का कोई नाम नहीं। पत्नी को पत्नी के नाम से जानना चाहिए। उदाहरण के लिए बेला, पुष्पा, पुतुल, पारुल, सरला, चम्पा, झीनुक, झुम्पा इत्यादि पत्नियों के नाम हैं। ऐसे-ऐसे पत्नियों से भरी एक दुनिया है। लेकिन

दुनिया में मर्द अपनी पत्नियों के नाम नहीं जानते। पत्नियाँ आदर से अपने पतियों के नाम नहीं लेतीं। इस तरह चुप रहकर बहुत कुछ कह जाती हैं। कभी-कभी 'पतिदेव' या 'पति परमेश्वर' जैसा कुछ कहती हैं और आपस में मुस्कराती हैं। बूझो तो जानें!

सनातन बाबू एक पति हैं। पत्नी एक पत्नी है। ऐसे-ऐसे पति-पत्नी से भरी एक दम्पती है। दम्पती की पीठ धूप में नंगी है। दम्पती की पीठ पर घमौरियाँ भरी पड़ी हैं। दुनिया में जो कुछ भी है, भरा-पूरा है। दुख भरा-पूरा दुख है। सुख भरा-पूरा सुख है। किसी के लिए कहीं कोई कमी नहीं। दुनिया भूखों से भरी पड़ी है। दुनिया खाए-अघाए लोगों से भरी पड़ी है।

पत्नियाँ अपने गन्दे पैर पोखर के किनारे बैठकर झावाँ से रगड़ती हैं। साफ़ धुले पैरों में आलता लगाती हैं। बिछियाँ पहिनती हैं। गले में मंगलसूत्र पहिनती हैं। रंगीन साड़ी बाँधकर माँग में सिन्दूर लगाती हैं। हाथों में लोहे के चूड़े और शाखा-पोला पहिनती हैं। विधवाएँ सती हो जाती हैं या काशी-बनारस चली जाती हैं। गाँव-घर में छूट गई विधवाएँ कठौती में गंगा बहाती हैं। गंगा में डुबकी लेने से घमौरियाँ मर जाती हैं। दुनिया का भरा-पूरा पाप धुल जाता है।

गुसलख़ाने से 'छप-छप' पानी गिरने की आवाज़ आ रही थी। सनातन बाबू की नींद खुली। लेटे-लेटे खिड़की से देखा, रात अभी बाक़ी थी। तारे डूबे नहीं थे और आकाश में चाँद की आउट लाइन दिख रही थी। कुछ देर सनातन बाबू देखते रहे। लगा, वे रेलगाड़ी में ऊँघ रहे हैं और चाँद एक डिस्टेंट सिग्नल है। उन्होंने एक स्वस्थ जम्हुआई ली—अलस्सुबह की ज़ायकेदार जम्हुआई। याद आया, रोज़ाना उनके लिए पत्नी चौकी के नीचे एक लोटा पानी रखा करती है। उठाकर गटागट पी लिया। वे मुस्कराए कि फिर गुसलख़ाने से पानी के गिरने की आवाज़। पागल हो गई है क्या? इतनी सुबह नहाने की कौन-सी ज़रूरत आन पड़ी? इस पर उन्हें कुछ याद आया और वे फिर मुस्कराए। दरअसल रात का दृश्य उनकी आँखों के सामने आ गया था, जब पत्नी की देह में रंगीन मछलियाँ तैरती थीं।

सुनो, क्या तुम नहा रही हो? उन्होंने गुसलख़ाने के दरवाज़े से टिककर पूछना चाहा कि 'धड़ाम!' वे गुसलख़ाने के गीले फ़र्श पर थे। कमर के नीचे लोहे की बाल्टी लगी और अनायास मुँह से 'ओ माँ, माँ गो!' निकल पड़ा। इधर दीवार से सटी खड़ी पत्नी हँसते-हँसते लोट-पोट हुई जा रही थी। सनातन बाबू खिसियाए। कहा—कैसी विचित्र औरत हो जी! दरवाज़ा खुला रखती हो?

पत्नी ने हँसते-हँसते में कहा—तुमसे कैसी शर्म?

सनातन बाबू को उसकी बात ठीक लगी। उन्होंने देखा, भोर के बीमार अँधेरे में वह गीले ब्लाउज़ और पेटीकोट में है। ब्लाउज़ का ऊपरी हुक खुला है, जिससे उसके गरदन की निचली गोराई शरमा रही है। उसके बाल गीले और जटाओं की

तरह उलझे हैं। अब वह हँस नहीं रही। चेहरे पर कैसा तो 'नहीं-नहीं' भाव है, जबकि सनातन बाबू अपनी जगह पर थिर हैं। वह नीचे देख रही है। दाएँ पैर का अँगूठा गीले फ़र्श की चिकनाई कुरेद रहा है। पत्नी नहीं शरमाती, पत्नी की देह शरमा रही है। थोड़ी देर बाद वह बैठ गई। बैठने से गीला पेटीकोट एक बार गुब्बारे की तरह फूल गया और धीरे-धीरे पिचकने लगा। पत्नी की देह दीवार की तरफ़ सिमटती जा रही थी। सनातन बाबू गुसलख़ाने से बाहर आ गए।

सुबह चाय पीने के बाद वे पत्नी के पास जाकर बोले—तुम ब्लाउज़ के नीचे अँगिया क्यों नहीं पहिनती हो, जैसा सिनेमा में हिरोइनें पहिनती हैं!

पत्नी ने कहा—शुरू से ही नहीं पहिना। तुम ला दोगे तो पहिन लूँगी। बचपन में फ्रॉक के नीचे जाँघिया पहिनती थी। अब पेटीकोट पहिनती हूँ। मेरी माँ भी पेटीकोट पहिनती थीं।

सनातन बाबू ने कहा—मेरी माँ भी शायद।

पत्नी ने उनके गाल पर एक रुई-भरी फुल्की चपत लगाई। कहा—तुम पुरुष हो। ज़्यादा से ज़्यादा अपने पिता के बारे में सोच सकते हो। औरतों की ज़िम्मेदारी औरतों के ऊपर।

सनातन बाबू ने बात बदली—ब्लाउज़ या पेटीकोट के नीचे तुम्हें नंगापन नहीं लगता होगा? हवा का खुलापन होगा। इसलिए ऊपरी कपड़ों के नीचे मैं बनियाइन और लँगोट पहनता हूँ।

पत्नी बोली—हवा के खुले में हम औरतें अपनी देह की चमड़ी पहिनती हैं। चमड़ी उतार दो तो नंगी हो सकती हैं, या क्या पता तब भी नहीं!

सनातन बाबू को सहसा कुछ सूझा। बोले—क्या तुम मुझे 'आई लव यू' कह सकती हो, जैसा सिनेमा में हिरोइनें कहती हैं?

पत्नी सिर्फ़ मुस्कराकर चली गई। नहीं, मुस्कराकर जाने से पहिले पत्नी ने सनातन बाबू को चूमा था। नहीं, उससे भी पहिले सनातन बाबू ने पत्नी को चूमा था। और ठीक उससे पहिले सनातन बाबू ने पूछा था—क्या तुम मुझे 'आई लव यू' कह सकती हो जैसा...। लेकिन इन सबसे पहिले जैसे ही सनातन बाबू के मुँह से 'आई लव यू' सुना, पत्नी मुस्कराकर चली गई थी।

सुबह की रेलगाड़ी को हरी झंडी दिखलाने जाते हुए सनातन बाबू ने फिर पूछा—क्या तुम्हारे लिए अँगिया और जाँघिया ख़रीदकर लेता आऊँगा?

रसोई में पीढ़े पर बैठी पत्नी बर्तन माँज रही थी। कहा—तुम्हारी मर्ज़ी, मेरे नंगेपन का फ़ैसला तुम्हारे ऊपर। तुम पति हो।

सनातन बाबू सुबह की रेलगाड़ी को हरी झंडी दिखाने के बाद घर लौट रहे थे। रोज़ वे गाँव के बीच से होकर घर पहुँचा करते थे। आज क्या मन में आया कि दूसरा

लम्बा रास्ता ले लिया। पहिले दो खेत पार किया, फिर अघोर बाबू की बँसवाड़ी के किनारे-किनारे चलने लगे। दूसरी तरफ़ पोखर था। बुलाई मोकाज्जी (मुकर्जी) छिप लगाए पोखर की स्थिर पनैली सतह को निहार रहा था। सनातन बाबू को देखकर उसकी ग़फ़लत टूटी। बोला—रेल बाबू नमस्कार। मुस्कराते हुए सनातन बाबू ने पूछा कि कौन-सी मछली फँसी है। बुलाई मोकाज्जी उदास हो गया। बोला—सुबह से एक के भी दर्शन नहीं हुए। क़िस्मत का खोटा हूँ। बचपन में ही माँ-बाप को खो चुका हूँ। सनातन बाबू ने देखा, नीचे घास पर रखे उसके गमछे में कुछ केकड़े पड़े हैं। कुछ निष्चेष्ट पड़े हुए तो कुछ में हरकतें बाक़ी हैं। बुलाई मोकाज्जी ने पूछा कि क्या वे रात में भात के साथ केकड़ा भूनकर खाना पसन्द करेंगे! सनातन बाबू ने वर्दी की दाईं जेब से दो का मुड़ा-तुड़ा नोट दिया। बुलाई ने कहा—इसकी क्या ज़रूरत है रेल बाबू! सनातन बाबू ने कहा—रख लो, शाम को केकड़े दे जाना। बुलाई ने उन्हें भला आदमी बताया। बोला—क़िस्मत का खोटा हूँ। बचपन में ही माँ-बाप को खो चुका हूँ। मेरी उम्र चालीस की है। धोबी के पड़ोस में रहता हूँ। पत्नी के हाथ का राँधा मसालेदार झींगा माछ के साथ पानीदार भात खाना सबसे अच्छा लगता है। पत्नी के सुख में दिन कब गुज़र जाता है, पता ही नहीं चलता। अच्छा रेल बाबू, नमस्कार!

बँसवाड़ी पार करने के बाद सनातन बाबू तीन ताड़ के रास्ते पर उतर आए। यहाँ एक के बाद एक, तीन ताड़ के पेड़ थे और कच्ची सड़क दो तरफ़ मुड़ जाती थी। एक दक्खिन की ओर इलम बाज़ार की तरफ़ चली जाती थी तो दूसरी उत्तर की ओर जाकर फिर पूरब को मुड़ जाती थी—सोनारकुंडु ग्राम की तरफ़। अभी इतनी सुबह ही धूप कैसे आग बरसा रही है! चारों तरफ़ खुले खेतों पर ताप के रेशे लहकते हैं। इलम बाज़ार की तरफ़ से मचमचाती हुई एक टिनही बस आती दिखती है। यह सोनारकुंडु ग्राम जाकर बंशीघाट के लिए चल देगी। बस के पीछे पीली धूल का एक गुबार उठता चला आता है। सनातन बाबू को यात्री समझ बस रुक जाती है। देर होती देख ड्राइवर उतरकर उनसे पूछता है कि कहाँ जाना है—सोनारकुंडु या कि बंशीघाट? वह बताता है कि बंशीघाट में बवासीर का एक सुख्यात कविराज रहता है। दुनिया-जगत में उसका काफी नाम है। सनातन बाबू कहते हैं कि उन्हें घर जाना है जो पास के ही गाँव में पड़ता है। ड्राइवर निराश होता है। वह सनातन बाबू से एक बीड़ी माँगता है। सनातन बाबू बीड़ी नहीं पीते। ड्राइवर आसानी से नहीं छोड़ता। कहता है, न हो तो एक बांग्ला पान ही दो या सुरती या जो कुछ भी तुम खाते-पीते हो। सनातन बाबू ने कहा कि चाय पीता हूँ। तीनों पहर भरपेट खाने की आदत है। ठीक समय पर खाना न मिले तो मर जाऊँगा। भात खाने के बाद नशा हो जाता है। ड्राइवर उनकी इज़्ज़त करता है। उसका जवान लड़का शराब के चक्कर में मर गया था। बस की छत पर अँटे तरबूजों में से एक सनातन बाबू को देना चाहता है, पर सनातन बाबू इनकार कर देते हैं। इस पर ड्राइवर सनातन बाबू के घर का पता

लेता है। किसी दिन फ़ुर्सत से आकर चाय पिएगा और भात खाएगा, कहकर बस स्टार्ट करता है। बस में पम्पिंग सेट की मोटर लगने की वजह से वह फट-फट की आवाज़ करती हुई चलती है। उसके टिन और शीशे बेतरह बजते हैं। पीछे-पीछे धूल का गुबार चलता है।

तीन ताड़ से पच्छिम ढुलकर जो पगडंडी खेत-खेत होकर नहर तक जाती है, उसी पगडंडी पर सनातन बाबू धीरे-धीरे चले। मन-ही-मन ड्राइवर की बात सोचते चल रहे थे। अभी थोड़ी ही देर हुई थी कि उन्हें लगा, वे ड्राइवर का चेहरा भूल रहे हैं। याद करने से पेंसिल की टेढ़ी-बाँकी रेखाओं से बना हुआ उसका चेहरा याद आता और दूसरे ही पल जैसे कोई शरारती बच्चा उन रेखाओं को मिटा जाता। सनातन बाबू को इस बात की ख़ुशी थी कि फ़ुर्सत मिलते ही ड्राइवर उनके घर आएगा तो ग़ौर से उसका चेहरा देख सकेंगे। ड्राइवर से मैत्री हो गई तो वह रोज़ ही आना शुरू कर देगा। धीरे-धीरे सनातन बाबू उसके साथ रहकर बस चलाना सीख लेंगे। लेकिन कहीं ड्राइवर मय बस के पैसेंजरों के उनके घर हमेशा के लिए रहने आ गया तो क्या करेंगे! बस के पैसेंजर रोज़ाना किराये का पैसा देकर बस को अपना स्थायी निवास बना लेंगे। दिन-भर मजूरी करेंगे और रात को अपनी सीट पर सो रहेंगे। ड्राइवर भी मजूरी करेगा और अपनी सीट पर सो रहेगा। थोड़ी-बहुत आमदनी किराये से भी होती रहेगी। इस तरह बस के पहिए घूमते रहने की आदत छोड़ देंगे। बस के आसपास घास-झाड़ियाँ उग जाएँगी। धीरे-धीरे बस पृथ्वी पर उग आए पेड़ की तरह प्राकृतिक हो जाएगी। हमेशा पृथ्वी के ऊपर फिसलने वाली बस की जड़ें पृथ्वी के बहुत भीतर तक पैठ जाएँगी। उसकी टिन के ऊपर लगे पेंट के चूरे झड़ जाएँगे। बस हरे रंग की हो जाएगी।

इन्हीं अजीबोग़रीब ख़यालों में खोए सनातन बाबू कब गाँव के सीमाने में पहुँच गए, पता नहीं चला। शिबू साइकिल स्टोर्स पर नरेन बैठा था। उसने उचककर सनातन बाबू को नमस्कार किया। नरेन रंगबाज़ है। ज़बर्दस्ती चन्दा उगाह कर दुर्गा पूजा करता है। लोहे के दरवाज़े की तरह उसका चौड़ा सीना देखकर सनातन बाबू को अच्छा नहीं लगता। एक ही लम्पट है! इससे बोलचाल रखना ठीक नहीं। घर की बहू-बेटियों पर इसकी नज़र रहती है। सनातन बाबू उसके नमस्कार का कोई जवाब न देकर आगे बढ़ जाते हैं। दो फलाँग पर सीतापति की आटा चक्की, फिर हवाई चप्पलों की दुकान—श्रीमाँ पादुका भंडार। बेनी माधव की मिठाई दुकान, फिर एकमुश्त पाँचला मोड़ हाट बाज़ार। 'चलचित्रम' नामक एक सिनेमा हॉल है जिसमें रंगीन टीवी पर सिनेमा दिखाया जाता है। दो रुपये में कुर्सी और एक रुपये में दरी पर बिठाकर। कहीं दूर माइक पर फ़िल्मी गीत का एक टुकड़ा हवा की छेदों में तिरता हुआ आता है—'आशा छिलो, भालोबाशा छिलो। आज आशा नेई, भालोबाशा नेई...।' इसके बाद मछली और सब्ज़ी मार्केट। दुनिया में कितनी महँगाई है! आलू दो रुपये किलो, प्याज सात रुपये और रोहू चालीस रुपये किलो। बाप रे बाप! देसी मुर्गी का अंडा

एक रुपये चार आने में और हंस का अंडा रुपये में एक। सनातन बाबू को बाज़ार करना अच्छा लगता है। महँगाई की इतनी हायतौबा के बाद भी पत्नी के सामने थैला-भर सब्ज़ी ख़रीदकर रख देने का दुनिया में एक ही सुख है। पत्नी कहती है, सब्ज़ी वाला सनातन बाबू को भलामानुष समझ ठगता है। डंडी मारता है। सनातन बाबू को देसी और पोल्ट्री अंडे का फ़र्क़ नहीं मालूम आदि। सनातन बाबू भी पत्नी को ताने कसते हैं। पत्नी ने छह महीने के लिए एकमुश्त आलू ख़रीदवा कर चौकी के नीचे बालू पर बिछा दिया है। बड़ी कंजूस है। एक ही साड़ी तीन दिन पहिनती है। पीठ में साबुन नहीं लगाकर सप्ताह-भर चलाती है। महीने में दो बार ही बाल धोती है। चीनी की जगह गुड़ या बताशे की चाय बनाती है। पाई-पाई का हिसाब लेती है आदि।

पाँचला मोड़ हाट बाज़ार के ख़त्म होते ही घर-दुआर शुरू हो जाते हैं। प्राय: दुआरों पर पेड़ों की साफ़-सुथरी छाँव में बैठे बड़े-बुज़ुर्ग घर-परिवार, देश-जहान की चिन्ता कर रहे होते हैं। उदाहरण के लिए अघोर बाबू तेंतुल के पेड़ की छाँव में खाट डाले बैठे हैं और तम्बाकू पी रहे हैं। तीन पाँव की खाट है। चौथा पाँव एक पर एक रखीं ईंटों से बना है। साधू नाम का एक ग़रीब गँवई चाय-तम्बाकू के लोभ में अक्सर उनके दुआर पर ही पड़ा रहता है। छोटे-मोटे काम कर देता है ताकि अघोर बाबू उस पर मेहरबान रहें। फ़िलहाल वह खटिए की बगल में ज़मीन पर उकड़ूँ बैठा मूँज की रस्सी बना रहा है। खटिया के नीचे एक आवारा कुत्ता सोता है। छाँव में ही इधर-उधर दो बकरियाँ बैठीं पत्तियाँ चबा रही हैं। ज़मीन पर चारों तरफ़ उनकी लेड़ियाँ बिखरी हैं। एकसार चलतीं काली चींटियों की एक कतार दिखती है। सब अपने में व्यस्त चुपचाप अपना काम करते हैं। इस तरह पूरी दुनिया पेड़ की छाँव में गरमी का दिन काट रही है। धोबी अपने बथान में चुपचाप कपड़ों पर लोहा करता है। देश-विदेश का समाचार सुना चुकने के बाद उसका रेडियो धीमे-धीमे सिसियाता है। उसकी पत्नी चुपचाप मैले कपड़ों को पोखर ले जाती है। बहुत दूर एक गाय आकाश की तरफ़ मुँह कर डकार लेती दिखती है। दूरी की वजह से उसकी आवाज़ सुनाई नहीं पड़ती। उसका मालिक उसे पाल खिलवाने के लिए अंटी में पाँच का नया सिक्का बाँधे साँड़ की जुगाड़ में इलम बाज़ार गया होगा। दूर कच्ची सड़क पर सिर पर उजले गमछे का घूँघट बनाए एक आदमी साइकिल चला रहा है। बिजली के तारों पर दो पंडूक बैठे हैं। सब जगह एक गुमसुम चुप्पी का माहौल है। यह गरमी की सीझती दुपहरी है जब दिन शीशे की तरह साफ़ और चमकते हुए होते हैं।

सनातन बाबू के लौटने में देरी होता देख पत्नी कई बार बाहर जाकर झाँक आई है। उसके सामने छोटे-मोटे कई काम पड़े हैं। लेकिन नज़र पड़ने पर वह उन्हें टालती जाती है। वह चाहती है कि दूर आते दिखते सनातन बाबू का रास्ता देखे और जब वे बिल्कुल पास आ जाएँ तो अपने को इन्हीं फुटकर कामों में बझा ले। इस तरह सनातन बाबू पर अपने प्रेम का छिपा-छिपा प्रदर्शन करे। सनातन बाबू समझ जाएँ—हमेशा।

पत्नी ने अपनी साड़ी के प्लेट बनाना शुरू किया। उसे शक़ है कि रसोई में काम करते वक़्त प्लेट बिगड़ गए थे। उसे पता नहीं चला, ठीक उसी समय सनातन बाबू घर के सामने खड़े थे। उन्होंने देखा कि घर के दरवाज़े पर ताला लटका हुआ है। उन्हें आश्चर्य हुआ कि वे घर में ताला लगाकर जाया करते हैं। ताले की चाबी उनसे कभी भी खो सकती है। इस तरह जब तक ताला न तोड़ा जाए या नक़ली चाबी न बना ली जाए, तब तक यह घर उनका नहीं होगा। वे देखेंगे कि बरामदे में सूखने के लिए एक पेटीकोट टँगा है। ठीक से धुले न होने के कारण वह थोड़ा मैला है। वे उदास हो जाएँगे और वापस स्टेशन की तरफ़ मुड़ जाएँगे। रास्ते में बुलाई मोकाज्जी पोखर में छिप डाले बैठा मिलेगा। बंशीघाट से लौटते हुए बस का ड्राइवर नमस्कार करेगा। पाँचला मोड़ हाट बाज़ार में आवारा नरेन फिर मिल जाएगा। अबकी वह थोड़ा मुस्कराता भी दिखेगा। सनातन बाबू स्टेशन पर पहुँचेंगे तब तक अबेर हो गई होगी। शाम की रेलगाड़ी उनकी प्रतीक्षा में खड़ी मिलेगी। रेल का ड्राइवर सनातन बाबू को देखकर ख़ुश हो जाएगा। वह उनकी लम्बी उम्र की प्रार्थना करेगा। सनातन बाबू उसे हरी झंडी दिखाकर विदा करेंगे और उसके बाद सुनसान स्टेशन पर बैठ जाएँगे। वे उदास होंगे। उन्हें लौटकर घर जाना चाहिए लेकिन उनकी चाबी खो गई है। आज की रात वे दुनिया के खुले ख़तरनाक के बीच सोएँगे। उन्हें सोता देख पत्नी उन्हें नहीं जगाएगी। लोहे के दरवाज़े की तरह चौड़े सीने वाला नरेन आने में देरी नहीं करेगा। उसके साथ पत्नी चलने लगेगी तो वे सोते रहेंगे। उनकी आँखों में जेठ की चाँदनी में दूर-दूर तक नंग-धड़ंग खेत पसरे रहेंगे। सनातन बाबू सपने में पत्नी को नरेन के साथ रेलगाड़ी में बैठकर जाते देखेंगे। नरेन के किसी लतीफ़े पर पत्नी हँसती-हँसती दुहरी हुई जाती है। नरेन पत्नी का नाम जानता है। रेलगाड़ी सनातन बाबू के सिग्नल की प्रतीक्षा नहीं करेगी और सरपट दौड़ती चली जाएगी। सनातन बाबू उसे अन्त तक जाते हुए देखेंगे और सोते रहेंगे। उनकी नींद अधबीच ही नहीं टूटेगी।

जब सनातन बाबू को याद आता है कि आज स्टेशन घर में बिजली का लट्टू जलता छोड़ आए हैं, तब तक उन्हें देर हो गई होती है। वे घर में होते और स्टेशन घर का लट्टू दुनिया में चारों ओर रोशनी फैला रहा होता है—भूलवश अंटी से खिसक गए सिक्के की तरह रास्ते में पड़ी पीली मैली रोशनी। घर के सुखद आकारों में सनातन बाबू ऊँघ रहे थे कि पत्नी उनके कानों में फुसफुसाई—आई लव यू। वह सिर्फ़ अँगिया और जाँघिये में थी। पत्नी की देह में प्रवेश करते सनातन बाबू को बराबर स्टेशन घर के जलते लट्टू की याद आ रही थी। पत्नी की देह के भीतर जलते हुए लट्टू का प्रकाश भरा था। कोई अनाम यात्री रेलगाड़ी में ऊँघ रहा होगा। उसके हाथों में पड़ी होगी उसकी पत्नी की बनाई लिट्टी से भरी झिल्ली। उसकी आँखों में दूर टिमटिमाती

होगी स्टेशन घर की बिजली। वह ज़िन्दगी में सनातन बाबू को नहीं जानता होगा। वह कोलकाता का एक सुखी निवासी होगा। वह जानता होगा कि कोलकाता की भीड़ का कोई रंग नहीं होता। भीड़-भरी सड़कों को पार करते वक़्त उसके मुँह से निकला कोई अनायासी शब्द ऐन स्टेशन घर की बिजली-सा चमकीला होगा।

इतने पर अब दिन के जागते में कल्पना कर ली जाए कि उस दिन यात्रा में अनायास ही स्टेशन घर की रोशनी देखने वाला यात्री मैं हूँ। दफ़्तर से निकलकर एस्प्लेनेड की सड़क को पार करने के लिए सिग्नल की प्रतीक्षा में खड़ा हूँ। अभी सिग्नल लाल है। और ठीक सड़क के उस पार उस बंगाली भद्रलोक के बाएँ जो लड़की खड़ी है—वो चशमे वाली, मैं जानता हूँ वह कहाँ नौकरी करती है। सुदक्षिणा या सुदेशना जैसा कुछ हरे रंग का नाम है उसका। यहाँ रोज़ इसी समय उसे देखा जा सकता है। उससे मेरा कोई परिचय नहीं। निश्चित ही वह मेरी पत्नी नहीं है। मेरी शादी अभी नहीं हुई।

आधी रात सुदक्षिणा को प्यार करते हुए नींद टूट जाती है। वैसे भी गर्मियों में टूटी-बिखरी-सी नींद बटोरता रहता हूँ हर रात। बिस्तरे पर नींद में ग़ाफ़िल सुदक्षिणा बिछल-बिछल रही है जैसे। उसकी बाँह मेरे सिर के नीचे दबी है। मैं सोचता हूँ, कल सुबह उससे पूछूँगा कि वह अपनी बगलों के बाल क्यों नहीं तराशा करती जैसे सिनेमा में हिरोइनें किये रहती हैं।...सहसा सोती हुई सुदक्षिणा को देखकर मेरा प्यार उमड़ता है। वह सुदक्षिणा ही है या कोई और? सोते में उसके चेहरे पर कैसी अज़नबियत के भाव खेलते हैं! चेहरे की हवा में एक मोहमह अन्धकार तिर रहा है। मैं उसके कानों में फुसफुसाता हूँ—आई लव यू।...मुझे ज़रूर भ्रम हुआ है। सोते में कोई कैसे मुस्करा सकता है?

['वागर्थ', 2004, सं. रवीन्द्र कालिया]

उपसंहार

इस बार क्या हुआ कि ऐन दुर्गा पूजा के दौरान एक ख़ास काम से मुझे दिल्ली आना पड़ गया। आप बंगाली न भी हों लेकिन शुरू से कलकत्ते में रह गए हों तो आपको बताना न पड़ेगा कि दुर्गापूजा में कलकत्ते से कहीं और के लिए निकल पड़ने की मज़बूरी कितनी दुखदायी होती है। जब से होश सँभाला, यह पहला मौक़ा था कि उस वक़्त कलकत्ते में न होकर सुदूर दिल्ली की सूखी सड़कों की खाक छान रहा था। और कुदरत का कमाल देखिए कि मेरी ग़ैरमौजूदगी में इसी दौरान एक ऐसी घटना घट गई जिसकी कभी किसी ने कल्पना भी न की होगी। दरअसल यह कहानी उसी घटना (या दुर्घटना, जो भी कहें) को आधार बनाकर लिखी गई है। टुकड़ा-टुकड़ा सूचनाओं को बटोरकर, उनके बीच की दरारों को भरसक अपनी कल्पना अथवा पूर्वाग्रहों से भरकर यहाँ आपके सामने रख रहा हूँ। इसके बावजूद यह स्वाभाविक है कि मेरी तमाम कोशिशों के बाद भी कहानी का कोई अंश असंयोजित अथवा असंगठित रह गया हो। इतने के लिए क्षमाप्रार्थी हूँ।

22 सिद्धू बाबू लेन, कोलकाता-7 में श्री चंडीप्रसाद रक्षित का अपना दो मंज़िला मकान है। चंडी बाबू सारा जीवन पास ही के एक जूनियर सेकेंडरी स्कूल में मास्टरी करते रहे और चार साल पहले ही रिटायर हुए हैं। पाड़ा (मुहल्ले) के सभी लोग आदर से उन्हें मास्टर मोशाई कहते हैं। एक छोटा-सा परिवार है। पत्नी बारह साल पहले कैंसर से सिधार गईं। मेरी याद में उनकी एकाध झलक-भर बची है। ख़ूब गोरी और सुन्दर थीं। मास्टर मोशाई की बड़ी बेटी उमा अपनी ससुराल बर्द्धमान में सुखपूर्वक हैं। मँझली लड़की रमा, शादी के दो साल बाद ही विधवा होकर अब यहीं पर रहा करती हैं। बिल्कुल अपनी माँ पर गई हैं। चेहरे पर माँ दुर्गा की भव्यता और मोहकता। रमा को पाड़ा के हम सभी लड़के मेज दी (मँझली दीदी) कहते हैं। उनके बाद एक लड़का नव्येन्दु है जो पार्क स्ट्रीट में कहीं काम करता है। हमेशा बझा-बझा दिखता है। काम का प्रेशर और मास्टर मोशाई की रिटायरमेंट के बाद उसकी ज़िम्मेदारियाँ बढ़ गई हैं। उससे छोटी एक लड़की श्यामा (जिसे सब टुसी कहते हैं) बालीगंज शिक्षा सदन में आठवीं की छात्रा है। नव्येन्दु की शादी उसकी माँ के रहते ही हो गई

थी। पत्नी झुम्पा ख़ूबसूरत और स्वभाव से थोड़ी उग्र है। नव्येन्दु से एक नौ साल का लड़का भी है जिसे सब मीठू कहते हैं।

यह रहा उस परिवार के लोगों का संक्षिप्त परिचय, जिसे दुर्गा पूजा से पहले तक मोटे तौर पर एक सुखी परिवार कहा जा सकता था। चंडी बाबू, रमा दी, नव्येन्दु, झुम्पा, टुसी और मीठू—यह छह लोग उन छोटी-मोटी खींचतान, जो लगभग हर परिवार का एक अभिन्न हिस्सा होती हैं, के बाद भी बड़े हेलमेल से रहते आए थे। परिवार में सबसे ज़्यादा मृदुल और मिलनसार हैं मेज दी। देखा जाए तो वही घर की असली मालकिन हैं। तिजोरी की चाबियाँ उन्हीं के पल्लू में बँधी होती हैं और नव्येन्दु जो भी कमाकर लाता है, सीधा उन्हीं के हाथ पर रख देता है। इस पर भी अभिमान उनको छू तक नहीं गया है। वैसे परिवार के सभी लोग शान्त और सलीकेदार थे। इसी वजह से पाड़ा में सभी लोग उन्हें आदर और स्नेह देते थे। लेकिन दुर्गा पूजा के दौरान घटी उस एक छोटी-सी घटना ने इस परिवार के लोगों के आपसी सम्बन्धों की चूलें हिलाकर रख दी और बड़े दर्दनाक रूप से इस परिवार के सदस्यों के बीच रिश्तों के सभी ताने बाने एक-दूसरे से उलझकर टूट-बिखर गए।

मेरे एक मित्र के अनुसार षष्ठी पूजा से दो दिन पहले पूजा के उपलक्ष्य में नव्येन्दु के ऑफ़िस से मिलने वाले बोनस को लेकर नव्येन्दु और झुम्पा में एक छोटी-सी झड़प हुई थी। झुम्पा चाहती थी कि पूरा का पूरा बोनस अबकी वह उसके हाथ में दे। उसका मन था कि इस बार वह पूजा में नई-नई आई देवदास स्टाइल की साड़ी पहने। हुआ यह कि इसी दौरान चंडी बाबू को नियमित चेक-अप के लिए जाना था। सो सीधे मन से नव्येन्दु ने सारा का सारा बोनस मेज दी के हाथ पर रख दिया। वह मेज दी के स्वभाव को अच्छी तरह से जानता था। मेज दी इतनी भी संवेदना-शून्य नहीं थीं कि बोनस का एक टुकड़ा भी झुम्पा को नहीं मिलता। यह भी हो सकता था कि पूरे पैसे ही झुम्पा को मिल जाते। आख़िर पूजा साल में एक ही बार आता है। लेकिन झुम्पा को इस बात की तक़लीफ़ हो गई कि पहले से कह रखने के बाद भी नव्येन्दु ने पैसे मेज दी को दे दिये।

वैसे मेज दी और झुम्पा में शुरू से ही पटरी नहीं बैठती थी। दोनों में एकाध बार मनमुटाव की स्थिति भी पैदा हुई थी। जब नव्येन्दु ने पूरे पैसे मेज दी को दे दिये तो वह काफी उग्र हो गई और अंटशंट बकहने लगी। स्थिति काफी बिगड़ गई। कहा जाता है कि नव्येन्दु ने झुम्पा पर हाथ भी उठा दिया था जो कि उसके शान्त और विवेकी स्वभाव को देखते हुए असम्भव-सा जान पड़ता है। लेकिन यह तो महज़ शुरुआत थी। असल घटना इसके बाद की है।

दो दिन बाद षष्ठी पूजा की शाम नव्येन्दु और झुम्पा ख़रीदारी के लिए निकले थे। अब आप यह न पूछें कि इतना कुछ होने के बाद भी झुम्पा कैसे सबकुछ भूल-भालकर ख़रीदारी के लिए निकल पड़ी होगी। पूछने से शायद बता भी नहीं पाऊँगा।

मुझे जो पता चला, वह यही है। वैसे भी कहावत है, बंगाली औरतों के दिल की बात ईश्वर भी नहीं जान सकते। तो सच यही है कि षष्ठी पूजा के दिन नव्येन्दु और झुम्पा पूजा की ख़रीदारी करने न्यू मार्केट की तरफ़ आए थे और उसी दिन वह घटना घटी जो दरअसल किसी के साथ भी घट सकती थी।

...बात यह हुई कि न्यू मार्केट की एक दुकान से कुछ कपड़े लेकर जैसे ही नव्येन्दु और झुम्पा बाहर फुटपाथ पर आए, पूजा के दौरान भीड़ काफी होने के कारण झुम्पा को एक हल्का धक्का लगा। धक्के से वह सँभल नहीं पाई और उसके हाथ में पकड़ा हुआ थैला नीचे गिर पड़ा। वह उसे उठाने को झुकी थी कि पीछे से एक कंगाली छोकरा आया और उसकी देह से काफी अशिष्टतापूर्वक टकरा गया। यह जान-बूझकर की गई बदमाशी थी। झुम्पा को ग़ुस्सा आया। पीछे मुड़ी तो वह पलटकर जा रहा था। वह बिजली की गति से उस पर झपटी और इससे पेश्तर कि वह कुछ समझ पाता, उसके गाल पर झुम्पा का एक ज़ोरदार तमाचा पड़ चुका था। घृणा से काँपती हुई झुम्पा पूछ रही थी—तोमार लज्जा करे ना?

इस बीच नव्येन्दु दसेक क़दम आगे बढ़ चुका था। पीछे शोरगुल सुनकर और झुम्पा को अपने आसपास न पाकर वह दौड़ा हुआ आया। तब तक वह छोकरा किसी बिगड़ैल की तरह झुम्पा के बाल पकड़कर खींच रहा था और झुम्पा लगातार उसे तमाचे मारती जा रही थी। भीड़ में जुटे हुए भद्रलोक माजरे को समझ नहीं पा रहे थे और दूर से ही हईचई (निरर्थक शोरगुल) मचा रहे थे। नव्येन्दु बीच में झपटा और किसी तरह दोनों को अलग करते हुए झुम्पा से पूछा—की होलो, ब्यापार-टा की? (क्या हुआ, मामला क्या है?)

अब छोकरा अलग खड़ा झुम्पा की तरफ़ देखते हुए मुस्करा रहा था। झुम्पा क्रोध से थर-थर काँप रही थी। नव्येन्दु की समझ में कुछ नहीं आ रहा था। उसने झुम्पा से पूछा कि क्या यह लड़का तुम्हारा पर्स लेकर भाग रहा था?...झुम्पा चुप, आँखें तरेरते हुए लगातार उस छोकरे को घूर रही थी और हाँफ रही थी। इससे पहले कि नव्येन्दु और कुछ पूछता या करता, अचानक उस कंगाली छोकरे ने झपटकर झुम्पा के चेहरे को चूम लिया और भीड़ को चीरते हुए विपरीत दिशा में भाग खड़ा हुआ। यह सब इतनी जल्दी हुआ कि सब हक्के-बक्के रह गए। नव्येन्दु सदमे से चुप आगे भीड़ में बिला गए उस छोकरे की तरफ़ खड़ा ताकता रह गया। झुम्पा कुछ देर हतप्रभ रही, फिर वहीं बैठकर रोने लगी।

जिस घटना की चर्चा मैं करता आया था, वह इतनी-भर ही थी। कोलकाता-दिल्ली जैसे महानगरों को देखते हुए यह कोई बड़ी बात नहीं कही जा सकती। बस, ट्राम अथवा लोकल ट्रेनों की भीड़ में रोज़ाना ही ऐसा होता है कि कोई लड़की अचानक महसूस करे कि पीछे वाला आदमी उसके शरीर से सट गया है अथवा अगल-बगल का कोई भीड़ का फ़ायदा उठाकर उसकी देह पर अपनी लिजलिजी उँगली फिराने

लगा है। कुछ चुपचाप थोड़ा परे हटकर अपमान की इस कड़वी घूँट को पी लेती हैं तो कुछ थोड़ा मुखर होकर हल्का-फुल्का विरोध भी दर्ज़ करती हैं। झुम्पा भी चुपचाप अपना थैला उठाकर आगे बढ़ सकती थी। वह छोकरा तो पलटकर वापस जा रहा था। उसके बाद सबकुछ सामान्य हो जाता। नव्येन्दु किसी फ़िल्म का टिकट ले आता और झुम्पा नक़ली गुस्से से भर जाती कि वह बड़ा फिजूलखर्ची हो गया है। वापसी में वे कहीं रुककर फुचका (गोलगप्पे) या झालमूड़ी खाते और घर के सुरक्षित खोल में जा दुबकते। कहीं कोई चिलकन दिखाई नहीं देती। बिस्तर के प्रदेश में नक़ली मान करते हुए झुम्पा भूल ही जाती कि न्यू मार्केट में उसके साथ कुछ ऐसा-वैसा भी हुआ था।

मेरा मानना है कि अगर झुम्पा के साथ उस दिन नव्येन्दु की जगह टुसी या घर का कोई और होता तो शायद झुम्पा सह भी लेती। नव्येन्दु उसका पति था। इसी कारण भले जो कुछ भी घटा उसमें नव्येन्दु का कोई कसूर नहीं, इसके बावजूद वह झुम्पा की निगाह में गुनहगार बन गया था। कम-से-कम आगे जो कुछ भी घटित होता है, उससे इसी बात की पुष्टि होती है।

न्यू मार्केट से नव्येन्दु और झुम्पा कैसे घर लौटे, इस बात की तफ़सील में जाना व्यर्थ है। लौटने के बाद झुम्पा घंटों अपने कमरे में बन्द पड़ी रोती रही। नव्येन्दु, मेज दी, टुसी, मीठू—यहाँ तक कि ख़ुद चंडी बाबू आए और दरवाज़ा खोलने के लिए आवाज़ लगाकर हार गए। भीतर वह रोती रही तो किसी की नहीं सुनी। आज दुनिया में कोई उसे अपना नहीं लग रहा था। बिस्तर पर तकिया में मुँह गड़ाकर वह रोती रही और रोते-रोते ही उसकी आँखें लग गईं। दूसरे दिन सुबह के उजाले में वह एक दूसरी ही झुम्पा थी। आँखें सूजी हुईं और बेतरह फूल गई थीं। बाल अस्त-व्यस्त हो गए थे। मेज दी ने ज़बरदस्ती उसे दो कौर भात खिलाया। रात में वह बिना खाए ही सो गई थी। उसके न पूछने पर भी बिना किसी प्रसंग के मेज दी ने यह बता दिया कि नव्येन्दु आज जल्दी ही ऑफ़िस के लिए निकल पड़ा है और यह भी कि झुम्पा के लिए उसे बहुत चिन्ता हो रही थी। नव्येन्दु का नाम आते ही झुम्पा के चेहरे पर वितृष्णा और दया का एक मिला-जुला भाव आया और एक अजीब-सी व्यंग्य-भरी मुस्कराहट उसके होंठों पर तारी हो गई। यह देख मेज दी किसी अनिष्ट की आशंका से भीतर तक काँप गईं।

दोपहर डेढ़-पौने दो बजे की बात है, झुम्पा नहाकर बरामदे में बैठी अपने बाल सुखा रही थी। हाथ में एक किताब थी, जिसके पन्ने हवा में फड़फड़ा रहे थे। अपनी आँखें छत से लगाए वह कहीं खो-सी गई थी। तभी नीचे स्कूटर की जानी-पहचानी आवाज़ सुनकर उसकी तन्द्रा टूटी। नव्येन्दु आज आधे दिन में ही लौट आया था। झुम्पा उठी और भीतर चली गई, जहाँ मेज दी बैठी अपने ब्लाउज़ में बटन टाँक रही थीं। झुम्पा ने कहा—एइजे मेज दी, आपनार बाहादुर भाई तो आजके एई बेलाय

फिरे एशेछे! (सुनती हैं मँझली दीदी, आज तो आपका बहादुर भाई इसी प्रहर में लौट आया है!)

कहकर वह अपने कमरे में चली गई। मेज दी उसके इस रवैये से हतप्रभ उसकी ओर देखती रह गईं। उसके होंठों पर वह सुबह वाली अनिष्टकारी मुस्कान रेंग रही थी। ऊपर आकर नव्येन्दु सीधा अपने कमरे में ही चला आया। झुम्पा किताबों की रैक के पास खड़ी उसे निहार रही थी। आलने के पास पड़ी कुर्सी पर हेलमेट रखते हुए नव्येन्दु ने एक नज़र झुम्पा को देखा। वह अब भी मुस्करा रही थी। नव्येन्दु को उम्मीदों का एक पुल नज़र आया। धीमे-धीमे क़दम बढ़ाता वह उसके पास आया। वह वहीं खड़ी मुस्कराती रही। उसे छूने के लिए नव्येन्दु ने अपना हाथ बढ़ाया। बिना किसी विरोध के वह अचल रही। नव्येन्दु और पास आ गया था। उसकी साँसें भारी पड़ती जा रही थीं और उँगलियाँ अब झुम्पा के चेहरे को टटोल रही थीं। कुछ क्षण ऐसे ही बीते। फिर जैसे ही अपने चेहरे को पास लाकर वह उसे चूमने को हुआ कि एक धक्के से पीछे बिस्तरे पर जा गिरा। उसने देखा, झुम्पा के चेहरे पर वही वितृष्णा फैल गई है जो कल रात न्यू मार्केट में उस कंगाली छोकरे के प्रति देखी थी।

मेरे ख़्याल से झुम्पा ने उसके लिए ठीक उन्हीं शब्दों का इस्तेमाल किया होगा—तोमार लज्जा करे ना? प्रताड़ना और अपमान से तिलमिलाकर नव्येन्दु एक झटके से बाहर बरामदे में चला आया होगा। बरामदे में कुछ देर खड़ा रहा होगा। पीछे वही कमरा खुला पड़ा था जहाँ झुम्पा होगी अपने होंठों पर एक विषैली मुस्कान लिए। वह कोई दूसरी ही झुम्पा थी जिसकी तरफ़ देखने की भी आज उसकी हिम्मत नहीं हो रही थी। इसके बाद क्या बच रहता है? वह धड़धड़ाते हुए सीढ़ियाँ उतर गया। उसे इस बात का पछतावा हो रहा था कि आज वह दफ़्तर से जल्दी क्यों आया? चला भी आया तो क्या ज़रूरत थी वह झुम्पा को छूने गया...लेकिन जो भी हो, उसने क्या ग़लत कर दिया? झुम्पा ने उसका अपमान किया है। जाहे जिस तरह हो, इस झुम्पा के अभिमान को चूर करना ही होगा।

स्थितियाँ धीरे-धीरे और बिगड़ती चली गईं। झुम्पा के अन्तर्मन में कहीं भीतर तक धँसे काँटे को बीतता हुआ समय बाहर निकाल फेंकेगा—इस बात की ख़ुशफ़हमी सभी को थी। इसके विपरीत वह काँटा कहीं भीतर ही अटका हुआ सड़ने लगा और ज़ख़्म की शक़्ल दिनोंदिन बिगड़ती चली गई। नव्येन्दु और झुम्पा के बीच कोई संवाद शेष न रहा। देखा जाए तो पूरे परिवार पर ही किसी अपशगुन की काली परछाईं रेंग रही थी। चंडी बाबू अपना ज़्यादातर समय घर के बाहर रहकर बिताने लगे। मेज दी पूजा-पाठ, जप-तप, विधि-विधान का मस्तूल पकड़े किसी तरह बचाव की उम्मीद रखती थीं और पूरे प्रसंग से बाहर कर दिये जाने के कारण टुसी और मीठू के दिन भी भारी पड़ रहे थे। घर की स्थिति कुछ वैसी हो गई थी जैसी काले गहरे बादलों से घिरी धरती की होती है। दमघोंटू उमस से अकुलाए समस्त चराचर एक ज़ोरदार

बारिश की अपेक्षा में ऊपर आकाश की तरफ़ टकटकी लगाए रहते हैं। भले ही इस प्रचंड बारिश में जल-प्लावन का ख़तरा हो, इसकी कोई चिन्ता नहीं। किसी तरह त्राण तो मिले!

एक दिन बड़ी हिम्मत करके टुसी, झुम्पा के पास जा बैठी। अब तक तो टुसी और मीठू को उस घटना के बारे में बताया नहीं गया था, किन्तु घर के माहौल से वे भी परिचित थे। ख़ासकर टुसी इतनी बच्ची नहीं थी कि उसकी समझ में कुछ न आए। कुछ देर वह चुपचाप बैठी रही, बिला हरकत। झुम्पा भी चुप लेटी छत की तरफ़ देख रही थी। पहलू बदलने के लिए टुसी बिस्तर के पास रखी तिपाई पर पड़ी एक मैग्ज़ीन उठाकर उलटने-पुलटने लगी। बांग्ला की कोई पत्रिका थी। बिना पढ़े वह बस यों ही पन्ने पलटती रही कि अचानक उसका जी धक् से रह गया। बिजली की गति से उसने मैग्ज़ीन बन्द कर यथावत् रख दिया। शर्म से उसका मुँह लाल हो रहा था। देखा, झुम्पा के होंठों की कोर में एक मुस्कान अँटकी पड़ी है। हाँ, आज बहुत दिनों बाद झुम्पा हँसी थी। वही पुरानी उजली हँसी। टुसी भी हँसने लगी। हँसते हुए ही कहा—ऐसी कोई पत्रिका ऊपर नहीं रखनी चाहिए। अगर मीठू के हाथ लग जाती तो?

झुम्पा ने उसे दुलारते हुए कहा—और तू क्या बहुत बड़ी हो गई है री?

टुसी लजा गई। बोली—बच्ची भी तो नहीं रही। सब समझती हूँ।

लेकिन टुसी नहीं समझ सकी कि इस बीच झुम्पा के चेहरे का रंग बदल गया। उसकी हँसी ग़ायब हो गई। अचानक उसने टुसी को उसके कन्धे से पकड़ लिया और झकझोरते हुए पूछने लगी कि आज तक उसे किसी ने छेड़ा है? क्या किसी ने उसे चूमा है?

टुसी अवाक्, जैसे उसकी समझ में कुछ न आ रहा हो। अब वहाँ से हट जाना ही बेहतर है।

झुम्पा उसे बेतरह झकझोर रही थी—क्या किसी ने तुम्हारे अंगों को नहीं छुआ? क्या किसी ने तुम्हें...

वह अनर्गल बकने लगी थी—सुनो टुसी, वहाँ हो सकता है तुम्हारा भाई हो...हो सकता है तुम्हारा पति हो। लेकिन किसी से कोई उम्मीद न रखना। वह तुम्हें छेड़ेगा और वे कुछ नहीं कर सकते। वह तुम्हें इस तरह...

इससे पहले कि टुसी वहाँ से उठने का कोई यत्न करती, झुम्पा ने उसे बिस्तर पर गिरा दिया और उसके होंठों को चूमने लगी—क्या आज तक किसी ने तुम्हें... झुम्पा ने अब अपने दाँत गड़ाना शुरू कर दिया। इधर उसके हाथ टुसी के शरीर के तमाम अब तक अनछुए भागों को रौंदने लगे। टुसी, झुम्पा को परे ढकेलना चाहती थी। चीख़ना चाहती थी। लेकिन झुम्पा उस पर भारी पड़ रही थी। टुसी को लगा, अब कोई उम्मीद नहीं, उसका दम घुटने वाला है...कि अचानक किसी ने झुम्पा को बिस्तर से नीचे गिराकर उसे जैसे प्राण-दान दिया। टुसी को सँभलने में कुछ वक़्त

लगा। उसके होंठों पर ख़ून की बिन्दियाँ चिलक आई थीं। इधर झुम्पा चीख़ रही थी और नव्येन्दु उसे बेतहाशा पीट रहा था।

यह सब अष्टमी के दिन हुआ। झुम्पा उन्माद की उन अँधेरी कन्दराओं में थी जहाँ उसके सिवा उसकी देह तक की पहुँच नहीं हो पाई थी अभी। इसलिए उसकी देह पर नव्येन्दु के आघात बस कुछ नामालूम क़िस्म की हरकतें पैदा कर हवा में बिलाते जा रहे थे। उनका झुम्पा पर कहीं कोई पुख़्ता असर नहीं होता। वह चीख़ रही थी तो इसलिए कि उसे नीमबेहोशी के उस अँधेरे में अपनी देह की कमी अखर रही थी...क्या हमारी सौ इच्छाओं के ऊपर एक इच्छा यह नहीं कि सशरीर ही हम पृथ्वी को छोड़ें? लेकिन पृथ्वी का धरातल छोड़ने के साथ ही हमें देह का आयतन भी छोड़ना पड़ता है। क्या इसलिए हमारे पुरखों की मृतात्माएँ हममें बार-बार लौटना चाहती हैं? देह से इतर को महज़ देह की ही तो आकांक्षा रहती है। झुम्पा चीख़ रही थी तो सिर्फ़ इसलिए कि वह अपनी देह को पुकार रही थी। वही देह जो उजाले में नव्येन्दु के आघातों के नीचे लिथड़ रही थी।

...झुम्पा को जब होश आया तब तक नव्येन्दु पस्त होकर बिस्तर पर जा पड़ा था। मेज दी, झुम्पा के पास बैठीं अपने आँचल से हवा कर रही थीं। टुसी और मीठू वहीं कहीं आसपास। और चंडी बाबू लाचार अपने कमरे में।

इस घटना का सर्वाधिक असर जिस पर पड़ा, वह थी टुसी। जो कुछ भी हुआ, उसकी तह में जाकर उसके कारणों की पड़ताल करने की दृष्टि से तो अभी तक वह बच्ची ही थी, लेकिन जो कुछ भी हुआ था, उसकी भोक्ता की दृष्टि से वह इतनी भी बच्ची नहीं थी कि उस पर कोई असर ही न पड़ता। उसकी पूरी अनभिज्ञता में ही उसके स्नायुओं में एक गुपचुप षड्यंत्र आकार ले रहा था। अनायास ही उसे एक ऐसी चाबी मिल गई थी जिससे उसकी देह के अब तक तमाम बन्द दरवाज़े खुलते हैं। झुम्पा के उन्मादी स्पर्श अब भी उसके शरीर की सतहों को लरजा रहे थे। वह थोड़ा रुककर देखना चाहती थी कि यह ज़हर आख़िर कहाँ तक चढ़ता है! आख़िर कहाँ चुभती हैं वर्जनाओं की मीठी सुइयाँ!

झुम्पा के होश में आने के बाद टुसी और मीठू वहाँ से खिसक चुके थे। नव्येन्दु दूसरे कमरे में जाकर लेट गया। कुछ देर तक मेज दी, झुम्पा के पास ही बैठी रहीं। आज का सोचकर बार-बार उनका कलेजा मुँह को आता था। यह सब अचानक क्या हो गया? सौ में एक ही ख़ुशहाल था उनका परिवार। जाने किसकी नज़र लग गई इसके अमन-चैन को! टुसी के लिए कितना स्नेह था झुम्पा के मन में! बेटी की तरह मानती थी उसे। और आज वही झुम्पा, टुसी के साथ इस तरह का सलूक कर बैठेगी, यह भला किसने सोचा था!

मेज दी को सबसे अधिक किसी के लिए मया हो रही थी तो वह उनके पिता चंडी बाबू थे। बुढ़ापे में यह सब देख-सुनकर क्या कुछ बीत रही होगी उस भद्रपुरुष

पर! इस झुम्पा के कारण जो न हो, वह कम है। इसे लोक-मर्यादा का भी कोई ख़्याल नहीं, बस अपना ही देखना है। अरे किसके साथ नहीं होता ऐसा? कौन ऐसी भाग्यशालिनी है जो इस अभिशाप से मुक्त हो? स्त्रियों को तो घर में अपने भाई-बन्धुओं से भी ख़ुद को बचाकर चलना पड़ता है। लेकिन कौन समझाए इसे?...मेज दी का चित्त अस्थिर हो रहा था। पास लेटी झुम्पा के प्रति मन में कभी आक्रोश आता तो कभी स्नेह। स्नेह से भरकर झुम्पा के माथे को सहलाने लगतीं। बार-बार जाने क्या सोचकर उनकी आँखें भर आती थीं।

होश आने के बाद झुम्पा बड़ी देर तक चुप रही। उसके भीतर का सबकुछ अचानक शून्य हो गया था। याद के एक बहुत महीन धागे से बँधा पीछे छूट चुका सबकुछ धीरे-धीरे घिसटता आ रहा था और झुम्पा की ग्लानि की कोई सीमा नहीं थी। टुसी के साथ उसने जो कुछ भी किया, उसकी एक ही अभद्रता थी। उसके मुँह में छिछोरेपन का एक बुझता-सा स्वाद घुल आया था जिसे वह तत्काल थूक देना चाहती थी। जब वह थूकने को उठी तो अशक्त शरीर को मेज दी ने सहारा दिया। कमर के पास एक हल्की चिलकन हुई और उसने फ़र्श पर थूक दिया। लिसलिसी लार में ख़ून के छोटे-छोटे थक्के तैर रहे थे। झुम्पा को याद आया कि नव्येन्दु ने उसके शरीर पर अपनी मर्दानगी के प्रमाणस्वरूप कुछ चोटें छोड़ी हैं। थोड़ी शक्ति लगाकर उसने दुबारा थूक दिया। मेज दी कहाँ समझ सकीं उसके थूकने का राज़!

इधर दूसरे कमरे में लेटा नव्येन्दु का मन भी चंचल हो रहा था। शुरू-शुरू में उसे आह्लाद ही हुआ कि जाने किस जन्म की हिंसा आज झुम्पा पर निकालकर उसका मान-मर्दन किया है। किन्तु बाद में उसे पछतावा होने लगा। अपने माँ-बाबा, आत्मीय बन्धुओं से दूर झुम्पा यहाँ पर आख़िर उसी की पत्नी बनकर तो आई थी। और आज यदि वही उसके प्रति इतना हिंसक हो तो उस बेचारी पर क्या बीत रही होगी? उसे यह सोचकर भी ग्लानि हो रही थी कि झुम्पा के साथ उसके इस कुकृत्य के पीछे उसके अभिमान को चूर करने की ही दुराशा थी।

फिर ठहरे जल वाले पोखर में जैसे कोई कंकड़ी मार देता और लहरें जल का हुलिया बदलने लगतीं। वह सोचता कि झुम्पा ने टुसी के साथ जो व्यवहार किया, वह क्या अमानुषिक नहीं था? टुसी तो ख़ैर बच्ची है, लेकिन मेज दी क्या सोचेंगी? यही न कि नव्येन्दु अब मानुष कहलाने लायक नहीं रहा, तभी तो झुम्पा टुसी के साथ...इश्श, जाने बात कहाँ से कहाँ जाएगी! झुम्पा की एक अभद्रता के कारण आज वह किसी को मुँह दिखलाने लायक नहीं रहा। आख़िर झुम्पा ने उसमें कौन-सी ऐसी कमी देखी कि टुसी पर अपनी वासना उतारने लगी?...और ऐसी झुम्पा के साथ अगर उसने अमानुषिक व्यवहार किया भी तो क्या ग़लत किया?

इलाक़े के पार्षद चिन्मय दा (जो नव्येन्दु के मित्र हैं) ने मुझे बताया कि उस दिन शाम को नव्येन्दु उनके यहाँ आया था। वे सपरिवार पूजा घूमने को निकल रहे थे,

इसलिए नव्येन्दु को ज़्यादा समय नहीं दे पाए। कोई ख़ास बातचीत नहीं हुई। चिन्मय दा ने बताया कि नव्येन्दु उनसे कुछ नहीं छुपाता। उस शाम वह यही सलाह करने आया था कि ऐसी विषम परिस्थिति में क्या करना उसके लिए श्रेयस्कर है। चिन्मय दा ने उसे सुझाव दिया था कि घरवालों का आशीर्वाद लेकर वह और झुम्पा कुछ दिनों के लिए शहर से दूर किसी मनोरम स्थान पर चले जाएँ। नव्येन्दु किसी निष्कर्ष पर नहीं पहुँच सका, हालाँकि उसे यह सुझाव एक हद तक ठीक लगा। असल संकट तो यह है कि झुम्पा को राज़ी करने के लिए उससे बात तो करनी पड़ेगी। और वह तो किसी अधकुचली सर्पिणी की तरह फण पसारे बैठी होगी। किसी की मध्यस्थता से भी काम नहीं चलने का। फिर भी कोई युक्ति तो निकालनी ही पड़ेगी।

नवमी के दिन हिम्मत बटोरकर नव्येन्दु, झुम्पा के पास गया। झुम्पा चुप उसे एकटक देखे जा रही थी। नव्येन्दु कमरे में तो आ गया था, किन्तु अब उसका साहस नहीं हो रहा था कि झुम्पा से कुछ कहे। वह झूठमूठ किताबें उलट-पुलट करने लगा। झुम्पा की नज़रें उसके शरीर में सुई की तरह चुभ रही थीं। नव्येन्दु को अपने-आपसे निराशा हुई। ऐसे कैसे काम चलेगा? कुछ तो कहना ही होगा। बर्फ़ की ऊपरी कठोर सतह किसी तरह हट जाए तो नीचे का सबकुछ तरल होगा। नव्येन्दु पलटा और कुछ न सूझा तो यही कह बैठा कि झुम्पा उसे इस तरह क्यों देख रही है। वातावरण को हल्का बनाने के लिए उसने यह भी जोड़ा कि इस तरह देखने से उसे अजीब लग रहा है। ऐसा लग रहा है, वह चिड़ियाखाने से अभी छूटकर आया कोई अद्‌भुत जानवर है...कहने के साथ ही लगा कि उसने ग़लत शब्दों को चुन लिया और बातों की शक़्ल ठीक वही नहीं बनी जो बननी चाहिए थी। झुम्पा किसी तरह की प्रतिक्रिया से शून्य रही। नव्येन्दु के पास यह दूसरा मौक़ा है। उसने मन-ही-मन सोचा कि इस बार वह सीधा वही बोलेगा जो उसे बोलना चाहिए। इधर-उधर की कोई बात नहीं।

लेकिन नहीं। नव्येन्दु की बात ख़ाली नहीं गई थी। उसे अफ़सोस हुआ। झुम्पा के होंठ हिले—जानवर तो तुम हो ही। झुम्पा ने जैसे हर शब्द को तोलकर कहा। नव्येन्दु अवाक् हो गया। उसे हरगिज़ इन शब्दों की उम्मीद नहीं थी। एक क्षण आया और चला गया। इस क्षण नव्येन्दु यदि सँभल जाता तो स्थिति कुछ और ही होती। लेकिन नियति की फिसल-पट्टी पर नव्येन्दु फिसल चुका था। एक अनायासी विचलन और कहानी का सबकुछ उम्मीद के उलट...

—क्या कहा? मैं जानवर हूँ?

—हाँ, उसमें कोई शक़ है?

नव्येन्दु ने हिंसक हो उसके बाल पकड़ लिए—ज़रा फिर से कहना।

इससे पहले कि झुम्पा अपना मुँह खोलती, नव्येन्दु उसके मुँह पर आघात कर चुका था। झुम्पा की आँखों से शोले फूटने लगे। तत्काल के लिए समय रुक-सा

गया।...और थोड़ी देर में ही एक विस्फोट। झुम्पा ने वितृष्णा से भरकर नव्येन्दु के चेहरे पर थूक दिया था।

—तुम...तुम नामर्द हो।

नव्येन्दु की अन्तरात्मा चीत्कार कर उठी। दिमाग़ ठस्स। भावनाएँ कुंठित। एकाएक उसकी समझ में नहीं आया कि इस झुम्पा का वह क्या करे! क्रोध से उसकी भँवें काँपने लगीं।

—हाँ हाँ, तुम नामर्द हो। सुना तुमने? मुझे मारने-पीटने के सिवा तुम कुछ नहीं कर सकते। हिजड़े हो तुम।

—दिखाऊँ मैं? दिखाऊँ तुम्हें अपनी मर्दानगी? देखना चाहती हो?

झुम्पा बस फुँफकारती रही। नव्येन्दु की पकड़ और तेज़ होती गई। लगा कि वह झुम्पा के सारे बाल जड़ से उखाड़ फेंकेगा। झुम्पा बेतरह चीख़ रही थी...झुम्पा चीख़ती रही और नव्येन्दु किसी निर्दयी राक्षस की तरह उसे मसलता रहा। शादी के बाद यह पहली बार हुआ था कि झुम्पा की मर्ज़ी के बग़ैर नव्येन्दु उसकी देह को रौंद रहा था। हर आघात पर झुम्पा कराह उठती और नव्येन्दु उन्माद की अवस्था में कहता कि देखो मेरी मर्दानगी...चीख़ो, और चीख़ो। चीख़ो और मर जाओ। मरने के बाद भी आज तुम्हारी मुक्ति नहीं। मैं तुम्हारी लाश पर भी दिखाऊँगा अपनी मर्दानगी।

पति-पत्नी के बीच सम्बन्धों के सारे सम्मान और गरिमा का आज संहार हो गया। उस वक़्त बरामदे में टुसी और मीठू मौजूद थे। टुसी ने मीठू की आँखें मूँद दी होंगी। और एक सीमा के बाद दोनों वहाँ से हट गए होंगे।...दूसरे कमरे में चंडी बाबू आँखें बन्द कर बैठे होंगे। आवाज़ें यहाँ तक आ रही होंगी और चंडी बाबू की बन्द आँखों की कोरें पनैली हो रही होंगी।...मेज दी शायद रसोई में या इधर-उधर कहीं होंगी। झुम्पा की देह पर हो रहे हर प्रहार को अपने भीतर तक महसूस करतीं मेज दी कहीं अदृश्य हो जाना चाहती होंगी।

थोड़ी देर बाद नव्येन्दु घर से निकलकर बाहर चला गया। कमरे में बिस्तर पर पड़ी झुम्पा स्थिर रही। उसके कपड़े नुचे-चींथे और बदन उघरा पड़ा था। छाती पर नव्येन्दु के दाँतों के निशान बने थे और वहाँ ख़ून की बिन्दियाँ रिस रही थीं। बाईं कोहनी का निचला सिरा बुरी तरह छिल गया था।...पूरे कमरे की हवा में एक सनसनी दौड़ रही थी।

चंडी बाबू की दवा का समय हो रहा था। मेज दी दवाइयों को लेकर चंडी बाबू के पास गईं। वह कोशिश कर रही थीं कि सबकुछ सामान्य दिखे। उन्होंने कई बार अपने चेहरे को धोया था ताकि किसी को न लगे कि अभी थोड़ी देर पहले वह रो रही थीं। साड़ी का पल्लू ठीक किया और अत्यन्त सहज होकर चंडी बाबू के पास गईं। चंडी बाबू भी इस तरह बैठे अपना चश्मा साफ़ कर रहे थे जैसे कुछ जानते ही न हों। मेज दी ने उन्हें दवाई दी। दवा खाकर वे ग्लास पकड़ा रहे थे कि मेज दी के

ठंडे हाथों का स्पर्श उन्हें अन्दर तक भिगो गया। मेज दी की आँखें पहले से ही नीचे फ़र्श पर गड़ी थीं। चंडी बाबू उन्हें देखते रहे जैसे पहली बार देख रहे हों। छोटा-सा सूना ललाट, खिंची हुईं थोड़ी भरी-सी भँवें, भरे गाल और वहाँ गरदन पर मांसल धारियाँ।...थोड़ा पास जाने पर मेज दी बिल्कुल अपनी माँ की तरह लगती हैं।

चंडी बाबू ने अपनी नज़रें फेर लीं। मेज दी धीरे-धीरे जाने लगीं। दरवाज़े तक पहुँचीं कि चंडी बाबू ने पुकारा। वह रुकीं और वहीं खड़ी रहीं, बिना मुड़े। चंडी बाबू पास आए और बोले—तुम्हारी शादी मानिकतल्ला के भूतपूर्व ज़मींदार घराने में यह सोचकर कराई थी कि अपनी बड़ी बहन की तरह तुम भी अपनी ससुराल में सुख-शान्तिपूर्वक रहोगी। मैं हतभागा क्या जानता था कि दो साल बाद ही तुम्हें यह सफ़ेद परिधान धारण कर सदा के लिए यहाँ लौट आना होगा।...जब से तुम आईं, मेरी सेवा में ही दिन-रात लगी रहीं। मैंने भी एक स्वार्थी की तरह कभी जानना नहीं चाहा कि तुम्हारी भी कुछ ज़रूरतें हो सकती हैं। बेटा, अब भी वक़्त है, और यह ज़माना भी पहले-सा नहीं। तुम चाहो तो किसी के साथ...मैं कतई बुरा नहीं मानूँगा।

सुनकर मेज दी एकबारगी काँप गईं। अपने कमरे में आकर कुछ देर चुपचाप खड़ी रहीं...और अचानक उनके बिल्कुल भीतर से अरसे से बन्द कपाटों को तोड़ते हुए आँसुओं का एक समुद्र उफन आया। वह रोने लगीं—एक ऐसी रुलाई जो कई छोटे-छोटे स्थगित रुदनों की एक मिली-जुली रुलाई होती है। भीतर का सारा अवसाद जैसे बहकर संसार में अपना स्थान खोजने निकल पड़ा हो। बीत चुका सबकुछ वापस लौट आता है और प्रेत बनकर विलाप करने लगता है। मेज दी का बीता हुआ समय भी उनके साथ हिचकियाँ ले रहा है। ऊपर ताखे पर रखी मेज दी के मृत पति की तस्वीर रो पड़ी है और आसमान तरस खा रहा है।

—पिसी माँ, कादछो कैनो? मीठू खड़ा था। मेज दी रोते-रोते रुकीं। लेकिन यह रुदन पर विराम नहीं। हम चलते-चलते दम लेने के लिए ठिठकते हैं और फिर चलने लगते हैं। मेज दी ने मीठू को अन्दर लेकर दरवाज़े को भेड़ दिया और घुटनों के बल बैठ उसे एकटुक देखने लगीं। मेज दी के मृत पति की तस्वीर के शीशे में दिख रहा है मीठू का मासूम चेहरा। मेज दी के भीतर उमड़ता आ रहा है एक ज्वार और मीठू डूबने लगता है तस्वीर की गहराई में। मेज दी बेतहाशा चूम रही हैं मीठू को और समस्त चराचर प्रतीक्षा कर रहे हैं। उनकी तरफ़ से मेज दी संघर्ष कर रही हैं। उनकी छाती में दूध उतर आया है पूरी पृथ्वी के लिए।

मीठू एक हज़ार वर्ष बड़ा होकर अपने कमरे में पहुँचा। यह कमरा टुसी के साथ उसका साझा कमरा था। टुसी खिड़की से बाहर बड़ा बाज़ार की धूर्त सड़कों को देख रही थी। मीठू चुपचाप जाकर उससे सट गया। टूसी चौंकी नहीं। मुड़ी भी नहीं। पूर्ववत् खड़ी बाहर देखती रही और मीठू उसकी देह से फिसलते हुए अविराम बरस रहा था। थोड़ी देर बाद टुसी मुड़ी और बिस्तर पर आ बैठ अपनी चोटी खोलने लगी। आँखें

कहीं अपने भीतर बझी-सी। मीठू की देह से भाप के नीले रोंए उड़ रहे थे। वह टुसी को निहार रहा था और दृश्य में दूसरी तरफ़ दुनिया सोने का उपक्रम कर रही थी।

आधी रात को टुसी को एक खटका हुआ। जागते ही वह जान गई कि वह कहीं बाहर नहीं, उसकी देह के भीतर की खटखटाहट थी। दूसरी तरफ़ मीठू गहरी नींद सो रहा था। टुसी उठी और बिना आवाज़ कमरे में एक तरफ़ चली गई। बाहर की रोशनी का यहाँ हल्का उजाला था। टुसी ने देखा, उसकी टाँगें बहुत हल्के काँप रही हैं। वह आश्चर्यचकित थी। सदियों से बन्द देह की तनी चादर से रिसकर लिसलिसे ख़ून का एक गन्दा-सा उबाल उसकी जाँघों में रेंग रहा था। टुसी ने अपने आपको ढीला छोड़ दिया और कसकर आँखें मूँद लीं। किसी बुखार की अराजकता में जैसे उसके अंग-अंग की गाँठें खुल रही हों।...विजयादशमी की उस रात पूरा कोलकाता गहरी नींद में एक अनायासी करवट ले रहा था। कोई नहीं जान सका उस रात टुसी ने कितनी कातर दृष्टि से मीठू की तरफ़ देखा था। नींद में ग़ाफ़िल मीठू उसकी कोई मदद नहीं कर सका।

...वह रात दिल्ली में मेरी आख़िरी रात थी।

['प्रभात ख़बर', दीपावली विशेषांक, 2005, सं. रविभूषण]

शोकगीत

दृश्य के पच्छिमी सीमाने एक साथ ढेर सारी साँझ जमा हो गई थी। लम्बी-चौड़ी सड़कें, बुसी हुईं मूर्तियाँ, स्ट्रीट पोस्ट और ऊँची मेहराबों वाली प्राचीनता का कुहरीला स्वाद लिए उलँग इमारतें जैसे पीले फ्रॉक और बाबासूट पहिनकर सँझिया के सैर-सपाटे को निकली हों। टुकड़ा आसमान में सूरज कहीं नहीं था, लेकिन हवा में सूरज के बुझे हुए ठंडे चूरे तिर रहे थे। पेड़ों के धुएँले हरे पर पीले का रोंगन चढ़ा था, जैसे देखनेवाले ने अपनी आँखों पर पीले काँच के चश्मे मढ़ा रखे हों। पता नहीं क्यों इन कुछ क्षणों चारों तरफ़ पीले भूरे व धूसर की विस्तीर्ण और हताश दूरियों के बीच मन किन्हीं अपरिचित उदासियों में डूबने लगता है। न जाने कैसी एक कुदरती चीज़ की कमी गले में फाँस की तरह बार-बार हूक उठाती सालने लगती है। मुँह अधूरेपन के फेनिल स्वाद से भर-भर जाता है।

"क्या तुमने जैक लंडन को पढ़ा है?" यह मेंहदीरत्ता था। धूपछाँही चश्मे के उस पार उसकी मिचमिचाती आँखें थीं, बियर की बोतलें थीं, विक्टोरिया मेमोरियल के सामने खुला मैदान था जहाँ हम बैठे थे, हवा थी, हवा में शाम के झुटपुटे गर्द थे जिनकी आड़ में हम बियर पी रहे थे और यह मैं था। बियर के ताँबई नशे में हम यों थे कि एक झटके में यह साफ़-साफ़ पकड़ पाना मुश्किल था कि हम किस तरफ थे। कि हम एक आसानी से मुस्करा सकते थे और उतनी ही आसानी से रो सकते थे। हँसने और रोने के बीच के बीहड़ कँटीले रास्ते ग़ायब हो गए थे और दुनिया में जो भी था बहुत सहज था। हवा में अब भी मेंहदीरत्ता का सवाल खड़खड़ा रहा था जिसका मुझे जवाब देना था और मैं चुपचाप सिगरेट फूँक रहा था। मेंहदीरत्ता अब तक मुझे घूरे जा रहा था। एक पल के लिए लगा कि यदि मैं इसी तरह बिला हरकत बैठा रहूँ तो वह सदियों तक घूरता चला जाएगा। एक ज़रा-सी हरकत उसके लिए काफी होगी, सोचकर मैंने सिगरेट के दो छल्ले बनाए और मुस्कराता हुआ चश्मे के पार उसकी आँखों को देखने लगा। पता नहीं उसने क्या समझा, लेकिन इतने-भर से वह आश्वस्त हो गया। मुझे लगा, अबकी वह पूछेगा क्या मैंने निर्मल वर्मा या मिलान कुंदेरा को पढ़ा है!

बियर की अन्तिम बूँदें हलक से उतारने के बाद हमें लग रहा था कि एक-दूसरे से पूछने और बताने के लिए हमारे पास बहुत कुछ है। हम किसी भी सवाल का कोई भी जवाब दे सकते थे। कुछ भी मायने नहीं रखता। हम एक बहाव में थे और शब्द अपनी न्यूनतम उत्तेजना के ताप में बिहस रहे थे। कुछ इस हद तक कि शब्दों पर से स्वाद की परतें उखड़ गई थीं। बोलने के नैरन्तर्य में भी शब्दों के टुकड़े एक-दूसरे से जुदा और सम्पूर्ण थे। यद्यपि पीने के बाद मैं अपने आपको थोड़ा संयत रखने की कोशिश करता हूँ। कुछ भी कहते हुए जैसे किसी ऊँचे तार पर चल रहा हूँ। मेंहदीरत्ता अक्सर बहक जाता है। एक उतावली बड़बड़ उसे घेर लेती है।

आज यह ग्यारहवाँ दिन है। बिना कोई ठोस वजह बताए एक साथ तीन महीने का वेतन देकर नौकरी से हमारी छुट्टी कर दी गई थी। तब से हम ख़ाली हैं। हमारे साथ बीस लोग और थे। बाक़ी के लोग फ़िलहाल कहाँ क्या कर रहे हैं, हमें पता नहीं। मैं और मेंहदीरत्ता पहले की तरह ही घर से ऐन साढ़े नौ बजे निकलकर किसी तयशुदा जगह पर मिलते हैं और तब शुरू होती है हमारी अन्तहीन भटकन। एक जगह से दूसरी जगह, दूसरी से फिर तीसरी। दोपहर में कहीं बैठकर अपना-अपना लंचबॉक्स निकालकर खा लेते हैं और शाम को घर लौटते हुए कुछ इस तरह दिखने का प्रयास करते हैं मानो दिन-भर के काम ने हमें बुरी तरह थका दिया है। मेरे परिवार के लोग बिहार में रहते हैं। बेहाला के फ़्लैट में मैं अकेले ही रहता आया हूँ, सो मेरी कोई ख़ास दिक़्क़त नहीं है। लेकिन मेंहदीरत्ता ने अभी तक अपने घर में कुछ नहीं बताया। उसे पूरी उम्मीद है कि जब तक जेब पूरी तरह ख़ाली नहीं हो जाती, कोई न कोई नौकरी वह तलाश ही लेगा। अपने जाने वह भरपूर प्रयास भी कर रहा है, लेकिन एक नौकरी के रहते ही कोई दूसरी नौकरी खोज लेना जितना आसान होता है, उतना नौकरी के छूट जाने के बाद नहीं रह जाता। मुश्किल यह है कि किसी जान-पहिचान वाले से इस बाबत वह कुछ कह भी नहीं सकता। भेद खुल जाने का डर है।

'अब हम बेकार हैं'—उदासियों में लिपटा हुआ यह एक ऐसा सच था जिसे हम इतनी जल्दी स्वीकार नहीं करना चाहते। एक अच्छे-भले नौकरीपेशा होने की जो गर्मी होती है, वह हममें अभी चुकी नहीं थी। यद्यपि उस नौकरी को वापस पाने का कोई सवाल नहीं था, लेकिन हमें किसी दूसरी नौकरी की उम्मीद थी। बीच के इन कुछ दिनों के लिए यह नया-नया आवारापन था, कुछ पैसे थे, घरों में झूठ बोलने और निभाने का खट्टा-मीठा स्वाद था, भरपूर जवानी थी और शहर में भरी पड़ी लड़कियाँ थीं। कितनी एक मज़ेदार बात है कि इन लड़कियों को पता नहीं था कि हमसे हमारी नौकरियाँ छीन ली गई हैं। हम बेखटके उन्हें देखकर मुस्करा सकते हैं, उनके लिए सीटियाँ बजा सकते हैं, फिकरे कस सकते हैं और एकाध से नज़रें मिल जाने पर आँख भी मार सकते हैं। मेंहदीरत्ता की आवाज़ अच्छी है। वह गाता

है—'पतली कमर चिकना बदन तिरछी नज़र है, मस्ती भरी तेरी बाली उमर है!' मैं चिल्लाता हूँ—'जुम्मा चुम्मा दे दे...!'

एक दिन हम बाल-बाल बचे। एल्गिन रोड की घटना है। फ़्लाई-ओवर बन रहा था। सड़क के किनारे डामर के टिन, बड़े-बड़े रोलर, लोहे के गार्डर, बीम, रॉड, बालू की बोरियाँ आदि जमाकर रखी गई थीं। वहीं कहीं काली बजरी की एक ढेरी पर हम बैठे थे। चारों तरफ़ धूल और शोर। कुछ देर पहले हमारे बीच पेरिज़ाद जोराबियन और राहुल बोस के बारे में बातें हुई थीं और फ़िलहाल हम चुप थे। इतने में ऐन हमारे सामने से एक लड़की गुज़री। बजरी की जिस ढेरी पर हम बैठे थे, उसके आगे कीचड़ था। वह लड़की एक हाथ से नाक पर रूमाल रखे और दूसरे से अपनी साड़ी को हल्के सँभाले कीचड़ से बचती हुई निकल रही थी। उसकी पिंडलियाँ गोरी और ख़ूबसूरत थीं। पहिचान की एक लहर-सी दिमाग़ में झनझनाई। उसे ठीक से चीन्हने के लिए मैंने निगाहें उठाईं, मगर आँखें उसकी देह पर किसी एक जगह स्थिर नहीं रह पाईं। एकदम आख़िरी पल, जब वह लगभग नाक की सीध में थी, मेरी स्मृति ने ग़फ़लत के उथले गड्ढे से छलाँग लगाई। यह तो लिपि है। हाँ, वही है। मैंने नज़रें घुमा लेनी चाहीं, मगर उन पर मेरा वश न था। उसने मुझे नहीं देखा। वह चली जा रही थी। "यदि उसने हमें यहाँ इस तरह बेमतलब बैठे देख लिया होता तो?" मैंने मेंहदीरत्ता से पूछा। उसने हँसकर कहा, "कह देते कि हम फ़्लाई-ओवर बनाना सीख रहे हैं और यह आटा गूँथने की तरह एक आसान काम है।"

"सुनो, मज़ाक़ की बात नहीं है यह।" मैंने उसे झिड़का। "आख़िर हमें इस तरह भी तो एक बार सोचकर देख लेना होगा कि यदि उसने हमें देख लिया होता तो?"

लिपि मेरी प्रमिका थी, जिसके साथ आगामी मार्च की किसी तारीख़ को मेरी शादी होनेवाली थी। बड़ी मुश्किल से उसके घरवालों ने यह शादी मंजूर की थी। ऐसे में यदि उन्हें किसी तरह पता चल जाए कि मेरी नौकरी नहीं रही तो तय है कि वे उसकी शादी कहीं और कर देंगे। दुनिया में न जाने कितने लड़के बेरोज़गार हैं। यह दूसरी बात है। नौकरी नहीं मिलने और नौकरी छिन जाने में वही अन्तर है जो एक कुँवारी लड़की और विधवा औरत में होता है। चाहे जो भी वजह रही हो, लोग तो यही सोचेंगे कि लड़का नाकाबिल था, तभी उसकी नौकरी छीन ली गई होगी। लोग कहें या न कहें, लिपि के घरवाले ऐसा ही कुछ सोचेंगे। उन्हें मुझ पर पहले से ही कम भरोसा है। असलियत तो यह थी कि यही सब सोचकर मैं डर गया था। मैंने मेंहदीरत्ता के कन्धे पर अपना हाथ रख दिया। ठंडे स्वर में पूछा, "आख़िर कब तक? आज यह ग्यारहवाँ दिन है—तुम्हें पता है? मैं पूछता हूँ आख़िर कब तक हम यों ही भटकते और अपनों से छिपते फिरेंगे?"

इस सवाल का जवाब मेंहदीरत्ता क्या देता! वह चुप ही रहा। एक फीकी उदासी उसके चेहरे पर तारी हो गई। इसके बाद हम काफी देर तक चुपचाप बैठे रहे। शाम

होने से पहले घर जाने के लिए उठा तो मेंहदीरत्ता ने मेरी कलाई पकड़ ली, मानो मेरे जाने के बाद वह अकेला पड़ जाएगा। मैंने उससे कहा कि अब घर लौटने का वक़्त हो चला है। चलो, आज का दिन बीत गया। लेकिन वह बैठा रहा—निश्चल। उसका मन रखने के लिए मैं फिर से बैठ गया। कुछ देर बाद हम उठे और थोड़ी देर इधर-उधर घूमने के बाद चार बोतल बियर ख़रीदकर विक्टोरिया के सामने वाले मैदान में आ बैठे। मेंहदीरत्ता ने हँसते हुए कहा, आज वह घर पर कह देगा कि ओवर-टाइम करके आया है।

सर्दियों में कभी-कभी सुबह-सुबह ही आसमान का ढक्कन खुल जाता है और चारों तरफ़ धूप फैल जाती है। जैसे जाड़े में ठिठुरते कलकत्ते की सुबह-सुबहिया सिहरनों को किन्हीं अदृश्य हाथों ने सूरज के पानी से धो-चमकाकर सूखने के लिए टाँग दिया हो। इस धूप को देखकर मुझे लगता है कि दुनिया के दिन अब फिरने वाले हैं। कुछ अच्छा-सा होनेवाला है—ज़रूर ज़रूर!

नींद के चुकने के बाद भी मैं देर तक बिस्तरे में पड़ा रहा। फिर उठकर बैठ गया। जंगले से होकर धूप का धारीदार चकत्ता रज़ाई पर पड़ रहा था। धूप में कई नन्हे-नन्हे गुलाबी-नीले रेशे नाच रहे थे। मैंने घड़ी देखी। साढ़े सात बज चुके थे और अब बिस्तर से निकलना होगा। उठकर जंगले के पास आया। नीचे सड़क के किनारे चाय-नाश्ते की एक टिपरिया होटल थी। ऊपर से ही आवाज़ लगा दी। चायवाली औरत जब तक अपने लड़के को ऊपर भेजती, मैं जंगले से हटा नहीं। यह लगभग रोज़ का नियम था।

इतने में फ़ोन घनघनाया। फ़ोन पुराने मॉडल का था, जिसमें उँगली घुमाकर नम्बर डायल किया जाता था। साइकिल की घंटी से मिलता-जुलता इसका रिंगटोन था। लिपि कई बार टोक चुकी थी कि इसे बदलवाकर कोई नया मॉडल ले आऊँ।

"हलो?"

"गुडमॉर्निंग सर! उठ गए आप?" दूसरी तरफ़ लिपि थी।

"क्यों मेरी सुबह ख़राब कर दी तुमने?"

"अब तो तुम्हारी हर सुबह ख़राब होगी मिस्टर। शादी जो..."

"चलो कम-से-कम रातें तो गुलज़ार होंगी!"

"ख़ैर सुनो, आज का क्या प्रोग्राम है तुम्हारा? घर आ जाओ, इलिश माछ बनाने की सोच रही हूँ।"

"हाँ-हाँ, और कोई काम-धाम नहीं है जैसे! इलिश खाने आऊँगा तो दफ़्तर का क्या होगा?" मैंने बात बनाई। मुझे ख़ुशी हुई कि मैं आसानी से झूठ बोल गया।

"वाह रे, आज भी तुम्हारा दफ़्तर खुला है! आज संडे है जो..."

लगा उसने मुझे कसकर तमाचा मार दिया हो। जब से नौकरी छूटी है, क्या संडे

और क्या मंडे—सब दिन होत एक समाना! इस बाबत तो कभी ध्यान ही नहीं दिया। क्या मैं पिछले संडे को भी दफ़्तर गया था?

"क्या हुआ? यही तुममें ख़राबी है। बोलते-बोलते क्या सोचने लगे?"

"आ जाओ तुम्हीं यहाँ। यहीं जो बनाना है, बनाओ।"

"मैं ही आऊँ? ठीक है, सी यू देन!"

"ऐट?"

"अं...अप्रॉक्स नाइन थर्टी?"

"ओके। बाई!"

आज से तीन साल पहले जब मैं एक कूरियर कम्पनी में था, एक दुबली-पतली लड़की नारू दा के साथ अक्सर देखी जाती। दूर के रिश्ते में वह उनकी बहन लगती थी, हालाँकि शुरू-शुरू में मैंने उसे नारू दा की प्रेमिका समझा था। नारू दा ने बताया कि लड़की के घरवाले सिलीगुड़ी में रहते हैं। उसकी यहाँ नई-नई नौकरी लगी है टेलीफ़ोन विभाग में। लड़की का स्वास्थ्य हरदम ख़राब रहता था। कभी कुछ तो कभी कुछ। सर्दियों में वह ठिठुरती और नाक सिनकती रहती थी। और तो विशेष कुछ याद नहीं, लेकिन यह कि वह हमेशा सस्ती कलमों का इस्तेमाल करती जिसकी वजह से उसके दाएँ हाथ की तर्जनी और अँगूठे में नीली स्याही पुती होती। सड़कों पर चलते हुए वह कोई न कोई किताब अपने हाथों में दबाए रखती और जब ज़रा-सी फ़ुर्सत मिलती, दो-चार पन्ने पढ़ लेती। इस तरह मैं कभी नहीं पढ़ पाता। पढ़ने के लिए मुझे घर का सुरक्षित कोना और इफरात में समय चाहिए होता है। मुझे वह लड़की कुछ उन आदमियों की तरह लगती जो ज़रा-सी मुहलत पाते ही एक झपकी ले लेते हैं, फिर फौरन नींद से पल्ला झाड़कर चकमक खड़े हो जाते हैं। मैं हमेशा आश्चर्य करता कि फुटकरों में भी नींद बटोरी जा सकती है भला!

"हलो...हलो मेंहदीरत्ता?"

"कौन कुणाल?...हाँ क्या बात है?"

"अरे यार, आज संडे है।"

"हाँ तो फिर?"

"फिर क्या, सोचा तुम्हें बता दूँ। मैं आज नहीं आ रहा। आज संडे है।"

"मालूम है यार...और सब ठीक-ठाक?"

"तुझे याद था तो फिर कल क्यों नहीं बताया मुझे? यदि सुबह लिपि से बात नहीं होती तो मैं निकल पड़ता न दफ़्तर!"

"ओ, तुझे याद नहीं था क्या?...ठीक है फिर, कल मिलते हैं।"

"कहाँ? चैप्लिन के पास न?"

"हाँ-हाँ, वहीं।"

"क्या बात है? खुलके बात क्यों नहीं कर रहा? कोई आसपास है क्या तुम्हारे?"

"अं...हाँ!"

"ओके देन। बाई।"

"बाई।"

नारू दा ने एक दिन उस लड़की से मेरा परिचय करवाया—इन्द्रलिपि चैटर्जी। बाद में हम बराबर मिलने लगे। कभी-कभी वह बहुत बोर करती। साहित्य में उसकी ख़ूब रुचि थी। मैंने बांग्ला साहित्य नहीं पढ़ा—यह जानकर उसे घोर आश्चर्य व दुख हुआ था। "तुम्हें पढ़ना चाहिए। ख़ासकर नवारुण भट्टाचार्य को। वे बहुत ज़रूरी हैं।" उसने हिदायत दी थी। मैंने एक कान से सुनकर दूसरे से निकाल दिया। तब कभी नहीं सोचा था कि एक दिन इसी लड़की से शादी तय हो जाएगी। उसके पिता फ़ौज से रिटायर हुए थे। चाहते थे कि उनकी लड़की किसी फ़ौजी की ही बीवी बने। एक दिन लिपि ने बताया कि उन्होंने उसके लिए कोई लड़का खोज रखा है जो फ़िलहाल लेफ्टिनेंट है। जल्द ही उसका प्रोमोशन हो जाएगा। तब वे उसकी शादी की बात चलाएँगे। मैंने जब उसे कांग्रेचुलेट करना चाहा तो उसने हिंट दिया, "बट आई हेट देम। मुझे अपनी माँ की तरह किसी फ़ौजी की बीवी नहीं बनना। फ़ौजी मुझे पसन्द नहीं।" उसने जिस तरह से यह कहा था, मुझे हँसी आ गई। मैं हँसता चला गया। लिपि ने समझा कि मैं उसका मज़ाक़ उड़ा रहा हूँ। वह सिसकने लगी। चेतकर जब मैंने उसे मनाना चाहा, वह तमककर चली गई। दो-तीन दिन उसका कोई पता न रहा। मुझे अफ़सोस था कि अनजाने में उसे ठेस पहुँचाई है। नारू दा से उसका सेल नम्बर लेकर रिंग किया। उसने कहा कि उसे यक़ीन था कि मैं फ़ोन करूँगा। "वो कैसे?" मेरे इस सवाल के जवाब में उसने कहा, "आई लव यू!"

अपने बेवकूफ़ दिनों में जब मैने उसे पहली बार चूमा था, वह गहरे तक थर्रा गई थी। लगा, जैसे समुद्र की पीठ पर आग उगलने लगा था आकाश और पृथ्वी उतनी नीली थी कि ठंडे कबूतर उड़ते थे। शुरू-शुरू में जब-जब हम मिलते, चुप हो जाते, जैसे भाषा की आँच से अपने कुंवारेपन की देह को अभी कुछ दिन और के लिए बचा लेना चाहते हों। आईने में मिलने वाला हमारा चेहरा जैसे समय के नये और द्वितीय शिल्प में अभी-अभी जनमा—पवित्र और अनगढ़।

पहली बार उसकी देह के कोने-अँतरों में डूबते हुए लगा था कि धीरे-धीरे ईश्वर का तिलिस्म छँट रहा है दृश्य से। पानी के अँधेरे से उबरकर मैं दिन के उजास को देखता हूँ। उसके चेहरे पर यातना की एक लकीर खिंच आई है और आँसुओं में चाँद-सी पीली मुस्कराहट है। उसकी गरदन से उतरती नीली नसों पर जीभ की गर्म नोंक रखता हूँ और महसूस करता हूँ हवा और धूप और अप्रैल के सूखे तिनके की

गन्ध के परे साबुन की फेनिल महक। आँखें मुँदने लगती हैं जैसे बुखार में और खुलती जाती हैं अंग-अंग की गाँठें।

वहाँ प्यास, प्यास है और पानी, पानी।

वह झेंप गई और मेरी देह की सतह से भाप उठने लगी थी।

लिफ़्ट से उतरते हुए हम ख़ामोश रहे मानो लिफ़्ट के चलते रहने में हमारी एक ज़रा-सी आवाज़ बाधक बन सकती है। 'कॉन्सेप्ट श्री' वालों ने हमें इंटरव्यू के लिए कॉल किया था। यहाँ आते हुए हमारी आस्तीनें उम्मीदों से धुआँई हुई थीं। अब लिफ़्ट से उतरते हुए हम लुटे-पिटे ख़ामोश थे। लिफ़्ट में झिरी अँधेरा था और लिफ़्ट चलने की मन्थर आवाज़ें थीं। हमारे साथ चार लोग और थे। जाने क्यों हम सब एक-दूसरे से शर्मसार थे। सभी जल्दी से जल्दी नीचे उतरकर अपने-अपने ब्लैकहोल में ग़ायब हो जाना चाहते थे कि दुबारा एक-दूसरे का सामना न हो। लिफ़्ट की दीवार पर एक अश्लील फिकरा लिखा हुआ था, जिसे किसी मनचले ने किन्हीं सुखद दिनों में लिखा होगा। मैंने बाक़ी लोगों की तरफ़ देखा कि वे उस फिकरे को देख रहे हैं या नहीं। सब चुपचाप अपने-अपने ख़यालों में डूबे हुए थे। हमें भी क्या पता कि हमारी ज़िन्दगियाँ किन ख़यालों में खोई हुई हैं। मन-ही-मन मैं गुनगुना रहा था—मुझको भी तो लिफ़्ट करा दे!

'कॉन्सेप्ट श्री' से निकलकर हम चलते हुए आधे घंटे में 'फ़ोरम' तक पहुँच गए। नौकरी के रोंएदार गर्म दिनों में हम अक्सर इस मल्टीप्लेक्स में आते थे। चारों तरफ़ चमाचम चमकती दुकानें, कॉफी बार, म्यूजिक गैलरीज़, शॉपिंग मॉल्स, गारमेंट शोरूम्स, आइनॉक्स और लड़कियाँ। हर बार की तरह इस बार भी हमने काफी मेहनत से अपने लिए दो लड़कियाँ तलाश लीं। लड़कियों को तलाशते हुए हमारे कुछ सिद्धान्त थे। अव्वल तो हम उन्हीं लड़कियों के पीछे लगते थे जो दिखने में भले मॉडर्न लगें, लेकिन हों मध्यवर्गी। यह काफी अनुभवी आँखें ही पहिचान पाती हैं, क्योंकि यहाँ हर लड़की अपने पहनावे और दिखावे में एकबारगी किसी लखपति घर की बिगड़ैल लड़की दिखती है। लेकिन थोड़ा 'वॉच' करते रहने से उसकी ठसक और देह की लोच के महीन सिरे उसके मध्यवर्गी होने की पोल खोल देते हैं। कुछ और भी 'साइन' हैं इस तरह की लड़कियों के, मसलन वे साधारणतया दो या तीन के झुंड में पाई जाती हैं और इन्हें घूम-फिरकर किसी गारमेंट शोरूम में ही देखा जाता है, जहाँ रियायती दरों पर कपड़े उपलब्ध होते हों। ऐसी लड़कियाँ महज़ घूमने-फिरने की गरज से यहाँ नहीं आतीं, इसलिए वे कहीं भी फिजूल वक़्त बिताना पसन्द नहीं करतीं। एक-एक सेकेंड का सदुपयोग करना चाहती हैं। इस तरह अपने 'टाइप' की लड़कियों को एक बार खोज लेने के बाद थोड़ी देर तक हम उनको 'फॉलो' करते हैं, यह देखने के लिए कि आसपास कहीं उनका कोई ब्वॉयफ्रेंड तो नहीं। पूरी तरह

से आश्वस्त हो लेने के बाद ही हम उन लड़कियों को दिखना शुरू करते हैं। 'दिखना' मतलब सायास ऐसा कुछ करें कि उन्हें लग जाए कि ये लड़के हमारा पीछा कर रहे हैं। वे जिन-जिन दुकानों में जाएँ, पीछे-पीछे हम भी हो लें। लगभग दस मिनटों के इस 'दिखने' के बाद हम उनसे मुख़ातिब होते हैं।

उनके साथ 'इंटरऐक्शन' की शुरुआत के भी हमारे कुछ नियम हैं। मसलन अगर लड़की दो हुईं तो बातचीत की शुरुआत उस लड़की से की जाए जो अपेक्षाकृत कम सुन्दर हो। बातचीत भी महज़ शुरुआती, जैसे 'कितने बजे होंगे?' या 'आज बहुत सर्दी है' या 'क्या आप बता सकती हैं कि पोर्टिको नाइंटीन किस तरफ़ पड़ता है?' इत्यादि। बातचीत के दौरान हम पूरी तरह से अपेक्षाकृत कम सुन्दर लड़की पर ही ध्यान देते हैं और दूसरी लड़की की अवहेलना करते हैं। फिर बातचीत का हमारा रवैया भी बड़ा 'कैजुअॅल' और 'कूल' होता है, जैसे हमारी तो आपमें कोई रुचि नहीं देवियो, हम तो मजबूरी में ही आपके मुँह लग रहे हैं और कभी भी फूट ले सकते हैं, हालाँकि वे जानती हैं कि ये हम ही हैं जो पिछले दस मिनटों से उनके पीछे पड़े हैं। सौ में से अस्सी लड़कियाँ ये जानने के बाद भी 'इनोसेंट' बनती हैं और हमारी किसी ठोस पहल का इन्तज़ार करती हैं। वे सोचती हैं कि हम उनके साथ कुछ असभ्यता करें तो वे शोरगुल करेंगी। लेकिन इसके विपरीत जब हम नितान्त भद्रतावश पेश आते हैं तो उन्हें लगता है कि ये महज़ संयोग था कि हम उन्हें पिछले दस मिनटों से दिख रहे हैं। उनके मन में एक अपराधबोध घर कर जाता है कि उन्होंने नाहक ही हमें ग़लत समझा था। उनकी इस भावना का फ़ायदा उठाते हुए ऐन इसी वक़्त उनसे हम अपने 'परिचय सत्र' का शुभारम्भ करते हैं।

उदाहरण के लिए आइए उन दोनों लड़कियों के पास चलते हैं जिन्हें आज के लिए हमने चुन रखा है। लेकिन एक मिनट ठहरिए, मेंहदीरत्ता उनके पैरों की ओर आपका ध्यान दिलाना चाहता है। अब देखिए, उनमें जो लड़की दाईं तरफ़ खड़ी है—वो नीली जींस वाली। हाँ-हाँ, जिसने अपनी नाभि में छल्ला डाल रखा है, उसके पैरों पर ग़ौर फ़रमाएँ ज़रा। मुझे कहने दो मेंहदीरत्ता, मुझे लगता है मैं इसे बेहतर कह सकता हूँ। हाँ तो सुनिए, मेरा ख़याल है कि पैर बड़े चुगलखोर होते हैं। अक्सर हाथों की निस्बत बहुत कम सुसंस्कृत होते हैं पैर। जबकि हाथ नई सभ्यता को पूरी तरह अपना चुके होते हैं, पैरों में अब भी पुरानी सभ्यता की बिवाइयाँ घिसट रही होती हैं। ठीक कहा आपने, आधुनिक हाथों की पोल खोलते हुए मैलछहूँ पैर बता जाते हैं कि रंग-बिरंगी हवा में तैरते हाथों की जड़ें कितने कीचड़ में धँसी हैं। मैं इसके ये पैर, हाँ साहब सिर्फ़ पैर देखकर दावे के साथ कह सकता हूँ कि ये लड़की बड़ा बाज़ार की तरफ़ कहीं रहती होगी। मूलत: यूपी की होगी, बलिया साइड की। यक़ीन न हो तो पूछ देखिए उससे। बंगाली तो हो ही नहीं सकती। अरे, शायद आप मेरे बड़बोलेपन से बोर हो रहे हैं। या शायद जल्दी से जल्दी उन लड़कियों से 'इंट्रो' लेना चाहते

हैं। जनाब इस 'फील्ड' में यह उतावली ठीक नहीं। सेकेंड भर की जल्दीबाज़ी भी ख़तरनाक साबित हो सकती है। पूछिए इस मेंहदीरत्ता से कि कैसे एक बार गोर्की सदन में पिटने से बचा था। और मेरी मानिए तो दूर ही रहिए इन बलाओं से। अरे, हमारी तो नौकरियाँ नहीं रहीं और रोज़ाना आठ घंटे बाहर बिताने की बन्दिशें हैं, वरना हम क्या शक़्ल से पागल दिखते हैं! छोड़िए, चलिए कहीं बैठकर कॉफी पीते हैं। बेशक पैसे आपके जाएँगे। हमारी इतनी कहाँ औकात कि मल्टीप्लेक्स में बैठ कर बाइस रुपये की एक कॉफी पिएँ। और कुछ फुटकर मिलाकर बियर की एक कैन नहीं ले लेंगे बाहर जाकर! क्या कहा, बाहर ही चलें? अरे, हमारा तो विचार था कि आप हमें आइनॉक्स में 'मॉर्निंग रागा' भी दिखलाएँगे। सुना है बड़ी अच्छी फ़िल्म है। वो क्या कहते हैं, स्मॉल बजट मूवी। लेकिन इन्हें देखने के लिए लोगों के पास बिग बजट होना चाहिए साहब। साला डेढ़-पौने दो सौ का एक टिकट आता है। बहरहाल, जब बाहर ही चलने का मन है तो देर मत कीजिए, चलिए निकल पड़ते हैं। चलो मेंहदीरत्ता।

बिल्कुल ठीक फ़रमाया आपने, पैसा होना चाहिए। आजकल तो रुपये के सारे खेल हैं जनाब। ग़रीबों के लिए कोई ठौर नहीं। अब नौकरियों की ही लीजिए। आजकल कहीं भी जाइए, कॉन्ट्रैक्ट बेसिस पर ही नौकरी मिल रही है। हर साल नया एग्रीमेंट और नौकरी का नवीनीकरण। जब तक उनकी मर्ज़ी आपसे काम ले रहे हैं और जब ज़रूरत नहीं, पिछाड़े लात मारकर निकाल देते हैं। ऐसी नौकरियों में आदमी के अन्दर अनिश्चितता हमेशा घर किये रहती है। कभी भी वे कह सकते हैं कि अपना हिसाब कर लीजिए। कल से और आने की ज़रूरत नहीं। क्या कहा आपने, सत्ता में तीस साल से सीपीएम पार्टी? आयँ, मजदूरों की पार्टी? आयँ, फिर भी यही दशा? अरे छोड़िए साहब, अब मेरा मुँह मत खुलवाइए। कॉलेज के दिनों में मैंने भी सीपीएम किया है। कार्ड होल्डर था। मुझसे ज़्यादा कौन जानता है इन्हें! ख़ैर, अब बताइए कि अचानक नौकरी के छिन जाने पर हम अपने-अपने घरों में क्या कहें! हमारे पिताओं का कहना है कि उनके ज़माने में ऐसा नहीं होता था। वे समझते हैं कि हम ही नालायक हैं। अब उन्हें किस तरह समझाएँ कि...क्या कहा आपने? नहीं साहब, यह जेनेरेशन गैप का मामला नहीं है। यहाँ कोई गैप नहीं। बस एक कचोट है कि हम एक अच्छे बेटे नहीं हो सके। नहीं नहीं, मुझे माफ़ कीजिएगा। बोलने के धाराप्रवाह में मैंने ग़लत शब्दों का चयन कर लिया। दरअसल हम अच्छे बेटे तो हैं, लेकिन अपने अच्छे होने को किसी तरह साबित नहीं कर सकते। जी नहीं, शादी की नहीं तो अच्छे-बुरे पति होने का मलाल नहीं। लेकिन यह तय है कि हम एक अच्छे पति और बाप भी नहीं हो सकते। हम एक अच्छे प्रेमी भी नहीं। अब आपसे क्या छिपाना—मैं अपनी प्रेमिका, अपनी जान से भी अज़ीज़ लिपि तक से झूठ बोलता आया हूँ। हाय हाय, मुझे रोना आ रहा है। मेरी लिपि कितनी भोली है! एक

दिन पूछ रही थी कि क्या शादी के बाद हम बिहार घूमने जा सकते हैं! मैंने जब उसे बताया कि मैं छपरा का हूँ तो पूछने लगी कि क्या वहाँ पहाड़ हैं! मैंने उससे मज़ाक़ में कहा कि छपरा से निकलकर सोनपुर-हाजीपुर तक पहुँचते न पहुँचते एवरेस्ट की चोटी दिखने लगती है। और देखिए मेरी लिपि का भोलापन कि वह इसे सच मानकर बैठी है अब तक। हाय हाय, बताइए कि जब उसे पता चलेगा कि मेरी नौकरी नहीं रही तो उसके दिल पर क्या बीतेगी! कहेगी शादी कर लो, नौकरी मिल ही जाएगी कभी न कभी। लेकिन आप बताइए कि क्या गारंटी है कि वह नौकरी भी साल-दो साल चल ही जाएगी!

हाँ जी! दुनिया एक रेडीमेड उत्पाद है और मैं कुछ नहीं कर सकता। मेरी उम्र महज़ पचीस साल है। मैं सिर्फ़ इश्तेहारों को पढ़ सकता हूँ और लड़कियों के साथ फ्लर्ट कर सकता हूँ। या ज़्यादा हुआ तो मल्टीप्लेक्स सिनेमा पर बहस कर सकता हूँ और एड्स की रोकथाम के सामाजिक अभियान में हिस्सेदारी कर सकता हूँ। लोग कहते हैं कि एड्स इस मिलेनियम का सबसे बड़ा संकट है। मिलेनियम मतलब समझे ना? यह ठीक है कि हमें-आपको नौकरी-वेतन-भत्ता की ही चिन्ताएँ दिखती हैं। लेकिन व्यापक सन्दर्भों में देखना शुरू कीजिए। एड्स के प्रति मास में जागरूकता लानी चाहिए। मास मतलब समझे ना? हाँ जी! कुछ लोग ये भी कहते हैं कि यह युग चीज़ों की महाविजय का युग है। आज नहीं तो कल इस जुमले को भी हम ठीक से समझ सकेंगे। कल कामरेड सोम सारस्वत कह रहा था कि हमें किसी को नहीं बख़्शना चाहिए। देश को शाहरुख़ ख़ान और प्रमोद महाजन और आशाराम बापू से बराबर का ख़तरा है। हाँ जी! लालबिहारी का डेढ़ सौ रुपयों का कर्ज़ चुकाना है। आख़िर कब तक मुफ़्त की सिगरेट फूँकते रहेंगे! चाय-नाश्तेवाली का भी पन्द्रह सौ हो गया है। उसने तो एक बार टोक भी दिया है। फ़ोन, इलेक्ट्रिक और पानी का बिल मिलाकर हज़ार का चक्कर अलग से है। साला बाथरूम में नल भी दो दिनों से टपक रहा है। हवाई चप्पल टूट गई है सो घर में भी चमड़े का सैंडल पहिनना पड़ रहा है। एक नई लुंगी भी लेनी है। इन साले क्रिकेटरों को क्या हो गया है! कल ऑस्ट्रेलिया के ख़िलाफ़ डेढ़ सौ पर ही लुढ़क गए सब के सब। रानी मुखर्जी की आवाज़ यार गजब की है। और वो शर्मा की छोटी लड़की रीता, कल देखा था उसे नुक्कड़ पर। यार क्या ख़ूब निकली है। कटार है कटार!

यदि ऐसा होता कि एक दिन तुम्हारी अनुपस्थिति में तुम्हारे घर जाकर मैं छिपकर बैठ रहता टीवी में। चौबीस इंच की टीवी में गुड़ीमुड़ी होकर बैठने में थोड़ी दिक़्क़त होती। आजकल तो मार्केट में बावन इंच की टीवी भी आ गई है। बहरहाल किसी तरह एडजस्ट कर लेता और दफ़्तर से तुम्हारे लौटने का इन्तज़ार करता। नहीं तो तब तक टीवी की भीतरी सुरंगों से होकर ज़ीटीवी या एमटीवी की सैर कर आता।

फ़ैशन टीवी की किसी छबीली मॉडल से बतिया रहा होता या स्टार प्लस में किसी सास-बहू के आलीशान बंगले में बैठकर एक प्याली चाय पी रहा होता, तभी दरवाज़ा खुलने की आवाज़ होती। तुम घर में प्रवेश करती तो चैनलों की दरार से मैं तुम्हें आता हुआ देखता। तुम्हारे चेहरे की परछाइयों में दिन-भर के काम, फिर भीड़-भरी बस की यात्रा में बटोरी गई थकन की चिन्दियाँ उड़ रही होतीं। इससे पहले कि तुम भीतर आकर घर की बत्ती जलाओ, मुझसे एक चूक हो जाती है। दरअसल ऐन इसी वक़्त स्टार प्लस से भागकर वापस आने और ठीक से बैठने की हड़बड़ी में अनचाहे ही मेरे चश्मे की काँच टूट जाती है और एक चिनकती-सी आवाज़ से चौंककर तुम टीवी की तरफ़ देखती हो। मैं डर जाता हूँ। बहरहाल, तुम बत्ती जलाकर मुख्य दरवाज़ा बन्द कर देती हो और फ्रेश होने के लिए बाथरूम की तरफ़ चली जाती हो। मैं एक सिगरेट सुलगाता हूँ।

सोचता हूँ कि इस वक़्त अपने घर में बैठा मैं क्या कर रहा होऊँगा। दोपहर-भर इधर-उधर घूमते रहने के बाद शाम होने से पहले हम मेटियाबुर्ज़ जानेवाली बस में चढ़े होंगे। मेटियाबुर्ज़ में कुछ देर टहलने के बाद सूताकल के पास एक दोस्त के यहाँ अड्डा देने गए होंगे। दो घंटे वहाँ बिताने के बाद सीधे एस्प्लेनेड आए होंगे। सिनेमाओं के पोस्टर देखते हुए मेंहदीरत्ता ने कहा होगा कि अब घर लौटने का समय हो गया है। वापस चलते हैं। अब तक मैं घर लौट आया होऊँगा और लिपि को अपनी नौकरी छूट जाने के बारे में बता देने के लिए फ़ोन मिला रहा होऊँगा। पिछली रात ही मैंने तय किया कि अब और यह नाटक नहीं कर सकता। अब जो भी हो देखा जाएगा।

ट्रिंग-ट्रिंग...ट्रिंग-ट्रिंग!

टीवी में छिपकर बैठा मैं लिपि को आवाज़ देता-देता रुक जाता हूँ। फ़ोन की घंटी बज रही है। ज़रूर यह मेरा ही फ़ोन होगा। लिपि जानती है कि अक्सर इसी समय मेरा फ़ोन आता है। वह बाथरूम से दौड़कर आती है। मुझे ख़ुशी होती है कि वह मुझसे कितना प्यार करती है।

“हलो?...हलो?” लिपि की आवाज़ में घुँघुरुओं की झनक है। थोड़ी देर चुप रहती है। फ़ोन की दूसरी तरफ़ सन्नाटा था। वह एक बार फिर ‘हलो?’ कहती है, मानो सन्नाटे को तोल रही हो। फिर निराश होकर रिसीवर रख देती है। यह क्या ड्रामा कर रहा हूँ मैं! यदि फ़ोन किया था तो लिपि से सबकुछ बतला क्यों नहीं दिया? क्यों डरता हूँ? मुझे अपने पर ग़ुस्सा आता है।...लेकिन यह भी तो हो सकता है कि मैंने अभी फ़ोन किया ही न हो। हो सकता है कि वह लिपि की कोई सहेली हो या सिलीगुड़ी से उसके फ़ौजी पिता, और बीच में ही लाइन कट गई हो। मैं याद करने लगा कि फ़ोन का रिंगटोन लोकल कॉल का था या एसटीडी का। मुझे कुछ याद नहीं आया।

लिपि अब किचन में थी। गैस ओवन पर चाय की पतीली चढ़ाई है उसने। हरे रंग के लो-कट ब्लाउज़ से उसकी गोरी पीठ दिख रही है—अपने में व्यस्त। किचन

में साठ वाट का बल्ब जल रहा है। टीवी में बैठा-बैठा मैं उसकी पीठ पर पीली मैली रोशनी के दहकते स्पॉट देखता हूँ और उदास हो जाता हूँ। मैं मन-ही-मन दोहराता हूँ कि कैसे अभी फ़ोन बजा था और बाथरूम से निकलकर कैसे वह दौड़ती हुई आई थी! (इस दोहराने में भी मैं तय नहीं कर पाया कि लोकल कॉल था या एसटीडी) दौड़कर आने में उसका आँचल कैसे लहराया था। आँचल के लहराने में कैसी एक बिजली की चमक थी। मैं मन-ही-मन दोहराता हूँ, उसकी साँसों में कैसी एक त्वरा थी। उसके होंठों पर कैसी एक हँसी की महीन उजली शर्त थी। अभी-अभी धोए उसके चेहरे में पानी का कितना अवशेष था। पानी में कितनी एक ऊष्मा थी। मैं मन-ही-मन दोहराता हूँ और उदास हो जाता हूँ।

जिस वक़्त तुम चाय पी रही होती हो, मैं मन-ही-मन तुम्हारे शरीर को दोहराता हूँ। इतने दिनों से देखते-देखते तुम्हारो शरीर को अच्छी तरह से कंठस्थ कर लिया है मैंने। तुम्हारी पीठ में दाईं तरफ़ ऐन कन्धे की ढलान पर जो एक तिल है, मन-ही-मन उस पर हाथ रखता हूँ। उसे सहलाता हूँ। तुम मेरे इस बचपने पर ज़ोर से हँसती हो। पीठ का दरवाज़ा खोलकर मैं तुम्हारे शरीर में प्रवेश कर जाता हूँ। तुम मेरा पीछा करते-करते थक जाती हो। तुम्हारी देह की भीतरी दीवारों पर चॉक से अपना नाम लिखता हूँ। देह में एक आरामदायक जगह खोजकर बैठ जाता हूँ। ख़ूब दारू पीता हूँ। चिल्ला-चिल्लाकर गीत गाता हूँ। सो जाता हूँ। तुम मुझे खोजते-खोजते बेहाला चौरस्ता पर मेरे फ़्लैट में पहुँच जाती हो। वहाँ बिस्तर पर मेरे पैर पड़े होते हैं। कुर्सी पर स्वेटर पहिने मेरी पीठ सोती हुई मिलती है और अलमारी में पतलून की जेब में दोनों हाथ। इनके अलावा मेरा कुछ भी तुम्हारे हाथ नहीं लगता। अगर तुमने पलंग के नीचे झाँककर देखा होता तो मेरी साबुत उम्र भी तुम्हें मिल जाती।

तुम्हारी देह के कीचड़ में लथपथ मैं किसी तरह तुम्हारे कानों तक पहुँचता हूँ। ज़ोर-ज़ोर से चिल्लाता हूँ, "लिपि, क्या तुम मुझे सुन रही हो? हलो लिपि?"

तुम एक उँगली बाएँ कान से लगाकर दाएँ से ठीक से सुनने का प्रयास करते हुए कहती हो, "हलो? कौन कुणाल? कहाँ से बोल रहे हो? मैं कितनी देर से तुम्हारे फ़ोन का इन्तज़ार कर रही थी। हलो? हाँ ज़ोर से बोलो, कुछ सुनाई नहीं दे रहा। लाइन में कुछ गड़बड़ी लगती है।...हलो?"

['हंस', 2005, सं. राजेन्द्र यादव]

आखेटक

रोज़-रोज़ के एक ही दफ़्तरी जीवन से उकताकर नेपाल बाबू ने एक दिन सोचा कि आने वाली दुर्गा पूजा की छुट्टियों में क्यों न तफ़रीह के लिए कहीं बाहर निकला जाए! नेपाल बाबू तारघर में काम करते हैं। सहकर्मियों पर जब उन्होंने अपनी मंशा ज़ाहिर की तो सभी ने एक स्वर में इस नेक ख़याल को सराहा। सबने कहा कि मनुष्य को साल में कम-से-कम एक बार कहीं बाहर घूम आना चाहिए। कि इससे एकरसता टूटती है, जीवनचर्या में ताज़गी आ जाती है। कि इस तरह लगातार नौ से पाँच फ़ाइलों में सिर मारते रहने से आदमी, आदमी नहीं रह जाता। नेपाल बाबू ख़ुश हुए। उन्होंने जोड़ा कि साथ में कुछ और लोग भी चलते तो मज़ा आ जाता। एक तरह से पिकनिक हो जाती। क्या ख़याल है?

इस पर सब जने का मुँह उतर गया। किसी के घर में कुछ काम निकल आया जिसे इसी छुट्टी में निपटाना ज़रूरी है नहीं तो आफत आ जाएगी, तो किसी को अपने रिश्तेदारों के यहाँ जाना निकल आया कि उन्होंने पहले से ही निमंत्रण दे रखा था। किसी की ब्याहता बेटी शादी के बाद पहली बार अपने पति के साथ मायके लौट रही थी, तो कोई इस छुट्टी में अपनी छत की मरम्मत करवा लेना चाहता था। इस तरह नेपाल बाबू का साथ देने में सभी किसी न किसी वजह से असमर्थ हुए। हालाँकि सबने अपना जी मसोसा। सबने कहा कि इससे हतोत्साहित होकर नेपाल बाबू को अपना इरादा नहीं बदलना चाहिए। सबने सबकी तरफ़ से कहा—बेस्ट ऑव लक!

एक तरह से देखा जाए तो नेपाल बाबू को कोई ज़्यादा दुख नहीं हुआ। पहले से उनका अनुमान था कि ऐसा ही कुछ होगा। यह उनकी पहली नौकरी है और इसके चार साल हो गए। उम्र की लिहाज से बाक़ियों से काफी छोटे थे नेपाल बाबू। अकेले वही थे जिनकी अभी शादी नहीं हुई थी। जिनके ऊपर चिन्ताओं का पहाड़ नहीं टूट पड़ा था। जिन्हें पाँच बजते न बजते घर लौटने की हड़बड़ी नहीं होती थी। दफ़्तर से उनका घर भी ज़्यादा दूर नहीं था। सुबह ट्यूशन नहीं, शाम को किसी पार्टटाइम का झमेला नहीं। तनख़्वाह जो मिलती थी, अकेले के लिए काफी थी। कभी-कभी शौक़िया कुछ बनाकर खा लिया, नहीं तो होटल-ढाबा ज़िन्दाबाद! दफ़्तर में अकेले वही थे,

जो धोबी के यहाँ धुले कलफ़दार कपड़े पहिना करते थे। जो कभी 'गोल्ड फ्लेक' के नीचे का कुछ मुँह से नहीं लगाते थे। जो हर शनिवार की शाम बियर पीते और रविवार को सिनेमा देखने जाते।

वे जानते थे कि कोई उनका साथ न देगा और न ही यह कहेगा कि नेपाल बाबू आप अकेले हैं। घर-गृहस्थी का बोझ नहीं सिर पर। तिस पर बाप-दादे की दौलत है। आप उड़ाइए-पड़ाइए, हमें क्या! आपकी देखा-देखी हम भी बोनस के रुपयों का श्राद्ध कर दें तो उन देनदारियों का क्या होगा जिन्हें अब तक टालते आए थे! बाल-बच्चों समेत फाके करने पड़ेंगे। ख़ैर, किसी के ना कर देने मात्र से नेपाल बाबू रुकनेवालों में से नहीं थे। लेकिन समस्या यह थी कि कहाँ जाया जाए! दीघा-पुरी वे पहले ही घूम चुके थे। उत्तर की तरफ़ जाने का मन नहीं था। बहुत सोचने-विचारने के बाद उन्होंने तय किया कि इस बार सुन्दरवन की सैर की जाए।

जल्दी ही नेपाल बाबू 'तन-मन-धन' से सुन्दरवन की यात्रा की तैयारी में जुट गए। सुन्दरवन की बात हो तो नामुमकिन है कि रॉयल बेंगाल टाइगर का ख़याल न आए। नेपाल बाबू ठाकुर परिवार से वाबस्ता हैं। सो हुआ यह कि बाघ का ख़याल आते ही उनकी रग-रग में राजपूती ख़ून ठाठें मारने लगा। एक बार सोचा कि क्यों न तफ़रीह के बहाने बाघ के शिकार पर चला जाए सुन्दरवन! बाप-दादे के ज़माने की एक पुरानी बन्दूक भी थी घर में। अब तक उसका इस्तेमाल होते नेपाल बाबू ने नहीं देखा था। विलायती है। कहा जाता है कि एक बार किसी बात से प्रसन्न होकर अँग्रेजों ने यह बन्दूक उनके दादा को भेंट की थी। बहरहाल, इस शिकार के सम्बन्ध में एक बात ग़ौर करने लायक थी कि आजकल सुन्दरवन में बाघों की तादाद पहले की अपेक्षा बहुत कम हो गई है। जो थोड़े बाघ बचे भी हैं तो उन्हें सरकारी प्रोटेक्शन मिला है। ऐसे में उनका शिकार करने निकलना बड़ा रिस्की मामला है। पकड़े जाने पर जाने क्या सज़ा हो! नौकरी जाएगी सो अलग। दुनिया-भर में फ़जीहत हो जाएगी। एक पल के लिए काँप गए नेपाल बाबू। लेकिन 'वह रहा एक मन और' जिसने दूसरे ही क्षण उन्हें बहुत धिक्कारा। छी, कितनी शर्म की बात है कि एक छोटा-सा जोख़िम मोल लेने से वे कतरा रहे हैं! इसका सकारात्मक नतीजा यह निकला कि छुट्टी शुरू होते ही वे सुन्दरवन के लिए रवाना हो गए। कपड़े-लत्ते की एक अटैची के अलावा उनके साथ एक दूरबीन, एक जोड़ी गम-बूट और वह ख़ानदानी बन्दूक भी थी।

रानाघाट से बस चली, चार घंटे हुए। खिड़की से नेपाल बाबू को जो दिख रहा है, वह प्रदेश बंगाल का ही तो है! नेपाल बाबू का इस तरफ़ आना पहली बार हुआ है। उन्हें लगता है, यह कोई दूसरी दुनिया है। जहाँ तक नज़र जाती, चारों ओर हरियाली, खेत, बाग-बगीचे और दूर तक ऊसर हरी ज़मीन, जिस पर इक्के-दुक्के ढोर चरते दिखते हैं। सड़क के दोनों ओर ढलान। मेड़ों पर शीशम, अशोक और इसी तरह के महँगे

पेड़। पेड़ों पर ठुँके हुए टीन के पीले पत्तरों पर पेड़ों का नम्बर। ढलान से उतरकर सड़क के साथ-साथ बिजली के तीन तार और उन्हें लटकाए एक निश्चित अन्तराल और ऊँचाई वाले खम्भे। पास ही कोई नदी होगी या बहुत बड़ी झील—नेपाल बाबू ने हवा में बढ़ती ही जाती नमी को महसूस कर अन्दाज़ा लगाया। एक अजीब बात यह थी कि खिड़की से बाहर जो दृश्य दिख रहा था, उसमें लोग बहुत कम दिख रहे थे। औरतें तो बिल्कुल ही नहीं।

सुन्दरवन के सबसे समीपवर्ती गाँव फुबुईदह में ठहरे नेपाल बाबू—मुरशेद मियाँ के घर। यह जानकर विचित्र अनुभूति हुई कि शहर से आए पर्यटकों और घुमन्तू लोगों को अपने यहाँ आश्रय देना, उन्हें घुमाना-फिराना, उनके खाने-पीने और मनोरंजन का समुचित बन्दोबस्त करना आदि ही इस गाँव के लोगों का मुख्य पेशा है। इसके लिए आगन्तुकों को एक निश्चित रकम 'फीस' के रूप में अदा करनी होती। इसके अलावा बख़्शीश इत्यादि भी। यों कुछ घर खेती-बाड़ी भी करते हैं, मगर साइड बिजनेस की तरह। तो नेपाल बाबू ने मुरशेद के घर अपना डेरा जमाया। मुरशेद ने पहले ही यह जान लेना उचित समझा कि वे यहाँ कितने दिनों के 'टूर' पर आए हैं, उनके ख़ास शौक़ क्या हैं और यह भी कि उनका 'बजट' क्या है। नेपाल बाबू ने सबकुछ साफ़-साफ़ बताया। मुरशेद ने मन-ही-मन नेपाल बाबू से मिलने वाली बख़्शीश की मोटी रकम का अन्दाज़ा लगाया। दो-ढाई सौ दे देना इनके लिए बड़ी बात न होगी। उसे सबसे ज़्यादा ख़ुशी इस बात की थी कि नेपाल बाबू जैसा मालदार आसामी बिल्कुल 'ऑफ़ सीजन' में उसके हाथ लगा है, जब गाँव के लगभग सारे घर 'टूरिस्टों' से ख़ाली पड़े होते हैं।

मुरशेद के परिवार में उसके अलावा और तीन लोग थे। मुरशेद की अपाहिज बूढ़ी माँ, मुरशेद का बड़ा भाई रफ़ीक़ और मुरशेद की भाभी ज़ुल्फ़िया। रफ़ीक़ पागल था। दिन-भर इधर-उधर डोलता, अंट-शंट बकता रहता था। घर की सारी ज़िम्मेदारी मुरशेद और ज़ुल्फ़िया पर थी। नेपाल बाबू ने देखा, ज़ुल्फ़िया थी तो रफ़ीक़ की बीवी पर सोती मुरशेद के कमरे में। उनके इस सम्बन्ध को लगता है रफ़ीक़ और बुढ़िया स्वीकार कर चुके हैं। सबकुछ इतना स्वाभाविक था कि नेपाल बाबू ने पहले यही समझा कि ज़ुल्फ़िया मुरशेद की बीवी है। बाद में मुरशेद ने ही एक दिन अकेले में यह भेद खोल दिया। ज़ुल्फ़िया चालीस-बयालीस की एक थिराई हुई औरत थी। चंचलता का नामोनिशान नहीं। साँवले, लेकिन तीखे नाक-नक्श वाली ज़ुल्फ़िया यदि गोरी होती तो चेहरा ज़ीनत अमान से मिलता-जुलता था। घुटनों तक लम्बे काले बाल थे। शरीर में जगह-जगह गोदने गुदे थे। और भी कुछ ऐसी बातें थीं जिनसे नेपाल बाबू को ज़ुल्फ़िया अजीब लगी। वह आश्चर्यजनक रूप से भारी-भारी साँसें लेती थी या फिर उसकी देह से एक अजीब खट्टी गन्ध आती थी जो पसीने की भी हो सकती है। इन दोनों ही बातों से नेपाल बाबू को वितृष्णा हुई। बहरहाल।

दूसरे दिन नाश्ता-पानी के बाद नेपाल बाबू मुरशेद के साथ आखेट को निकले। जंगल गाँव से कुछ दूर था, इसलिए मुरशेद ने रिक्शे का बन्दोबस्त कर रखा था। रिक्शेवाले ने रिक्शे की काफी सजावट कर रखी थी। रंग-बिरंगे फीते लगे थे। हैंडिल पर रंगीन प्लास्टिक की दो चक्कियाँ लगी थीं जो हवा में सर्र-सर्र घूमती थीं। रिक्शे के पीछे ख़ूब जमाकर लाल रंग से 'जय जवान जय किसान' लिखा था। रिक्शे पर सवार नेपाल बाबू को यदि उनका कोई परिचित देखता तो एकबारगी पहचान नहीं पाता। सिर पर फ्लाइंग हैट, गले में लटकती दूरबीन, घुटनों तक ओवरकोट और ऊँचे पाँयचे वाले भारी गम-बूट। दास्ताने पहिने हाथों में वही ख़ानदानी दोनाली बन्दूक फब रही थी। मुरशेद ने दोपहर का खाना-पीना भी साथ ले लिया था। विचार था कि दिन-भर घात लगाकर बैठा जाए। मुरशेद ने बताया कि बाघ अक्सर एक क्षण के लिए दिखते हैं, फिर ग़ायब हो जाते हैं। अगर ऐन उसी वक़्त उन पर फायर न किया जाए तो दूसरा मौक़ा कब हाथ में आएगा, कोई ठीक नहीं। नेपाल बाबू बहुत उत्साहित थे। उन्होंने देखा, दूर क्षितिज के पास काई के रंग जैसी एक दीवार दिख रही है। यही जंगल है—नेपाल बाबू ने सोचा।

रिक्शा जंगल के धुँधलके में जाकर रुका। दोनों सवार उतरे। मुरशेद ने रिक्शेवाले (उसका नाम जलाल था) को बताया कि वापस लौटने के वक़्त ठीक पाँच बजे वह यहीं मिले। इसके बाद दोनों आगे बढ़े। नेपाल बाबू को अजीब रोमांच का अनुभव हो रहा था, मगर ऊपर से वे भरसक स्थिर दिखने का यत्न कर रहे थे। रिक्शेवाले ने जहाँ उन लोगों को छोड़ा था, वहाँ से कोई चार-पाँच रस्सी-भर आगे जंगल का घनापन खड़ा था, जिसे भेदते हुए वे भीतर घुसे। एक पर एक विभिन्न प्रजातियों के पेड़ों का अन्धा लिबास। एक ऐसा सिलसिला जिसका कोई अन्त ही न सूझता हो। रास्ते कहीं न थे। रास्ते के खोएपन में एक रास्ता मुरशेद के पीछे-पीछे रेंगता था जिस पर नेपाल बाबू क़दम जमाते हुए चले। पेड़ों, उनसे लिपटीं लताओं, झाड़ियों और गीली मिट्टी की मिली-जुली गन्ध से नेपाल बाबू का यह पहला परिचय था। जंगल की सान्द्रता को तलवार की चीरते हुए वे किसी नदी की तरह लगे थे।

मुरशेद जंगल से अच्छी तरह परिचित था। वह अक्सर यहाँ आता होगा—'टूरिस्टों' को घुमाने-फिराने। जल्द ही वे एक अपेक्षाकृत साफ़, लेकिन आड़ की जगह पहुँच गए। दोनों वहाँ बैठे। दोनों ने अपनी पोजीशन ली। मुरशेद इशारे में बातें कर रहा था। उसने इशारे से बताया कि अक्सर सामने की तरफ़ से ही बाघ आते हैं। नेपाल बाबू ने अपनी बन्दूक अभी से ही उस दिशा में तान ली और एक बार दूरबीन से नज़ारा लेने लगे। जल्द ही उन्हें लगने लगा कि दूरबीन की यहाँ कोई आवश्यकता नहीं। वे एलर्ट होकर बाघ का इन्तज़ार करने लगे, जबकि दो क़दम के फ़ासले पर मुरशेद आराम से बैठ गया।

धीरे-धीरे समय बीतने लगा। एक बार नेपाल बाबू ने घड़ी देखी—बारह बजकर पैंतीस मिनट। दोपहर के सुनसान में जंगल इतना चुपचाप था कि नेपाल बाबू को लगा,

जिनसे वे घिरे हुए हैं, वे पेड़ किसी की प्रतीक्षा कर रहे हैं। समय के निरन्तर बीतते जाने के कारण प्रतीक्षा करते-करते वे अपनी जगहों पर इस तरह फ्रीज हो गए हैं कि एक पत्ती तक का हिलना दुश्वार है। नेपाल बाबू घात लगाए बैठे रहे। वे कहीं बहुत गहरे महसूस कर रहे थे कि उनकी एक ज़रा-सी हरकत देह की त्वचा को फलाँगती हुई जंगल की ज़मीन पर छन्न से बजेगी। एक ज़रा-सी हरकत ऐसी उम्रदराज़ वस्तु बन सकती है जिसे कतई नज़रअन्दाज़ नहीं किया जा सकता। नेपाल बाबू समझ गए कि मुरशेद इशारे में ही क्यों बात कर रहा था।

दोपहर का खाना खाने के बाद नेपाल बाबू थोड़े ताज़ादम हुए। एक क्षण के लिए उनके मन में यह विचार आया कि आख़िर बाघ ने उनका क्या बिगाड़ा है कि इतनी दूर वे उसका शिकार करने चले आए। मन भी बड़ा विचित्र है। देखिए कि दूसरे ही क्षण वह यह सोचकर मुस्कराए कि अक्सर पेट भरने के बाद ही आध्यात्मिक विचार कौंधते हैं। किसी ने ठीक ही कहा है—भूखे पेट भजन नहीं होता! वे वापस अपनी जगह पर आ गए। बाघ जैसे किसी आड़ में छिपकर उनके धैर्य की परीक्षा ले रहा हो। मुरशेद पर ग़ुस्सा आ रहा था कि यह कौन-सा जंगल है जहाँ बाघ तो दूर, एक परिन्दा भी पर मारने नहीं आ रहा। जो दिख रहे हैं, वे गूँगे पेड़ हैं—एक-दूसरे पर लदे हुए। नेपाल बाबू के मन में निराशा घर कर रही थी। दृश्य में चारों तरफ़ हरे की सख्त जिल्द मढ़ी थी। नेपाल बाबू को लगा, वे किन्हीं अदृश्य नज़रों के जाल में घिर रहे हैं। जंगल उन्हें अपनी तीखी नज़रों से अपलक घूर रहा है और वे नंगे हो रहे हैं। वे सारे अनजाने गुनाह, जो शहर में रहते हुए उनसे हुए हैं, धीरे-धीरे उघड़कर सामने आ खड़े हुए हैं। जंगल के घने में कुछ नहीं छिप सकता, सिवाय बाघ के। उन्होंने मुरशेद से पूछना चाहा, क्या जंगल की आँखें होती हैं! वह थोड़ी दूर पर उढ़का तटस्थ मुद्रा में बीड़ी पी रहा था। जंगल के कैमरे में नेपाल बाबू की तस्वीरें खिंच रही थीं। उन्हें चिन्ता हुई, क्या वापस लौटते समय वे अपनी सारी तस्वीरें बटोर सकेंगे! कुछ न कुछ हमेशा छूट जाता है, जैसे पानी पीने के बाद ग्लास में पानी के कुछ टुकड़े!

शाम को लौटते समय नेपाल बाबू उदास थे। मुरशेद उनकी उदासी की वजह नहीं समझ सकता। ज़्यादा से ज़्यादा यही समझेगा कि सारा दिन बाघ के दर्शन न होने के कारण वे उदास हैं। उसे इस बात की तनिक भी भनक नहीं कि नेपाल बाबू के मन में कौन-सी उथल-पुथल मची है। घर लौटते हुए मुरशेद बच्चों की तरह ख़ुश था। नेपाल बाबू को चिढ़ हुई। उन्हें लगा, वह अपनी अतिरिक्त ख़ुशी से दिन-भर के निरर्थकताबोध को भुलावा दे रहा है। उसे क्या पता कि आज कौन-सा सत्य नेपाल बाबू के हाथ लगा है! 'सत्य' शब्द का मन-ही-मन उच्चारण नेपाल बाबू को प्रीतिकर लगा। वे 'सत्य' शब्द को ज़ुबान की नोंक से चुभलाने लगे। बार-बार 'सत्य' शब्द सोचते ही स्मृति में रामकृष्ण, चैतन्य महाप्रभु, विवेकानन्द आदि का चेहरा घूम जाता था। नेपाल बाबू मुस्कराए। उन्हें मुस्कराता देख मुरशेद ठठाकर हँस पड़ा। नहीं, वह

हँसकर नेपाल बाबू का मज़ाक़ नहीं बना रहा। दरअसल नेपाल बाबू की मुस्कराहट का अतिरेक है मुरशेद का हँसना। जैसे बूँद का बाहुल्य है नदी और नदी का समुद्र। इसके बाद यदि नेपाल बाबू ठठाकर हँस देते तो तय था कि मुरशेद रिक्शे से गिर जाता और ज़मीन पर लोट-पोट होकर हँसने लगता।

इसी तरह दो दिन बीते। शुरू-शुरू में अच्छा लगा। नेपाल बाबू ने जीवन में पहली बार किसी जंगल को देखा, ऐन जंगल के बीच जाकर। उन्हें याद आया, जंगल की एक तसवीर उनके कमरे में टँगी है। शायद वह अफ्रीका या ब्राजील का कोई जंगल होगा। बचपन में सतपुरा और हिमालय के तराई प्रदेश के जंगलों के बारे में पढ़ा था भूगोल की किताब में। लेकिन इन दो दिनों में ही नेपाल बाबू को लगने लगा कि इसमें वो 'एडवेंचर' नहीं है। वे बचपन से फ़ुर्सत के क्षणों में जिस अदेखे जंगल के बारे में सोचते थे, उससे यह साक्षात् जंगल काफी भिन्न है। यह जंगल अपनी दिनचर्या में बहुत साधारण और एकरस होगा। पेड़ बहुत सुस्त और ठंडे थे। हवा भी थिराई हुई-सी।

जंगल प्रदेश में रातें अक्सरहाँ शराब की तरह ताँबई और गर्म उतरती हैं। रात का नशा आँखों के अधखुले पोपटों पर सुबह होने तक तारी रहता है। ज़ुल्फ़िया ने नेपाल बाबू का बिस्तरा लगा दिया था और मुरशेद के पास चली गई थी। वह जगा था। बेचैनी से करवट बदलते मुरशेद की चिन्ता ताड़ लेने में ज़ुल्फ़िया को मिनट-भर भी न लगा। वह तनिक हँसी। बोली, सब सँभाल लेगी। आज से पहले कितनों को सँभाला है, एक नेपाल बाबू भी सही। मुरशेद ने थके होंठों से उसे चूम लिया। शुरू-शुरू में अजीब लगता था। कई टूरिस्ट महीने-भर के लिए आते और हफ़्ता बीतते न बीतते ऊबकर चले जाते। ऐसे में मुरशेद और उस-जैसे गाँव के तमाम गाइडों का नुकसान होने लगा। अन्त में टूरिस्टों को टिकाने के लिए ज़ुल्फ़िया और उस-जैसी तमाम पत्नियों-बेटियों को आगे आना पड़ा। अब तो यह गाँव का रिवाज जैसा है। आख़िर टूरिस्टों के हर तरह से मन-बहलाव में ही तो लाभ है! इसे भला कौन नहीं समझता! मुरशेद का विचार था कि न हो तो पड़ोसी जब्बार मियाँ से बात करके उसकी कमसिन बेटी रूबी को बीस-पचीस रुपया प्रतिदिन के हिसाब से काम पर लगा देगा। लेकिन ज़ुल्फ़िया ने आश्वस्त किया कि नेपाल बाबू के लिए वह काफी होगी। वे भले ही दूसरे टूरिस्टों की तरह लम्पट न दिखते हों, पर हैं तो आख़िर मर्द ही!

कहने को तो कह गई, पर बाद में अपने कहे पर सोचने लगी ज़ुल्फ़िया। वह जानती है कि किसी भी पराये मर्द को इस तरह एकाएक (उसके पास समय बहुत कम था) अपने वश में कर लेने के लिए मादक भावनाओं के एक विक्षिप्त दौरे (हिस्टीरिया?) की ज़रूरत होती है, जबकि वह उम्र की एक ऐसी अवस्था में थी जब शरीर पर हावी तमाम ऐंद्रिकताएँ धीरे-धीरे बुझने लग जाती हैं। शुरुआती यौवन की

सिहरनों और छोटे-मोटे दैहिक आश्चर्यों के सारे रोएँ झड़ जाते हैं। देह की उत्तेजना अब तक महज़ फैलने-सिकुड़ने की आदत तक सीमित रह जाती है। ऐसे में ज़ुल्फ़िया के लिए यह सरल नहीं था कि अतीत के उन उन्मादों को एक बार फिर से जिए, उस विस्मृत 'ज्ञान' को फिर से अर्जित करे और उससे अपनी देह को फिर से समृद्ध बनाए। निश्चित ही उसे अभिनय करना पड़ेगा। वह भी इतना स्वाभाविक कि नेपाल बाबू को इसका तनिक भी आभास नहीं हो कि वह ढोंग कर रही है। यह सबकुछ क्या इतना आसान था! लेकिन इसके अलावा और कोई चारा भी तो नहीं। उसने तय किया कि कल से ही वह नेपाल बाबू के लिए जाल बिछाना शुरू कर देगी। एक-एक पर्त के हटने तक उसे नेपाल बाबू पर कुछ भी ज़ाहिर नहीं होने देना है। शिकार यदि जान जाए कि उसके लिए कोई घात लगाकर बैठा है तो वह अतिरिक्त सावधानी बरतने लगता है। ऐसे में शिकार उतना वेध्य नहीं रह जाता।

दूसरे दिन सुबह-सुबह ही आकाश में बादल घिरने लगे। पच्छिम की तरफ़ दूर दृश्य के सुलझेपन में धीरे-धीरे अँधेरा छा रहा था। इन अचानक बादलों की वजह से सुबह-सकारे की कुछ उजली थिगलियाँ क्षण-भर के लिए चमकीं, फिर सँवला गईं। वायुमंडल में आश्चर्य था। पक्षी और पेड़ शंकाकुल। नींद के चुकने के बाद भी नेपाल बाबू अलसाए-से पड़े रहे। अन्दर से बुखार-जैसा भी महसूस हुआ। मौसम की इस गड़बड़ी की वजह से कोठरी में एक रहस्यमय अँधेरा तिर रहा था। आँखें खुलने के बाद कुछ देर के लिए नेपाल बाबू को समझ में नहीं आया कि वे कहाँ हैं! पलांश बाद जब चेतना लौटी तो कोठरी में रखी चीज़ों पर एक सरसरी नज़र दौड़ाई। सबकुछ आपस में इतना गड्डमड्ड था कि अलग से पहिचान में न आता था। हर पहली चीज़ के रंग-वलय में दूसरी चीज़ें घुल-मिल गई थीं। ग़ौर करने पर धीरे-धीरे वे अलग हुईं। तब तक देर हो चुकी थी और नेपाल बाबू मन-ही-मन ठान चुके थे कि आज जंगल नहीं जाएँगे। सारा दिन आराम करेंगे। बाद दोपहर यदि मौसम ठीक रहा, तो गाँव में तफ़रीह के लिए निकलेंगे।

लेकिन नाश्ता करने के समय तक आसमान इस कदर धुल-पुँछ गया कि बादल की एक खरोंच भी न रही। नेपाल बाबू के पास जंगल जाने के कार्यक्रम को रद्द करने का अब कोई प्रत्यक्ष बहाना न रहा। तिस पर भी उन्होंने मुरशेद पर अपनी मंशा यह कहते हुए ज़ाहिर कर दी कि उनकी तबीयत कुछ नासाज़ जान पड़ती है। जितना अपेक्षित था, उससे कहीं ज़्यादा चिन्तित हो गया मुरशेद। उसने उन्हें छूकर ताप जाँचा और आराम करने की सलाह दी। अब तक जलाल रिक्शा लेकर आ चुका था। मुरशेद रिक्शे से पास के कस्बे में जाकर दवा इत्यादि का प्रबन्ध करे, ऐसा ज़ुल्फ़िया ने कहा। नेपाल बाबू ने इसे महज़ अपनी हरारत बताकर उसे रोकना चाहा, मगर उनकी एक न चली। मुरशेद चला गया। ज़ुल्फ़िया ने नेपाल बाबू को सहारा देकर उठाया, हालाँकि इसकी ज़रूरत न थी। वे अपनी कोठरी में आ लेटे। ज़ुल्फ़िया

उनके सिरहाने आ जमी और उनके सिर की मालिश करने लगी। नेपाल बाबू को यह अतिरिक्त देखभाल नागवार गुज़र रही थी। उन्हें ज़बर्दस्ती मरीज बनाया जा रहा था। पर्दे के पीछे कौन-सा खेल शुरू हो चुका था, इसका उन्हें तनिक आभास न था।

धीरे-धीरे नेपाल बाबू ज़ुल्फ़िया के स्पर्श से अस्थिर होने लगे। उन्होंने अपनी आँखें बन्द कर लीं और सोने का प्रयत्न किया। बात दरअसल यह थी कि ज़ुल्फ़िया के स्पर्शों की महीनी और निपुणता उनकी देह पर अनचाहे चिह्न छोड़ने लगी थी। उन्हें लग रहा था जैसे सैकड़ों ठंडी चींटियाँ एड़ी से लगाकर सिर (जहाँ ज़ुल्फ़िया अब भी मालिश कर रही थी) तक रेंग रही हैं। रह-रहकर दिखाई न पड़ने वाली ऐसी हलचलें होती थीं कि उनकी देह की मांसपेशियाँ समृद्ध होना शुरू हो गईं। उनका असमय सोने का यह प्रयास ख़ुद को दबाने-जैसा था और जब वे इसमें असफल होने लगे तो हाथ के इशारे से ज़ुल्फ़िया को रोक दिया। ज़ुल्फ़िया ने देखा, वे बहुत हल्के काँप रहे हैं। वह समझ गई। विजित भाव से उठकर जाने लगी। उसे अन्दाज़ा न था कि सबकुछ इतना आसान होगा। वह थोड़ी चकित भी हुई थी। फिर उसे अच्छा लगा कि उसकी शालीन हरकतों में अब भी वे उत्तेजक और हिंस्र झाड़ियाँ बच रही हैं जो मर्दों को लहूलुहान कर सकती हैं। देह का कोई ऐसा अँधेरा और रहस्यमय कोना अब भी अक्षत है जिसकी वजह से अनजाने ही वह बुढ़ापे की श्लथ और निष्क्रिय गति की तरफ़ ढकेली नहीं गई। इस तरह स्वयं के अब भी बने होने का अहसास उसके मुँह में कोई अच्छा-सा स्वाद छोड़ गया।

दोपहर बाद मुरशेद घर लौटा। वह हाँफ रहा था। ज़ुल्फ़िया को पुकारा। एक बार, फिर दूसरी बार। वह पड़ोस में थी। आँगन में रखी बाल्टी से एक लोटा पानी निकालकर पिया। उसके बाद फिर एक लोटा पिया। अँगोछे से हाथ-मुँह पोंछते हुए नेपाल बाबू की कोठरी की तरफ़ बढ़ा। सुबह ज़ुल्फ़िया के जाने के बाद बड़ी देर तक नेपाल बाबू करवटें बदलते रहे थे। उसके बाद कब नींद आ गई थी, पता नहीं चला। कोई घंटा-भर पहले ज़ुल्फ़िया उन्हें दोपहर का खाना खिला गई थी। अब वे चारपाई पर पड़े कुछ सोच रहे थे कि मुरशेद आया। नेपाल बाबू ने सुना कि आते ही मुरशेद ने ज़ुल्फ़िया को पुकारा। एक बार, फिर दूसरी बार। सोचा बता दें कि वह घर पर नहीं, पड़ोस में है। लेकिन वे चुप रहे। आँगन में रखी बाल्टी बजी। नेपाल बाबू ने सोचा, मुरशेद पानी पी रहा होगा। फिर मुरशेद के क़दमों की आहट हुई। मुरशेद इधर ही आ रहा होगा—नेपाल बाबू ने सोचा। इतनी देर में मुरशेद आ गया।

"मालिक, कुछ सुना आपने? उधर तो बहुत हो-हल्ला हुआ है!"

"क्यों, क्या बात हुई?" नेपाल बाबू उठ बैठे, "तुम तो कस्बे की तरफ़ गए थे न! कोई झगड़ा-फसाद हुआ..."

"नहीं मलिक, उससे भी भयानक बात जो हुई सो कहाँ जा पाया कस्बे की तरफ़! आपकी दवाई भी रह गई लाने को। अब कैसी तबीयत है आपकी?...क्या

इधर कुछ नहीं सुना आपने? गाँव-भर में चर्चा है मालिक। सबके हाथ-पाँव फूल रहे हैं। मैंने तो कह दिया लोगों से, डरने की कोई बात नहीं। कलकत्ते से मालिक आए हैं, बन्दूक के साथ। दो-चार दिनों में सब ठीक हो जाएगा।"

"मेरी बात कर रहे हो? बात क्या है, साफ़-साफ़ कहो।"

"पूरब की तरफ़ जिधर जंगल है, बाँसीपाड़ा के कुछ छोकरे गए थे सुबह निबटान वगैरा के लिए। लौटे तो सालों को साँप सूँघ गया था। भागते हुए आए थे, दम फूल रहा था।...बाघ दिखा था मालिक। बाद में दो-चार लोग और गए तो फिर दिखा। निर्भय होकर विचर रहा था। अब गाँव की ख़ैर नहीं। आप कुछ कीजिए मालिक। दो-चार दिन घात लगाने से ही बाघ को धर सकेंगे। मैंने तो लोगों से कह दिया।"

भीतर ही भीतर नेपाल बाबू थोड़ा धसके। मुरशेद से पानी माँगा। मुरशेद दौड़कर लाया। तब तक जुल्फ़िया भी आ चुकी थी। समूची कहानी सुनने के बाद वह भी आश्वस्त हुई कि नेपाल बाबू के रहते डरने की कोई बात नहीं। यह कहते हुए उसने कैसे तो नेपाल बाबू को देखा और देखने के बाद उसके होंठों पर कैसा तो एक सलज्ज हास एक पल के लिए खेल गया, यह नेपाल बाबू ही समझ सकें।

शाम होते न होते मौसम के मिज़ाज ने फिर से करवट ली। देखते-देखते आसमान में चारों ओर बादल छा गए। नेपाल बाबू ने कोठरी की खिड़की से देखा, बारिश शुरू हो चुकी है। बारिश नहीं, इसे फुहार कहते हैं जब झड़ी में त्वचा को खरोंच डालने वाले ब्लेड नहीं होते। जैसे मानसून के अन्तिम दिनों में होता है। बारिश नहीं, बारिश का ढोंग। हवा में एक गीली गन्ध तिर रही है, जैसे किसी के महीनों से न धुले मोज़े खुले पड़े हों।

यह कुछ ऐसा था जैसे वर्षों से इस्तेमाल न किये गए और अब भुला दिये गए किसी कमरे का दरवाज़ा हमारी ही किसी ग़लती से या लापरवाहीवश अचानक खुल गया हो। हमारी आँखों के आगे कमरे में रखी गईं कई पुरानी और वर्तमान के आलोक में रहस्यमयी हो चलीं चीज़ें निकल आई हों—अपने बासी और भुरभुरी गन्ध के साथ। हम अचानक चौंक जाते हैं। एक बीत चुकी दुख-भरी और गाँठदार कहानी की थिगलियाँ उभर आती हैं। हमने उसे भुला दिया था और अब भी जिसे भुलाए रखना चाहते हों, लेकिन वह अपनी निर्लज्ज सम्पूर्णता के साथ हमसे अपने हिस्से की धूप और हवा और पानी माँगती खड़ी रहती है। हम मुँह चुराते हैं। रास्ते में चलते हुए अचानक सिटपिटाकर इधर-उधर देखने लगते हैं कि किसी ने हमें देखा तो नहीं! नेपाल बाबू ने पलटकर देखा, मुरशेद पड़ा ऊँघ रहा था और सिवाय इन गूँगे पेड़ों के और कोई नहीं जो उनकी शर्मिन्दगी का गवाह बने। नेपाल बाबू घात लगाकर बैठे थे और बाघ को भूलकर जुल्फ़िया के बारे में सोचने लगे थे। कल रात का दृश्य हवा

में धूप की चमकीली पन्नियों की तरह उड़ रहा था। ज़ुल्फ़िया की देह धीरे-धीरे खुल रही थी और नेपाल बाबू की आँखें जैसे बुखार में तपती हों।

सबकुछ अनजाने में यकायक हो गया था—ऐसा नहीं था। नेपाल बाबू जानते थे कि वे क्या कर रहे हैं। ज़ुल्फ़िया भी जानती थी। दोनों की अभिज्ञता ने विस्मय और विलाप के लिए कोई जगह नहीं छोड़ी थी। अब जो नेपाल बाबू को कल रात के कृत्य के लिए शर्मिन्दगी हो रही थी, वह दरअसल तत्काल (जब वे मुरशेद के साथ जंगल में घात लगाए बैठे हैं) की मन्थरता के बरक्स एक मूढ़ प्रतिक्रिया है। एक तरह की तुच्छता। जो बीत चुका है, लौट नहीं सकता। नेपाल बाबू के होंठों पर मुस्कराहट रेंग गई। बीते हुए समय के समुद्र से बजबजाए फेन की तरह अस्फुट और मरियल मुस्कराहट। कल रात जो इतनी शिद्दत के साथ बिल्कुल अन्तिम सत्य की तरह घटित हुआ था, वह जंगल के चुपचाप में इतना थोथा और हास्यास्पद जान पड़ा कि नेपाल बाबू ख़ुद को जोकर महसूस करने लगे। निश्चय ही इस खेल में जीत ज़ुल्फ़िया की हुई है। उसने नेपाल बाबू का शिकार किया है। तिस पर भी वह इतनी क्षम्य है कि सिवाय बीते हुए के तमाम मसखरे पहलुओं को याद करने और एक हारी हुई हँसी हँसने के, नेपाल बाबू के हिस्से कुछ नहीं आता।

नेपाल बाबू का जी उखड़ गया। मुरशेद को झकझोरा। चलो उठो, लौटना है। मुरशेद हड़बड़ाकर उठा। कितने बजे हैं मालिक? नेपाल बाबू ने बन्दूक कन्धे से टाँग ली। अभी इसी वक़्त चलो। लौटना है।

नेपाल बाबू लौट रहे हैं। हफ़्ता-भर भी नहीं हुआ। सामान बँध चुके हैं। मुरशेद चुप है। ज़ुल्फ़िया हैरान। पूछ रही है—"बाबू, हमसे कोई ग़लती हुई क्या?" नेपाल बाबू ने उसे सौ का एक नोट दिया—"तुमने मेरी सेवा-टहल की, इसलिए यह।" ज़ुल्फ़िया ने नोट अपने ब्लाउज़ में रख लिया। जलाल रिक्शा लेकर आ चुका है। दो बजे की बस पकड़नी है। मुरशेद बस अड्डे तक साथ जाएगा। उसे अब तक समझ में नहीं आ रहा—क्या करे, क्या कहे! नेपाल बाबू ने उसकी फीस चुका दी है। बख़्शीश भी मिल चुकी। जितने की उम्मीद थी, उससे कहीं अधिक। पैसे लेते हुए मुरशेद को जाने क्यों शर्मिन्दगी महसूस हो रही है।

बस की डिक्की में सामान रखकर मुरशेद नेपाल बाबू के पास चला आया। नेपाल बाबू खिड़की के पास बैठे थे। उन्होंने सिर निकालकर मुरशेद को धन्यवाद कहना चाहा, पर अन्त समय में चुप हो गए। मुरशेद ने ही चुप्पी तोड़ी। बोला, "मालिक, न हो तो बख़्शीश के पैसे वापस ले लीजिए।"

नेपाल बाबू को अचानक कुछ समझ में नहीं आया। बोले, "बात क्या है मुरशेद?" वे पूछ नहीं रहे थे, जैसे दुलार रहे थे। मुरशेद हुलस गया। झिझकते हुए बोला, "वो उस दिन गाँव में बाघ दिखने वाली बात मैंने झूठ कही थी।"

नेपाल बाबू चुप रहे। मुरशेद कहता रहा, "बहुत छोटा था, सात-आठ साल का। अन्तिम बार तभी देखा था बाघ। मुझे नहीं मालूम कि जंगल में कोई बाघ-वाघ है भी कि नहीं।"

मुरशेद दबा जा रहा था। सिरे नीचे किये खड़ा रहा। नेपाल बाबू को हँसी आ गई। उन्होंने मज़ाक़ के लहजे में कहा, "और तुम जानते हो, इधर मुझे भी नहीं मालूम कि मेरी बन्दूक चलती है भी कि नहीं।"

सुनकर मुरशेद हँसने से न रह सका। फिर एकाएक दोनों चुप हो गए, मानो दोनों की हँसी की उम्र इतनी ज़रा-सी थी। नेपाल बाबू को लगा कि वे दोनों ही किसी अदृश्य इशारे से अचानक ज़ुल्फ़िया के बारे में सोचने लगे हैं। थोड़ी देर बाद मुरशेद 'एक मिन्ट में आया' कहकर जलाल के पास गया और रिक्शे की सीट के नीचे से एक झोला निकालकर ले आया। नेपाल बाबू को देने लगा तो उन्होंने पूछा कि इसमें क्या है! उसने याद दिलाया, "जिस दिन आपकी दवाई लाने कस्बे तक गया था, उसी दिन बाज़ार से बाघ की एक खाल ख़रीदकर लेता आया आपके लिए। वहाँ शहर में लोग पूछेंगे तो यह काम आएगा।...एकदम असली लगता है न!"

नेपाल बाबू, "लेकिन मैं इसका...?"

"रख लीजिए न मालिक। वहाँ यह न कहिएगा कि यहाँ के जंगलों में अब बाघ नहीं बचे। (हँसते हुए) वर्ना तो हम लोगों का कारोबार ही..."

बस ने खुलने का संकेत दे दिया। थोड़ी ही देर में बस पूरी रफ़्तार से भागने लगी। खिड़की से जो दिख रहा है, वह प्रदेश बंगाल का ही तो है! नेपाल बाबू को लगता है, यह कोई दूसरी दुनिया है। एक अजीब बात यह है कि खिड़की से जो दिख रहा था, उसमें लोग बहुत कम दिख रहे थे। औरतें तो बिल्कुल ही नहीं।

['पहल', 2005, सं. ज्ञानरंजन]

साइकिल कहानी

वे भागते हुए दिन थे और मेरे पास एक नई साइकिल थी। उन दिनों हवाएँ ख़ूब चला करती थीं। गाँव की कच्ची सड़कों पर पीली धूल उड़ा करती थी। दिन बड़े-बड़े और बेढंगे हुआ करते थे। चारों तरफ़ जेठ के सूने खेतों में दूर-दूर तक ऊब पसरी होती थी। गाँव में एकाएक नौजवानों की पूरी एक फ़ौज खड़ी हो गई थी। हममें ख़ूब याराना था। हमारे लिए इंटर क्लब फुटबॉल प्रतियोगिताएँ थीं। पनचक्की के पास हसन मियाँ की रंगचटी टिपरिया चाय की दुकान हमसे आबाद होने लगी थी। हम आपस में सिगरेट-बीड़ी से लगाकर रोमांटिक स्त्री-अभिज्ञताओं को एक्सचेंज करते। मुहल्ले की कल्चर्ड भाभियों के लिए रिक्शा बुला देने या उनकी चिट्ठियाँ पोस्ट कर देने जैसा छिटपुट काम करते। क्लब में बैठकर कैरम खेलते। बड़े-बुजुर्ग हमें काहिल कहा करते और हम ख़ुद को बिन्दास। 'बिन्दास' हमें एक अद्‌भुत् शब्द प्रतीत होता था। वे घरों से भागकर और कॉलेज से डूब देकर क्लब की ब्लैक-एंड-व्हाइट टीवी पर उत्तम-सुचित्रा की 'हारानो सूर' देखने के दिन थे। सुचित्रा, माधवी, अपर्णा की तरह की हिरोइनें अब कहाँ रहीं? जतिन दा के शब्दों में स्वर्ण युग की स्वर्ण नारियाँ। अब तो 'घर में माँ-बहन नहीं हैं क्या' टाइप की लड़कियों से ज़माना भरा पड़ा है।

उन्हीं दिनों वे आईं। वे मतलब चाची। सुबह का शुरुआती समय था। मैं अपनी साइकिल रगड़-रगड़कर चमका रहा था। इतने में पिताजी हाथ में एक बड़ी-सी अटैची लिए सदर दरवाज़े से भीतर दाख़िल होते दिखे। मैंने आगे बढ़कर उनके हाथों से अटैची ले ली। तभी दरवाज़े पर झिझकती-सी वे दिखीं। वे मतलब चाची। लेकिन शायद यह मैं पहले भी कह चुका हूँ। मुझे मालूम था, पिताजी तीन दिन पहले भागलपुर गए थे। वे मेरी भागलपुर वाली चाची थीं। मैंने उन्हें पहले कभी नहीं देखा। न उनके बारे में कुछ जानता था। पिताजी ने भी पहले कभी नहीं बताया कि भागलपुर में हमारे रिश्तेदार रहते हैं। माँ उन्हें सादर घर में लिवा ले गईं। उन्हें तत्काल वही कमरा दे दिया गया जिसे अब तक मैं इस्तेमाल करता था। तय हुआ कि गर्मी-भर मैं खाट लेकर बाहर आँगन में ही सोऊँ। आगे बरसात या जाड़े की बात तब देखी जाएगी। इस तरह जब वे आईं तो सदा के लिए आ गईं।

वे शायद विधवा थीं या परित्यक्ता। सिन्दूर नहीं लगातीं, हालाँकि हाथों में लोहे के चूड़े डालतीं। रंगीन साड़ी बाँधतीं। सम्भवतः निस्सन्तान भी थीं। उम्र ज़्यादा नहीं, बहुत हुआ तो तीस-पैंतीस। शरीर बँधा हुआ। वे ख़ूब गोरी थीं। हम सब, यानी माँ पिताजी और मैं, साँवले से थोड़े गहरे ही। चाची की बोली-बानी भी हमसे जुदा थी। बोलती थीं तो हिन्दी-मिश्रित बांग्ला। चाल-ढाल में भी वे हमारे नज़दीक की नहीं। गरज़ कि किसी भी सूरत में वे हमारी रिश्तेदार नहीं लगती थीं। व्यवहार की बड़ी सलीकेदार और विनम्र। माँ, चाची-सी नहीं। तुनकमिज़ाज और चिड़चिड़ी। माँ को खुलकर हँसते-बोलते मैंने कभी नहीं देखा। किसी से भी नहीं। पिताजी से भी नहीं। चाची, माँ-सी नहीं। ख़ूब हँसतीं। हँसतीं तो उनकी देह थर-थर हिलती। लगता, उनके हर अंग से हँसी के छोटे-छोटे दाने झड़ते हों। चाची हँसतीं तो और भी अच्छी लगतीं।

वे भागते हुए दिन थे और मेरे पास एक नई साइकिल थी। मैं अपनी साइकिल से प्यार करता था। उस पर जान छिड़कता था। मेरे हाईस्कूल फ़र्स्ट डिविज़न में पास करने पर पिताजी ने उपहारस्वरूप यह साइकिल लाकर दी थी। पास के गंज में एक कॉलेज था। मैंने गाँव के दूसरे लड़कों के साथ उसमें दाख़िला ले लिया था। हम सब साथ ही कॉलेज के लिए निकलते। अपने-अपने घरों से निकलकर हसन मियाँ की चाय की गुमटी पर मिलते। वहाँ से इकट्ठे कॉलेज के लिए चल देते। हम सबके पास अपनी साइकिलें हुआ करती थीं। मेरी वाली सबसे नई थी। कच्ची सड़कों पर एक साथ साइकिल चलाने में ख़ूब मज़ा आता। कभी-कभी हम रेस लगाते। कभी-कभी मैं जीत जाता। वे भागते हुए दिन थे और गाँव में हम नौजवानों की पूरी एक फ़ौज खड़ी हो गई थी। साइकिल चलाते हुए हमारा मन अक्सर 'सानू-सानू' भाव से भर उठता। हम भी किसी की आवाज़ की नक़ल उतारते हुए कोई गाना गाने लगते—'हो...एक लेड़की को देखा तो ऐसा लगा...।' बड़े-बुजुर्ग हमें काहिल कहते और हम अपनी साइकिलों को हीरो-होंडा। हीरो-होंडा पर चढ़कर हम हीरो हो जाते। उन दिनों हिन्दी फ़िल्मों की हिरोइनों में ऐश्वर्या राय सबसे नई थी। हम सब उससे प्यार करते थे। उस पर जान छिड़कते थे। उसकी परी आँखों के दीवाने थे। चाची वाली बात मैंने किसी को नहीं बताई थी। चाची की आँखें ऐश्वर्या राय की आँखों तरह सुन्दर थीं। चाची की आँखें नीली नहीं थीं। मेरी साइकिल का रंग काला चमकदार था। चाची की आँखें काली चमकदार थीं। मैं अपनी साइकिल से प्यार करता था। उस पर जान छिड़कता था। मेरी साइकिल का रंग काला चमकदार था। लेकिन यह शायद मैं पहले ही कह चुका हूँ।

शुरू-शुरू में मैं चाची से ख़ूब शरमाता। बोलते हुए अक्सर मेरी ज़ुबान लड़खड़ा जाती। बचपन में जतिन दा की साइकिल लेकर बगीचे में चला जाता। मेरे साथ मेरा सबसे अच्छा दोस्त बिलू हुआ करता था। हम दोनों साइकिल चलाना सीखने में एक-दूसरे की मदद करते। शुरू-शुरू में मेरा सन्तुलन अक्सर गड़बड़ा जाता और

मैं गिर जाता। बिलू को पहले से कैंची साइकिलिंग आती थी। वह क़द में छोटा था। सीट पर बैठने के बाद उसके पाँव पैडिल को बमुश्किल छू-भर पाते। गोल-गोल घूमता हुआ पैडिल जब नीचे होता, उसके पैर पैडिल को छोड़ देते। घूमते हुए पैडिल्स ऊपर आते ही उसके पैरों की सँभाल में आ जाते। कैंची साइकिलिंग सीख चुके होने की वजह से उसका सन्तुलन ठीक था। मैं सीधे सीट पर बैठकर साइकिल चलाना सीख रहा था। बिलू पीछे से पकड़कर रखता जब मैं साइकिल चलाता। मुझे बिना बताए वह न जाने कब छोड़ देता और मैं इसी भुलावे में साइकिल चलाता जाता कि सँभालने के लिए पीछे बिलू है। जब मुझे पता चलता कि वह तो बहुत पीछे छूट गया तो एकाएक मेरे हाथ-पाँव फूलने लग जाते। मैं अक्सर भूल जाता कि ब्रेक मारकर साइकिल रोकी भी जा सकती है। मेरे पैर लम्बे थे। आसानी से मैं साइकिल को पैरों पर आड़ सकता था। लेकिन मारे हदस के मैं साइकिल लिए-लिए एक तरफ़ उलट जाता। यह तब की बात है जब मैं साइकिल चलाना सीख रहा था। जतिन दा की साइकिल लेकर बगीचे में चला जाता था। अब मैं सीख चुका था और मेरे पास अपनी एक साइकिल थी। शुरू-शुरू में कहीं भी जाना होता, चाहे घर के पिछवाड़े तालाब के पास ही, मैं साइकिल पर जाता। दुनिया वही थी, लोग वही, पेड़ पौधे तालाब भी वही जिन्हें बचपन से देखता आया था और वे जस-के-तस थे। सिर्फ़ मैं साइकिल पर सवार था। मेरी गति बढ़ गई थी। घूमती हुई पृथ्वी पर चारों तरफ़ पेड़ पौधे तालाब खेत खलिहान घर आदि इतने धीमे चलते थे कि घूमती हुई पृथ्वी पर वे अपनी जगह पर ही रह जाते थे। इस तरह वे वर्षों से एक ही जगह पर खड़े के खड़े थे। घूमती हुई पृथ्वी पर साइकिल का पहिया और भी तेज़ घूमता था, इसलिए सबसे आगे निकल जाता था। दोनों तरफ़ के दृश्य फिसलते हुए-से पीछे छूटते जाते थे। मैं आगे और आगे भागता जाता था। वे भागते हुए दिन थे और मेरे पास एक नई साइकिल थी। एक दिन सुबह-सुबह जब मैं अपनी साइकिल रगड़-रगड़कर चमका रहा था, तभी वे आईं। वे मतलब चाची। चाची ने पूछा कि मेरा नाम क्या है? पूछते हुए चाची बहुत सुन्दर लगीं। मैंने कहा, सुन्दर। चाची ने पूछा, क्या? मैंने कहा, मेरा नाम सुन्दर कुमार है। चाची हँसने लगीं। चाची जब हँसतीं तो उनकी देह थर-थर हिलती। लगता, उनके हर अंग से हँसी के छोटे-छोटे दाने झड़ रहे हों। मैंने कहा, सुन्दर। चाची ने कहा, सुन लिया, सुन लिया। मैंने पूछा, क्या? चाची ने कहा, सुन्दर कुमार। मैंने चाची की काली चमकदार आँखें देखीं। मैंने कहा, सुन्दर। चाची ने कहा, अच्छा बाबा, सिर्फ़ सुन्दर। ठीक? मैंने कहा, बहुत सुन्दर।

तब से चाची जब-तब चिढ़ाने के लिए मुझे 'बहुत सुन्दर' कहकर पुकारने लगीं। कोई आस-पास होता तो 'बहुत' को दबी आवाज़ में कहतीं, लेकिन कहतीं ज़रूर। मैं चाची को चाची कहता था। वे भागलपुर से पिताजी के साथ यहाँ आई थीं। पिताजी ने कहा, यह तुम्हारी भागलपुर वाली चाची हैं। तब से मैं चाची को चाची

कहता था। माँ और पिताजी उन्हें बहू कहते थे। पिताजी का कोई छोटा भाई भी है और वह भागलपुर में रहता है, यह मैं नहीं जानता था। चाची, पिताजी के उसी छोटे भाई की पत्नी थीं। वे पिताजी के छोटे भाई, इसलिए मेरे चाचा थे। चाचा की पत्नी को चाची कहने का रिवाज था। इसलिए मैं चाची को चाची कहता था। एक दिन मैंने चाची से पूछा, चाची तुम्हारा नाम क्या है? चाची ने पूछा, मेरा? मैंने कहा, हाँ तुम्हारा। चाची ने कहा, रीना। मैंने पूछा, मीना? चाची ने कहा, रीना। मैंने फिर पूछा, नीना? चाची ने फिर कहा, रीना-रीना। मैंने कहा, ओ रीना। चाची हँसने लगीं। चाची ने पूछा, बताओ मेरा नाम क्या है? मैंने पूछा, तुम्हारा? चाची ने कहा, हाँ मेरा। मैंने कहा, अभी तो तुमने रीना कहा। चाची ने पूछा, क्या नीना? मैंने कहा, रीना। चाची ने फिर पूछा, क्या मीना? मैंने फिर कहा, रीना। चाची ने कहा, एक बार और कहो। मैंने कहा, रीना-रीना। चाची ने कहा, बस-बस, अब और नहीं। अब से तुम मुझे चाची ही कहना। नाम लेकर किसी को नहीं पुकारते। नाम लेकर पुकारने से दुख बढ़ता है। मैंने कहा, चाची। चाची ने कहा, सुन्दर। मैंने पूछा, सिर्फ़ सुन्दर? बहुत सुन्दर नहीं? चाची ने कहा, नहीं, सिर्फ़ सुन्दर। मैंने कहा, रीना-रीना। चाची फिर से हँस पड़ीं। बोलीं, अच्छा बाबा, बहुत बहुत सुन्दर। लेकिन अब से तुम मुझे चाची ही कहना। हाथ जोड़ती हूँ। मैंने कहा, रीना और भाग गया। मैं साइकिल से भाग रहा था। मेरी साइकिल का रंग काला चमकदार था। मैं अपनी साइकिल से प्यार करता था। उस पर जान छिड़कता था। मैंने कहा, रीना और भाग गया। मैं साइकिल से भाग रहा था। मेरे पाँव पैडिल्स को ज़ोर-ज़ोर घुमाते थे। मेरी गति बढ़ती जा रही थी। दोनों तरफ़ के दृश्य फिसलते हुए-से पीछे छूटते जा रहे थे। घूमती हुई पृथ्वी पर साइकिल का पहिया और भी तेज़ घूमता था। मैं आगे और आगे भागता जाता था। मेरी धौंकनी चलने लगी। पैर बँधने लगे। मांस-पेशियाँ खिंचने लगीं। नथुने फूलने लगे। मेरी धौंकनी चलने लगी। पैर बँधने लगे। मैं आगे और आगे भागता जाता था। वे भागते हुए दिन थे और मेरे पास एक नई साइकिल थी। साइकिल का रंग काला चमकदार था। मैंने कहा, रीना, और भाग गया। चाची अपनी काली चमकदार आँखों से मुझे देखती रह गईं।

चाची ने धीरे-धीरे घर की अधिकतर ज़िम्मेदारियाँ सँभाल लीं। गायों और बकरियों का दाना-पानी, हंसों की देख-रेख, सब्ज़ियों की क्यारियाँ तालाब की रखवाली, यानी बाहर का सबकुछ। पिताजी हाट में मोदीख़ाने की दुकान चलाते थे। चाची ने जिन ज़िम्मेदारियों को सँभाला, वे उनसे पहले मेरी और पिताजी की मिली-जुली थीं। कॉलेज से लौटने के बाद मैं करता और पिताजी दुकान पर जाने से पहले। अब चाची के आने के बाद हम दोनों को सहूलियत होने लगी। रसोई अब भी माँ के हवाले रही। न कभी माँ ने उन्हें रसोई में पाँव रखने दिया और न कभी चाची ने पाँव रखने की ज़हमत उठाई।

मैंने दोस्तों से चाची के बारे में कुछ नहीं बताया था। लेकिन गाँव बहुत छोटा था। सबको सबकी ख़बर रहती थी। एक दिन बिलू हसन मियाँ की रंगचटी टिपरिया चाय की दुकान पर आया। हमलोग चाय पी रहे थे कि अचानक उसने चाची के बारे में पूछताछ शुरू कर दी। उसने तालाब के पास चाची को देखा था। उसने बताया कि उसे चाची बहुत सुन्दर लगीं। बिलू मेरे बचपन का दोस्त था। बिलू मेरा लँगोटिया यार था। बिलू की बहन जवान थी। 'यहाँ आवृत्ति सिखाई जाती है' नामक एक स्कूल चलाती थी। एक दिन बिलू ने हसन मियाँ की दुकान पर चाय पीते हुए चाची के बारे में पूछताछ शुरू कर दी। उसने तालाब के पास चाची को देखा था। मैं उसे दुकान से बाहर ले गया। मैंने उससे कहा, तेरी बहन मुझे बहुत अच्छी लगती है। उसकी शादी नहीं हो रही इसलिए झूठमूठ का स्कूल चलाती है। तू उससे मेरी शादी करवा दे। वह बौखला गया। मैंने कहा, आइन्दा चाची के बारे में ज़्यादा जानने की कोशिश की तो तेरे घर आना-जाना शुरू कर दूँगा। तेरे घरवाले मुझे रोकेंगे नहीं। रोज़-रोज़ आया-जाया करूँगा और तेरी बहन से मोहब्बत करने लगूँगा। वह बौखला गया। मैं उसे दुकान से बाहर ले गया। मैंने उससे कहा, आइन्दा चाची के बारे में ज़्यादा जानने की कोशिश की तो मुझसे बुरा कोई न होगा। मैंने उससे कहा, जिनके घर शीशे के होते हैं वे दूसरों के घरों में ताक-झाँक नहीं करते।

घर आकर मैं सीधे चाची के कमरे में चला गया। चाची बिस्तर पर लेटी मेरी पाठ्यपुस्तकों में से कोई एक किताब निकालकर पढ़ रही थीं। पहले यह मेरा कमरा था। चाची के आने के बाद मेरी किताब-कॉपियाँ, कपड़े-लत्ते और ज़रूरत की दूसरी चीज़ें वहीं रहीं। चाची को पता नहीं चल पाया कि मैं कमरे में दाख़िल हो चुका हूँ। वे बिस्तर पर चित लेटी पढ़ रही थीं। उनका सिर दरवाज़े की तरफ़ था। खाट से उनके लम्बे बाल नीचे फ़र्श तक गिर रहे थे। ब्लाउज़ से उनकी गरदन की निचली गोराई झाँक रही थी। मैं चुपचाप खड़ा रहा। इतने में उन्होंने करवट ली। चूड़ियों की खनखनाहट और खाट की चरमराहट की मिली-जुली आवाज़ में करवट लेते हुए उनके द्वारा छोड़ी गई एक भारी उसाँस की मैली फुसफुसाहट भी शामिल हो गई। मैंने देखा, उनकी गरदन की गहरी गोराई अपने एकदम गहरेपन में अँधेरी थी। उन्होंने पूछा, कब आए?

मैंने कहा, अभी-अभी। तुम क्या पढ़ रही थीं? चाची ने कहा, कुछ नहीं। बस यूँ ही। चाची उठकर बैठ गईं। मैं उनके पास चला आया। चाची ने अपने पाँव समेटकर मेरे लिए जगह बना दी। चाची के पैरों में चाँदी की पायल थी। चाची के पैर गोरे थे। टखनों के ऊपर मर्दों की तरह बड़े-बड़े रोएँ थे। रोएँ भूरे नहीं थे। मेरी साइकिल का रंग काला चमकदार था। चाची के पैरों के रोएँ काले चमकदार थे। मैं खाट पर बैठ गया। चाची ने अपने पाँव समेटकर मेरे लिए जगह बना दी। मैं खाट पर बैठ गया। मैंने कहा, चाची मुझे तुमसे कुछ कहना है। चाची ने कहा, कहो। मैंने कहा, अब से

तुम तालाब पर मत जाना। और यह मत पूछना कि क्यों। तालाब की रखवाली और मछलियों का चारा-पानी मैं देख लिया करूँगा। तुमसे पहले आख़िर मैं ही देखता था।

चाची चुप रहीं। मैं चुप रहा। चाची अपनी काली चमकदार आँखों से मुझे देखती रहीं। मैं चाची की काली चमकदार आँखों को देखता रहा। चाची ने पूछा, किसी ने तुम्हें कुछ कह दिया क्या सुन्दर? मैंने कहा, नहीं। बस यूँ ही। चाची ने कहा, किसी की बात पर कान मत रखना सुन्दर। लोग तो कहते रहते हैं सुन्दर। मेरी चिन्ता न करो सुन्दर। पहले भी मैंने क्या कम सुना है सुन्दर? तुम कहाँ तक मेरी रखवाली करते फिरोगे सुन्दर? अपनी पढ़ाई में मन लगाओ सुन्दर। मैंने पूछा, सिर्फ़-सिर्फ़ सुन्दर? चाची ने कहा, बहुत-बहुत सुन्दर। मैंने कहा, रीना। चाची ने कहा, रीना कहकर भागने की ज़रूरत नहीं। समझे?

मैं बाहर चला आया। मैंने कहा, रीना। चाची ने कहा, रीना कहकर भागने की ज़रूरत नहीं। समझे? मैंने कहा, लेकिन वह तालाब वाली बात याद रखना, समझीं? चाची ने कहा, अच्छा बाबा, समझी। मैंने कहा, अच्छा बाबा, समझा। मैं बाहर चला आया।

जैसे ही घर के बाहर आया, सामने बिलू को खड़ा देखा। मैंने कहा, यहाँ क्या कर रहा है? तुमने फिर ताक-झाँक की कोशिश की? मैंने कहा था न कि जिनके घर शीशे के होते हैं, वे दूसरों के घरों में ताक-झाँक करने की कोशिश नहीं करते। बिलू ने कहा, मैं तेरे बचपन का दोस्त हूँ। तूने मुझे धमकाया, ठीक नहीं किया। हम दोनों हसन मियाँ की रंगचटी टिपरिया चाय की दुकान की तरफ़ बढ़ने लगे। बिलू ने कहा, मैं तेरा लँगोटिया यार हूँ। याद कर मैंने तुझ पर कितने अहसान किये हैं। तुझे साइकिल चलाना किसने सिखाया? मैंने।

मैंने कहा, एक बार जब तेरे पिताजी ने तुझे घर से निकाल दिया था तो तीन दिनों तक तेरे खाने पीने रहने का बन्दोबस्त किसने किया था? मैंने। बिलू ने कहा, वही तो। हम दोनों बचपन के दोस्त हैं। मैंने कहा, एकदम लँगोटिया यार। बिलू ने कहा, हम दोनों भाई हैं, भाई। मैंने कहा, बिल्कुल-बिल्कुल। बिलू ने कहा, मेरी बहन तेरी बहन। तूने उसके बारे में ऐसी-वैसी बातें कीं तो देख लेना। मैंने कहा, मेरी चाची तेरी चाची। तूने भी चाची के बारे में ऐसी-वैसी बातें कीं तो देख लेना। बिलू रो पड़ा। बोला, तू मेरा बिछड़ा हुआ भाई है रे सुन्दर। वह मेरे गले लग गया। हम दोनों बचपन के दोस्त हैं। एकदम लँगोटिया यार। हम दोनों भाई हैं भाई।

एक दिन मैंने बिलू वाली बात चाची को बताई। उन दिनों मुझे बुखार था और मैंने कॉलेज से एक लम्बी छुट्टी ले रखी थी। दिन-भर पड़ा-पड़ा उकताता रहता। चाची कपड़े धोने तालाब पर जा रही थीं। माँ ने कहा, सुन्दर को भी लेती जाओ, दिन-भर पड़ा-पड़ा उकताता रहता है। मैंने बिलू वाली बात चाची को बताई। हम दोनों तालाब पर थे। वे कपड़े धो रही थीं। उनके चारों तरफ़ साबुन और फेन के छोटे-छोटे उड़ते

थक्के थे। सुनकर चाची हँसने लगीं। चाची ने कहा, तुम तो बड़े वाहियात लड़के हो जी। मैं चुप रहा। चाची ने हाथ चला-चलाकर मेरी नक़ल उतारी, जिनके घर शीशे के होते हैं...। कहाँ से मारा यह डायलॉग? मैंने शेखी बघारी, कहाँ से मारा का क्या मतलब? मेरा अपना है। चाची ने बच्चों की तरह ठुनकते हुए पूछा, बताओ न। किस फ़िल्म से उड़ाया है? मैं चिढ़ गया। मैंने कहा, चुप रहो। मैं फ़िल्म-विल्म नहीं देखता। चाची चुप होकर कपड़े रगड़ने लगीं। फिर कनखी से मेरी ओर देखते हुए छेड़ा, और जो तुम्हारी किताब में ऐश्वर्या राय की फोटू रखी है? मैं सीढ़ी से उतरकर नीचे उनके पास गया। पूछा, चाची तुम ऐश्वर्या राय को पहिचानती हो? चाची ने कहा, ज़रूर।

चाची ने बताया कि भागलपुर में उन्होंने कई फ़िल्में देखी हैं। वहाँ हिन्दी फ़िल्में ही चलती हैं। फिर चाची ने बताया वहाँ के अपने घर के बारे में। बड़ा-सा घर। चारों तरफ़ बाग़-बगीचे और एक तालाब। मैंने पूछा, क्या यहाँ जितना बड़ा तालाब? चाची ने कहा, इससे भी बड़ा। घर की सारी ज़िम्मेदारियाँ चाची के ऊपर थीं। मैंने पूछा, चाचा के बारे में बताओ। चाची चुप हो गईं। उनका चेहरा एकदम मेरे पास था। वे मेरी भागलपुर वाली चाची थीं। एक दिन अचानक पिताजी के साथ यहाँ चली आई थीं। अपना सबकुछ भागलपुर में छोड़कर। बड़ा-सा घर। 'बड़ा...' कहते हुए चाची की बड़ी-बड़ी काली चमकदार आँखें अपनी अन्तिम सीमा तक फैल गई थीं। चाची की आँखें पानी की तरह हल्की और साफ़ थीं। उन आँखों में बीत चुके की एक हल्की रोशनी तिर रही थी। अपने फैलेपन में उन आँखों में एक भ्रमपूर्ण संकेत था कि वे अपने पिछले सुख को फिर से जिला सकती हैं। चाची एक पल के लिए बहुत दूर चली गईं। वे भागलपुर में सबकुछ छोड़कर यहाँ चली आई थीं। यहाँ जहाँ तालाब था, साबुन और झाग में सने कपड़े थे, दोपहर की धूप थी, मैं था और उन्हें देर हो रही थी। और उन्हें सारे कपड़े धोकर जाना था। और वे व्यर्थ में पिछला सबकुछ सोच रही थीं। और इससे कुछ फ़ायदा नहीं था। और उन्हें अब वाक़ई देर हो रही थी। चाची के चेहरे की चिकनाई घुलने लगी। वे जल्दी-जल्दी बाक़ी के कपड़े धोने लगीं। और वे इसमें इतनी व्यस्त हो गईं कि मैंने उनसे चाचा के बारे में कुछ नहीं पूछा।

उस दिन से चाची मुझसे कटी-कटी-सी रहने लगीं। वे जान-बूझकर मेरे आगे पड़ने से बचने लगीं। कभी अचानक आमने-सामने हो जाते तो निगाहें नीची कर लेतीं। एक तरफ़ हो जातीं। उनकी काली चमकदार आँखों में हरदम एक परछाईं-सी डोलने लगी। ये वे दिन थे जब मैं ज़्यादातर घर से बाहर रहने लगा। साइकिल चलाते हुए मैं दूर-दूर तक चला जाता। गाँव के परिचित सीमाने से बहुत-बहुत आगे। चारों तरफ़ अपरिचय की गहरी धुन्ध छाने लगती। ऐसे में अपने भीतर के किसी एक बिन्दु पर ख़ुद को एकाग्र कर लेना मुश्किल नहीं होता। कितना कुछ है जो हमारी बदहवासी में अन्त तक अनसोचा रह जाता है। एक वक़्त हम बाक़ी तमाम चीज़ों को चकमा देकर किसी ख़ास चीज़ को अपने सोचने के लिए चुन लेते हैं। जिन चीज़ों के बारे

में हम कभी नहीं सोचेंगे, वे हमेशा हमारी सोच के दरवाज़े के बाहर खड़ी रहती हैं। रात में अक्सर अनसोची चीज़ें सोच के पिछले दरवाज़े से एक-एक कर घुसती चली आती हैं। हम उनसे घिरते चले जाते हैं। हम उन्हें सोचने लग जाते हैं। हम सोचते हैं कि यदि हम मर जाएँ तो?...वे मेरी भागलपुर वाली चाची थीं। चाची ने चाचा के बारे में कुछ नहीं बताया। कहाँ होंगे चाचा इस वक़्त? चाची के पीछे भागलपुर में? इसी दुनिया में? किन्हीं दूसरी दुनियाओं में? किन्हीं दूसरे सुखों और गुमानों में? किन्हीं दूसरी चूड़ियों और बिन्दियों में? किसी दूसरी देह की शिराओं में? चाचा होंगे भी कि नहीं? चाची की धमनियों में चाचा के बहुत पीछे छूट जाने का अवसाद था। एक दिन अपने पीछे सबकुछ छोड़कर वे यहाँ चली आईं। वे मतलब चाची। चाची मतलब रीना। रीना जब हँसती हैं तो उनकी देह थर-थर हिलती है। हँसी की एक दुबली ज़िद उनकी छाती से उतरकर फेफड़ों की जड़ों तक पहुँच जाती है। कितना कुछ है जो गाहे-माहे हँसी की रुआँसी शक़्ल में बाहर आ जाता है। कितनी अनसोची चीज़ें थीं। कितनी कहानियाँ थीं, ही-ही। कितने रोने थे जो कभी रोये नहीं गए, ही-ही। कितने दुख थे कितने हिचकोले कितने मरेपन। चाची जब हँसती हैं तो लगता है वे लड़ रही हैं हाथों में महज़ एक दिवालिया ज़िद लिए।

एक दिन मैंने चाची का हाथ पकड़ लिया। चाची ने कहा, बोलो। मैंने कहा, क्या? चाची ने हाथ छुड़ा लिया। मैंने चाची का हाथ छोड़ दिया। मैं वहीं रहा। मैंने कहा, रीना। चाची ने कहा, नाम लेकर नहीं पुकारते। नाम लेकर पुकारने से दुख बढ़ता है। मैंने कहा, रीना। चाची ने कहा, रीना कहकर भागने की ज़रूरत नहीं। मैं वहीं रहा। हरे पेड़ पौधों पर चाँदनी का रूपहला पर्दा था। झड़ती हुई पत्तियाँ चाँदनी के छिलके की तरह हवा में इधर-उधर उड़ती थीं। मैंने कहा, रीना। मेरे कहे हुए रीना पर चाँदनी की वरक़ लिपटी थी। चाची ने कहा, रीना कहकर भागने की ज़रूरत नहीं। चाची के कहे हुए में चाँदी की कई-कई मुड़ी-तुड़ी परतें थीं। मैं वहीं रहा। मेरा वहीं रहना चाँदनी में अच्छी तरह उजागर था। कमरे के बाहर चाँदनी का सफ़ेद सन्नाटा था। आँगन में खड़ी साइकिल का काला चमकदार रंग चाँदनी में और ज़्यादा चमकदार था। पूरा घर मारे चाँदनी के पृथ्वी में गले तक धँसा हुआ था।

मैंने कहा, रीना। चाची ने कहा, रीना कहकर भागने की ज़रूरत नहीं। मैं वहीं रहा। चाची फफक-फफककर रोने लगीं। रुलाई की बदहवासी में उन्होंने मेरा कॉलर पकड़ लिया। झिंझोरते हुए पूछा, क्यों क्यों क्यों? चाची फफक-फफककर रोने लगीं, एक ऐसी रुलाई जो अपने भीतर सबकुछ समेट लेती है। जिसके बाहर कुछ नहीं बचता। सारी यादें, सारी नेकियाँ, सारे गुनाह। कई बन्द दरवाज़े एकाएक भड़भड़ाकर खुल जाते हैं। सबकुछ को उनके घुन्ने क्रम के साथ नंगी रोशनी में देखना कितना ख़तरनाक होता है। हम सिटपिटाकर पूछते हैं, ऐसा क्यों हुआ? क्यों क्यों क्यों? चाची का चेहरा एकदम मेरे पास था। इतना कि मैं उनके चेहरे को छू सकता था। चाची

का चेहरा एकदम मेरे पास था। इतना कि उनके चेहरे की आँच मुझ तक आ रही थी। चाची का चेहरा एकदम मेरे पास था। इतना कि मैंने उन्हें चूमने की एक बेढंगी कोशिश की। मेरा चूमना चाची के चेहरे पर बमुश्किल नामालूम क़िस्म का एक चिह्न-भर छोड़ सका। वे पूर्ववत् रोती रहीं। मैं चुप रहा। दुबारा चूमने की मेरी हिम्मत नहीं हुई। चाची रोती रहीं। चाची का चेहरा एकदम मेरे पास था। चाची के चेहरे पर उनके बीत चुके के धागे उधड़ते थे। एक-एक फन्दे के पूरी तरह उधड़ जाने तक मैं कुछ नहीं कर सकता था। तब तक के लिए मेरा सही स्थान एक दर्शक का था। चाची रोती रहीं। उनके रोने में हिचकियों की कई मोड़ें और पेंचें थीं। एक हिचकी के आसरे चाची की रुलाई एक पलक-क्षण के लिए थमती, फिर आगे बढ़ जाती। ऐसी जटिल और लम्बी रुलाई मैंने नहीं देखी थी। ऐसा क्या-कुछ था जो उन्हें लगातार रुलाए जा रहा था। वहाँ तक मेरी पहुँच नहीं थी। वहाँ तक मैं पहुँचना भी नहीं चाहता था। मैं स्वार्थी हो गया था। मुझे जल्दी थी। सीधे-सीधे अपनी अधकचरी परिपक्वता के साथ मैं उनका इन्तज़ार कर रहा था। जब वे यहाँ लौट आएँगी। अपना सबकुछ पीछे छोड़कर। जैसे एक दिन वे आई थीं जब मैं अपनी साइकिल रगड़-रगड़कर चमका रहा था। लौट आएँगी यहाँ, जहाँ कमरा था, जहाँ रात थी, जहाँ मैं था और जहाँ अब देर हो रही थी। और वे व्यर्थ में पिछला सबकुछ सोचकर रोये जा रही थीं। और इससे कोई फ़ायदा नहीं।

और वे अन्ततः वे लौट आईं। वे मतलब चाची। चाची मतलब रीना। मुझे लगा, अब तक वे मेरे चूमने की बेढंगी हरकत को भूल गई होंगी। मुझे माफ़ कर दिया होगा। अपनी इस कोशिश की याद-भर से मेरा वहाँ रुकना मुश्किल होने लगा। लेकिन मैं बज़िद अड़ा रहा। वे भूली नहीं होंगी। कोई कैसे भूल सकता है? हाँ, उन्हें ज़रूर याद होगा कि उनकी बेतरतीबी का फ़ायदा उठाकर मैंने उन्हें चूम लिया था। मैंने एक बार शुरू से उस घटना के बारे में सोचा। मैंने उसे किसी दन्तकथा की तरह महिमामंडित कर ख़ुद की ग़लाज़त को भर-आँख देखा। शुरुआती कुछ हिचकिचाहटों के बाद मैंने दृढ़तापूर्वक यह स्वीकार किया कि यह मैं ही था जिसने यह किया था। वही मैं जो मैं हूँ। वह मेरा ही अंश था। चाची का रोना थम गया था। वे लौट आई थीं। मैंने आँख गड़ाकर उनकी काली चमकदार आँखें देखीं। वे रोने के धुलेपन में और ज़्यादा चमक रही थीं। मैं दुबारा उन्हें चूमने के लिए उठा। जान-बूझकर। उस पूरी अभिज्ञता के साथ जहाँ आश्चर्य और पछतावे के लिए कोई जगह नहीं। यह मैं हूँ। यह वे हैं। वे मतलब चाची। चाची मतलब रीना। मैं रीना को चूमने के लिए आगे बढ़ रहा हूँ। मैं आगे बढ़ चुका हूँ। यहाँ से अब कोई वापसी नहीं। मैंने अपने हाथों में चाची का चेहरा थाम लिया। मैंने चाची की काली चमकदार आँखें देखीं। मैंने चाची की आँखों को बन्द होते देखा। मैंने चाची की बन्द पलकों की दयालु झुर्रियों को देखा। मैंने चाची के होंठ देखे। पहली बार मैंने देखा कि आँखें और होंठ कितने

दूर-दूर होते हैं। इतने कि एक साथ दोनों को नहीं देखा जा सकता। मैंने चाची के नासापुटों से निकलती भाप और होंठों की फाँक से लपलपाती आग की लपटें देखीं। इसके बाद मैंने कुछ नहीं देखा। चाची का चेहरा एकदम मेरे पास था। चाची के चेहरे की आँच में मैं झुलस रहा था।

चाची का चेहरा एकदम मेरे पास था। मैं सतरह साल का एक जवान लड़का था। कुछ उन हमउम्र छोकरों की तरह जो ख़ुद को जवान कहते और मानते हैं, मैं हमेशा उन बातों के प्रति सचेत रहता था जो मेरे बाँकेपन में किसी भी तरह आड़े आ सकती थीं। इस क्रम में बड़े ही यत्नपूर्वक मैंने अपनी तमाम बचकानी आदतें छोड़ रखी थीं। अब मैं छँटी हुईं मूँछें और बड़े-बड़े बाल रखता था। मेरा शरीर भर रहा था और मैं रोज़ाना क्लब जाकर दूसरे लड़कों के साथ व्यायाम करता था। मेरी आवाज़ फट रही थी और मैं इसे लोहे की तरह दृढ़ और खनकदार बनाना चाहता था। ये वे दिन थे जब मेरे मन के एक कोने में हमेशा एक अनोखी सनातन तैयारी चलती रहती थी। चाची को दुबारा चूमने के बाद मैं एक गर्वीले पौरुष से उमग उठा। मैंने अनावश्यक रूप से उन्हें अपनी बाँहों में उठा लेने की चेष्टा की। ऐसा अक्सर फ़िल्मों में देखता था। लेकिन जल्दी ही मुझे लगा कि मैं अनायास ही किसी देखे या पढ़े की महज़ भोंडी नक़ल उतार रहा हूँ। चाची की देह भरी हुई और भारी थी। उन्हें ज़मीन पर उतारते ही वे किसी उद्दाम आवेग से भरकर मुझसे लिपट पड़ीं। मारे उत्तेजना के उनकी देह थरथरा रही थी। इसके बाद जो था मेरे लिए नया था, जिसके सामने अब तक की मेरी सारी अभिज्ञताएँ थोथी पड़ने लगीं। मैं किसी अदने बच्चे की तरह चाची के वैभव में गुम था।

घूमती हुई पृथ्वी पर पेड़ पौधे तालाब खेत घर आदि इतने धीमे चलते थे कि घूमती हुई पृथ्वी पर वे अपनी जगह पर ही रह जाते थे। चाची के खुले बाल उनकी खुली छाती में पसीने से चिपके पड़े थे। चाची की खुली छाती से साइकिल के स्पोक्स की 'किर-किर' ध्वनि आ रही थी। कमरे के बाहर चाँदनी का सफ़ेद सन्नाटा था। आँगन में खड़ी साइकिल का काला चमकदार रंग चाँदनी में और ज़्यादा चमकदार था। साइकिल का स्टैंड साइकिल के पिछले पहिये को ज़मीन की सतह से तीन-चार अंगुल ऊपर उठाए हुए था। साइकिल का पहिया हवा में गोल-गोल घूम रहा था। उसके स्पोक्स 'किर-किर' की आवाज़ कर रहे थे। साइकिल के पहिये के गोल-गोल घूमते हुए होने के बाद भी साइकिल पृथ्वी पर अपनी जगह पर ही रह जाती थी।

सारा दिन मैं बाहर-बाहर रहा। हसन मियाँ की रंगचटी टिपरिया चाय की दुकान के पास पिछले कुछ दिनों से हाई-वे बन रहा था। चारों तरफ़ डामर के बड़े-बड़े टिन रखे हुए थे। कोलतार को गरम किया जा रहा था। काले धुएँ से आसमान भर गया था। सारा दिन मैं बाहर-बाहर रहा। क्लब के छोकरों के साथ दुनिया-भर की बातें करता रहा। ख़ूब-ख़ूब हँसता रहा अपनी सबसे ऊँची आवाज़ में। ख़ूब-ख़ूब बाहर

रहा दुनिया में। ख़ूब-ख़ूब थकता रहा, हाँफता रहा। साइकिल तेज़-तेज़ चलाता रहा। हसन मियाँ की चाय दुकान के पास बन रहे हाई-वे पर मैं आगे और आगे भागता जाता था। मेरे पैर पैडिल्स को ज़ोर-ज़ोर से घुमाते जाते थे। मैंने एक बार साइकिल के हैंडिल-बार को सहलाया। मैंने एक बार साइकिल की घंटी बजाई। मैंने एक बार साइकिल से कहा, आह जानेमन!

['वागर्थ', 2005, सं. रवीन्द्र कालिया]

डूब

चाहे आपका जन्म ही क्यों न हुआ हो, बेशक़ आप यहाँ पले-बढ़े-जवान हुए हों, लेकिन पंजाब का कोई भी शहर या क़स्बा या गाँव ही, आप पर पूरी तरह ज़ाहिर नहीं होता—अन्त तक। और ज़रा-सी मोहलत पाते ही वह एक जुदा रंगत के साथ इस क़दर नमूदार होता है कि आपको बाजदफ़ा लगे, आप ग़लती से किसी और जगह तो नहीं आ गए!

मेरी पैदाइश पटियाले के पास एक गाँव 'करमाँवाला' की है, जो अब एक बड़े क़स्बे-सा है। दरअसल यह क़स्बा नाभा नामक ज़िले में पड़ता है, पटियाला इसलिए कहा कि आप आसानी से ट्रेस कर सकें। इसी क़स्बे में पला-बढ़ा और अब चंडीगढ़ में एक मिडिल स्कूल में काम करता हूँ। काम करता हूँ मतलब पढ़ाता नहीं हूँ—घंटियाँ बजाता हूँ, पढ़ने-पढ़ाने वालों को पानी पिलाता हूँ (इसे मुहावरा न समझें) और छुट्टी के बाद हेड सर के घर जाकर मेम साहब के छोटे-मोटे काम—दुकान-दौरी, सौदा-सुलुफ वग़ैरह कर दिया करता हूँ। मेरी बीवी और दो बेटियाँ—जिनमें बड़ी पन्द्रह और छोटी बारह साल की है—इसी क़स्बे में दार जी के साथ रहती हैं। हर बार छुट्टियों में मैं यहाँ आता हूँ और हर बार यह क़स्बा नया और अजनबी लगता है।

मसलन, किसी ढलती दुपहरी मुख्य सड़क पर चहलक़दमी करते हुए, किनारे-किनारे कुकुरछत्तों की तरह उग आईं चमचमाती दुकानों, पार्लरों, रेस्तराओं, क़स्बे की इठलाती मुटियारों और उनके पीछे मँडराते शोहदों-लंगाड़ों की टोलियों को देखकर लगता है—ये क्या जगै है दोस्तो! हर तीसरी-चौथी दुकान से तेज़ वॉल्यूम में दलेर मेंहदी का तुनुक-तुमुक धूम नुमा कोई गाना बजता सुन पड़ता है। कानफाड़ू इस तरह कि जी घबराने को हो। मैं अक्सर तेज़-तेज़ चलते हुए बाहरी सीमाने पर आ जाता हूँ, क़स्बे के कोलाहल और भिनभिनाते बाज़ार से दूर, जहाँ एक तरफ़ सर्वेंट्स क्वार्टर्स और बाँज पड़े मैदान और दूसरी तरफ़ खेत-डहर फैले होते। नरकट की झुरमुटें, कीच-दलदल। बगुलों की क्रॉक-क्रॉक, छोटी-बड़ी गड़हियों में टर्राते मेंढक। क़स्बे का कूड़ा-कबाड़। हर दरज़े-अँतरों में टिमकते जुगनू। बीचोंबीच सड़क सुनसान पड़ी होती—इक्के-दुक्के छोले-कुलचे वाली रेहड़ियों को छोड़कर, जो अब पूरी तरह

सर्वेंट्स क्वार्टर्स में रहने वाली बिहारी मजदूरनियों और थिराई अधेड़ सरदारनियों पर ही आश्रित हैं। क़स्बे के इस ओर चारों तरफ़ परम्परागत अँधेरों के कोने-तिकोने बिखरे होते और मुझे बारहाँ लगता कि इन अँधेरे कोनों से लगाकर मुख्य सड़क की उन चमचमाती सतहों के बीच फैले करमाँवाला के पास छिपाने के लिए बहुत कुछ है।

बल्ली की ही लीजिए। आज बीस-बाइस साल से ऊपर हो गए. पता नहीं वह कहाँ छिप गया!

लेकिन आज भी जब कभी सड़कों के या रेल की पटरियों के किनारे पड़े किसी लावारिस कपड़े के जूते पर मेरी निगाह जाती है, बेसाख्ता उसकी याद आ जाती है। एक मद्धम अवसाद से भरी हुई टीस की तरह, जो इन बीस-बाइस सालों में कभी पुरानी नहीं पड़ी और जिससे मैं कभी सुर्खरू नहीं हो सका। बल्ली उर्फ़ बलकार सिंह वल्द सन्ता सिंह। बल्ली मेरा यार था, जब हमारे बीच था। वह आज भी किन्हीं औरों के बीच होगा, कहीं होगा। हम धीरे-धीरे पहचान की अपनी पुरानी केंचुल को उतारते चलते हैं। उसने भी उतार दिया होगा, जहाँ होगा। आज वह मिले, मसलन इन सड़कों पर चलते-चलते कहीं, तो मुमकिन है हम एक-दूसरे को पहचाने बिना ख़िलाफ़ दिशाओं में बढ़ चलें, बग़ैर एक पल ठिठके। बचपन से हम साथ-साथ रहे। उन्नीस साल। सन्ता सिंह ने जो इश्तेहार दिया था, उसकी हरफ़ें आज भी याद हैं—'उम्र उन्नीस साल, छरहरा बदन, रंग गेहुँआ, क़द पाँच फुट सात इंच। भौंहों के बीच कटे का तिरछा निशान। थोड़ा-थोड़ा हकलाकर बोलता है। घी रंग की चौखानों वाली कमीज़, भूरी पैंट और नये पीटी शू पहने हुए है।'

गुलाबी रंग के चौकोर थिन पेपर पर काले पसरते-से अक्षरों वाले उस इश्तेहार में उसका पासपोर्ट साइज़ फोटो भी छपा था। फोटो थोड़ा पुराना था—ठीक से छपाई न हो पाने के कारण थोड़ा धुँधलाया-सा भी। जानकारी देने वालों को 'इनाम-इकराम' स्वरूप एक सम्मानित रकम बख़्शने का आश्वासन दिया गया था। पड़ोस के बेदी साहब का टेलीफ़ोन नम्बर भी—एसटीडी कोड सहित। और सबसे नीचे गुरुमुखी में छपा था—*'जहाँ भी हो लौट आ पुत्तराँ। तुझे कोई कुछ भी नहीं कहेगा। तेरे जाने के बाद तेरी बेबे दी तबीयत चंगी नहीं रहती। मनजोश भी तुझे याद कर हमेशा रोत्ती रहन्दी है। लौट आ काके।'*

यह उसके दार जी यानी सन्ता सिंह की तरफ़ से था। जब से उसने होश सँभाला, सन्ता सिंह पहली दफ़े उससे सीधे-सीधे, बग़ैर बेबे की मध्यस्थता के, मुख़ातिब थे। इश्तेहार का मज़मून तैयार करते उनकी आँखें भर आई थीं। नाभा के एक लेटर प्रेस से छपे हुए इश्तेहार का बंडल लेकर जब मैं और गुरनाम करमाँवाला उतरे, साँझ घिर रही थी। रात-भर जागकर हम दोनों ने उसे क़स्बे के गोशे-गोशे में चस्पाँ कर दिया था। हर नुक्कड़, हर गली में। जहाँ-जहाँ बल्ली हमारे साथ जाया करता था—सर्वेंट्स क्वार्टर्स की चाहारदीवारियों, फ़ौजी ट्रकों के पीछे, गुरुद्वारे और

डाकघर की पुरानी दीवारों पर। बस अड्डे की दुकानों पर, आती-जाती बसों के भीतर-बाहर—हर जगह।

यह झूठ नहीं था कि उसकी बेबे की हालत ठीक नहीं थी। जब से बल्ली बिना कुछ बताए, एक दिन जो घर से बाहर निकला तो लौटा ही नहीं—तभी से उनने बिस्तर पकड़ लिया। छोटी बहन मनजोश घर के काम-काज निबटाती, सबसे छुप-छुपकर रोती रहती। सन्ता सिंह अपनी दुकान बन्द कर करमाँवाला से नाभा और नाभा से पटियाला किये रहते। पुलिस स्टेशन, मुर्दाघर, अख़बार के दफ़्तर और फिर एक बार पुलिस स्टेशन।

वे शुरू से ही बहुत कम बोलने वाले जीव थे। बल्ली के बाद उनकी चुप्पी और-से-और बढ़ती गई थी। वे दरम्याने क़द के भरे शरीर वाले बन्दे थे। पूरा शरीर बालों से भरा। खुली लम्बी दाढ़ी पूरमपूर सफ़ेद। ज्ञानियों-जैसे बुत वाले। जवानी के दिनों में पंच खालसा दीवान के मेम्बर थे। सिगरेट-शराब के परहेज़गार और नानक साहिब के सिक्खी को पाबन्दी से मानने वाले।

बल्ली अपने माँ-बाप की चौथी सन्तान था। पहले की तीन औलादें पैदा होते ही मर गई थीं। जब बल्ली पैदा हुआ, बेबे ने जैसे ठान ही लिया कि उसे मरने नहीं देंगी। सारे गुरुओं को दुहाई दे दी, बड़े-बड़े दरबारों में मत्थे टेक आईं, खानकाहों की खाक बटोर लाईं। रब्ब राखे के गले में ताबीज़, बाँहों व कलाइयों पर धागे-कंडे बाँध दिये। कहा जाता है कि जब उसने साल पूरे किये तो सन्ता सिंह और बेबे ने मोहल्ले के प्रत्येक प्राणी को ग्यारह-ग्यारह पराँठे और आध सेर हलवा बाँटा था। बेबे, मुझे और गुरनाम को जब-तब पकड़कर रोने लगतीं—मोया सारा-सारा दिन तुम लोगों के साथ डोलता रहन्दा था। क्या तुम लोगों को भी कुछ नहीं बताया कि कहाँ जा रहा है?

हमें सचमुच कुछ नहीं पता था। हम तीनों जमाती (सहपाठी) थे। एक ही ज़ौक़-शौक़ के तीन यार। हर शाम साथ-साथ गुज़ारते। बाँज पड़े मैदानों में हॉकी खेलते हुए। अपनी-अपनी साइकिलों से क़स्बे की सड़कों को नापते हुए। सिनेमा हॉल की अँधियारी बेंचों पर ऊँघते हुए। नूराँ की दुकान के पीछे छिपकर सिगरेटें पीते हुए।... फिर एक दिन अचानक घी रंग की चौखानों वाली बुश्शर्ट, भूरी पैंट और सप्ताह-भर पहले लाडो वाली रोड पर लगने वाली हफ़्तावारी पैठ से ख़रीदे कपड़े के सफ़ेद जूते पहनकर बल्ली ग़ायब हो गया। वह कहाँ गया, क्यों गया—हमें कुछ नहीं मालूम। हम जो एक-दूसरे से कुछ भी न छुपाते, एक-दूसरे को जानने का दम्भ भरते—उसकी इस गुमशुदगी से हतप्रभ थे। जब बेबे हमसे हमारी 'जिगरी दोस्ती' का हवाला देकर उसके बारे में पूछतीं तो हम और-से-और शर्मसार होते जाते। लगता, यह हमारी कमी है जो हम नहीं जानते। अपनी इस शर्म को बहलाने की गरज से हम उसकी तलाश में और-से-और शिद्दत के साथ जुट जाते।

लेकिन धीरे-धीरे हमने अहसास हो चलना था कि हमारी कोशिशें बेकार हैं। इसका कोई नतीज़ा जो निकलना होता तो अब तक निकल चुका होता। लौटना ख़ुद बल्ली के हाथ में था। वह जब तक न चाहे, उसे कोई नहीं लौटाल सकता था। कहीं न कहीं यह हम सब जानते थे। मैं और गुरनाम ही नहीं—बल्ली के घरवाले भी।

समय के बीतने के साथ-साथ ज़िन्दगी—हम सबकी ज़िन्दगी अपने पुराने ढर्रे पर लौटने लगी। सन्ता सिंह फिर से दुकान पर बैठने लगे। मनजोश स्कूल जाने लगी। बेबे घर के काम निबटाने लगीं। मैं और गुरनाम हॉकी खेलने जाने लगे। सब पहले-जैसा था, बस बल्ली कहीं न था।

पर यह सच नहीं है। बल्ली अब पहले से ज़्यादा हर कहीं था। सन्ता सिंह दुकान पर बैठे सामान तौलते-तौलते यकायक ठिठक जाते। दोपहर में घर के कामकाज सुलटाकर बेबे चुन्नी से सिर ढाँपकर सो जातीं और नींद की गहरी गर्त में डूब लगाते-लगाते अचानक उठ बैठतीं। मनजोश घंटों किताब के एक ही पन्ने को ताकती रह जाती। मैं और गुरनाम नूराँ की दुकान के पीछे छिपकर सिगरेट पीते होते और जाने कैसी बेख़्याली से हमारी उँगलियों में फँसी सिगरेट की पाइंट नीचे गिर जाती।

पता नहीं दूसरी जगहों पर ऐसा होता था या नहीं, लेकिन पंजाब में तब ऐसा ख़ूब हुआ कि जवान-जहान लड़के या तो बिना कुछ बताए घर से ग़ायब हो जाते या बताकर और ज़मीनें-गहने बेंचकर कनेडा चले जाते। कभी-कभी अचानक पुलिस की जीप रुकती और अपने खेतों पर काम करनेवाले किसी बन्दे को ज़बरिया ट्रैक्टर से उतारकर साथ लिए जाती। और जनाब, घंटे-दो घंटे के लिए किसी पूछताछ के सिलसिले में लिए जाए गए उस बन्दे का फिर कुछ पता नहीं चलता। उमस-भरी किसी अँधेरी रात मुँह पर कपड़ा बाँधे कुछ हथियारयाफ़्ता लोग अचानक गाँव में घुस पड़ते। दुआर पर कीकर के पेड़ के नीचे खटिया डालकर सोए आदमियों के मुँह पर टॉर्च की रोशनी फेंककर शिनाख़्त करते। अचानक दो-चार फायरिंग होती और वे बुलेट स्टार्ट कर रात के निस्तब्ध अँधेरे में गुम हो जाते। पीछे गाँव में सियापा मच जाता। पंजाब में यह गाँव कहीं पर भी हो सकता था—माझा, मालवा या पवाध में कहीं भी। पंजाब में तब ऐसा ख़ूब हुआ।

दसवीं में फेल होने के बाद मैं संगरूर के एक कारख़ाने में दिहाड़ी पर लग गया। कई बार काम मिलता, कई बार नहीं। सुबह-सकारे चार बासी रोटी चाय में डुबोकर खाने के बाद मैं पहली बस से संगरूर को निकल पड़ता। आसपास के इलाक़ों से मुझ-जैसे कई नये-पुराने मज़दूर आ जुटते। मुंशी गुरदित सिंह हममें से ज़रूरत-भर के लोगों को काम पर लगा देता, बाक़ी लौट जाते। जिस दिन काम मिल जाता, लौटने में देर रात हो जाती। घर लौटकर खाना खा झटपट जो सो पड़ता तो सुबह ही बीजी

की जपुजी सुनकर आँख खुलती। फिर वही गर्म चाय में डुबोकर रोटी खाना और संगरूर की पहली बस के लिए भागना।

मज़दूरी शुरू करने से पेश्तर भी बल्ली के जाने के बाद मेरा और गुरनाम का उसके घर आना-जाना कम-से-कमतर होता गया था। गुरनाम तो ख़ैर दूर था, मैं तो ख़ास उसी मोहल्ले में रहता था जहाँ बल्ली का घर था। मोहल्ले की मुहानी पर ही सन्ता सिंह की दुकान थी। आते-जाते मैं भरपूर कोशिश करता कि उनसे सीधे-सीधे टक्कर न होने पाए। ज़्यादातर तो वे सौदेबाज़ी में मशगूल रहते थे, लेकिन देर रात जब वे दुकान बन्द कर रहे होते और मैं कारख़ाने से लौटता मिल जाता तो सलाम-बन्दगी के बाद वे ज़रूर कहते कि घर आया करो। उनके लहज़े में तक़ल्लुफ़ की बजाय खुलूस की गर्मी होती—हमेशा। किसी-किसी रात वे बज़िद मुझे साथ ही लिए चले आते। रास्ते में घर के सामने वे ज़रा ज़ोर से कहते, "ओए जग्या, इन्दर को मैं अपने साथ लिवाए जा रहा हूँ। वहीं रोट्टी खाएगा। परजाई से कै देणा।"

फिर बेबे ने मुझे बिना खिलाए लौटने न देना था। मनजोश आकर थाल लगा जाती और बेबे मेरे पास तब तक बैठी रहतीं जब तक खाना न ख़त्म हो जाए। बेबे का ज़ोर मुझे और-से-और खिलाने का होता और मेरा जैसे-तैसे निबटाकर निकल भागने का। मैं बड़ी मुश्किल से आगे की चपाती ख़त्म कर चुकने वाला होता कि बेबे मनजोश को पुकार उठतीं। मैं 'ना-ना' करता रहता और मनजोश मेरी दशा पर होंठों ही होंठों में मुस्कराती हुई और चपातियाँ डाल जाती।

बेबे वहाँ बैठी कुछ न कुछ कहती जातीं और पंखा झलती रहतीं। पंखे में काले कपड़े का गोट लगा होता। हम दोनों की ही कोशिश रहती कि बात की सुई ग़लती से भी बल्ली की तरफ़ न घूम जाए। और विडम्बना यह थी कि मुझे उन लोगों से जोड़ने की सबसे मज़बूत कड़ी बल्ली ही था। बेबे मुझसे नौकरी की बाबत बातें करतीं। मैं ज़्यादातर सिर गड़ाए खाता रहता। हूँ-हाँ से काम चलाता। दरअसल बेबे की आँखों से बरसती रीझ को देखकर हमेशा ही लगा आया कि मैं किसी और की जगह पर ज़बरिया बिठा दिया गया हूँ।

कभी-कभी हमारे बीच हताश चुप्पियाँ पसर जातीं। बेबे की आँखें रात के अँधेरे में कहीं दूर जा उलझतीं। वे धीरे-धीरे गुनगुनाने लगतीं—'सजण बिन राताँ होइयाँ वड्डियाँ, माँस झड़े झड़ पिंजर होया, खड़कन लगियाँ हड्डियाँ'। बुल्लेशाह को गाती हुई बेबे की आँखें झर-झर बहने लगतीं। 'अश्क छपायाँ छपदा नाहीं, बिरहों तणावाँ गड्डियाँ, कहै फकीर हुसैन साईं दा, कमली कर-कर छड्डियाँ'। महीन लयदार आवाज़ अन्त तक आते-आते विलाप में बदल जाती—चाँदनी रात कोई औरत अकेले में बैठी बिलख रही हो जैसे। धीमा होते-होते पता नहीं चल पाता कि गाने का कौन-सा आख़िरी शब्द रुदन में हिचकोले खाने लगा।

ऐसी ही जाड़े की कोई रात थी। पूनम की रात। तब बल्ली को गए तीन-साढ़े तीन साल हो रहे थे। मैंने पग्गे का पिछला सिरा खोलकर नाक-मुँह ढँक लिया था और दोनों हाथ पतलून की जेबों में डाले लौट रहा था। सब ओर सन्नाटा था। चरिन्द-परिन्द का नामोनिशान नहीं। सन्ता सिंह दुकान बन्द कर जा चुके थे। बाहर की कोठरी में लेटे दार जी खाँस रहे थे। जाड़ों में वे सारी-सारी रात खाँसते और कीर्तन सोहिला का पाठ करते रहते हैं। मेरी आहट पहचानकर भी आदतन पूछा, "कौन?...इन्दर?" मैंने कहा, "हाँजी!" और भीतर चला आया। बरामदे में लालटेन टँगी हुई थी। बीजी ने आँच नवा दी थी।

"आ गया काके?" दार जी के पूछने की तरह बीजी का पूछना भी रोज़ का होता था।

मैंने देखा, बरामदे में बीजी की चारपाई पर एक और आकृति मेरी तरफ़ पीठ किये बैठी थी—उजली सलवार-कमीज़ में, बीजी के पाँयते रज़ाई में अपने पैर डाले। मुझे आज भी बख़ूबी याद है कि आँगन की खुली छत से होकर आती दूधिया चाँदनी में उस आकृति के नीचे फ़र्श पर सफ़ेद नीली हवाई चप्पल बड़ी ख़ूबसूरत दिख रही थी। मैं बीजी की चारपाई की तरफ़ बढ़ चला। आकृति थोड़ी हिल-डुलकर तरतीब से बैठ गई।

"अरे मनजोश तू? इतनी रात गए?...सब ख़ैरियत तो है?" पास जाकर मैंने मनजोश को पहचान लिया। सिर झुकाए दोनों हाथों से उसने अपने सिर के दुपट्टे को ठीक किया।

"शाम से दो बार आ गई तेरी खोज में। पूछ देख तू ही, मुझे तो नहीं बताती।" बीजी आहिस्तगी से लगभग कराहती हुई उठीं और लालटेन उतारकर उसकी आँच तेज़ करती हुई बोलीं, "कल लौटती में ज़रा मुंशा सिंह के पास से मेरी दवाइयाँ लेते आना। पुरवई बहती है तो घुटने का दर्द मार ही डालता है! मैं तेरी रोटी निकालती हूँ।...मनजोश पुत्तर, तू भी खा ले दो निवाले!"

"नहीं बीजी, आप सिरिफ इनका निकालो। मैं खा के ही चली हूँ।"

बीजी के जाने के बाद भी वह थोड़ी देर चुप बनी रही। मैं चारपाई पर बीजी की जगह बैठ गया। उसने मेरे बैठने के साथ ही रज़ाई से अपने पैर निकालकर नीचे गिरा लिए और थोड़ी फ़र्क़ कर बैठ गई। बैठी-बैठी पैरों में चप्पल डालते हुए उसने रज़ाई पूरी तरह मुझे दे दी। मैंने रज़ाई को अपने गिर्द अच्छी तरह लपेट लिया।

"कैथल यहाँ से कितनी दूर है?" मनजोश ने चुप का टोना तोड़ा। वह सीधे मुझे देख रही थी—जमे लहज़े में उजली-उजली आँखें कंचों-सी चमक रही थीं। उसने लट्ठे की सफ़ेद सलवार-कमीज़ डाला हुआ था और सिर पर स्कार्फ़ की मानिन्द लिपटी चुन्नी भी सफ़ेद ही थी। वही सफ़ेदी चाँदनी में उसके गन्दुमी चेहरे पर मोतिए की कली-सा उजाला किये थी।

"हरयाणे में पड़ता है। क्यों?" मैंने प्रतिप्रश्न किया।

"ज़्यादा दूर है क्या?" उसने तपाक से यह दूसरा प्रश्न फेंक दिया, जो वस्तुत: उसके पहले प्रश्न का ही कटा-पिटा दोहराव था। इस दोहराव में एक ख़ास क़िस्म का अड़ियलपन भी था, जो मनजोश के मिठबोले स्वभाव से मेल नहीं खाता था। शायद इसलिए मैं फिर से 'क्यों?' नहीं पूछ सका।

"कोई ख़ास दूर नहीं।"

"मेरी क्लास में एक लड़की पढ़ती थी—प्रभजोत। याद है?"

एक तो मनजोश से ही मेरी बातचीत कुछ ख़ास नहीं थी, अपनी क्लास में पढ़ने वाली किसी लड़की को याद रखने की बात उसने भली कही! शायद बातचीत की कड़ी को जोड़ने के लिए उसने 'याद है?' को अनायास रख दिया था, जिसकी जवाबदारी मैंने ज़रूरी नहीं समझी।

"प्रभजोत का रिश्ता हुआ कैथल में..."

मैंने ग़ौर किया कि धीरे-धीरे उसके स्वर की आँच मद्धम पड़ने लगी थी। बातचीत के शुरू में बहाल आवाज़ के नुकीले कोने मिटकर जैसे गोलाइयों में घुलने लगे हों।

"...आज वह पीहर आई थी तो मुझसे मिलने चली आई।"

मैं चुप रहा। उसके कहने के आरोह से लग रहा था कि वह अभी असली मुद्दे पर नहीं आई है। मैं इन्तज़ार कर रहा था।

"...उसने बताया कि दो-चार दिन पहले वीर जी दिखे थे कैथल में।"

एकाएक जैसे मुझ पर हथौड़ा पड़ा हो। मैं चौंक गया। "क्या?...कौन दिखा था? बल्ली?" मेरी आवाज़ उत्तरोत्तर तेज़ होती गई।

"श्शी...!" उसने झटपट अपने होंठों पर तर्जनी रखकर मुझे बरजा, "आहिस्ता बोलिए।" उसने साँसों ही साँसों में कहकर रसोई की तरफ़ देखा।

"बल्ली की बात कर रही हो?" मैंने उत्साह के अतिरेक में किसी मूढ़ की तरह फ़ौरन उसकी बात मान भी ली और लगभग फुसफुसाते हुए पूछा।

"हाँ!...और कौन?" उसने ठंडे से कहा।

उसकी निरुद्विग्नता से मैं हतप्रभ रह गया। रीढ़ पर से ठंडी कँपकँपी गुज़र गई।

"मैंने ये बात सिरिफ आपको बताई है अब तक। बापू जी, बेबे या किसी को नहीं।"

"लेकिन क्यों? मतलब, आख़िर तुम..."

"गुरु दा वास्ता, आप धीमे क्यों नहीं बोलते!" वह जैसे मिन्नतदारी पर उतर आई, "प्रभजोत ने सिरिफ एक ही बार देखा था वीर जी को। वो भी कोई चार-साढ़े चार साल पहले। वो ग़लत भी तो हो सकती है!" उसकी आवाज़ टूटने लगी। मुझे लगा, वह प्रभजोत के ग़लत होने की बात कह तो रही थी लेकिन जैसे उसकी यही कामना हो कि प्रभजोत ग़लत न हो। कहने और चाहने की इस रस्साकशी में उसकी आवाज़ का परदा घिसकर कहीं-कहीं से फट रहा था।

"फिर भी, यह छिपाकर रखने की बात है भला! क्या पता प्रभजोत सही ही कह रही हो और बल्ली ही दिखा हो उसे कैथल में!...मैं कल स्वेरे-स्वेरे ही निकल पड़ता हूँ देखने। तू पता बता मुझे।" मैंने फ़ैसलाकुन अन्दाज़ में कहा।

मनजोश चुप रही। अचानक रसोई में किसी छोटे बरतन के गिरने की आवाज़ हुई। हम दोनों ने चौंककर रसोई की तरफ़ देखा। रसोई की खिड़की से लालटेन की मसनूई रोशनी में बीजी की बेडौल परछाईं दिख रही थी। परछाईं उकड़ू बैठी अपने में व्यस्त थी। मैं अभी उधर ही देखता बीजी की थाह ले रहा था कि मनजोश की धीमी आवाज़ आई, "प्रभजोत बता रही थी कि...वीर जी के साथ कुछ और लोग भी थे।"

उसकी आवाज़ बीजी की परछाईं की तरह ही हल्के थरथरा रही थी। मैंने उसे देखा, चारपाई की दावन पर अपनी छरहरी उँगलियाँ फिराती वह नीचे को देख रही थी। उसका लमछर पशेमान चेहरा जितना बाहर को खुलता था, उससे कहीं ज़्यादा भीतर की तरफ़। मैंने सोचा, आगे वह कुछ और बोलेगी। लेकिन जब देर होने लगी, मैंने टोका, "हाँ फिर?"

बीच की चुप्पी की भरपाई करता-सा मैं ज़रा तेज़ आवाज़ में बोल गया था। वह एक पल को चौंकी। उसकी पलकें उठीं और ज़रा देर में फिर झुक गईं। उसकी पुतलियों में आँगन के खुलेपन से गिरती चाँदनी दो चमकीले बिन्दुओं-सी टिमकी और ज़रा देर में फिर बुझ गई।

"आज अख़बार में जो ख़बर छपी है...कैथल में धमाके की...बस में बम!"

मैं सन्न रह गया। उसके इस कहे से नहीं, उसके कहे को पहले की रोशनी में सुनते हुए। वह अब भी नीचे देख रही थी।

"क्या मतलब?"

"प्रभजोत ने चार साल पहले देखा था वीर जी को। वो ग़लत भी हो सकती है न!" मनजोश अचानक रुआँसी हो चली। उसके नथुने का एक बार हौले से फड़कना उस झिरी अँधेरे में भी साफ़-साफ़ दिख गया।

"क्या मतलब?" मैं अभी वहीं टिका था।

"प्रभजोत अपने साथ अख़बार लाई थी। मुझे दिखाने। दो लोगों की फोटो छपी है जो पकड़े गए हैं। उनमें से एक वह भी है जो वीर जी के साथ उस दिन उसे दिखा था।"

"क्या मतलब?" मैंने जैसे एक क्रूर उन्माद में तिहराया। तिहराने की बनी-सधी लीक पर शब्दों के अनायास फिसल पड़ने के बावजूद मेरी आवाज़ नींव से उखड़ रही थी।

"वीर जी के साथ जो कुछ और लोग थे न! उनमें से ही एक...।" चाँदनी के मद्धम उजाले में मनजोश की आकृति एक बार हल्के मरोड़ खाकर फिर शान्त पड़ गई।

मैंने अब भी सदमे में रहना था, हवा में टँगा हुआ, जबकि मनजोश ज़मीन पर उतर आई थी। आज सोचता हूँ तो बड़ी हैरत होती है कि चौदह-पन्द्रह साल की उस

लड़की ने तब कितनी संक्षिप्तता से अपने अवसाद को आँखों के रास्ते दो गीली लकीरों में बहा दिया था। सारे सन्त्रास और विक्षेप को फ़ौरन निबटाकर वह जैसे किसी अगले मोर्चे के लिए तैनात थी, जबकि मैं अभी वहीं लिथड़ रहा था।

रसोई से फिर आवाज़ आई। मुझे शक़ हुआ, अब तक बीजी शायद जान-बूझकर देर कर रही थीं। यह आवाज़ उनके आने की सूचना की तरह थी। लालटेन की रोशनी धीरे-धीरे वरांडे की तरफ़ बढ़ रही थी। मनजोश ने तुरन्त चुन्नी से अपनी आँखें पोंछ लीं।

"कहाँ दिखा था बल्ली?" मैंने दबी आवाज़ में जल्दी से पूछा।

"कैथल में।"

बीजी आ गईं। पास की तिपाई खींचकर थाली रख दी। मनजोश चारपाई से उठ गई।

"कैथल में कहाँ?" मैंने यों पूछा जैसे अब तक कोई मामूली बात हो रही थी और वह अब भी जारी है।

"कैथल मेन मार्किट में। वो जो शाह ब्रदर्स वाली दुकान है न कपड़ों की, उसी के पास।" उसने बीजी के हाथ से लालटेन लेकर खूँटी से टाँगते हुए कहा।

"तू भी खा ले पुत्तर।" बीजी वहीं फ़र्श पर उकड़ू बैठ गईं—दीवार से टिककर।

"नहीं बीजी, गले तक पेट भर गया है।" मनजोश भी बीजी के पास बैठ गई, उनसे लाड़ लगाती हुई। थाली में शक्करपारे को देखकर मैं चौंका। शक्करपारे का छन्ना भी जाना-पहचाना नहीं था। बीजी ने कहा कि मनजोश लाई है तेरे वास्ते। शक्करपारे मुझे बहुत पसन्द थे। मैंने उसे देखा। वह जान-बूझकर मेरी तरफ़ देखने से बच रही थी। बीजी ने उसे कोसा कि मरजाणी तूने कोई गर्म कपड़ा क्यों नहीं पहन रक्खा! ऐसा लगा, वह पहले भी एक-दो बार इस बाबत डाँट खा चुकी थी। वह परवा किये बग़ैर बीजी से चिपटी पड़ रही थी। हारकर बीजी ने उसे अपने दुशाले में ले लेना था।

"प्रभजोत ने टोका क्यों नहीं?" मैंने रोटी तोड़ते हुए पूछा। लालटेन की काँच से एक भमक्कड़ उड़-उड़कर बार-बार टकरा रहा था, जिससे पट-पट की चिरचिराती आवाज़ आती थी।

"मुझे क्या मालूम!" वह बीजी से सट गई थी। उनके कन्धे पर अपनी ठोढ़ी रख बड़ी गहरी नीझ से मुझे तकती हुई बोली।

बाहर से मनजोश के लिए सन्ता सिंह की आवाज़ आई। वे जाने कब आ चुके थे और कोठरी में बोरसी तापते हुए दार जी से बतिया रहे थे। मनजोश उठ ही गई थी कि बीजी ने उसकी कलाई पकड़ वापस बिठाल लेना था।

"प्राजी, तुसी जाओ। आज मनजोश पुत्तर मेरे साथ सोवेगी।" बीजी ने ऊँची आवाज़ में कहा। मेरे गले में कौर अटक गया। मनजोश फिर उठ रही थी कि बीजी ने उसे दुबारे से रोक लिया, "ओए मत्त जा...कहना माना करते हैं!"

"जा कहाँ रही हूँ! पानी दे दूँ।" उसने मेरी जानिब इशारा किया और रसोई की तरफ़ बढ़ चली।

सन्ता सिंह थोड़ी देर में चले गए। मनजोश वरांडे में बीजी के साथ सो गई। मैं अपने कमरे में आ गया। नींद कहाँ आती! करवटें बदलता रहा।

पंजाब में कुछ रातें यों ही करवट-करवट बीतती हैं। भरे बाज़ार में किसी दुकान पर कोई हँसता-बतियाता, दूध-जलेबियाँ खाता दिख जाता है और दूसरे दिन अख़बार में उसकी तस्वीर छपी दिखती, किसी हादसे के मुख्य अभियुक्त के रूप में। किसी को गोलियों से छलनी कर दिया जाता है, किसी बस या जीप के परखच्चे बम के धमाके में उड़ जाते हैं। कोई पकड़ा जाता है, कोई मारा जाता है। किसी का बेटा, किसी का भाई, किसी का बाप। किसी की गोद सूनी होती है, किसी की माँग। कोई बेवा होती है, कोई यतीम। फिर आँगन सूना-सूना, गलियाँ ख़ाली-ख़ाली, रातें करवट-करवट।

जिस दिन बल्ली गया था, उस दिन की सुबह और दिनों की सुबहों-जैसी होगी। पंजाब की ख़ास तरह की भोरहरी—जब पूरब का अकास नसवारी रंग में रँग जाता है। ग्रन्थ साहिब में प्रात:काल की जो छब प्रस्तुत की गई है—अमृत वेले बोलिआ बबीहा तैं दर सुनी पुकार—ऐन वैसी ही सुबह। अस्नान के बाद सन्ता सिंह का पाठ ख़त्म हो गया होगा। ख़ाली बदन सिर्फ़ कछहरे पर ही मत्था टेकते वह अरदास करते होंगे। बालों से भरे शरीर पर काले फीते में बँधी किरपानी झूल रही होगी। बेबे आँगन में पीहड़ी पर बैठी लस्सी बिलो रही होंगी। मनजोश पौंठों वाला चूल्हा बालकर कड़ाही चढ़ाए नाश्ता तल रही होगी।

पंजाब में आँगन (जिन्हें बेड़ा कहा जाता है) घरों के केन्द्र हुआ करते हैं। पौ फटने से लगाकर किरन डूबने तक घर के सारे क्रियाकलाप मुख्यत: आँगनों में ही हुआ करते हैं। ज़्यादातर घरों के आँगन ईंटों से चुने हुए पक्के फ़र्श वाले हुआ करते हैं, जिनमें एक तरफ़ हैंडपम्प गड़ा होता है। नहाना-धोना वहीं। बरसात को छोड़कर रसोई भी वर्ष-भर आँगन में ही। खुले में हवा आदि से बचाने के लिए चूल्हे के गिर्द ओटिया बना दिया जाता है। रात में आँगन में ही अगल-बगल डली चारपाइयों पर खेस और दुतहिया बिछाकर घर की औरतें सोती हैं।

उस दिन बल्ली सोकर उठा होगा और आँखें मींचते हैंडपम्प के पास आया होगा। उसने रेब पाज़ामे पर खद्दर की डोरियों वाली बनियान पहन रखी होगी। पैरों में सन्ता सिंह की पुरानी फ्लीट, जिसे उन दिनों वह घर में इस्तेमाल करता था। हैंडपम्प के पास ईंट के कुछ टुकड़े-अधेले पड़े होते। पानी की जगह पर होने से उनके कोनों-तिकोनों में काई की लकीरें लग गई होतीं। नहाते वक़्त औरतें उन टुकड़ों से एड़ियाँ घिसतीं। साबुन की बट्टी, ब्रुश, दन्तमंजन की डिबिया आदि वहीं रहतीं। बल्ली ने मंजन करने के बाद वरांडे में खूँटी पर टँगे अँगोछे से मुँह पोंछते-न पोंछते

चाय की फ़रमाइश की होगी। उसी खूँटी पर नुक्कर में खीरे, लौकी, कोंहड़े आदि के बीज टँगे होंगे। अँगोछे को वापस टाँगते हुए ग़लती से बीज से भरा हुआ नुक्कर गिर गया होगा और बीज वरांडे में फैल गए होंगे। बेबे 'वाहिगुरु-वाहिगुरु' करती हुई उठी होंगी और बल्ली के जल्दबाज़ स्वभाव पर झिड़कियाँ देने लगी होंगी। बल्ली ने मुस्कराकर कहा होगा, "तसल्ली रख बेबे, जो मैं न होऊँगा तो किसे डाँटा करेगी रोज़-ब-रोज़!"

उसकी इस साधारण-सी लगने वाली बात के मर्म को वे कहाँ समझ सकी होंगी तब!

तब सुबह के सात बजे होंगे और सन्ता सिंह कलियों वाले सफ़ेद कुर्ते पर झोलेदार लुंगी पहन वरांडे में आईने के सामने खड़े पगड़ी गाँठ रहे होंगे। गीली दाढ़ी पर उनने ठाठी बाँध रखी होगी। कई बारी उलट-पुलटकर बाँधी जा चुकने के बाद उनकी वह दाखी पगड़ी निहायत ही खस्ता हो चुकी होगी। उसमें मावा देना ख़ासा मुश्किल का काम होता होगा। पल्ले इतने कमज़ोर हो गए होंगे कि जूड़ी को ठीक से ढँक नहीं पा रहे होंगे। सन्ता सिंह एकाग्र होकर बड़ी सावधानीपूर्वक अपने सधे हाथों से पूणी खींच रहे होंगे। उनने सुना ही न होगा कि बल्ली ने अभी कौन-सी गूढ़ बात कही!

जिस दिन बल्ली आख़िरी बार करमाँवाला में दिखा था, दोपहर में मुझसे मिलने घर आया था, ऐसा बीजी ने बताया। अब मुझे भूल पड़ रहा है कि उस दिन मैं घर पर न होकर किस काम से बाहर था। उसने वही घी रंग की बुश्शर्ट और भूरी पतलून पहन रखी होगी। पैरों में सफ़ेद पीटी शू। बीजी आँगन में पानी छिड़ककर बुहार लगा रही थीं जब उसने दोनों हाथ जोड़कर स-सिरी-अकाल बुलाई और बरामदे की मंजी पर आरामफ़र्मा हो गया। नये जूते उसके पैरों में अभी घर नहीं किये होंगे तो चलते हुए अँगूठे के पास चीस उठती होगी। उसने जूते के तस्मे ढीले कर दिये होंगे और कोई आध-पौन घंटा मेरा इन्तज़ार किया होगा और अन्त में गुरनाम की तरफ़ निकल पड़ा होगा। जाते-जाते उसने बीजी को कोई सन्देसा दिया होगा जो अब बीजी को याद नहीं।

दरअसल सिवाय बल्ली के, तब हममें से कोई नहीं जानता था कि यह सब अन्तिम बार का होना है। बल्ली का मेरे घर आना, मेरा इन्तज़ार करना और अख़ीर में बीजी को कोई सन्देसा देकर निकल पड़ना। हम तब रोज़मर्रा की छिटपुट व्यस्तताओं में उलझे पड़े थे। हममें से कोई नहीं जानता था कि अब दुबारे से बल्ली ने इस घर में पाँव नहीं रखना, मेरा इन्तज़ार नहीं करना।

गुरनाम उसे बस अड्डे के पास नूराँ की दुकान पर मिल गया था। नूराँ की दुकान पर चाय पीते-न पीते उनने नाभा जानेवाली बस की तरफ़ देखा होगा, जो खुलने ही वाली थी। ड्राइवर इंजन स्टार्ट कर अपनी सीट पर बैठा जल्दी-जल्दी चाय सुड़क रहा होगा। सवारियाँ अपनी जगह बैठ चुकी होंगी और खरदिमाग़ कंडक्टर और-से-और सवारियाँ बुलाने के लिए ऊँची आवाज़ में हेक लगा रहा होगा। एकाएक बल्ली को

सूझा होगा कि फ़िल्म देख लेनी चाहिए। वह और गुरनाम दौड़ पड़े होंगे जब बस चल चुकी थी। दोनों दौड़कर बस के पीछे लगी लोहे की सीढ़ी या स्टेपनी के टायर पर फाँद गए होंगे।

जब वे वापस करमाँवाला पहुँचे होंगे, शाम में हल्की-हल्की स्याही घुल रही होगी। उनने नूराँ की दुकान पर एक-एक चाय पी होगी और काग़ज़ के दोनों में नमकीन बूँदियाँ फाँकते एक-दूसरे के गले में बाँहें डाले घर को चल पड़े होंगे। जहाँ दोनों के घरों के रास्ते अलग होते हैं, उस दोराहे पर तब अमलतास का एक सायेदार पेड़ हुआ करता था। पेड़ों के नीचे बड़ा-सा आबनूसी चबूतरा और वहीं पर थोड़ा दाएँ हटकर गुरुद्वारा था। बाद में गुरनाम ने मुझे बताया कि उस रात जब वह अपने घर के रास्ते पर कुछेक क़दम बढ़ चला तो पीछे से बल्ली ने उसे पुकारा। बल्ली अभी चबूतरे के पास ही खड़ा था। उसकी बूँदी ख़त्म हो चुकी थी और वह खड़ा-खड़ा दोने के काग़ज़ को पताके की तरह फहरा रहा था।

गुरनाम उसके पास पहुँचा तो उसने इच्छा जताई, "चल यार, ज़रा गुरद्वारे को चलते हैं!"

गुरनाम को देर हो रही थी। दोपहर को वह किसी काम से बस अड्डे पर आया था जब नूराँ की दुकान पर बल्ली मिल गया था और फिर औचक ही फ़िल्म देखने का प्लान बन गया था। वह अपने भाई हरनाम के लौटने से पहले घर पहुँच जाना चाहता था, नहीं तो जो हरनाम को पता चल गया तो मार ही सुट्टेगा।

"यार मुझे देर हो रही है...और तू कब से मत्था टेकने वाला हो गया!"

"अरे वो बात नहीं याराँ, बस भाई ध्यान सिंह से मिल लेंगे। पाँच मिन्ट भी नहीं लगेगा।"

गुरनाम ने चुप ही उसे देखा किया तो उसने बोल पड़ना था, "चल यार, पाँच मिन्ट बस्सअ!...ओए रब्ब दी सौं!"

ध्यान सिंह गुरुद्वारे में ग्रन्थी भाई था। उम्रदराज़ होकर भी यारबाश किसिम का। उन दिनों करमाँवाला के लगभग सारे लड़कों से उसका मेलजोल बढ़िया था। वह मेरा भी अच्छा वाक़िफ़ था। गुरुमुखी में कवित्त लिखता और थम-थमकर बोलता। उसकी आवाज़ थोड़ी-थोड़ी बलगमी थी। तीखी या पूनी वाली पगड़ी बाँधने की बजाय वह सीधी पगड़ी बाँधता, सिर पर औंधी कड़ाही की नाईं। दाढ़ी को हर समय डोरी से बाँधे हुए और पैरों में गुर्गाबी पहनता था।

जब दोनों गुरुद्वारे के भीतर गए थे, शाम के साढ़े सात बज रहे थे। रहिरास की तैयारियों में जुटा ध्यान सिंह बाहरी हॉल में ही मिल गया, जहाँ पालकी में रेशमी कपड़ों में लिपटा गुरुग्रन्थ साहिब रखा था। शनील के चन्दोबे के पास गैस का एक बड़ा हंडा लटक रहा था, जिससे हॉल में भरपूर रोशनी थी। बाद के दिनों में गुरनाम ने मुझे बताया कि भाई ध्यान सिंह से चन्द रस्मी बातें करने के बाद बल्ली ने ग्रन्थ

साहिब के आगे मत्था टेका और फिर दोनों बाहर आ गए। और हाँ, अपने-अपने घर के रास्ते बढ़ चलने से पेश्तर बल्ली उससे एक बार बग़लगीर भी हुआ था।

मोहल्ले की मुहानी पर आकर बल्ली एक पल को ठिठका होगा। सन्ता सिंह अपनी दुकान पर बैठे थे। ग्राहक कोई नहीं था। बाहर एक पत्थर की बेंच थी जिस पर मेरे दार जगजीत सिंह, चौधरी अतर सिंह सरना और करमाँवाला प्राइमरी स्कूल के मास्टर ज्ञानी पवित्र सिंह बैठे अम्बरसर में हुए किसी विस्फोट की बाबत गुफ़्तगू कर रहे थे। बल्ली अँधेरे में सरपट घर की तरफ़ चल पड़ा होगा। किसी का ध्यान उस ओर नहीं गया होगा।

मनजोश तब तक आँगन में पीहड़ी लगाकर चूल्हे के आगे बैठ चुकी होगी। चूल्हे से आग की बड़ी-बड़ी लाटें लपक रही होंगी और उसके चेहरे पर कच्चे पसीने चुहचुहा आए होंगे। बीच-बीच में वह हथेलियों में अपनी तरबूजी रंग की चुन्नी लपेटकर पसीना पोंछ लेती होगी। आँगन में ही परली तरफ़ चारपाई पर बैठी बेबे रहिरास का पाठ कर रही होंगी। पास ही लोहे के मूढ़े पर लालटेन रखा होगा, जिसे जगाने से पेश्तर काँच को कपड़े से अच्छी तरह चमकाया गया था। चारपाई के नीचे जस्ते का एक गिलास रखा होगा, जिसमें अभी उनने चाय पी थी और बल्ली को पता है कि उस गिलास पर उसका नाम ख़ुदा है।

दूर से, मसलन सदर दरवाज़े के पास की छोटी खिड़की से झाँककर देखा जाए तो अँधेरे आँगन में पीली रोशनी के ये दो द्वीप-से दिखते हैं। एक तरफ़ चूल्हे की दहक में तपती मनजोश पीहड़ी से टिककर उकड़ू बैठी झरनी पर बेसन मलती होगी और दूसरी तरफ़ अपेक्षाकृत कम बड़े रोशनी के घेरे में चारपाई पर घुटनों पर से हाथ की कंघी डाले बैठीं बेबे। अनायास ही ज़रा-ज़रा हिलती रहिरास का पाठ करतीं।

अचानक बेबे को लगा, सदर दरवाज़े पर कोई चुप-सा खड़ा है। अँधेरे में उन्हें साफ़ सुझाई नहीं पड़ रहा था। उनने मनजोश से कहा, वह देखे। मनजोश ने बैठी-बैठी उड़ती नज़रों से मुआइना करते हुए कहा, "कोई नहीं बेबे जी।" फिर वह चूल्हे में कपास की डंडियाँ और बुरादे झोंकने लगी। बेबे ने भी थोड़ी देर बाद अन्तिम पद्यों का पाठ शुरू कर दिया।

अभी कुछ ही देर हुई थी कि दोनों चौंक पड़ीं, जब वाक़ई सदर दरवाज़े की तरफ़ से किसी बरतन के गिरने की-सी टुनटुनाहट हुई। बेबे ने सहमी आँखों से मनजोश की तरफ़ देखा। मनजोश ने उन्हें ढाँढ़स बँधाया, "आप बैठो, मैं देखती हूँ।"

उन दिनों पंजाब में जो एक अजीब-सी हवा चलनी शुरू ही हुई थी, बेबे न जाने क्या सोच यकायक काँप उठीं। "अकेली न जा पुत्तर, मैं भी आती हूँ तेरे साथ।" वह हड़बड़ाकर उठने लगीं।

"बैठी रहो।" मनजोश ने ख़म भरकर कहा और सहूलियत के लिए मूढ़े पर

से लालटेन उठा लिया। वह मज़बूत क़दमों से आँगन पार कर सदर दरवाज़े तक आई। पीछे-पीछे बेबे भी।

सदर दरवाज़े के पास फ़र्श पर वह लुटिया लुढ़कती हुई धीरे-धीरे डगर रही थी, जिसे सुबह चाय पीते-पीते बल्ली लेता आया था और छोटी खिड़की के चौखटे पर रख दिया था। इससे पहले कि लुटिया लुढ़कते-लुढ़कते नीचे की बूदार नाली में जा गिरती, पल की पल में मनजोश ने धाकर उसे बोच लिया। लुटिया को देखकर ही बेबे को सहसा बल्ली की याद आ गई थी, जो सुबह का ही निकला हुआ था। लुटिया लिए मनजोश पलटी कि बेबे ने चिन्तित स्वर में कहा, "बल्ली नहीं आया अब तक..."

"आ जाएँगे। आप चलो भीतर। मेरे पीछे क्यों चली आईं...!" मनजोश उनका हाथ पकड़कर उन्हें भीतर लिवा लाई।

उस दिन उन पर क़यामत बरपी थी जब कैथल बम विस्फोट में पकड़े गए लड़के की मदद से पुलिस करमाँवाला पहुँची और सन्ता सिंह को उठा ले गई। वह उनसे बल्ली का पता पूछ रही थी।

सन्ता सिंह को जब ले जाया जाने लगा तो बेबे और मनजोश का हौसला टूट गया। वे रोने लगीं। उनके दुआर पर लगभग समूचा करमाँवाला इकट्ठा हो गया था, लेकिन किसी गहरे भय के प्रभाव तले सब चुप थे। बीजी ने मुझे सख़्ती से ताक़ीद की थी कि मैं कुछ न बोलूँ। "जो उन्हें पता चल गया कि तेरा उस आतंकी से याराना था तो तुझे भी उठा के ले जावेंगे।"

बल्ली अब न सिर्फ़ बीजी के लिए, समूचे करमाँवाला के लिए आतंकी था। पंजाब में उन दिनों यह शब्द ख़ूब चला था। ऑपरेशन ब्लू स्टार और हरिमन्दिर साहिब की तबाही के बाद पंजाब के जवान लड़कों के लिए दिल्ली से उछाला गया शब्द—आतंकी, आतंकवादी, उग्रवादी।

आपने देखी होगी जिसे दिल्ली कहते हैं। दिल्ली में तो सुना है, बसों-ट्रेनों को रोककर कुछ लोग भीतर घुस पड़ते और दफ़्तर से आते थके-हारे 'आतंकियों' को खींचकर बाहर निकाल गोलियों से भून देते। और तब मुल्क के होनहार सरपरस्त कहते कि जब एक बरगद जड़ से उखड़कर गिरता है तो आसपास के खर-पतवार कुचलते ही हैं (इसे मुहावरा न समझें)। आपने देखा होगा उन लोगों को, जिनने आतंकवादी न कहलाए जाने और ख़ुद को मार दिये जाने के डर से रातोंरात अपने बाल उतरवा लिए थे। दाढ़ी-मूँछ कतरवा ली थी। हाथ के कड़े जमुनाजी में फेंक दिये थे।

तब पंजाब में जहाँ-तहाँ से शहरबदर किये गए लोगों का एक सैलाब-सा उमड़ा पड़ा था। करमाँवाला का वह बाँज पड़ा मैदान परिशान और ख़्वार लोगों का पनाहगाह बना। तिरपालें छाकर, बक्स व सन्दूकची से घेर-घारकर देखते-न-देखते वहाँ कई लुटे-पिटे शरणार्थी परिवार मकीन हो गए थे। यह सब तब की बात है, जब हिन्दोस्तान

में एक ख़ास मज़हब के लोगों की आँखों में दहशत की अनगिन सलाइयाँ खुब गई थीं। वह क़ौम अपने होने को गुनाह की तरह छिपाए फिर रही थी।

सन्ता सिंह दो दिन बाद लौटे तो कहा जाता है, उन्हें पहचानना मुश्किल था। पुलिस उन्हें करमाँवाला के सीमाने पर लाकर फेंक गई थी। वे किसी तरह घिसटते हुए दुआर तक आकर ढह गए थे। उस दिन भी करमाँवाले उनके दुआर के गिर्द बरों की मानिन्द भिनभिना रहे थे। सब पर एक सहम और ख़ौफ़ तारी थी। सन्ता सिंह की हालत बड़ी ख़राब थी। एक पैर बुरी तरह कुचला हुआ। दाईं गाल पर चीरा पड़ा हुआ। चेहरे पर ज़र्दई छा गई थी और होंठों पर के गहरे ज़ख़्म पर ख़ून के खुरंट लग गए थे। पगड़ी की अन्तिम लड़ से आधी ढँकी आँखें चौपट खुलीं-खुलीं। यों लगता था, सन्ता सिंह बस अब घड़ी हैं कि पल हैं। उनकी हर साँस आख़िरी मालूम पड़ती थी। बेबे धाड़े मारकर रो रही थीं। मनजोश ने सख़्ती से काम लिया। दुआर पर खड़े लोगों के बीच से सन्ता सिंह को मज़बूती से थामकर भीतर टाँग ले गई थी और दरवाज़ा सबके मुँह पर भड़ाम-से बन्द कर लिया था। दो दिनों में उनकी पूरी दुनिया ही बदल गई थी। इन दो दिनों में बेबे और मनजोश पर क्या बीती होगी, जब बीजी ही नहीं, करमाँवाला की कोई भी औरत उन्हें ढाँढ़स बँधाने नहीं गई। बीजी की तरह सभी को उस आतंकी परिवार से कोई रब्तो-जब्त न रखना था।

चंडीगढ़ में मेरे एक फुफ्फड़ रहते थे। सन्ता सिंह के लौटने से पेश्तर ही बीजी ने 'रख्या गुरु बाबे दियाँ' कहकर मुझे उनके पास भेज दिया। कुछ महीनों में उनने मेरी नौकरी एक मिडिल स्कूल में लगवा दी। धीरे-धीरे मैं घंटियाँ बजाने, पढ़ने-पढ़ाने वालों को पानी पिलाने में महदूद हो गया। आज की तारीख़ में मुझे अपनी ज़िन्दगी से कोई शिक़वा-शिक़ायत नहीं। मेरी बीवी अजीत और दो बेटियाँ—हीर और सोहणी, करमाँवाला में ही दार जी के साथ रहती हैं। बीजी को गुज़रे आज दो साल हो रहे हैं। हर बार छुट्टियों में मैं करमाँवाला आता हूँ और हर बार मुझे यह क़स्बा नया और अज़नबी लगता है।

मसलन एक बार जो आया, पाँच-सात साल पहले, तो पता चला सन्ता सिंह नहीं रहे। अन्तिम दिनों में वे लगभग अपाहिज हो चले थे। बीजी ने बताया कि अपने आख़िरी दिनों में उन्हें सुख निधान (भाँग) की देग छकने की खोटी लत लग चुकी थी। पैरों से लाचार सन्ता सिंह को सुख निधान कहाँ से मिलता होगा, यह रहस्य है, क्योंकि पंजाब में तब तक वह निषिद्ध हो चला था। बीजी से पूछो तो, "आतंकियों का क्या! इनके कनक्शन पाकस्तान तक हैं, हाँ!"

"दुकान का क्या किया उनने?"

"बैठती थी पाशो (बेबे) कुछ दिनों। नहीं चलनी थी दुकान। भला अब वहाँ से कौन ख़रीदेगा गेहूँ-चीनी?"

"कैसी हैं बेबे और...मनजोश?"

"ज़्यादा बक-बक णा कर काके!" दार जी टोक देते। "दो-चार दिनों के लिए औंदा है तो पैरों में सनीचर लगाक्के। दिन-दिन-भर कहाँ घूमता-फिरता रहता है! घर में रहा कर पुत्तर, ज़माना पहले-सा नहीं रहा।"

ज़माना वाक़ई पहले-सा नहीं रहा। करमाँवाला भी। जब-जब मैं यहाँ आता, कुछ-न-कुछ नया देखने को मिल जाता। वैसे तो मैं ज़्यादातर वक़्त घर में ही बिताता, शाम को चहलक़दमी करते हुए निकलता तो ख़रामा-ख़रामा सर्वेंट्स क्वार्टर्स की तरफ़ चला जाता। कभी-कभी गुरुद्वारे से शॉर्टकट लेकर डहर-डहर बस अड्डे तक। करमाँवाला से बस अड्डे को जोड़ती मुख्य सड़क की अपेक्षा यह पगडंडी चूँकि खेत-बेहारों से होकर जाती थी, इसलिए अँधेरी और सूनी रहती थी। यह सीधे जाकर नूराँ की दुकान के पिछवाड़े निकलती। इस तरफ़ से अमूमन कोई आता-जाता न था। नूराँ की दुकान (दुकान क्या, वह लकड़ी का खोखा था जिसका फ़र्श सीमेंट का था) थोड़ी ऊँचाई पर थी और पीछे जहाँ पगडंडी ख़त्म होती थी, सरकंडों के सूखे झाड़ थे और वहाँ अक्सर पानी के ड्रम रखे रहते। इन्हीं ड्रमों के पास कभी मैं, बल्ली और गुरनाम छिपकर सिगरेट पिया करते थे।

गुरनाम की भी ख़ूब याद आई। वह इन दिनों कनेडा में है। सुना है, ख़ूब कमाता है। उन्हीं पैसों से उसके भाई हरनाम ने नाभा में हीरो-होंडा का शो-रूम खोल लिया है। नूराँ बता रहा था कि गुरनाम ने कनेडा में ही किसी मेम से रिश्ता कर लिया है। गुरनाम की तरह करमाँवाला के कई लड़के कनेडा-टोरंटो में हैं। चिरौंजीलाल, जो दंगों के बाद फिर से आ बसा था, का लड़का महिपाल पोलैंड में है। खेती-बाड़ी के लिए बिहार के सस्ते मज़दूर मिल जाते हैं। बस और क्या रह जाता है—पैसा कमाओ, दारू पियो और भाँगड़ा डालो!

ज़माने के साथ नूराँ भी पहले-सा नहीं रहा। इस बीच वह बहुत बूढ़ा हो चला है, गो दिखता पहले-सा ही है—मैली खेस का बुक्कल मारे, खसखसी दाढ़ी खुजाता। हाँ, चेहरे पर उम्रदराज़ी की सलवटें पड़ गई हैं। थोड़ा कमज़ोर हो चला है और चिड़चिड़ा भी। उसने दो लड़के रख लिए हैं दुकान पर। ख़ुद बैठा बीड़ी पीता रहता है या उन बिहारी लड़कों की माँ-भैण करता है—"ओय हराम दे बीज, उदर कब से चाय माँग रहे हैं, सुणदा है कि नईं!" दोनों लड़कों पर उसके गरियाने का असर बमुश्किल ही होता है। वे हँसते रहते हैं। नूराँ भी हँसता रहता है।

पिछली बार जब आया था तो एक शाम नूराँ की दुकान पर बैठा चाय पी रहा था। सूरज गुरुब हो चुका था। ग़ालिबन आठ-साढ़े आठ का समय रहा होगा। कि तभी नाभा से आने वाली बस से एक औरत उतरी और ऊँची हील की सैंडिल पर सरपट चलती हुई दुकान के पीछे से ढुलने वाली पगडंडी पर उतर गई। बीच में चलते-चलते में ही नूराँ को देखकर उसने हौले से सिर झुकाया था, ऐसा मुझे लगा।

नूराँ में भी एक ज़रा-सी हरकत हुई थी, इस चाक-चौबस्ती से कि दुकान पर मौजूद किसी और का ध्यान न जाए।

मुझे आश्चर्य हुआ जो उसने करमाँवाला जाने के लिए भीड़भाड़ वाली, रोशन और इसलिए औरतजात के लिए सुरक्षित मुख्य सड़क न चुनकर वह अँधेरी पगडंडी चुनी थी। उसकी वेशभूषा चौंकाने वाली थी। टसर की चुस्त कमीज़ से उसका बदन उभरा पड़ रहा था। कमीज़ पीछे से इस तरह गोल कटी हुई थी कि लगभग आधी पीठ नुमायाँ हो रही थी। खुली पीठ पर कमीज़ की तनियाँ कसी हुईं और कमर तक गिरती चोटी में छोटे-छोटे घुँघरू बँधे थे। चुन्नी पर टँके सलमे-सितारे लिश्कारे मार रहे थे। मैंने दबी आवाज़ में नूराँ को छेड़ा, "ऐ वई, क्या चक्कर है? कौन थी वो मुटियारन?"

नूराँ ने मुझे बीड़ी पकड़ाते हुए कहा, "उसे नहीं पहचानते म्याँ? अल्ला उसकी उम्र दराज़ (लम्बी) करे।...अपने बलकारे की भैण थी बिचारी!"

"कौन?...मनजोश?" मैं सकते में आ गया। वह अपनी बीड़ी सुलगाकर चुपचाप पीता रहा। इस बीच एक आदमी ने अपनी चाय के पैसे दिये और दुकान के पीछे जाकर पेशाब करने लगा। इस वजह से नूराँ ने दबी आवाज़ में उसे एक भद्‌दी गाली दी। मैंने भी आनन-फानन में उसे पाँच का सिक्का पकड़ाया और खिसियाया-सा मुख्य सड़क की तरफ़ चल पड़ा।

जब तक सन्ता सिंह थे, दुकान पर बैठते थे, हालाँकि तब तक करमाँवाला में और भी दुकानें खुल गई थीं। पुलिस की मार ने उनका अक्स बिगाड़ दिया था। एक पैर नाकाम हो गया था। निचला होंठ भी कट गया था और बाछों से रालें बहती रहती थीं। बेबे उनके गरेबान से दोला (मोटा कपड़ा) बाँध दिया करती थीं। एक तो आतंकी परिवार होने का कलंक, दूसरे सन्ता सिंह की यह गत। धीरे-धीरे दुकान बैठती चली गई। बेबे और मनजोश बहुत कम दिखतीं। मनजोश के बारे में बहुत पहले पता चला था कि उसने ज्ञानी की पढ़ाई बीच में ही छोड़ दी थी। सुना, उसने नाभा में किसी ब्यूटीपार्लर में काम करना शुरू कर दिया था।

जब काफ़ी देर हुई तो एक पल को मेरे मन में आया, लौट जाऊँ। उन्हें पता भी न चलेगा कि मैं मिलने आया था। चारों तरफ़ अँधेरा था। निस्तब्धता व्याप्त थी, गो अभी सवा नौ ही हो रहे थे। कुछ देर शशोपंज में यों ही खड़ा भीतर की आहट लेता रहा। लौटने, न लौटने के बीच की किसी डावाँडोल जगह पर यकायक जैसे एक महत्त्वपूर्ण क्षण कौंधा और मैंने दुबारे से कुंडी खड़का दी—इस बार तनिक ज़ोर से। लोहे और लकड़ी की आवाज़ें मिलकर एकजान हुईं और पूरे सेहन में गूँज गईं, जैसे किसी ने परिन्दे उड़ा दिये हों। घर के भीतर से एक अबूझ सरगोशी के बाद लालटेन की रोशनी दरवाज़ों की सन्ध से होती और-से-और पास आती गई। थोड़ी देर में दरवाज़े की जंग खाई चूलें चीखीं और लालटेन के प्रकाश में मनजोश का चेहरा

दरपेश हुआ। पहचान की एक हल्की फड़फड़ाहट-सी उसके चेहरे पर दौड़ी और जाकर आँखों में बस गई। फिर भी मैंने हल्के से कहा, "मैं...रविन्दर!"

बहुत दिनों के बाद उसे यों देखा। बीस साल कम नहीं होते। उसकी क़द-काठ तो लगभग वैसी ही थी, हाँ चेहरे पर, ख़ासकर आँखों के नीचे बीते हुए बरसों के गर्द और हरास आ जमे थे। उसने कहा कुछ नहीं, सिर्फ़ एक तरफ़ हो गई। मैं भीतर आ गया। पूरे घर में अँधेरा था। पीछे उसने दरवाज़े उढ़का दिये।

वह लालटेन लिए आगे-आगे बढ़ती गई और मैं उसके पीछे-पीछे। उसने खुले मोहरों वाली झोलेदार काली सलवार पर सफ़ेद लम्बी कमीज़ डाल रखी थी। मलमल की मोटी काली चुन्नी कन्धों की एक तरफ़ कुछ ऊँची, दूसरी तरफ़ ज़मीन को छूती-सी ढुलकी पड़ रही थी। शायद उसने मेरे दस्तक को सुनकर आनन-फानन में अपने ऊपर चुन्नी ले ली हो। घर में पूरमपूर शान्ति थी। चलते हुए उसके स्लिपर की हल्की चाप-भर ही आवाज़ें थीं।

आँगन लाँघकर वह एक पल को रुकी। मैंने भी रुकना था। वरांडे में लगी चारपाई पर बेबे सोई थीं। मनजोश ने वहीं घड़ौंची पर लालटेन को रख दिया। मैंने बेबे के बेहरकत अक्स को देखते हुए धीमी आवाज़ में उससे कहा, "ऐसे ही मिलने चला आया! मुझे नहीं पता था कि वे सो गई होंगी।"

"अच्छा किया।...आइए!" वह पहली बार बोली। आवाज़ में एक अज़ील छुअन थी। आज के उसके पूरे होने में कल नूराँ की दुकान पर दिखी झलक का कोई मेल न था। वह एकदम साद-मुरादी दिख रही थी। तराशी हुईं भौंहों के अलावा कहीं कोई बनाव-सिंगार नहीं। मैं वरांडे में आ गया। मुझे बैठने के लिए मूढ़ा देकर वह बेबे की तरफ़ बढ़ती, इससे पेश्तर मैंने उसे बरजा, "सो गई हों तो रहने दो। मैं फिर कभी आ जाऊँगा।"

लेकिन वह नहीं रुकी। बेबे के सिरहाने घुटनों के बल बैठती हुई उनके सिर पर हौले से हाथ फिराया। "बेबे...देखो आपसे मिलने इन्दर आए हैं!"

मैंने साफ़ महसूस किया, मेरा नाम लेते हुए उसकी आवाज़ ज़रा-सी मद्धिम हो गई थी, मानो हवा के खुले में दीये की लौ एक पल को दबकर, फिर खिल गई हो। शायद आज पहली बार उसने मेरे सामने मेरा नाम लिया था। इससे पहले मेरी उपस्थिति में वह सायास ऐसे वाक्य-विन्यासों से हमेशा बचती थी, जहाँ मेरा नाम लेना ज़रूरी होता था।

बेबे उसी तरह ग़ाफ़िल सोती रहीं। मुझे एक हल्का अपराधबोध-सा हो रहा था। मनजोश ने उनके माथे को सहलाते हुए बिना मेरी तरफ़ देखे मुझसे कहा, "आजकल बीमार रहती हैं...आप बैठ जाइए न! कितने दिनों के बाद तो आपकी आमद हुई है!"

मैं बैठ गया। उसकी आवाज़ में कोई तंज न था, जबकि होता भी तो ग़लत न होता। वाक़ई आज कई सालों के बाद इस घर में मेरा आना हुआ था। पूरा घर

लुटा-पिटा दिख रहा था। वीरानगी की सफें बिछी हुईं। दीवारों पर मन्दहाली और तंगदस्तियों की परतें चढ़ी थीं। बेबे की चारपाई के ऊपर अपने हाथ पर बाज को बिठाए गुरु गोविन्द सिंह की एक मढ़ी हुई तस्वीर थी, जिसका शीशा चिनक गया था और लालटेन की आड़ी रोशनी में चमक रहा था।

बेबे ने आँखें खोलीं। कुछ पल ग़ौर से मुझे देखती रहीं। फिर सहसा थूहर के फूलों-जैसे पीले पड़े उनके चेहरे पर एक रौनक-सी बिखर गई। उनके पपड़ाए होंठ काँपने-से लगे। मैं उठकर उनके पैर छूने को हुआ कि यकायक उनका खिला चेहरा मुरझा गया, "ओ, इन्दर बेटा तू है!"

यह सब होने में महज़ कुछ सेकेंड-भर लगे। उनके इस कहे ने मुझे थोड़ी देर के लिए अटपटेपन में डाल दिया। मनजोश अब तक दीवार से पीठ टिकाकर खड़ी हो गई थी—चेहरे पर ऐसा भाव लिए मानो कुछ हुआ ही न हो! अचानक मेरे मस्तिष्क में कुछ कौंधा और मैं जैसे सनाका खा गया। बेबे ने रात की इस घड़ी, लालटेन की मद्धिम रोशनी में अचानक देखकर क्या सोचा कि मैं कौन हूँ!...वह कौन था जिसे मेरी जगह होना था?...आज बीस-बाइस साल हो रहे हैं उसे!

"कैसा है इन्दर?" उधर बेबे की थकी हुई आवाज़ थी। मेरे मुँह से बोल नहीं फूट रहे थे। मैं एकटक उन्हें देखे जा रहा था। कितनी बूढ़ी और अशक्त हो गई हैं वे! दाँत सारे झड़ गए थे और बोलते वक़्त दाढ़ काँपती थी। आँखों के किनारे गीद-सी भरी थी और पुतलियों पर मोतिया के सफ़ेद छल्ले पड़ चुके थे। गलकर वह ठठरी-भर रह गई थीं।

बेबे ने आँखें मूँद लीं। धीमे-धीमे लगभग बुदबुदाते हुई-सी कह रही थीं, "अच्छा लगा तू मिलने आया।...वरना तो करमाँवाले...यूँ दूर-दूर फिरे हैं जैसे इस घर को प्लेग की गिलटी निकल आई हो!"

वह और भी जाने क्या-क्या बोल रही थीं! चढ़ती हुईं साँसों में उनके शब्द अधबने और टूटे-बिखरे-से थे। जाने क्या हुआ कि मेरा ध्यान यकायक मनजोश की तरफ़ खिंच गया। दोनों हाथ कमर के पीछे दीवार से टिकाए खड़ी मनजोश ऊपर घुन खाए शहतीरों पर टिकी अँधेरी छत को तक रही थी। उसकी अनझिप आँखों में भर-भर बूँदें थीं। जाने क्या हुआ कि मैं उसे देखते हुए गहरे तक बौखला गया! ऐसा लगा जैसे कोई कुन्द छुरी सीने को मथती हुई गई हो और वहीं टूटकर फँसी रह गई हो।

यह सब होने में बहुत देर हुई, जब बेबे की आवाज़ धीमी पड़ते-पड़ते पूरी तरह बुझ गई, तब कहीं मनजोश का ध्यान टूटा। मैं उसे अब भी देख रहा था। उसने चुन्नी से आँखें पोंछीं। एक पल को हमारी नज़रें मिलीं। उसकी आँखों में एक अजीब-सी परस्तिश थी। चेहरे पर एक क़िस्म की भरपूरगी और ताज़गी। वहाँ पीड़ा का एक भी बल न था, मानो वह पूजा करके उठी हो।

"चाय बनाती हूँ।" उसने धड़ौंची पर से लालटेन को उठा लिया। एक बार मुड़कर बेबे को देखा। वह सो गई थीं। उनका एक हाथ खाट से बाहर था जिसे बड़ी नर्मी से उठाकर उसने उनकी छातियों पर ओठँगा दिया।

"लालटेन एक ही है।...आ जाइए रसोई में आप भी। वहीं चलकर बैठिए।...बेबे जी सो गई हैं।" वह बिना मेरी प्रतीक्षा किये रसोई की तरफ़ बढ़ गई।

रसोई वरांडे में ही एक कोने में थी। उसने स्टोव में पम्प करते हुए अस्फुट शब्दों में मुझे बैठने को कहा, हालाँकि पहली नज़र में मुझे कुछ दिखा नहीं जिस पर बैठा जाए। दरवाज़े के पास एक छोटा ड्रमनुमा कुछ था, शायद गेहूँ या चावल का डिब्बा, जिस पर हरी सब्ज़ियों की एक छोटी टोकनी रखी थी। टोकनी नीचे फ़र्श पर रख मैं ड्रम पर बैठ गया।

वह पीहड़ी पर बैठी थी—घुटने पर ठोढ़ी रखकर चुपचाप स्टोव पर चढ़ाए बरतन को तकती। स्टोव की ललाई उसके चेहरे को दीप्त कर रही थी। वही लमछर चेहरा, सुताँ हुआ नक़्श। पेशानी के नीचे दो आँखें थीं—थकी हुईं, गम्भीर, कहीं खोई-बझीं। रसोई में सन्नाटा था, इधर मैं था और उधर वह थी। बीच में गुज़रे हुए बीस साल काँटों की तरह उग आए थे।

"नूराँ चाचा ने मेरे बारे में कुछ बताया होगा कल?" वह बहुत धीमे से बोली—एक-एक शब्द को आवाज़ की पतली डोरी के सहारे किसी गहरे कुएँ से खींचती। आँखें बरतन पर ही टिकी हुईं।...यानी कल उसने मुझे नूराँ की दुकान पर बैठा पहचान लिया था।

"नहीं।" मैंने न जाने क्यों एक बार झुककर दरवाज़े से बाहर झाँक लिया। बेबे की चारपाई का कुछ हिस्सा दिख रहा था। अँधेरे में बेबे साफ़-साफ़ नहीं दिखीं।

"फिर इतने दिनों बाद, आज अचानक...?" उसने अब धीरे-धीरे मुझ पर नज़रें टिकाईं, बहुत दूर की निगाह, बहुत दूर से चलकर आई हुई। दोनों घुटनों को बाँधे हुए हाथों पर उसने अपना चेहरा तिरछे सुला लिया था और मुझे देख रही थी।

"...मुझे लगा था, इस घर में अब शायद ही आपके पैर पड़ें!" उसके कहे की निचली सतह में एक हल्की शिक़ायत-सी थी। बिना किसी जवाबदारी की आकांक्षा पाले एक ऐसी शिक़ायत, जो अपनी आत्मीयता की परस से चुभती नहीं। वह अब भी मुझे देख रही थी लेकिन उसकी आँखें पत्थर की हो चली थीं। मैं शर्मिन्दा था। मेरी आँखों के आगे थोड़ी देर पहले उसका चुप-चुप रोना तिर गया। दीवार से पीठ टिकाए खड़ी वह। पीड़ा के न जाने कितने अबरख उसकी आँखों से चुपचाप झड़ रहे थे!...मैंने सिर झटका। पानी खौलने की मद्धिम गुनगुनाहट से रसोई का एकतान सन्नाटा भंग हो रहा था। वह छोटी चमची से चीनी-चायपत्ती वग़ैरह पानी में डाल रही थी। अनायास ही मेरे होंठों से उसका नाम फिसल गया, "मन...जोश!"

तब वह काढ़नी में से दूध निकालकर चाय के बरतन में डाल रही थी। "हूँ...?" उसने चुन्नी लिपटे हाथों से बरतन उतारते हुए हुँकारा भरा। मीठे गर्म भाप से उसका आसपास भर गया। "...कुछ कह रहे थे?" उसने सिर झुकाए पीतल के गिलास में चाय को छानते हुए पूछा। मैं सहसा भूल गया था कि मैंने क्यों उसका नाम लिया था! कोई धीमी उगती-सी बात थी जो आते-आते रह गई थी। अब वह तर्जनी और अँगूठे की चुटकी से गर्मागर्म गिलास को पकड़े स्टील की प्यालियों में चाय ढाल रही थी। एक प्याली में जैसे-तैसे ढालकर उसने जलती हुई उँगलियों पर फूँक मारी, फिर दूसरी में ढालने लगी। बरतन उतारे जाने के बाद नंगे स्टोव की रोशनी उसके झुके हुए सिर पर पड़ रही थी और बालों में लगा हेयर-पिन चमक रहा था।

"मैं नहीं जानती कि नूराँ चाचा ने आपको क्या और कितना बताया होगा...!" उसने स्टोव की नॉब उमेठकर हवा निकाल दी—जैसे बरसों से रुकी हुई साँस एक झटके से बाहर निकली हो। वह उठी और रसोई में परली तरफ़ बने आले पर कुछ डिब्बे-डिबियाँ टटोलने लगी। लालटेन के प्रकाश में उसकी परछाईं ने उसके आगे अँधेरा कर रखा था। वहीं रखी एक अधभरी बोरी की छाया दीवार पर यों पड़ रही थी जैसे कोई घुटनों में सिर गुड़प किये बैठा हो। जब वह लौटी, उसके हाथों में स्टील की एक प्लेट में दो मट्ठियाँ थीं। एक मैंने उठा ली तो उसने प्लेट को पास ही फ़र्श पर रख दिया। चाय की प्याली भी वहीं।

"...या फिर बताने को तो कोई भी बता सकता है। सारा करमाँवाला जानता है कि मैं..."

उसने एक पल को मुझे देखा, फिर चाय पीने लगी। उसका अधूरा वाक्य अब भी हवा में टँगा था। चेहरे पर ऐसे भाव खेल रहे थे जैसे उसे कोई रंज नहीं। वह थोड़ी दूर पर बैठी अपनी प्याली के वृत्ताकार मुहाने पर अनायास ही उँगलियाँ फिरा रही थी।

"अगर कोई नहीं जानता तो सिरिफ बेबे जी! वे समझती हैं कि आज भी मैं ब्यूटीपार्लर में ही काम करती हूँ।" वह बिना ख़ुश हुए हँसी, "...और उन्हें आज भी मेरी शादी की फिकर है!"

मुझे याद है, कुछ पलों के लिए हमारे बीच एक अजीब-सा तनाव व्याप्त हो गया था। अचानक मुझमें एक ठंडा उबाल-सा उठा और आँखों के सामने उसकी कल की छवि तैर गई। मैं वाक़ई नहीं जानता था कि वह क्या करती है और उसके घर का खर्च कैसे चलता है! मुझसे कुछ बोलते नहीं बन पड़ रहा था। मेरे भीतर जैसे कुछ एकाएक बन्द-सा पड़ गया हो। बोलने के लिए एक साथ कई भिन्न आशयों वाले वाक्य बन-मिट रहे थे और फिर थोड़ी देर के बाद बिना किसी ठोस वजह के मैंने कहा, "तुम्हें एक बार मुझे बताना चाहिए था...!" लेकिन तब तक देर हो चुकी थी जब तक मैं अपने इस कहे के बेतुकेपन को महसूस करता।

उसने एक बार तिलमिलाकर मुझे देखा। तेज़ाब से जलती हुई आँखों से। एक ख़ौफ़नाक तैश में उसके चेहरे पर ज़र्दी पुत गई। गरदन के मस्सल ऐंठ गए। लेकिन फ़ौरन से पेश्तर उसने ख़ुद को सँभाल लिया। एक लिथड़ती हुई-सी मुस्कराहट में उसके होंठ फैल गए, "आपकी चाय ठंडी हो रही है!"

मैंने सिटपिटाकर प्याली उठा ली। चाय पीने लगा। मनजोश भी चाय पी रही थी। हम दोनों चुप थे। मुझे लगा, उसकी आँखें फिर से झिलमिला आई हैं, लेकिन उतनी कम रोशनी में कुछ साफ़ दिखा नहीं। दस से ऊपर का कोई समय हो रहा था और मुझे लगा, अब निकलना चाहिए। मनजोश दरवाज़े तक मुझे छोड़ने आई थी। एक पल रुकने के बाद उसने बहुत धीमे से कहा था, "किसी को बताइएगा मत कि आप यहाँ आए थे!...आज आप दो बच्चों के पिता हैं।"

यह कहते हुए वह मेरे एकदम पास आ गई थी। इतनी कि उसकी फुसफुसाहट मेरे शानों पर गिरी। उसका चेहरा झुका हुआ था। मैं थोड़ी देर वहीं खड़ा उसे देखता रहा। एक भीनी सेंट बारीक वलय की तरह उसके होने के बहुत आसपास लिपटी थी—ज़िन्दा, धड़कती हुई। मैंने एक बार उसकी आँखों में देखा, नहीं वहाँ बूँदें नहीं थीं। मैंने एक बार घड़ी देखी। बहुत देर हो चुकी थी। मैं बाहर आ गया था। पीछे लकड़ी और लोहे की मिली-जुली आवाज़। मेरी पीठ उसकी तरफ़ थी जब उसने इस बार फाटक बन्द किया।

करमाँवाला में सोता पड़ गया था। पंजाब में दस बजे तक लोगबाग़ सो जाते थे।

['नया ज्ञानोदय', 2007, सं. रवीन्द्र कालिया]

दंगे में बारिश

किसी को शुबहा नहीं था। आसमान सुबह से साफ़-शफ़्फ़ाफ़ था और मौसम ख़ुशगवार। हवा छरहरी—अठारह साल की।

बारिश या दंगे का किसी को गुमान नहीं रहा होगा।

उस दिन बारिश एकाएक आई थी।

दंगे कभी एकाएक नहीं होते। लेकिन कुछ ऐसा हुआ कि दोनों की आमद एकाएक ही हुई हमारे शहर में, और एक साथ ही।

लोग अकबका गए। पटरियों पर बैठे हॉकर अपने माल-असबाब हबड़-हबड़ बटोरने लगे। प्लास्टिक की झिलमनियाँ, तिरपाल, कनातें। किसी सुरक्षित खोह की तलाश में बाक़ी बचे ठेले खोमचेवाले घबराकर इधर-उधर ताकने लगे। सड़कों पर सहसा अफरा-तफरी मच गई।

अचानक लोग तय नहीं कर पा रहे थे कि बारिश और दंगे में सबसे पहले किस एक से बचाव की मुद्रा अख़्तियार की जाए, कौन वह पहला जो उनके तत्काल पर भारी, क़ाबिज़! हालाँकि सड़कों पर या खुले में बचाव की दोनों शक़्लें मिलती-जुलती थीं। दोनों के चेहरे वहाँ जुदा होंगे जहाँ सिर पर छतनुमा कुछ हो। पता चलेगा कि छत पर एकसार बारिश गिर रही है या आग के गोले बरस रहे हैं!

बड़ी दुकानों की शटरें ताबड़तोड़ गिरने लगीं। सबवेज़ के मुहानों पर कँगलों और भिखमंगों को धकियाकर, दरकिनार कर, लोगबाग जमा होने लगे। किसी अपेक्षाकृत ज़्यादा सुरक्षित जगह के लिए निगाहें दौड़ाने लगे जहाँ आग और पानी दोनों से बचना हो सके एक साथ, एकमुश्त।

सबवेज़ के मुहाने, आम ख़ुशगवार दिनों में, लोगों के बस सेकेंड भर में गुज़र जाने की जगहें हुआ करते थे। उन्होंने कभी किसी को मिलने का टाइम दे/लेकर वहाँ इन्तज़ार नहीं कराया/किया। वहाँ कँगलों की आबादी ही हमेशा के लिए थिर थी। बाक़ी नौकरीपेशा लोग नाक पर रूमाल धरे—ओ शिट—गुज़र जाते। सरकार को कोसतें। आइन्दा वोट नहीं देते।

देखते-न-देखते भर गया आसमान पानी-पानी। छलकने लगा आकाश तो भर गई धरती छतरी-छतरी।

सारी छतरियाँ नहीं जान पाई थीं अभी कि आक्रमण दोहरा है। चहुँओर पानी का ही नज़ारा था। आग अभी अपना जौहर दिखा ही कहाँ पाई थी?

आख़िर प्राचीन काल से आग को पानी ही बुझाता आया है!

स्कूल से लौटते अपने बच्चों को सही-सलामत लौटा लाने के लिए कुछ छतरियाँ हाथों में झिलमनियाँ लिए निकल पड़ी थीं, हड़बड़ाई हुईं। कुछ छतरियाँ घबराकर आधे रास्ते से ही वापस लौटने लगीं। कुछ ठिठकी हुई छतरियाँ तय नहीं कर पा रही थीं कि जाए जानेवाली दूरी नज़दीक है या तय कर ली गई दूरी? कुछ छतरियों के घर यहीं कहीं आसपास थे, सो दौड़ पड़ीं बेखटके।

शहर में कुछ छतरियाँ लेकिन परेशान थीं इस औचक बारिश से। तैयारियाँ पूरी हो चुकी थीं। हाथ में कट्टे, तमंचे, हथगोले, चाकू और चेन लिए कुछ छोटी, लोकल छतरियाँ चाक-चौबन्द थीं। लेकिन अब इस बारिश में कैसे धुआँ उठे...कैसे धुआँ दिखे? कमबख़्त बाक़ी सारी आम छतरियाँ तो इधर-उधर बिलों में जा छुपी हैं। ज़रा देर में घर के सुरक्षित आकारों में जा घुसेंगी। जब सड़कें ही ख़ाली पड़ गई हों पूरी तरह, धारा एक सौ चवालीस की अब क्या ज़रूरत! बड़ी छतरियों ने पूरा गेम प्लान कर डाला था। एकाएक इस बारिश ने खेल चौपट कर दिया।

ज़हर घुलने लगा।

बारूद सीलने लगे।

सबकुछ पर एकाएक पानी फिर गया।

कुछ छतरियों की जेब में रखे मोबाइल घनघनाने लगे। कुछ छतरियों ने अचानक अपनी दिशाएँ बदल लीं। किसी पुख़्ता सूचना के अभाव में कुछ छतरियाँ अलबत्ता अड़ी रहीं कुछ देर, लेकिन जल्दी ही वे भी टूटने लगीं।

बड़ी परेशानी!...तो क्या उन्हें भी ठाँव वहीं मिले जहाँ खड़ी थीं टारगेटेड छतरियाँ? एक साथ?

ज़रूरी था कि या तो बारिश हो या फिर दंगा। दोनों एक साथ इतिहास में कभी नहीं हुए। दंगे को अकेलेपन की ख़ास ज़रूरत थी। यह बारिश लोगों का ध्यान अनायास ही बाँट दे रही थी। भागती-पराती छतरियों को ध्यान से देखने पर भी पता नहीं चल पाता था आख़िर सबब क्या है! दंगे की सुगबुगी भाँप ली गई थी सो अलग। धीरे-धीरे ही सही, कानों पर जूँ तो रेंगने ही लगेगी। सरप्राइज फैक्टर कहाँ बचा अब? सारा क्रेडिट तो बारिश ले उड़ी।

साली इस बारिश को भी अभी टपक पड़ना था। बारिश में सभी छतरियों की एक जात।

बड़ी छतरियों ने मुल्तवी कर दिया मिशन तत्काल के लिए।

बारिश अब भी हो रही है। शहर के गीले कोनों-अँतरों में कुछ छतरियाँ अब भी जमा हैं। कुछ छतरियाँ अन्तत: ठौर-ठिकाने पर जा लगीं। अब कोई छतरी भागती नहीं दिख पड़ रही कहीं। जो जहाँ है, सुविधा-भर अपने को बचाती खड़ी है। रह-रहकर एक नज़र ऊपर उचक कर देख लेती है। कोई छतरी कुनमुनाती है, आसार नहीं दिखते जल्दी के। रात हो चुकी है।

एक बूढ़ी जर्जर छतरी खाँसते हुए कहती है, ऐसी बारिश बीस-पचीस साल के बाद आई है ।

एक जवान छतरी उचककर देख लेती है रास्ते की तरफ़ और गुनगुनाने लगती है बारिश का एक गाना—हो आज मौसम्म्म बड़ा...!

क्या पता कब तक बारिश हो !

सबकुछ रुका पड़ा है जहाँ-तहाँ प्रतीक्षित और बारिश है कि, भला देखिए, कमबख़्त रुकने का नाम ही नहीं लेती।

['कादम्बिनी', 2007, सं. विष्णु नागर]

इतवार नहीं

दफ़्तर के लिए सुबह आठ बजे घर से निकलो और लौटते-लौटते भी रात के आठ बज ही जाते हैं। मतलब आठ घंटे की नौकरी बजाने के लिए इधर दो और उधर दो घंटे आने-जाने में। लेकिन रोज़-रोज़ के इस चार घंटे का कोई हिसाब नहीं, गिनती नहीं। ये चार घंटे मेरे ख़ुद के हिस्से से फ़ालतू गए : मेरी ज़िन्दगी के प्रोविडेंट फंड से रोज़-रोज़ खुदरा निकलकर खर्च हो जानेवाले, बिना मतलब, यों ही। मुझे सिर्फ़ आठ घंटे की तनख़्वाह मिलनी है। मतलब मैं तब तक नौकरी में उपस्थित नहीं जब तक सुबह के दस बजे अटेंडेंस कार्ड पंच न कर दूँ और मेरी नौकरी वहीं ख़त्म हो जाती है जब शाम को छह बजे मैं दुबारे कार्ड पंच करके बाहर आ जाता हूँ। दस से छह के बीच नौकरी करने के लिए मैं आठ से आठ तक घर के दृश्य से ग़ायब रहता हूँ। दस से छह के बीच अगर मुझे हार्ट अटैक हो जाए, मैं मर जाऊँ तो कंपेनशेसन ग्राउंड पर मेरी पत्नी को नौकरी लग सकती है। इसलिए मैं प्रार्थना करता हूँ कि मेरी मृत्यु इसी बीच हो, न कि आते या लौटते समय लोकल ट्रेन में या सड़क दुर्घटना में आदि। अगर रात आठ के बाद और सुबह आठ से पहले मैं दम तोड़ता हूँ तो यह मौत मेरे ख़ुद के भरोसे होगी कि मैंने इतना कमा के रख दिया है कि मेरे बाद मेरी पत्नी को दूसरों का झाड़ू-बरतन करने की नौबत न आए या कल्पना कीजिए मेरी एक बेटी हो तो उसकी पढ़ाई-लिखाई बदस्तूर चलती रहे बस इतना।

मारे ग़ुस्से के कभी-कभी कल्पना करता हूँ कि सोमवार से लगाकर शनिवार तक, हफ़्ते के छह दिन एक जैसे होते हैं। सुबह साढ़े छह का अलार्म बजना, निबटानादि के बाद नाश्ता, लंच बॉक्स, घर से जल्दी-जल्दी निकलना, आठ बत्तीस की कल्याणी फास्ट : कहाँ तक गिनाऊँ! यह सब रोज़-रोज़ इतना एक-सा है कि अलग से याद नहीं आता। नशे की हालत में रहता हूँ। दफ़्तर से लौटते हुए ख़ूब इच्छा हो कि कुछ खाना है खाना है लेकिन सुझाई ही नहीं पड़ता कि क्या। तभी लोकल की भीड़ चीरता हुआ बगल से एक मूँगफली वाला गुज़रता है तो याद आता है कि मूँगफली ही तो खाने की इच्छा हो रही थी तब से। ख़रीदकर एक दाना मुँह में डालता हूँ तब अहसास होता है कि कितना ग़लत था। लेकिन तब तक देर हो चुकी होती है। चुपचाप एक

एक दाना अनिच्छापूर्वक टूँगे जाता हूँ। यह भी याद नहीं आता कि अगर अच्छी न लगे तो मूँगफली फेंकी जा सकती है।

लेकिन ज़िन्दगी मूँगफली का दाना नहीं। आदमी को हर हाल में जीने का ढब बनाए रखना चाहिए। लेकिन कभी-कभी तो ग़ुस्सा आ ही जाता है। किस पर, पता नहीं। लौटते समय कभी-कभी मन करता है कि चलती ट्रेन से। ऐसा नहीं है कि इतना दुखी हूँ कि ख़ुदकुशी जैसा कुछ। बस यों ही। पहले ऐसा नहीं सोचता था, लेकिन साल-भर पहले दफ़्तर के कैशियर देवाशीष बाबू ने ख़ुदकुशी कर ली, तब से, पता नहीं, लगता है कि एक रास्ता इधर को भी जाता है जैसा कुछ।

कल्याणी फास्ट कभी रास्ता नहीं बदलती। आठ बत्तीस में उसका कल्याणी और नौ पैतीस चालीस तक सियालदह में होना तय है। बीच के छोटे स्टेशनों, हाल्टों पर वह नहीं रुकती। उन हाल्टों के आधेक कि.मी. इधर-उधर उसकी स्पीड कम हो जाए भले, लेकिन ऐन हाल्ट को वह इतनी रफ़्तार से रौंदती हुई बढ़ जाती है कि क्या बताऊँ मन ख़ुश हो जाता है। ऑफ़िस टाइम में उन छोटे स्टेशनों, हाल्टों पर भी भीड़ होती है लेकिन उसके लिए हर स्टेशन पर रुक-रुककर बढ़ने वाली तमाम लोकलें हैं। मसलन मैं एक सीनियर प्रूफरीडर हूँ, दफ़्तर में और भी कई प्रूफरीडर हैं जिनका पे स्केल मुझसे कम है। मैं अक्सर गेट बार से लटकता हुआ उन स्टेशनों पर खड़े लोगों के भागते अक्स को देखता हूँ और मेरे मुँह से बेसाख्ता कुछ अफ़सोसिया शब्द निकल जाते हैं : ओह, बिचारे, ये छोटे स्टेशन वाले! ऐसे में हम कल्याणी फास्ट वाले ख़ुद को ज़्यादा रुतबे वाले, आम स्टेशन के लोगों से थोड़ा ऊपर का समझते हैं और ख़ुश होते हैं। मसलन वही सीनियर प्रूफरीडर, ज़्यादा पे स्केल आदि।

इतवार को दफ़्तर की छुट्टी रहती है। इतवार को लेकर मेरी एक फैंटेसी है। मुझे लगता है, इतवार की देह एकमुश्त होती है, ऊपर से लगाकर नीचे तक एक इकट्ठी; जबकि हफ़्ते के दूसरे दिन टुकड़ों में बँटे होते हैं और जब आप एक टुकड़े पर होते हैं, दूसरा टुकड़ा आँखों से ओझल रहता है। मसलन 'ऑफ़िस के लिए निकलने से पहले मैं नहा रहा हूँ' वाले टुकड़े पर खड़े हो कर देखो तो 'कल्याणी फास्ट के इन्तज़ार में स्टेशन पर टहल रहा हूँ' वाला टुकड़ा दृश्य में कतई नहीं दिखता। हर टुकड़ा दूसरे से लगा-बझा आपके आगे सरकता जाता है और आप बग़ैर एक ज़रा कुनमुनाए हर टुकड़े को स्वीकार (मूल पांडुलिपि में 'अंगीकार' जैसा प्राचीन शब्द था। इसे 'स्वीकार' कर दिया। सम्पादक जी कृपया ध्यान दें। सीनियर प्रूफरीडर, ज़्यादा पे स्केल) करते जाते हैं। आप नहा चुकने के बाद जैसे ही ख़ाली होते हैं कि एक अदृश्य हाथ आपको एक पर्ची थमा देता है जिस पर लिखा होता है, 'नाश्ता'। इसी तरह नाश्ते के बाद 'जल्दी निकलो' वाली पर्ची। आठ बत्तीस पर कल्याणी फास्ट, पौने दस पर सीटीसी बस, दस बजे कार्ड पंच की तमाम पर्चियों से निबटाते-निबटाते जब आप ऑफ़िस में अपनी कुर्सी पर बैठते हैं तो वही अदृश्य

हाथ मेज़ पर एक साथ कई सारी फ़ाइलें पटक जाता है। शाम तक निबटा दीजिएगा। कल ही प्रेस के लिए छोड़नी है इन्हें। वैसे तो दो रीडिंग हो चुकी है, फिर भी मूल पांडुलिपियों से मिलान कर देखिएगा, कहीं सी-कॉपी न छूटी हो। ज़रा सावधानी से, क्या है कि पिछली कॉपियों में कुछ भूलें चली गई थीं। और हाँ, फोलियो पर भी नज़र मारते जाइएगा ज़रा। आदि।

लेकिन इतवार को ऐसा नहीं। अक्सर ऐसा होता है कि इतवार की सुबह बिस्तरे से निकलूँ और एकबारगी समझ में ही न आए कि आज दिन-भर करना क्या है! मतलब इतवार की सुबह-सुबह ही आप उस इतवार की शाम तक की देह को देख सकते हैं, एकमुश्त, एक साँस में। मैं अक्सर बिस्तरे में तब तक पड़ा रहता हूँ जब तक गौरी चाय लेकर न आ जाए। चाय पीकर मैं तरोताज़ा हो जाता। इतवार-इतवार, जब मैं ख़ाली होता हूँ, प्यार से गौरी को देखता हूँ। इतवार-इतवार, गौरी के बारे में सोच कर मन कैसा कैसा हो उठता है। मैं हर इतवार सोचता हूँ कि बेचारी गौरी के लिए सब दिन एक समान होते हैं। रोज़ वही काम। कोई छुट्टी नहीं। नो आराम। आदि। मैं हर इतवार सोचता हूँ कि कम-से-कम झाड़ू पोंछा बरतन बासन के लिए किसी को रख लूँ। गौरी को थोड़ी राहत हो जाएगी। लेकिन यह भी मेरी एक फैंटेसी है।

एक इतवार को अचानक किसी तेज़ आवाज़ से मेरी आँखें खुल गईं। देखा, गौरी का चेहरा ठीक मेरे चेहरे के ऊपर छाया हुआ। मेरी समझ में नहीं आया कि क्या हुआ। गौरी हँसी, उठी, चली, रुकी, मुड़ी, हँसी और मुझे पकड़ने के लिए अपना हाथ बढ़ाया। मैंने झपटना चाहा लेकिन वह माँगुर मछली की तरह फिसलते हुए भाग गई। मैंने घड़ी देखी, पौने पाँच। पागल हो गई है क्या! इतनी सुबह तो मैं हफ़्ते के दूसरे दिनों भी नहीं जागता। मारे ग़ुस्से के मेरे दिमाग़ के सारे तन्तु झनझना रहे थे। नींद पूरी तरह ग़ायब हो चुकी थी। दुबारे सोने की कोशिश बेकार थी। मैंने औरतों को दी जानेवाली दो लोकप्रिय गालियाँ गौरी को दीं और बिस्तरे से निकल आया। अभी चारों ओर अलाली ही थी। मुझे एकाएक यह ख़्याल आया कि अँधेरे का फ़ायदा उठाकर गौरी कहीं जा छुपी है। मैंने उसे ललकारा। हिम्मत है तो सामने आओ। कायर। भगोड़ी। दुश्मन। कहीं से उसकी हँसी सुनाई दी। हँसी पर अँधेरे का पर्दा था। सूर्योदय तक मैं उसे खोजता रहा। इधर से उधर। सूरज की पहली किरण में वह ऐन मेरे सामने दिखाई दी। अपने आपको मेरे हवाले कर दिया : लो, दो चार मुक्के मार लो। हिसाब ख़त्म करो। जाती हूँ। ढेर सारे काम निबटाने हैं। बाप रे।

अमोल प्रकाशन समूह के एक साहित्यिक पाक्षिक में मैं सीनियर प्रूफरीडर हूँ। सीनियर कम्पोजीटर सुभाष दा के टाइप किये हुए मैटर सीधे मेरी डेस्क पर आते हैं। इतने वर्षों में सुभाष दा और मेरी ट्यूनिंग इतनी अच्छी हो गई है कि मैं धड़ल्ले से शब्द-दर-शब्द, पंक्ति-दर-पंक्ति फलाँगता जाता हूँ और ऐन वहीं जाकर मेरी कलम

रुकती है जहाँ सुभाष दा से ग़लती की अपेक्षा होती और मज़े की बात, सुभाष दा ने कभी मुझे निराश नहीं किया। मसलन हमेशा उन्होंने 'आशीर्वाद' को 'आर्शीवाद' ही टाइप किया और 'संवेदना' को 'संवदेना'। कल्याणी फास्ट की स्पीड से गुज़रो तो ये ग़लत टाइप हुए शब्द पहले से दिमाग़ के हार्डडिस्क में फ़ीड सही शब्दों की झलक देकर फिसल जाते हैं। सुभाष दा हँसते हैं, खाँसते हैं। (करबी दी—'ऐ सुभाष, क्यों इतना बीड़ी पीता है रे! मर जाएगा, कह देती हूँ।') उनकी उँगलियाँ खटाखट 'की बोर्ड' पर फिसलती जाती हैं। किसी शब्द के लिए सही 'की' पर उँगली जाने जाने को होती है कि बीच में मेरी झलकी दिख जाती होगी और हँसते हुए खाँसते हुए वे जान-बूझकर उँगली का रुख बदल देते होंगे। इस तरह सही पर जाकर थम जानेवाले इस खेल को थोड़ा और जी लेने की मोहलत मिल जाती है। उसकी उम्र एक और प्रूफरीडिंग तक बढ़ जाती है। अक्सर मेरा और सुभाष दा का यह गुप्त खेल मैटर प्रेस में छोड़ने की डेडलाइन तक चलता रहता है। उस नीमअँधेरे में गौरी कई बार मेरे हाथ आते-आते बची। अँधेरे का फ़ायदा उठाकर मैं उसे अपने हाथों से फिसला देता रहा। अन्त में सूर्योदय की डेडलाइन ने लुकाछिपी का यह खेल ख़त्म कर दिया। गौरी को ढेर सारे काम निबटाने थे। (ऊपर के पैरे की अन्तिम पंक्तियाँ यहाँ शिफ़्ट करें, सीनियर प्रूफरीडर।) वह रसोई में चली गई। मैं ओसारे में लगी चौकी पर बैठ गया।

बचपन से ही इतवार के दिन सुबह-सुबह कोई ख़ुशी की बात हो गई हो जैसे, ऐसा लगता आया है। रसोई में स्टोव बहुत शोर करता था। मैंने गौरी से पूछा, 'क्या बना रही हो!' जैसे ही मैंने पूछा, कुकर ने ज़ोर से सीटी बजा दी। कुकर की सीटी में गौरी तक मेरा प्रश्न नहीं पहुँच पाया। वह बेख़बर अपना काम करती रही। मुझे बुरा लगा कि उसने मुझे नहीं सुना। थोड़ी देर मैं चुपचाप बैठा रहा कि क्या पता वह अचानक कुछ बोल बैठे। मसलन क्या हुआ, चुप क्यों बैठे हो, ग़ुस्सा हो क्या आदि। लेकिन वह अपना काम करती रही। उसे काम में बझा देख मैं ग़ुस्सा गया। (दरअसल 'चुप क्यों बैठे हो ग़ुस्सा हो क्या' वाला वाक्य जब ज़ेहन में कौंधा, उसी के साथ 'ग़ुस्सा' वाली फ़ीलिंग भी आ गई और ग़ुस्से में चुप हो कर बैठ जाना मुझे अच्छा लगा।) इसके बाद स्क्रिप्ट में होना यह था कि गौरी आकर मुझे मनाए। 'चुप क्यों... ग़ुस्सा हो क्या' के बाद 'मान जाओ न, प्लीज़!' जैसा कोई वाक्य अपने टेक्स्ट को सुन्दर और सरस बनाता है। लेकिन गौरी काम करती रही, काम करती रही।) ख़ाली काम करती रहती है। बहुत बिजी बनती है। मैंने तेज़ आवाज़ में कहा, 'तुम अपने आपको बहुत लगाती हो न?' गौरी ने गरदन तिरछी कर मुझे देखा। गौरी मुस्कराई। गौरी ने मुझे आँख मारी। मेरा पारा गरम हो गया। मैंने कहा, 'कुटनी।' गौरी ने एक बार और आँख मारी। मैंने मुँह घुमा लिया।

दो कमरों का घर था। फिर बिना छत वाला लम्बा ओसारा और दो सीढ़ी उतरकर खुला आँगन। आँगन में पीपल का एक पेड़ था। पुराना और विकराल। उसका तना मोटा और गाँठदार था। एक तरफ़ ज़रा-सा झुका हुआ। उसका हाव-भाव कुछ ऐसा था मानो वह बड़ी नज़ाकत के साथ झुककर आदाब बजा रहा हो। पेड़ आँगन के बीचोंबीच था। पेड़ के चारों ओर गोलाई में कच्चे फ़र्श को छोड़ कर शेष आँगन में काले पत्थरों की ईंटें बिछी थीं। सुबह-सुबह गौरी आँगन में बिखरे सूखे पत्तों को बुहार कर गोलाई की मिट्टी में डाल देती थी। आँगन पार कर नहानघर और पाखाना था। दोनों सटे-सटे थे। दोनों के ऊपर खप्परों की एक ही छाजन थी। दोनों की दीवारें बिना पलस्तर की थीं। नहानघर के बाहर आँगन में थोड़ा बाएँ एक हैंडपम्प गड़ा था। वहाँ कपड़ों को सुखाने के लिए लोहे का एक तार टँगा था। तार का एक सिरा पेड़ में ठुके कील से लगा था और दूसरा नहानघर के सामने से होता हुआ अहाते तक चला जाता था। हैंडपम्प के पास से जल की समुचित निकासी के लिए एक मोरी अहाते में छेद करती हुई बिला जाती थी।

रसोईघर ओसारे में ही था : एक तरफ़ खप्परों की छाजन तले। शेष ओसारा ऊपर और सामने से खुला था। घर में डायनिंग टेबल नहीं था। खाना पीना आदि ओसारे में लगी चौकी पर ही हो जाता था जिस पर अभी बैठा-बैठा मैं झपकियाँ लेने लगा था। अचानक कान में सुरसुरी हुई तो अकबका कर जगा। लगा कोई चींटी घुस पड़ रही है। इतने में पीछे से हँसने की आवाज़ आई। इस औरत ने मेरी नाक में दम कर रखा है। मैंने एक झटके में उसे पकड़ना चाहा। वह रसोई में भाग गई। मैं चौकी से उतरकर उसका पीछा करने में अलसा गया। मुझे फिर से नींद आ रही थी। गौरी ने मुझे नहाने के लिए कहा। मैं चुप रहा। गौरी ने एक बार और कहा कि जाकर नहा लूँ। मैंने मन-ही-मन फ़ैसला किया कि उसके तीन बार कहने पर ही नहाने जाऊँगा। मेरे पास एक साबुत दिन था और बमुश्किल अभी आठ बजे थे। गर्मी की सुबह थी। लमछर और गजब की फुर्तीली। मक्खन निकाल लिए गए दूध की तरह छरहरी। ओसारे से उतरने वाली सीढ़ियों तक धूप आ चुकी थी। थोड़ी देर में पूरा ओसारा उसकी गिरफ़्त में आ जाएगा।

मेरे नहाने की बात भूलकर गौरी चाय लिए आई। उसके चेहरे पर अब भी शरारतों की खुरचनें जमा थीं। वह मुस्करा रही थी। मैं उसे मुस्कराते हुए नहीं देखना चाहता था। मैंने मुँह फेर लिया। चौकी पर चाय का ग्लास रखते हुए वह मेरा ख़ून जलाने के लिए वहीं बैठ गई। मैं अपने मुँह फेरने को लेकर अड़ा रहा। लगातार दूसरी तरफ़ देखता रहा। मुझे लगा, मेरी आँखों को जल्द ही अपने देखने के लिए किसी ठोस चीज़ की तलाश कर लेनी चाहिए। कुछ नहीं मिला तो मैंने कल्पना की कि एक बिल्ली है जिसे मुझे देखना है। मैं पूरी संजीदगी से गौरी पर ज़ाहिर करना चाहता था कि मैं अहाते पर दबे पाँव चल रही एक बिल्ली देख रहा हूँ। गौरी काल्पनिक बिल्ली

वाली बात समझ गई। हद की यह एक बात हुई कि गौरी ने आँगन में उतरकर एक झूठमूठ का ढेला उठा बिल्ली को दे मारा। झूठमूठ की बिल्ली अहाते पर से झूठमूठ कूदकर ग़ायब हो गई। अब मेरे देखने का कोई प्रत्यक्ष बहाना नहीं रह गया। गौरी चली गई। मैं इत्मीनान की साँस लेकर चाय पीने लगा।

चाय पीने के बाद भी मैं बैठा रहा। इस बीच गौरी किसी काम से बाहर आई तो मैंने सोचा मुझसे नहा लेने को कहेगी। लेकिन उसने कुछ नहीं कहा। वह मेरे नहाने की बात एकदम से भूल गई लगती थी, जबकि मैं सोचता था कि जल्द-अज़-जल्द उसका तीन बार नहाने के लिए कहना पूरा हो और मैं नहा लूँ। दो बार वह पहले ही कह चुकी थी, मैं चाहता था कि वह मेरे सामने आकर या चाहे तो पीछे से छुप कर एक बार और कह दे। मसलन दो रीडिंग हो गई हो और फाइनल रीडिंग बाक़ी है तो मैटर प्रेस के लिए कैसे रिलीज किया जाए, देरी हो रही है, डेडलाइन, ओह आदि। मुझे शक़ है कि वह भाँप चुकी है, मैं इस तरह की कोई प्रतिज्ञा किये बैठा हूँ, इसलिए वह मुझे छका रही है।

धूप अब लम्बे क़दमों से ओसारे की सीढ़ियाँ फलाँग रही थी। उसकी आँच से ठंडा ओसारा भरता जा रहा था। गौरी रसोई के काम निबटाने को होगी। थोड़ी देर में कड़ाही कुकर तसली आदि बरतनों को धोने के लिए हैंडपम्प पर रख आएगी। उनमें पानी डाल देगी ताकि धूप में बरतन कड़े न हो जाएँ। मुझे पसीना आ रहा था। मैंने बनियान निकाल दी थी। दीवार से टेक लगा ली थी। बार-बार उबासी ले रहा था। बार-बार उबासी लेने की वजह से मेरी आँखों में पानी भर आया था। पानी के गर्म झिलमिल में सामने का खुला आँगन धूप में चमचमा रहा था।

सहसा मुझे लगा कि दुनिया में मैं एक बेकार आदमी हूँ। (सुभाष दा की उँगलियाँ की बोर्ड पर खटाखट फिसलीं : 'मैं एक बेकार आदमी हूँ।' ctrl+s) सब अपना-अपना काम कर रहे हैं और मैं फ़ालतू बैठा हूँ। इतना सोचते ही मैंने नींद की बची-खुची खुमारी से एक झटके में ख़ुद को बरी किया। एक महान जाग से फट पड़ने की हद तक मैं भर गया। उबल गया। फौरन चौकी से उतरकर खड़ा हो गया। तन गया। रसोई की तरफ़ देखते हुए चिल्ला कर कहा, 'तुम तीन बार कहो या न कहो मुझे परवा नहीं। मेरे मन में जो नहाने की बात एक बार घर कर गई तो समझो कर गई! save.'

गौरी तुरन्त आँचल से हाथ पोंछती हुई रसोई से बाहर निकल आई। आकर मेरे सामने खड़ी हो गई। वह मुस्कराते हुए आई थी, मुस्कराते हुए खड़ी रही। इस बार मैं बज़िद उसे मुस्कराता हुआ देखता रहा। गहरे अड़ियलपने से मेरा चेहरा तमतमा रहा था, आँखें छोटी हो आई थीं, दृष्टि जल रही थी। मेरे इस तरह देखने से वह लजा गई। (उसके लजाने का एकमात्र कारण दिन के चौचक उजाले में 'पति' द्वारा घूर-घूर कर देखा जाना ही था, देखने के पीछे के दृढ़ संकल्प की उसे कोई भनक

भी न थी, हद है!) वह वहाँ से हट गई। मेरे लिए अँगोछा और साबुन की बट्टी लेती आई। किसी विजेता की तरह पैरों को बहुत ग़हरे अकड़ाते ओसारे से उतरकर मैं आँगन में आ गया। नहानघर तक आया। नहानघर का दरवाज़ा खोला और अन्दर हो लिया। अन्दर ठंडा अँधेरा था। सुबह से नहानघर का उपयोग नहीं हुआ था। चहबच्चे का पानी स्थिर था। फ़र्श एकदम सूखा। मुझे याद आया अगर मैं नहाऊँगा तो फ़र्श गीला हो जाएगा। मैं चुक्केमुक्के बैठ गया। उँगली से फ़र्श को छुआ। उँगली ने सूखे फ़र्श पर पसीने की एक छोटी-सी दुबली रेखा खींच दी। फ़र्श के रोएँ खड़े हो गए। फ़र्श की आँखें मुँदने लगीं। पसीने की रेखा के इर्द-गिर्द फ़र्श की कुँवारी देह से ख़ून की बिन्दियाँ रिसने लगीं। फ़र्श को सँभल जाने की मोहलत देते हुए मैं उठकर बाहर चला आया। पीछे मुड़कर देखा, फ़र्श ने कृतज्ञता में आँखें झुका ली थीं। मुझसे बुदबुदाकर कहा, थैंक यू!

धूप में आँगन तपता था। मैं नंगे पाँव था। ज़्यादा देर खड़े रहना मुश्किल। अँगोछे को तार पर टाँग दिया। हैंडपम्प चलाकर पानी भरने लगा। आधी बाल्टी भरकर यों ही पैरों पर गिरा लिया। पैरों को हैंडपम्प के शुरुआती पानी की गुनगुनी ठंडक भली लगी। बाल्टी दुबारा भरकर वहीं बैठ नहाने लगा। इस बीच गौरी बरतन रखने आई। बरतन रख कर बाल्टी से पानी छलका कर हाथ धोने लगी। वह मुस्करा रही थी। मैंने सिर पीट लिया कि इसका क्या करूँ। वह साबुन लेकर ऐन मेरे पीछे बैठ गई। मेरी पीठ में साबुन लगाने लगी। मैंने एक लोटा पानी अपने सिर पर इस ढंग से फेंका कि गौरी भीग जाए। तिस पर भी वह ग़ुस्साने की बजाय हँसने लगी। मैंने चीख़ कर कहा, 'भागो यहाँ से।' वह गिलहरी की तरह छिटक गई। जाते हुए पेड़ के पास रुकी। मैंने देखा कि अब क्या है! वह जीभ बिरा रही थी। मुझे रोना आ रहा था।

नहाते-नहाते मेरी ज़ेहन में एक वाक्य कौंधा कि अब नहीं नहाना चाहिए। (खटाखट : 'अब नहीं नहाना चाहिए।' save) देह पोंछने के लिए मैंने तार से अँगोछा खींचा। तार झनझना उठा। उस पर बैठी एक गौरैया उड़ गई। अँगोछा धूप में गरम और ज़रा कड़ा हो गया था। मैंने उसे पानी से लबालब भरी अपनी देह से सटाया तो वह ज़रा सिकुड़ गया, जैसे शरमा रहा हो : अयहय! कपड़े अलग करने के बाद मैंने अँगोछे को लपेट लिया। साबुन की बट्टी लेकर मैं ओसारे की तरफ़ आने लगा। धूप में तपे आँगन के फ़र्श पर मेरे पीछे पानी के पाँव बनने लगे। ओसारे में आकर मैं मुड़ा। पानी के पाँवों को देखा। दूर के पाँव ग़ायब हो गए थे। ओसारे में भी चौकी तक धूप आ गई थी। मैं कमरे में आ गया। कमरा ठंडा और बाहर की अपेक्षा अँधेरा था। गौरी खिड़की पर खड़ी थी। मुझे देखते ही जल्दी से बनियान और लुंगी लेती आई।

नहा लेने से मैं तरोताज़ा महसूस कर रहा था। ठीक से नहीं पोंछे जाने से देह थोड़ी-सी गीली थी मानो अभी गैली रीडिंग हुई हो। पहनी हुई बनियान पर जगह-जगह पानी के धब्बे थे। गौरी अँगोछा और साबुन की बट्टी लेकर नहाने चली

गई। मैं कमरे में अकेला छूट गया। (see copy : यहाँ एक पैरा कम्पोज होने से रह गया है। वैसे कहानी की मूल थीम से यह हटकर है तो सम्पादक जी से सलाह कर और लेखक से अनुमति लेकर इसे edit किया जा सकता है। पैरा : मुझे पता था कि मेरे नहाने के बाद गौरी भी साबुन की बट्टी लेकर नहाने जाएगी, फिर भी नहा कर आते समय साबुन की बट्टी अपने साथ कमरे में लेते आना मेरी आदत में शुमार था। मेरे नहाकर आने और गौरी के नहाने जाने के बीच के चार-पाँच मिनट के अन्तराल में साबुन का पति-पत्नी में से किसी के भी संरक्षण में न होना साबुन की फिजूलखर्ची है।)

यह इत्तेफ़ाक़ की बात थी कि गौरी जब नहाकर आई तो मैं भी खिड़की पर खड़ा था। खिड़की के सामने एक मैदान था। मैदान और खिड़की के बीच की ज़मीन थोड़ी ढलुई थी। ढलुई ज़मीन घर की छाया में ठंडी थी। इस पालतू ज़मीन में नाना वनस्पतियाँ उग आई थीं। फिर ज़मीन घुटना-भर ऊँचा उठ गई थी और उसके बाद वह मैदान : पीला और खुला। खुले मैदान पर धूप का करिश्मा था। आदमी की नज़रें धोखा खा जाती थीं। मेरी आँखें दूर दृश्य के सुलझेपन में गुम थीं। धूप का आकाश, मैदान, पेड़, मरीचिका, उदासी, चुप्पी और हवा। और इतवार की दोपहर। मैं कुछ भी अलग-अलग नहीं देख रहा था। मैं सबकुछ एक साथ देख रहा था। कि तभी गौरी आई।

मैंने पूछा, नहा लिया! हालाँकि यह साक्षात् दिख रहा था। वह न जाने क्या था जिसने मुझसे यह कहलवा लिया था। गौरी ने मुझे खिड़की पर खड़ा देख लिया था। ऐन थोड़ी देर पहले वह जो देख रही थी, उसे देखते हुए। उसके देखे की जासूसी करते हुए। उसके रहस्य को उससे छुप कर खोलने की कोशिश करते हुए। धूप में कुछ भी नहीं छुपता। वह हमारी सारी गहराइयाँ उतार फेंकती है, जिन्हें पानी के आवरण में हम छुपाने की कोशिश करते हैं। गौरी हँसी। मैं सिटपिटा गया। मैं उसे छूना चाहता था। अपने स्पर्श का भुलावा देना चाहता था। वह छिटक कर निकल गई। मैं बिस्तरे पर निढाल पड़ गया।

मुझे बार-बार लग रहा था कि मैं गौरी की निगाह में गिर गया हूँ। मैं बहुत ओछा क़िस्म का इनसान हूँ। मुझे याद आया, शादी के कुछ ही दिनों बाद किसी छोटी-सी बात पर नाराज़ हो कर मैंने गौरी को एक चाँटा मार दिया था। (e.g. चाँटा रसीद कर दिया था।) इसके अलावा भी बहुत-सी बातें। इस वक़्त यह सारी बातें मेरे दिमाग़ में नाचने लगीं। मैं इस निष्कर्ष पर पहुँचा कि मैं एक नालायक पति हूँ। मसलन मैंने शादी के बाद से गौरी को अपनी कमाई से एक अदद साड़ी तक लाकर नहीं दी। माना कि इस घर में मैं इकलौता कमाऊ आदमी हूँ और जो कुछ भी होता है मेरी ही कमाई से, फिर भी एक पत्नी को इस बात की बड़ी चाह होती है कि उसका पति उसे शादी की वर्षगाँठ पर एक साड़ी लाकर दे। तिस पर भी गौरी ने कभी तिरछी निगाह से

नहीं देखा। वह दुख में सुख में सदैव हँसती रहती है। आदि। निश्चित तौर पर मैं एक नालायक पति हूँ। नालायक-नालायक। मैं बार-बार इस शब्द को दुहराता रहा। मेरे दिमाग़ में इस शब्द की बनावट और लिखावट साफ़-साफ़ अंकित हो गई। (सुभाष दा की उँगलियाँ, खटाखट : ना-ला-य-क।) बार-बार दुहराते रहने से थोड़ी देर में 'नालायक' मुझे एक मसखरा शब्द प्रतीत होने लगा। मुझे हँसी आने लगी। (सुभाष दा खाँसने लगे। करबी दी—'पानी पी ले सुभाष!')

फिर मैंने नये सिरे से कोशिश की, कि इस शब्द को परे ठेल कर गौरी के प्रति अपनी तमाम क्रूरताओं का विश्लेषण करूँ। हाँ तो उदाहरण के लिए आज सुबह झकझोर कर उसने मुझे जगा दिया...नालायक...महत्त्वपूर्ण यह नहीं है कि उसने जगा दिया...नालायक...महत्त्वपूर्ण यह है कि वह हँस रही थी...नालायक...ग़ौर कीजिए यह कोई ऐसी-वैसी बात नहीं...जैसा कि रिवाज है वह अपना घर बार... आत्मीय स्वजन...बन्धु-बान्धव सबको छोड़ कर यहाँ रहने आई...नालायक...किसके भरोसे?...मैं पूछता हूँ किसके भरोसे?...तो ग़ौर करना चाहिए...नालायक...उँह, ग़ौर करना चाहिए कि...अच्छा आप ही बताएँ कि क्या एक पत्नी अपने पति के साथ एक अदना-सा मज़ाक़ भी नहीं कर सकती?...नालायक...इसमें ग़ुस्साने की...उस पर चीख़ने-चिल्लाने की क्या बात है?...मैं पूछता हूँ क्या बात है?...नालायक...।

'नालायक' शब्द से मेरा पीछा नहीं छूट रहा था। इस पिद्दी शब्द पर आकर मैं हैंग हो गया था। ठीक से विचार-विमर्श नहीं कर पा रहा था। मैंने ज़ोर से अपना सिर झटक लिया। एक झटके के साथ अचानक कल्याणी फास्ट रुक जाती है तो भीड़ से 'क्या हुआ क्या हुआ' का शोर उठने लगता है। मैं ही नहीं, गेट पर लटके पाँचों लोग झाँक कर देखते हैं : रेड सिग्नल।

'क्या हुआ?' मेरे पीछे खड़े मधुकर दा पूछते हैं।

'सिस्टम हैंग कर गया लगता है।' मैं हँसता हूँ। मधुकर दा नहीं हँसते।

इतने में रेड सिग्नल होने के बावजूद प्लेटफॉर्म सिग्नल मिल जाता है और कल्याणी फास्ट सामने आधे कि.मी. की दूरी पर नज़र आते हाल्ट तक के लिए रेंगने लगती है। प्लेटफॉर्म सिग्नल तभी मिलता है जब लाइन में कोई गड़बड़ी हो और कम-से-कम आधे घंटे तक उसके ठीकठाक होने की कोई उम्मीद नहीं। मधुकर दा नाटे क़द के होने के कारण प्लेटफॉर्म सिग्नल नहीं देख सके। गाड़ी को रेंगते देख पूछे, 'क्या हुआ?'

'प्लेटफॉर्म सिग्नल। मतलब एकाएक लोडशेडिंग हो जाए तो दस पाँच मिनटों के लिए जैसे कम्प्यूटर यूपीएस पर चलता है न!...या फिर समझिए सिस्टम सेफ़ मोड में चल रहा है।' मैं फिर से हँसता हूँ। मधुकर दा फिर से नहीं हँसते। कल्याणी में ही रहते हैं, चाँदनी चौक में एक दैनिक में काम करते हैं। उनकी नौकरी अलग-अलग शिफ़्टों में होती है। जब दस बजे वाली शिफ़्ट हो, हम साथ ही जाते हैं। हाल ही में

उनके यहाँ इतवार की छुट्टी ख़त्म कर दी गई थी। तब से मधुकर दा नहीं हँसते। हफ़्ते में सातों दिन काम पर जाते हैं। बिना हँसे।

'कुछ पता चला?' मधुकर दा पूछते हैं।

'पता नहीं, शायद लाइन क्लियर नहीं इसलिए।' मैं कहता हूँ।

'नहीं नहीं, मैं तुम्हारे दफ़्तर की बात कर रहा हूँ। सुनो, अख़बार में काम करता हूँ इसलिए पता है। ख़बर पक्की है। आज नहीं तो कल तुम्हारे यहाँ भी। देख लेना।' मेरे ठीक पीछे खड़े मधुकर दा अपनी गरदन उचका कर मेरे कान में लगभग फुसफुसाते हुए कहते हैं। गाड़ी अब तक प्लेटफॉर्म पर पहुँच चुकी है। कुछ लोग उतरकर खड़े हो जाते हैं। थोड़ी जगह मिल जाती है तो हम भीतर हो लेते हैं। एल.आई.सी. में काम करनेवाले एक इटैलिक आदमी (दरअसल उसके हाथ-पाँव की हड्डियाँ कुपोषण से टेढ़ी पड़ गई थीं, इस वजह से आपसी बातचीत में हम उसे 'इटैलिक' कहते) ने बैग से अपना लंच बॉक्स निकाला और उस पर उँगलियों में पहने 'ग़ुस्सा कंट्रोल छल्ले' से तबला जैसा बजाने लगा। थोड़ी देर बाद उसके पीछे खड़े नाटे क़द के एक आदमी ने बायाँ हाथ दाईं काँख में दबा-दबा कर एक अजीबोगरीब आवाज़ निकालनी शुरू कर दी। खिड़की के पास बोल्ड आदमी (गहरे वर्ण का होने की वजह से बोल्ड) को और कुछ नहीं सूझा तो ट्रेन की इस्पाती दीवार ही पीट-पीट कर ताल मिलाने लगा। धीरे-धीरे पूरे डब्बे में बात फैल गई। सभी एक सुरताल में नाचने-गाने लगे। कोई चुटकी बजा रहा है, कोई ताली, कोई सीटी। कोई फुटबोर्ड पर पैर पटक रहा है तो कोई ऊपर लगे हैंगरों को एक-दूसरे से टकरा रहा है। सुन भाई, सुन बन्दे! लगवा दिया लगवा दिया, कल्याणी फास्ट ने आज लेटकमिंग लगवा दिया। ऐ मुच्छड़ मेरे दोस्त, ऐ साथी मेरे गंजे : संडे हो या मंडे, रोज़ खाओ अंडे। ख़ुद से लेट होने की हिम्मत नहीं पड़ती, टाइम पे पहुँच जाते हैं गरमी हो या सर्दी। आज यह सपना भी पूरा हुआ। ऐ साफ़-सुथरे भाई, ऐ भाई मेरे गन्दे : संडे हो मंडे...।

मेरा घर कल्याणी में है और दफ़्तर कोलकाता में। आस-पड़ोस के जितने भी नौकरीपेशा लोग, सबका दफ़्तर कोलकाता में। कोई पूछता है कि कहाँ जा रहे हो तो दफ़्तर वाली बात के विस्तार में न जाकर कहता हूँ, कोलकाता जा रहा हूँ। पूछनेवाला कोलकाता मतलब दफ़्तर समझ जाता है। प्रेस कॉपी में दफ़्तर की जगह कोलकाता शब्द रखने के प्रचलन के पीछे एक समझदारी यह भी कि मैं किसी का नौकर नहीं हूँ। कोलकाता एक महानगर है। दस तरह के कामकाज हैं। घूमता-फिरता रहता हूँ। नौकरी नहीं करता जी! 'बिजनेस' करता हूँ। किसी का मुखापेक्षी नहीं हूँ। इज़्ज़त की रोटी खाता हूँ। आदि। लेकिन इसमें यह भी एक ख़तरा कि दफ़्तर से एक सीएल लेकर वाक़ई कभी तफ़रीह के लिए या किसी रिश्तेदार से मिलने कोलकाता जाऊँ तो दफ़्तर जाता समझ लिया जाता हूँ। बिना पूछे लोगों को बताता फिरता हूँ कि आज

तो अमुक भाई साब से मिलने जा रहा हूँ या सुना है अमुक जगह बहुत सुन्दर है, घूमने जाता हूँ। तिस पर भी कोई न कोई ज़िद्दी ऐसा कि टोक ही देता है, दफ़्तर जा रहे हो! 'बिल्ली ने रस्ता काट दिया' जैसे एक मुहावरेदार वाक्य पर सुभाष दा अपना सिर धुनते हैं। (करबी दी, 'क्या हुआ सुभाष, आर यू ऑलराइट?') प्रूफ़ देखते हुए एक शब्दकोश से उकता कर दूसरे शब्दकोश की तरफ़ जाता हूँ। उदाहरण के लिए दफ़्तर न जाकर कहीं घूमने-फिरने जाना। यदि मंगलवार को दफ़्तर न जाकर कहीं घूमने-फिरने जाऊँ तो कोई टोके या न टोके, ख़ुद ही लगने लगता है कि दफ़्तर जा रहा हूँ। मैं ज़िद नहीं करता। अपने को समझाता हूँ कि फाइनल प्रूफ में मंगलवार की जगह इतवार जैसा शब्द रख देने मात्रा से आज-भर दफ़्तर की छुट्टी निकल आती है और मुझे दफ़्तर नहीं, कहीं घूमने-फिरने जाना है। घूमने-फिरने के लिए इतवार होना चाहिए। इतवार को कल्याणी फास्ट में जिसे पाऊँ वह घूमने-फिरने जाता हो। इतवार को कल्याणी फास्ट में मधुकर दा को कभी न पाऊँ।

कभी दफ़्तर नहीं जा पाता तो वहाँ मेरी कुर्सी ख़ाली रहती है। इस रोज़-रोज़ दफ़्तर जाने के चक्कर में जिन जगहों पर कभी नहीं जा पाऊँगा, वहाँ हमेशा मेरी अनुपस्थिति मेरा इन्तज़ार करेगी। दफ़्तर में दस बजे तक मेरा पहुँचना एक नियत बात है। दस बजे के पहले मेरे लिए कोई फ़ोन आए तो घंटी बजती रहती है कोई उठाता नहीं। कभी-कभी मैं ख़ुद ही फ़ोन करके देख लेता हूँ कि मेरी अनुपस्थिति कैसे बजती है। किसी एक दिन दफ़्तर नहीं जाकर दूसरे दिन दफ़्तर पहुँचूँ तो सारे कुलीग चिन्तित हो कर पूछते हैं कि क्या हुआ था, बुखार तो नहीं अथवा पत्नी की तबीयत, सब ख़ैरियत तो है आदि। किसी को यक़ीन नहीं होगा अगर कहा जाए घूमने-फिरने गया था, चाहे यक़ीन हो भी तो हद से हद दीघा डायमंड हार्बर तक सोच सकते हैं। कहा जाए कि मसूरी गया था या कल्पना कीजिए ऊटी तो सब हँसने लगेंगे कि भई वाह, तुम्हारे सेंस ऑव ह्यूमर का क्या कहना! (मॉरीशस या स्विटज़रलैंड तो मेरे ही विंडोज़ एक्स्पी के मेमोरी रैम में फीड नहीं होता। सॉरी, मोर दैन 512 मेगाबाइट, फ़ाइल कैन नॉट बी सेव्ड, ट्राई अनदर डिस्क!) मेरी नौकरी एक ऐसा खूँटा है जिससे बँधकर मैं सपत्नीक मिलेनियम पार्क, नन्दन या प्रिन्सेप घाट तक घूम-फिर कर लौट आता हूँ। कभी बिना बताए दो-तीन दिन तक ग़ायब रह जाऊँ तो समझिए राम नाम सत्त है!

यह मैं पहले ही कह चुका हूँ कि दफ़्तर जाना ऐसा कतई नहीं कि घर का दरवाज़ा खोला और दफ़्तर के अन्दर आ गए। घर के दरवाज़े से निकलकर दफ़्तर के दरवाज़े तक पहुँचने के लिए दुनिया में न जाने कितने दरवाज़े खोलने बन्द करने होते हैं। इस वजह से घर से निकलकर दफ़्तर को मेरा जाना, देर तक दिखने वाला जाना बना रहता है। दफ़्तर जाते हुए दुनिया के खुले ख़तरनाक में मैं इतनी देर तक इतना स्पष्ट और स्थिर दिखता हूँ कि कोई नवसिखुआ भी आसानी से मुझ पर निशाना साध सकता है। ऐसे में कई-कई दिन तक मेरी लाश मुर्दाघर में लावारिस पड़ी रहेगी।

घर और दफ़्तर के बीच मेरी 'बॉडी' पर किसी का दावा नहीं बनता। वहाँ मेरा कोई बॉस नहीं, कोई पत्नी नहीं, होनेवाली उस बिटिया से भी कोई रिश्ता नहीं जिसका नाम मैंने अभी से सोच रखा है। वहाँ मैं अपनी जमानत पर ख़ुद हूँ।

शाम को नियत समय पर दफ़्तर के दरवाज़े को खोलकर घर के लिए चलता हूँ। सड़क का दरवाज़ा खोलकर सड़क पर चलने लगता हूँ। सड़कों के दोनों तरफ़ महँगी दुकानों के दरवाज़े हैं : शीशे इतने पारदर्शी कि मुझ जैसे आदमी के लिए भी खुले होने का भ्रम रचते हैं। मैं जानता हूँ कि इन दरवाज़ों की चाबी मेरी जेब में नही आ पाती। खुल जा सिम सिम जैसा कोई मंत्र काम नहीं करता। (सॉरी, पासवर्ड इज़ नॉट करेक्ट, प्लीज़ ट्राई अगेन।) मैं परवा नहीं करता, लेकिन मन को एक चोट पहुँचती है। इस तरह रोज़-रोज़ अपमानित होता हूँ। (e.g. अपमान का कड़वा घूँट पीता हूँ।) बस के दरवाज़े बस में चढ़ता हूँ। ट्रेन का दरवाज़ा खोलकर उतरते हुए प्लेटफॉर्म के दरवाज़े से टकराते-टकराते बचता हूँ। घर पहुँच कर घर का दरवाज़ा खटखटाता हूँ। गौरी घर का दरवाज़ा खोलकर सारे घर को मुझसे भर लेती है। घर में घर-भर मैं। कल्पना करना बड़ा मुश्किल कि जब मैं घर में नहीं होता तो घर कैसा दिखता होगा। घर में गौरी इतनी दबी-छुपी रहती है कि आसानी से पकड़ में नहीं आती। मेरे लिए चाय बनाती है तो ख़ुद भी थोड़ा-सा ले लेती है। मैं बैंगन पसन्द नहीं करता तो वह ख़ुद के लिए भी बैंगन नहीं बनाती। मुझे पता नहीं चलता उसे अलग से क्या पसन्द है। वह सब्जी लाने के लिए मुझे झोला पकड़ा देती है कि अपनी पसन्द का जो भी लाओगे राँध दूँगी। मैं घर का दरवाज़ा खोलकर बाज़ार जाता हूँ। बाज़ार जाना इतना सुविधाजनक है कि जितनी बार बाज़ार जाऊँ बाज़ार जाना बचा ही रहता है। रात का खाना खाने के बाद बिस्तर का दरवाज़ा खोलकर पड़ रहता हूँ। गौरी फुटकर काम निबटाकर आदतवश एक बार सदर दरवाज़ा देख आती है कि ठीक से बन्द है या नहीं। उसके लेटने आने तक मैं किताब का दरवाज़ा खोलकर कहानियाँ पढ़ता रहता हूँ। ठीक समय पर नींद का दरवाज़ा खोलकर सो जाता हूँ। सपने का दरवाज़ा खोलकर गौरी को चूमता हूँ। उसके अश्लील पेट और नाभि प्रदेश के बारे में सोचते सोचते एक कीड़ा बन जाता हूँ। उसकी देह का दरवाज़ा खोलकर धीरे-धीरे भीतर का चमकीला अँधेरा कुतरता हूँ।

बिस्तरे पर चित्त लेटकर मैं छत को एकटक देख रहा था। एकाएक मुझे लगा मेरी निगाहें अपेक्षाकृत धुँधली हैं और मैं छत को ठीक से पकड़ नहीं पा रहा हूँ। (यह दरअसल सोच से बाहर के समय का मन्थर प्रवाह था। ईर्ष्या की तरह टिमटिमाती सोच से बाहर की रोशनी, जिसमें छत थी, गौरी थी, कमरे से बाहर धूप लहकती थी : इतवार की अलसाई दोपहर।) मुझे लगा मैं छत के मूल को नहीं पकड़ पा रहा। कभी-कभी प्रूफ पढ़ते हुए अचानक मेरा मन टेक्स्ट से उखड़ जाता है। तब

सिर्फ़ शब्दों की बनावट, बनावट की ग़लतियाँ-भर पकड़ में आती हैं। (दरअसल प्रूफरीडिंग में इतने से ही काम चल जाता है, ज़रूरत पड़ने पर मैं अड़ सकता हूँ कि लिंग्विस्टिक सरफेस से आगे का काम एडिटिंग सेक्शन को रेफ़र किया जाए।) इस तरह पूरी कहानी पढ़ जाता हूँ लेकिन उसका कथानक पल्ले नहीं पड़ता। छत को एकटक देखते हुए मैंने अपनी समस्त शक्ति छत के सारांश को पकड़ने में लगा दी।

'खाना लगा दूँ?' गौरी ने पूछा। मैंने गौरी को देखा। कहीं ऐसा तो नहीं कि इतने सालों साथ-साथ रहने के बावजूद मुझे नहीं पता गौरी नामक टेक्स्ट का कथानक क्या है! मैंने ज़ोर से सिर झटका। नहीं, मैंने गौरी को अच्छी तरह पढ़ा है, उसके सारे रहस्यों से वाक़िफ़। मसलन वह सपने में किसे चूमा करती है या खिड़की से बाहर चुपचाप किसे देखा करती है आदि। जानने के इकहरे दर्प से मैं भर गया। हम एक ख़ास क़िस्म की ज़िन्दगी अपने लिए चुन लेते हैं, हालाँकि जो हमारी ज़िन्दगियाँ नहीं हैं उन्हें थोड़ा-बहुत जानते ज़रूर हैं। हम थोड़ा-बहुत जानते हैं कि एक नेता या अभिनेता की ज़िन्दगी कैसी होती है। (यह जानना हमें समय-समय पर अपनी ज़िन्दगी से सन्तुष्ट करता चलता है, मसलन मधुकर दा की ज़िन्दगी के बरक्स मेरी ख़ुद की ज़िन्दगी।) कुछ इसी तरह का आधा अधूरा जानना मुझे तुष्ट कर गया कि गौरी की ज़िन्दगी कैसी है। फिर भी एक संशय हमेशा बना रहता है कि प्रेस को सौंपी गई ट्रेसिंग कॉपी में भी कहीं कोई भूल न चली गई हो। हम अपने मन को समझाते हैं कि इसका कोई अन्त नहीं, कि जितनी बार प्रूफ देखा जाए कुछ न कुछ निकल ही आता है। मसलन हम दावे के साथ अन्त तक नहीं कह सकते कि जहाँ अल्पविराम लगा है वहाँ पूर्णविराम हरगिज नहीं हो सकता था आदि।

खाना खाकर मैं बिस्तर पर लेट गया। कमरे से बाहर चकाचक धूप थी। गौरी ने आकर खिड़की-दरवाज़ा उठगाँ दिया। कमरे में झिरी अँधेरा हो गया। गौरी मेरे पास ही लेट गई। मैं उसकी तरफ़ करवट लेकर उसे देखने लगा। वह चित्त सोई थी। उसकी आँखें बन्द थीं। आँखें बन्द किये किये वह मुस्कराने लगी। वह न जाने कैसे जान गई थी कि मैं उसे देख रहा हूँ। मैंने उसे कमर के पास गुदगुदा दिया। उसने मेरी तरफ़ करवट ले ली। उसके चेहरे पर पसीने की हल्की चिकनाई थी। ललाट पर, पलकों की पीठ की गझिन झुर्रियों में, नाक के नीचे ऊपरी होंठ के ऐन ऊपर टाई की शक़्ल वाली गड़ही में, टुड्डी के कटाव में पसीने की झिलमिल थी। साँस लेने की वजह से बाईं छाती के ऊपर का तिल पसीने से जलता-बुझता था। काँख के पास ब्लाउज़ गीला था।

थोड़ी देर बाद मेरी आँखों में नींद के खुरदरे लाल रेशे तैरने लगे। दृश्य खिंचा-खिंचा लगने लगा। मैंने आँखें बन्द कर लीं। बन्द आँखों का रंग ललौंसा उजास लिए हुए था। इस रंग को मैं बचपन से देखता आया हूँ। धूप में खड़ी गौरी के कानों

के लव का रंग या जैसे एक झीनी सफ़ेद साड़ी के नीचे झलकता नारंगी रंग का पेटीकोट। लाल नीला हरा सफ़ेद काला जैसे मोटे रंगों के नाम ख़ूब जानता हूँ। पीला आसमानी गुलाबी आदि फीके रंग भी पहचान लेता हूँ। आसमान का रंग गौरी की रंग छुटी नाइटी की तरह है। ले-आउट डिज़ाइनर मोहान्ती बताता है कि आजकल और भी कई आधुनिक और जटिल रंगों की उत्पत्ति हो गई है। पसीने का रंग कैसा होता है : पर्पल, पिच या टेरेकोटा शेड में? मसलन ओसारे की चौकी मेजेंटा धूप से रँगी है। पिछले दोल मेले में एक मरून शर्ट ख़रीदी। तालाब में गोता लगाकर आँखें खोलने का रंग स्यैन और हरे का मिला-जुला रंग है। आदि। दोपहर का रंग आधुनिक नहीं है लेकिन उसका नाम नहीं जानता। दोपहर के सुनसान में भर पेट खाकर पत्नी के साथ लेटने का भी कोई रंग होता है क्या : मोहान्ती से पूछूँगा।

गौरी को सोता देखकर यह धोखा हो जाता कि वह जाग रही है। सोते में कभी उसके मुँह से एक मरी हुई कुनमुनाहट निकलती : दो-चार नुचे-चिंथे शब्द, आपस में गुत्थमगुत्था और हतप्रभ : जैसे अक्षरों के बीच स्पेसिंग-लीडिंग कम कर दी गई हो। उसकी पलकें फड़कतीं। भुला-बिसरा दिये गए छोटे-छोटे सपने। कायदे से वयस्क सपने भी नहीं, जैसे सपने का अदना सा बच्चा : सपनी!

मैं उठकर खिड़की के पास चला आया। धीरे से खिड़की के पल्लों को खोला। चारों तरफ़ की चुप्पी और सुनसान के बरक्स मेरा इस तरह उठकर खिड़की के पास आना हवा के फेफड़ों में दर्द के मारे बौखला गया। मैं चुप था। कहीं दूर से मेरा चुप होना उड़ता हुआ आता था। बाहर ओसारे में ओसारा-भर दोपहर, सीढ़ी से उतरकर आँगन में आँगन-भर। इधर-उधर सूराखों से, ऊपर के खुले से दोपहर भभकी पड़ रही है। हैंडपम्प के पास रखे कुकर, तसली, बटुली, चम्मच में कुकर, तसली, बटुली, चम्मच-भर दोपहर। हैंडपम्प से निकली मोरी से दोपहर छुल-छुल बह रही है। अहाते पर से बाहर को दोपहर के कूदने की आवाज़ आती है : डुबुक... टप्प! कमरे में गौरी की साँसों की कमसिन आवाज़ें हैं। जागे हुए के कारण मैं अपनी साँसें जान-बूझकर इधर-उधर भटका कर छोड़ता हूँ ताकि आवाज़ न हो और गौरी की नींद न टूट जाए। कभी-कभी ग़लती से मेरी साँस कमरे की किसी ठोस वस्तु से टकरा कर छन्न से बजती है। मैं अफ़सोस करता हूँ। कहीं दूर से मेरा अफ़सोस करना उड़ता हुआ आता है।

दरअसल गौरी को सोता देखकर मेरा मन उसके प्रति कृतज्ञता से भर उठा था। (बेबी पिंक कलर की कृतज्ञता, हे हे!) अचानक मुझे उसकी देखभाल की ज़िम्मेदारी बढ़ चढ़ कर महसूस होने लगी। यह इसलिए भी हो सकता है कि सोते हुए उसका चेहरा विकारहीन और अपेक्षाकृत ज़्यादा वेध्य लग रहा था। मैं कोशिश कर रहा था कि किसी भी हाल में उसकी नींद पूरी होने से पेश्तर न टूटे। इसके लिए मैंने अपने आवश्यकता से अधिक हिलने-डुलने पर रोक लगा दी थी। बहुत ज़रूरत पर ही मैं

चलता, दबे पाँव। खिड़की के बाहर के दृश्य को दिलदारी से देखने की जगह फ़र्स्ट रीडिंग की तरह मैंने अपनी दृष्टि मोटी-मोटी और पहली ही नज़र में आ जानेवाली चीज़ों तक महदूद कर दी। मैं किसी भी बात पर सूक्ष्मतापूर्वक विचार करने से ख़ुद को निर्ममता से एडिट करने लगा। ज़्यादातर मैंने उन्हीं चीज़ों को अपनी सोच का विषय बनाया जो आकार में बड़ी और महत्त्वहीन हो जाने की हद तक जानी-पहचानी हों, मसलन पेड़, फल, ऐन चौराहे पर आयुर्वेदिक औषधियों और जड़ी-बूटियों की दुकान, मंसूर मियाँ की कानी घोड़ी, ग्वालों के हुड़दंगिये बच्चे आदि।

थोड़ी देर बाद मैंने महसूस किया कि मैं एक बेजोड़ मन्थरता से भर गया हूँ। दोपहर की चुस्सड़ उमस में मेरी सारी तरलता जाती रही थी। मेरी हड्डियाँ तक अकड़ने लगीं। जम्हुआई रोकना भी भारी पड़ रहा था। गौरी नींद में ग़ाफ़िल थी और मैं खिड़की पर खड़ा अपने आपसे जूझ रहा था। भीतर कहीं दबे-छुपे मैं असन्तुष्ट था, उस दबाव से, जो घर में रहते हुए चौबीसों घंटे मुझे बाँधे रखता है। मन के धूसर में बासी हवाएँ गूमड़ बनाती हैं। हर घड़ी हमें ख़्याल रखना पड़ता है कि एक अदद ग़लत झोंका सम्बन्धों की दरारों में घुस बैठी चिनगारी को हवा दे सकता है। दफ़्तर में हमारी रुद्ध उत्तेजनाएँ गरगर बहने लगती हैं। किसी भोंडे मज़ाक़ पर, दकियानूसी छींटाकशी पर हम हो-हो कर हँसते हैं। सहकर्मियों पर अश्लील फिकरे कसते, लतीफ़े बनाते। दफ़्तर में काम करने वाली लड़कियाँ भी भरपूर साथ देतीं। बाल की खाल निकालतीं। जान-बूझकर ग़लतफ़हमी पैदा करतीं। द्विअर्थी संवादों में ख़ूब मज़ा लेतीं। हम सब उनका दिल रखने के लिए एक-दूसरे को अपना रकीब मानते। (सुभाष दा और करबी दी वाला मामला ऑफ़िस ज़ाहिर था इसलिए वे दोनों इस खेल से बाहर।) लंच आवर में कट चाय पिला कर उनके घर उनके शंकालु पतियों की बात नहीं करते। इससे वे हमें पजेसिव मानतीं, ख़ुश होतीं। सबका अपना घर बार। (करबी दी का भी।) चिन्ताएँ। ढाई-तीन महीने की मेटरनिटी लीव में शॉर्ट टर्म माँ बन जातीं। इस तरह सिर्फ़ दो बार, यानी ज़िन्दगी में कुल छह महीने दो बच्चों के लालन-पालन के लिए। हम दो हमारे दो। बच्चे बड़े हो जाते। माँ को पहचान लेते ठीक-ठीक। याद रखते।

'घड़ी ने दो बजाई' जैसे एक वाक्य की बनावट पर कम्पोजीटर सुभाष दा खिसिया जाते। 'सोते हुए उसने एक भारी उसाँस भरी' जैसे एक पुरानी शैली के वाक्य पर उन्हें अफ़सोस होता। कहीं कोई ग़लती दिख जाती तो वे उसके लेखक को गरियाते जिसने बिना रिवाइज किये ही प्रेस कॉपी भेज दी थी। 'कमरे का तापमान' और 'देह की धूप' जैसे आलंकारिक पदबन्धों पर उनकी हँसी रोके नहीं रुकती। हँसते हुए वे बीड़ी सुलगाते हैं। हँसते हुए वे खाँसने लग जाते हैं। एक अदद ऊटपटाँग वाक्य भी बर्दाश्त नहीं कर सकते। खाँसते खाँसते बेहाल हो जाते। (करबी दी, 'मर क्यों नहीं जाता मरदूद! छुट्टी मिले तुझे भी और मुझे भी।') ज़िन्दगी प्रूफ़ कॉपी नहीं

जिसमें ग़लतियाँ सुधारने की मोहलत हो। 'अन्त तक कुछ नहीं बदलता' जैसे एक फ़ैसलाकुन वाक्य से सुभाष दा की आँखें धुआँ जातीं। फेफड़े जर्जर होते जाते हैं। चश्मे का पावर बढ़ता जाता है।

गौरी गौरी!

गौरी अभी भी नींद के कीचड़ में सनी हुई। धीरे-धीरे दोपहर ढल रही है। धूप का अभिमान भाप बनकर उड़ता जा रहा है। घंटे डेढ़ घंटे में यह धूप किसी माँ मरी बच्ची की तरह हो जाएगी : उदास, शान्त। कमरे की गाढ़ी हवा में बहुत सारे 'मन उदास है' इधर-उधर उड़ रहे हैं। ये सारे शादी के बाद से आज तक के कभी मेरे कभी गौरी के कहे अनकहे 'मन उदास है' हैं। मैं बहुत क़रीब से गौरी के ग़ाफ़िल चेहरे को देखता हूँ। खिड़की के खुले पल्ले से होकर एक 'भूल स्वप्न' आकर गौरी के चेहरे पर बैठ जाता है। मैं उड़ाता हूँ तो वह इधर-उधर उड़कर वापस वहीं बैठ जाता है। (जैसे टेलीफ़ोन के सन्दर्भ में राँग नम्बर, कम्पोजिंग में राँग फोंट, वैसे ही सपने के सन्दर्भ में भूल स्वप्न। मैं बग़ैर एडिटिंग सेक्शन से कंसल्ट किये यह शब्द गढ़ता हूँ और उदास हो जाता हूँ।) अपनी देह में हर कहीं : गर्म गुदाज अंगों, रंध्रों, उँगलियों के जोड़ों, गोरे टखनों, गम्भीर जाँघों : हर कहीं गौरी सो रही है। ख़ून की तरह गाढ़ी दोपहरी नींद। उसे सोता देख मैं उदास हो जाता हूँ कि दुनिया में हर कहीं गौरी सो गई है और अब मैं भर दुनिया में निपट अकेला जगा हूँ।

गौरी गौरी, क्या तुम मुझे सुन रही हो? गौरी क्या तुम्हें याद है जब पहली बार...

हवा में उड़ता हुआ एक बूढ़ा नाटा 'मन उदास है' अचानक मेरे कानों में फुसफुसा जाता है : याद है बाबा याद है, गौरी को सब याद है। बस थोड़ा होल्ड करो, प्लीज़ स्टे ऑन द लाइन, गौरी अभी लौट आएगी थोड़ी देर में।

मैं कमरे से निकलकर बाहर आ जाता हूँ। मेरे पीछे कमरा छूट जाता है, नये-पुराने तमाम 'मन उदास है' छूट जाते हैं। नींद के कीचड़ में लथपथ गौरी छूट जाती है। 'हर इतवार को गौरी को प्यार करता हूँ' पीछे छूट जाता है। 'हर इतवार को गौरी के बारे में सोचता हूँ कि बेचारी को हर दिन एक-सा जुते रहना पड़ता है' पीछे छूट जाता है। 'थोड़ा पूरा-पड़ोस घूम आता हूँ। सबसे हालचाल पूछ आता हूँ। किसी की ग़मी में शामिल होता हूँ। नरेन दा की बेटी की शादी के कार्ड का प्रूफ देख आता हूँ। नरेन दा चाय पीकर जाने को कहते हैं तो मैं कहता हूँ, अरे नहीं नहीं।' आदि सब भी पीछे छूटकर इतिहास बन जाते हैं। भूगोल में मैं आगे और आगे बढ़ता जाता हूँ। दफ़्तर से लौटते हुए मधुकर दा मिल जाते हैं। मैं मधुकर दा को ख़बर देता हूँ कि आपकी बात सच निकली। मधुकर दा नवीन के बारे में बताते हैं कि अभी उसकी उमर ही क्या थी। अगले वैशाख में नवीन की शादी गोप बाबू की मँझली लड़की से होनी तय थी। नवीन के बारे में बात करते-करते हम दोनों आगे बढ़ते हैं तो कहीं

दूर संझापूजन का शंख बजता सुनाई पड़ता है। 'एक लड़की की माँ गुलाबी रिबन लगाकर उसकी चोटी गूँथती है' सुनाई पड़ता है। गोप बाबू घमौरियों से भरी अपनी पीठ पर नाइसिल पाउडर छोप कर बाज़ार जाते दिख पड़ते हैं। मधुकर दा पूछते हैं कि क्या मैंने गौरी को बता दिया। मैं कहता हूँ आज उसने अलस्सुबह ही मुझे झकझोर कर जगा दिया था। तभी।

गौरी गौरी।

कल्याणी फास्ट अपनी पटरी पर दौड़ती हुई बढ़ती है। आज खिड़की वाली सीट मिलने से इटैलिक बहुत ख़ुश है। पास ही खड़े बुजुर्ग बार-बार टो कर देख लेते हैं कि कहीं उनकी जेबतराशी तो नहीं हो गई। 'प्यार किया तो डरना क्या' आज अकेले लौट रहा है, उसकी गर्लफ्रेंड नहीं दिखती। और वो देखो फुटबोर्ड पर की इतनी धक्कामुक्की में भी एक कालेजिया लड़का कानों में ईयरफ़ोन लगाए कैसे बिन्दास खड़ा है! कल्याणी फास्ट में जितने भी लोग बैठे हैं, खड़े हैं, लटके हैं : वे दरअसल इतने सारे लोग नहीं, कुल मिलाकर दिन-भर के काम से थका-हारा और अब घर को लौटता एक ही आदमी है।

गौरी नींद में रास्ता देखती है।

['तद्भव-18', 2008, सं. अखिलेश]

प्रेमकथा में मोज़े की भूमिका का आलोचनात्मक अध्ययन

तब मेरी उम्र अठारह साल की थी और मैं समझता था कि मैं मेरे आसपास की चीज़ों को भली-भाँति समझने लगा हूँ।

यह शुरुआती दौर ही था, मतलब मैं अठारह का अभी-अभी हुआ था—मेरे वयस्क जीवन की शुरुआत, कॉलेज के भी वे शुरुआती दिन थे और मेरी एकाध कविताएँ छपनी शुरू हुई थीं।

कविताएँ छपने वाली बात विशेष रूप से महत्त्वपूर्ण है। मतलब होने को तो मेरे संगी-साथी भी अठारह के हुए थे, पूर्णत: वयस्क, और हम सबने एक ही साथ कॉलेज में दाख़िला लिया था, लेकिन सबमें एकमात्र मैं ही था जो लिखता था और तुर्रा यह कि स्थानीय ही सही, पत्र-पत्रिकाओं में छपने भी लगा था। यह कुछ ऐसा था जैसे मेरे पास एक और आँख थी जो ऊँचा और अतिरिक्त देखती थी। मेरा एक अंश हमेशा जैसे किसी विराट सच से मुब्तिला था और वही अंश अपने इर्द-गिर्द के कँगले टुच्चेपन के प्रति मुझमें एक सहानुभूति का भाव भर देता था। मैं सायास कोशिश करता कि छोटी-छोटी दुनियावी बातचीत में भी रुचि लूँ और अपनी आँखों को आसपास की साधारण चीज़ों से हटने न दूँ। उन दिनों अपने साथियों के बीच मैं अक्सर 'देखो, अभिमान मुझको छू भी नहीं गया' वाले भाव से ऊभचूभ बना रहता था। मसलन, मैं सबसे तपाक से हाथ मिलाता था, बात-बेबात बग़लगीर हो जाता था, ऊँची आवाज़ में बातें करता था, कॉफी-हाउस में ठहाके-कहकहे लगाता था और अगर इर्द-गिर्द लड़कियाँ न हों तो सर्वाधिक अश्लील लतीफ़े मैं ही सुनाता था।

ग़ौर कीजिए यह तब की बात है जब मैं अठारह का अभी हुआ ही था। यह एक ऐसी उम्र है, आप भली-भाँति परिचित होंगे, कि हमारा जीवन धीरे-धीरे शुरू होकर सतरह-अठारह तक आते-आते अपनी गति पकड़ लेता है। इसे अगर उड़ान लेते हुए जहाज़ के रूपक से समझा जाए तो यों कहना होगा कि इस उम्र में हम ज़मीन की सतह छोड़कर फ़्लाइट ले चुके होते हैं। 'छोड़ना' महत्त्वपूर्ण है। मसलन, मेरा चेहरा-मोहरा माँ से मिलता था तो मैंने अपने इस औरताना नक़्श को छोड़ने की गरज से

मूँछें रख ली थीं, नज़रों को गड़ाकर और भौंहों पर बल देकर मैं भरसक बदल जाना चाहता था। कोई और हो जाना चाहता था। हाँ, यह सब एक 'अन्य' (other) रूप अख़्तियार करने की कवायदें थीं, एक ऐसा 'अन्य' जो अपने-आपमें स्वत:सम्पूर्ण था, परिपक्व और वयस्क था। मैं किसी नुक्ते पर देर और दूर तक सोचता और बालकोचित उत्साह में आने से अपने-आपको रोकता। मैं तनिक ठहरकर, ज़ेहन में उभरते भिन्न-भिन्न आशयों वाले वाक्यों में से किसी एक सर्वथा उपयुक्त को चुनता और बनी-सधी आवाज़ में कहना शुरू करता। मेरी आवाज़ खनकदार थी और मैं इसे चाकू की तरह नुकीली और धारदार बनाना चाहता।

यानी एक तरफ़ तो मैं सतरह-अठारह साल के लड़कों के बीच एक सतरह-अठारह साल के जवान लड़के की हैसियत से रहना चाहता था (लतीफ़े-कहकहे इत्यादि), तो दूसरी तरफ़ मुझमें उनके बरक्स एक श्रेष्ठताबोध भी था, और मेरे तईं इन दोनों ही मोर्चों पर मैं बख़ूबी सफल था। यह ठीक है कि अठारह की उम्र में कविताएँ लिखना और छपना हू-ब-हू कवि होना नहीं होता। मेरे कहने का मतलब, छपी हुई कविताओं के बल पर कोई चाहे तो कवि कह दे भले, लेकिन मैं अपनी असलियत जानता था। दरअसल, आज अभी अठाइस की उम्र में यह असलियत जितनी साफ़-साफ़ दिख रही है, तब इतनी साफ़ भले न हो, फिर भी मैं आंशिक रूप से जानता था कि मेरी कविताओं में उतरने वाले ज़्यादातर शब्द किन्हीं बड़े और आदर्श नामों की देखादेखी उतरते थे। (उनके, जिन्हें मेरे हमउम्र जानते तक न थे, मैंने उनके समस्त साहित्य को घोंट डाला था, क्या यह बड़ी बात नहीं?) मसलन, यह बहुत मुमकिन था कि 'एषणा' और 'लिप्सा' जैसे चमकते हुए और सजावटी शब्द पहले मैंने कहीं पढ़ा-सुना हो और बाद में सायास अपनी कविताओं में टाँक लिया हो। मेरी तब की कविताएँ इस तरह के बचकाने छद्मों से भरी पड़ी हैं। शायद इसीलिए आज मैं उन्हें किसी को न दिखाऊँ। लेकिन यह सच है कि इस उधारी के बल पर ही सही, तब मैं अपनी उम्र के छोकरों के बीच सबसे अमीर था, माना भी जाता था।

इसका सबसे बड़ा प्रमाण थीं क्लास की लड़कियाँ, जो हमेशा मेरे साथ बनी रहती थीं। इसे यों भी कहा जा सकता है कि मैं हमेशा उन्हें अपने साथ बनाए रखता था। आज स्वीकार करने में अजीब-सा लगता है कि तब हम (मुझ-समेत) अधकचरे छोकरे इसे बहुत महत्त्वपूर्ण मानते थे कि कितनी लड़कियों की गुडबुक में आपका नाम दर्ज़ है। ऐसे होने के कुछ ट्रिक्स हुआ करते थे। मसलन, मैं जान-बूझकर किसी ख़ास लड़की में रुचि नहीं लेता था। क्या है कि एक के सर्वांश हासिल करने के चक्कर में यह भले तय न हो कि आप उसे पा लें, लेकिन यह ज़रूर तय है कि बाक़ियों को आप खो देंगे। इसके अलावा हिंसक और अहिंसक होने के बीच एक ज़बर्दस्त सन्तुलन की दरकार है। मतलब लड़कियों को यह हरगिज़ न लगने पाए कि आप उनके साथ का बेजा फ़ायदा उठा रहे हैं, लेकिन

यह भी हमेशा लगता रहे कि अन्ततः वे एक मर्द के साथ हैं, किसी गुड्डे से दिल नहीं बहला रहीं। मेरा आज भी यह मानना है कि एक लड़के और एक लड़की के बीच और चाहे जो हो ले, दोस्ती कतई नहीं हो सकती[1]। शायद अन्त तक यह न मान पाने के कारण ही मैं तब भी सचमुच का कवि नहीं था, आज भी नहीं। मुझे कहानीकार होना ही बदा होगा।

> *जिन दग़ाबाज़ राहों में मैं अपनी राह काटने की कोशिश कर रहा था, मेरे अतीत ने मुझे उसके लिए कतई तैयार नहीं किया था। यूँ नहीं कि मैं कोरी स्लेट था या भोला कुमार। पर मेरे तज़ुर्बे का सागर उथला था, उसमें गहराई और लहरें नहीं थीं। इस मामले में जो मेरी सीवी थी, वह एक छोटे क़स्बे की सीमित सम्भावनाओं से आबद्ध और परिभाषित थी।...अनुभव के लिहाज से वही परिचित आहें थीं, जानलेवा नज़रे इनायत, प्रेम के झूठे अफ़साने और प्रेमिकाओं पर घोषित पर न पूरे होने वाले अधिकार। इश्क़ के विषय में मर्द दोस्तों के बीच गर्म जोश और तीक्ष्ण विवाद थे और औरत जात के लिए अथक, न मिटने वाली मुहब्बत का इज़हार। ये भंगिमाएँ आकाश और हवा में चुम्बन तिराने की तरह थीं जिनका कोई ग्राह्य आशिक़ नहीं था। ख़ूब शायरी होती और प्रेम पीड़ा और जुदाई के गीत-संगीत। हम अक्सर वे मजनूँ थे जिनकी कोई लैला नहीं थी। और अगर कहीं लैला थी तो मजनूँ को काठ मार जाता था। यह बनावटी संसार अन्तहीन था और प्रेमाशा की कोई किरण नहीं थी।*
>
> —राजू शर्मा, कहानीकार, तद्भव-19, सं. अखिलेश

---

1. 'दोस्ती' महज़ एक फलसफा हो जाती है, अगर वह अपोज़िट सेक्स वाले लोगों के बीच हो—एक उदात्त फलसफा, जिसे हम तत्काल ओढ़ लेते हैं। हम अन्ततः कहीं और पहुँचना चाहते हैं, लेकिन चूँकि इसमें बहुत समय का लगना है और हम यदि आज वहाँ तक न पहुँच सके तो भी 'दोस्ती' इसकी उम्मीद बरक़रार रखती है। जिस ज़मीन पर हम पहुँचना चाहते हैं, उसे अगर झाड़ी के पीछे छिपे 'दो बटेर' मानें तो इस अर्थ में दोस्ती हाथ आए 'एक बटेर' का नाम है।

   कभी-कभी हम वाक़ई मान लेते हैं कि एक लड़के और एक लड़की के बीच दोस्ताना सम्बन्ध मुमकिन है। लेकिन अक्सर यह तब होता है जब हम झाड़ी के पीछे छिपे दो बटेरों के लालच में आकर हाथ आए एक बटेर को भी खोने का ख़तरा मोल लेना नहीं चाहते। इसे न मानने वाले शायद उस बायोलॉजिकल अन्तर को भूल जाते हैं जिसके रहते इनमें दोस्ती हो ही नहीं सकती। फ़िल्मों में भी जब एक लड़के और एक लड़की के बीच दोस्ती दिखाई जाती है तो अक्सर लड़की को कम-से-कम 'लुक' के स्तर पर लड़कानुमा दिखाकर इस बायोलॉजिकल डिफरेंस को कम करने का प्रयास किया जाता है। (देखें, दिल तो पागल है, कुछ-कुछ होता है आदि।)

लेकिन चूँकि मैं तब जवान था और मेरे चारों तरफ़ लड़कियाँ भरी पड़ी थीं तो इसे ज़रूर होना था कि उनमें से किसी एक से मुझे मोहब्बत हो जाए, और ऐसा हुआ भी। नाम था—बिपाशा बसु।

जी नहीं, आप ग़लत समझ रहे हैं, यह वह फ़िल्मी तारिका नहीं, बल्कि यह जिन दिनों की कहानी है तब तक हीरोइन बिपाशा बसु अभी भवानीपुर कॉलेज में पढ़ती थी और वक़्तन-फ़वक़्तन मॉडलिंग कर लेती थी। जिस बिपाशा से मुझे मोहब्बत हुई वह भवानीपुर कॉलेज की नहीं, प्रेसिडेंसी कॉलेज की छात्रा थी और मेरे साथ पढ़ती थी जब मैं बीए का छात्र था। यह अलग बात है कि दोनों बिपाशाओं में ग़जब का साम्य था, मसलन दोनों का रंग गोरा नहीं, बल्कि चाय की रंगत लिए हुए था, दोनों ही लड़कियों की औसत लम्बाई से थोड़ी ज़्यादा लम्बी और दोनों ही...ख़ैर!

दरअसल आज दस साल बाद यह कहानी लिखते हुए मुझे बड़ी सहूलियत है। आपने ग़ौर किया होगा कि बिपाशा से अपने सम्बन्ध को मैंने 'मोहब्बत' नाम दिया। हिन्दी साहित्य में इसके लिए 'प्रेम' शब्द प्रचलन में है। लेकिन 'मोहब्बत' अथवा 'इश्क़' जैसे शब्द से जिस मेलोड्रामा की अनुभूति होती है, यक़ीन कीजिए 'प्रेम' जैसे छायावादी शब्द से वह कतई सम्भव नहीं। आज दस साल के अनन्तर उस मेलोड्रामा को मैं एक तटस्थ आँख से देख सकता हूँ। बिपाशा के साथ कभी भी 'आईलवयू' कहने-कहलवाने वाला मामला नहीं हुआ। न ही क्लास की बेंचों पर 'वी+के' खुरचने वाली स्थिति ही आई। उस तूफ़ानी उम्र में भी इन सबको मेरे 'वह रहा एक मन और' ने सेंसर कर दिया था। बावजूद इसके अगर मैं इस सम्बन्ध में किसी मेलोड्रामा की ओर इशारा कर रहा हूँ, तो समझना होगा मेरा मन्तव्य कुछ और है।

हालाँकि यह अवान्तर लगे, फिर भी बता देना ज़रूरी समझता हूँ कि उन दिनों मेरे परिवार की आर्थिक स्थिति ठीक नहीं थी और मैं जिस कॉलेज में पढ़ता था, वहाँ मुझ-जैसे दो-चार सौ छात्रों को छोड़कर बाक़ी सभी दो से लगाकर चार पहियों पर आते-जाते थे। अब इस रोशनी में देखें तो एंट्रेंस एग्ज़ाम में मैंने टॉप किया था और चूँकि साहित्यिक हलक़े में जाना जाने लगा था, सो प्रोफ़ेसर्स तक मेरे नाम के आगे 'जी' लगाकर बुलाते थे। अर्थात् अपनी एक कमी—अगर माली हालत का दुरुस्त न होना कमी मानी जाए—को ओवरलैप करने के लिए मैंने अपने दूसरे पक्षों—पढ़ाई-लिखाई में तेज़ होना, कविताएँ लिखना आदि—को अत्यन्त मुखर कर लिया था। अब बिपाशा की बात करें तो वह निहायत ही ख़ूबसूरत थी और दिक़्क़त यह थी कि उसे भली-भाँति पता था कि वह ख़ूबसूरत है। दूसरे यह कि उसके भाइयों का इम्पोर्ट-एक्सपोर्ट (वह बड़ी अदा से कहती, 'ऐम्पोर्ट-ऐक्सपोर्ट') का बिज़नेस था। जनाब, वह मोबाइल का नया-नया दौर था और बिपाशा दस में से उन दो लोगों में से एक में थी जिसके पास मोटोरोला का भारी-भरकम सेट हुआ करता था, जो उन दिनों एकमात्र प्रचलन में था। इसके अतिरिक्त कॉलेज आने-जाने के लिए उसके पास

नई-नकोर इंडिका हुआ करती थी जिसे वह ख़ुद ड्राइव करती थी। तीसरे और सबसे महत्त्वपूर्ण यह कि उसे साहित्य में कोई ख़ास दिलचस्पी नहीं थी। यानी मेरे तमाम औज़ार—कुल मिलाकर बारह फ़र्स्ट क्लास की डिग्रियाँ और पैंतीस कविताएँ—उसके 'एकमात्र' रूप-वलय को वेध पाने में नाकाम थे।[1]

आप जानते होंगे, कॉलेज-लाइफ़ में इश्क़, प्यार, मोहब्बत की तमाम गुंजाइशें रहती हैं। यार-दोस्तों की महफ़िल में बैठे, दोबतिया-तीनबतिया हुईं तो पता चलता है यह दुनिया कितनी प्यारी है, मतलब, यहाँ के लोग एक-दूसरे से कितना प्यार करते हैं। छोटी-छोटी बातों में प्यार उमड़ा पड़ता है। ऑफ़ पीरियड में सामने की बेंच पर बैठी कोई अपने बाल सँवार रही है, एकाएक पलटकर देखा, मुस्करा दिया और "यार मैंने उसकी इस अदा पर दिल दे दिया।" कोई चलते-चलते मचकी, अगले ही पल उसके हाथों में उसका टूटा हुआ सैंडल। देखनेवाले ने देखा और दिल दे दिया। दिल की कुछेक ज़ेरॉक्स कॉपियाँ करा के रख लीं और गाहे-माहे देते-दिलाते रहे। ऐसा अवसर मुझे नहीं मिला था अभी। एक दिन क्या हुआ कि बिपाशा आई और जैसे कि 'हाय-हलो' वाली शुरुआती सीढ़ियाँ उसने पहले से चाँप रखी हों, और अब बार-बार घनिष्ठता को सत्यापित करने की फ़ुर्सत किसे है, और कि मान लेना चाहिए हम अच्छे मित्र हैं, उसने सीधे पूछा, "तुम्हारा नम्बर क्या है?" यह एक अप्रत्याशित सवाल था, बाद में मेरी समझ में आया कि वह फ़ोन नम्बर पूछ रही है। मैंने पहले यह कहा कि मोबाइल नहीं रखता (मानो यह विकल्प था मेरे पास कि रखूँ, न रखूँ), फिर आगे वह कुछ और पूछे इससे पेश्तर कड़वापन का दूसरा ग्रास

1. हालाँकि जब की यह कहानी है तब भारत की अर्थ-प्रणाली में 'उदारीकरण' को लॉन्च हुए सात-आठ साल हो चुके थे, लेकिन स्वतंत्रता संघर्ष के दौरान गांधी जी ने जिस 'ग़रीब आदमी' (साभार अशोक सेकसरिया) का मॉडल खड़ा किया था और उसके प्रति आस्था और आदर की जो साख थी, वह अभी पूरी तरह से ध्वस्त नहीं हुई थी। एमएनसीज़ व लाखों के सालाना पैकेज के दौर के शुरू होने में अभी वक़्त था और अब भी 'पैसे' ने 'विद्या' को अपदस्थ नहीं किया था—ख़ासकर कलकत्ते में, जहाँ गांधी की फ़ाकेमस्ती के साथ-साथ कम्युनिस्टों की फटेहाली भी परम्परा से एक रोलमॉडल के रूप में चली आ रही थी। मैं अपनी डूबती नैया को फ़र्स्ट क्लास की डिग्रियों और कविताओं की मस्तूल से सँभाले हुए था और जब कभी 'इतर' कारणों से पस्त होता महसूस करता, अपने इसी ब्रह्मास्त्र का प्रयोग करता। और जगहों की बात नहीं करता, लेकिन कलकत्ते में 'कवि' होना कमोबेश आज भी सामाजिक प्रतिष्ठा का सबब है।

   बिपाशा, जबकि समाज के उस ऊँचे तबके से वाबस्ता थी, जो चूँकि पीढ़ियों से 'विद्या' से महरूम थी, इसलिए अब तक उसने 'विद्या' को पूर्णत: ग़ैरज़रूरी (और किसी हद तक अनुत्पादक) मान लिया था। आने वाले दिन बिपाशा-जैसे लोगों के ही थे, और तब भी हम भीतर-भीतर कहीं ख़ुद को ज़माने से हारा, पिछड़ा हुआ समझने लगे ही थे—लेकिन यह एक शुरुआत ही थी।

यह कहते हुए निगल लिया कि घर पर भी फ़ोन नहीं है। उसने बिना एक पल गँवाए अपना नम्बर—मेरा मतलब फ़ोन नम्बर—मुझे दिया, इस हिदायत के साथ कि किसी और को न दूँ, साथ ही शाम को सात बजे फ़ोन करने को कहा।

काश कि मेरे पास तब मोबाइल होता! ऐसे में चूँकि उसने ख़ुद अपनी पहल पर मेरा (फ़ोन) नम्बर माँगा था, तो प्रेम में ज़रूरतमन्द की भूमिका उसकी होनी थी। लेकिन मेरे पास फ़ोन नहीं था, सो अब मुझे याद रखना था कि शाम सात बजे उसे फ़ोन करना है। इस तरह इस सम्बन्ध में बिपाशा को शुरू से ही बढ़त हासिल थी। इस बात का अहसास तब और बड़ी शिद्दत से होता जब वह सेल के पास नहीं होती और इधर मैं लगातार रिंग करता परेशान होता रहता, अथवा घर के लोगों के साथ होने की वजह से वह मेरा फ़ोन काट देती (मैं राम काकू के ही एसटीडी बूथ से उसे फ़ोन करता और उसने वही नम्बर मेरे नाम से फीड कर रखा था)। दूसरे दिन कॉलेज में हालाँकि इसकी भरपाई हो जाती जब वह सफ़ाई देने की भूमिका में होती। लेकिन फिर शाम होनी थी और फिर...। दूसरे दिन कॉलेज में फिर...। इस तरह प्रेम में हमारी भूमिकाएँ सुनिश्चित हो गईं।[1]

प्रेम के शुरुआती दिनों में हम अक्सर अपनी भूमिकाओं को लेकर शशोपंज की स्थिति में रहते हैं—ख़ासकर लड़के। लड़कियों के सामने बड़ी जल्दी अपनी भूमिका की रूपरेखा स्पष्ट हो जाती है, और ज़्यादातर लड़कियाँ चूँकि नियतिवादी होती हैं, अपनी भूमिका को लेकर उनमें सन्तोष रहता है। मसलन, एक बार अगर स्पष्ट हो जाए कि उनकी भूमिका जवाबदेही की है तो इसे लेकर वे बहुत माथापच्ची में नहीं पड़तीं। या तो उन्हें यह स्वीकार होगा, अथवा नहीं। जबकि लड़कों को लगता है कि हो सकता है एक जादू के तहत आगे सब दुरुस्त हो जाए और वे अन्त तक पसोपेश में रहते हैं।

एक और मज़ेदार बात, लड़कियों के सामने अपनी भूमिका जितनी स्पष्ट होती है, उससे कहीं ज़्यादा उन्हें उस लड़के की भूमिका याद रहती है जिसे उन्होंने अपने लिए चुना है (जी हाँ, चुनाव हमेशा वे ही करती हैं, चाहे आप जितनी ग़फ़लत पाल लें कि ये आप हैं जिनकी नज़र उन पर पहले पड़ी है)। और एक बार जब उन्हें

---

1. "इसे अगर दूसरे ढंग से कहा जाए तो हर प्रेम-सम्बन्ध एक अनलिखे अनुबन्ध पर टिका होता है, जिसके मसौदे को प्रेमी-प्रेमिका अपने प्रेम के शुरुआती दिनों में, बिना ठीक से सोचे-विचारे, तैयार करते हैं। शुरुआती दिनों में वे सपनों में डूबे होते हैं, लेकिन इन्हीं दिनों, अपने अनजाने ही वे दो ज़िद्दी वकील की तरह अपने कॉन्ट्रैक्ट की शर्तों को भी लिख रहे होते हैं। इसलिए हे प्रेम में डूबे लोगो! उन शुरुआती ख़तरनाक दिनों के प्रति सावधान हो जाओ। याद रखो, अगर एक बार तुम अपने प्रेमी का नाश्ता बिस्तर तक लेकर गए, तो यह तुम्हें हमेशा करना होगा।"

—मिलान कुन्देरा, द बुक ऑव लाफ्टर ऐंड फॉरगेटिंग, अनुवाद मेरा

अपने प्रेमी की भूमिका का ठीक-ठीक अन्दाज़ा हो जाए, तो बस इतना काफ़ी होता है आगे का कार्यक्रम तय करने के लिए। आप इससे शत-प्रतिशत सहमत होंगे कि लड़कियाँ स्वभावत: ज़्यादा डिमांडिंग होती हैं। यह क्यों कर रहे हो, ऐसा क्यों पहना है, सिगरेट छोड़ दो, चाय कम कर दो आदि सब इसीलिए कि उन्होंने आगे का जो तय कर रखा है, उसमें ये सारी चीज़ें फिट नहीं बैठतीं। हाँ, ये माँगें कभी एक साथ नहीं आएँगी, क्योंकि उन्हें पता है उनके प्रेमी को जो भूमिका मिली है, उसके आगे एक साथ सारी बातें रख देने से सारा खेल बिगड़ जाएगा। इसलिए वे अपनी बात रखने के लिए महीनों माक़ूल मौक़े का इन्तज़ार कर सकती हैं—बिना थके, बोर हुए। बिपाशा को पता था कि कितने डिग्री सेल्सियस तक आँच पहुँच जाए तो मुझमें उबाल आ जाएगा, यानी मेरा ब्वॉइलिंग प्वाइंट क्या है। वह जानती थी कि कब उसे अपनी वह बात कहनी है जो मैं मान जाऊँ। जिन बातों को मुझे अभी नहीं मानना था, सही समय आने तक वह इन्तज़ार कर सकती थी।

इस तरह यह भी एक शुरुआत ही थी—एक-दूसरे को जानने-समझने की। उन दिनों रोज़ कॉलेज जाते समय एक अजीब-सी ख़ुशी होती, और सनीचर-इतवार या दूसरे हॉलीडेज़ बमुश्किल बीतते। रोज़-ब-रोज़ बिपाशा की कुछ ऐसी झलकियाँ मिलतीं, जिन्हें पहले देखना बाक़ी था (एक अदद देह में देखने को कितना कुछ होता है!)। यह सबकुछ उस डॉ. आदम अजीज़ के अनुभवों-जैसा था जो एक चादर की सूराख़ से कमसिन कुँवारी नसीम ग़नी की नित नई झलकियाँ पाता। (देखें मिडनाइट चिल्ड्रन, सलमान रश्दी)

> *धीरे-धीरे डॉ. अजीज़ के दिमाग़ में नसीम की एक तस्वीर आ गई, उसके अलग-अलग देखे हुए हिस्सों का एक नामाकूल-सा कोलाज़। एक बँटी हुई औरत की काल्पनिक छाया ने उसे जकड़ना शुरू किया और सिर्फ़ सपनों में ही नहीं, उसकी कल्पना में एक साथ चिपककर वह उसके सारे दौरों पर साथ देने लगी। वह उसके ख़यालों के अगले हिस्से में आ गई, जिससे कि नसीम की गुलगुली त्वचा की कोमलता को या उसकी नफ़ीस छोटी कलाइयों को या उसकी एड़ियों की ख़ूबसूरती को वह अपनी उँगली के पोरों पर महसूस कर सकता था, वह लैवेंडर और चमेली की उसकी ख़ुशबू सूँघ सकता था, वह एक छोटी-सी लड़की की अवश खिलखिलाहटें और उसकी आवाज़ सुन सकता था।*
>
> —वही, अनुवाद : प्रियदर्शन

हम विभिन्न परिस्थितियों में एक-दूसरे को अभी तोल ही रहे थे। कभी कोई किताब या नोट्स पकड़ाते हुए मेरी उँगलियाँ उसकी उँगलियों से छू जाएँ तो? या पार्क में, कॉलेज के पोर्टिको में, लाइब्रेरी में कुछ कहने के बहाने अपना चेहरा उसके

इतने क़रीब लिए चला जाऊँ जहाँ उसके चेहरे की आँच आती हो, तो? हर 'तो?' के साथ एक नया, साहस-भरा, कभी जोख़िम-भरा भी—अध्याय शुरू होता और हम जहाँ पहले थे, उससे थोड़ा आगे, एक-दूसरे के थोड़ा और क़रीब आ जाते। बिपाशा आम लड़कियों की तरह ही अपनी लज्जाशीलता को अपने व्यक्तित्व का एक मज़बूत पक्ष मानती थी। ग़ौर कीजिए, यह वही लज्जाशीलता है जिसके प्रति लड़कों में एक तरह का पूजा भाव होता है। लड़कियाँ बड़ी जतन से, लगभग ज़िद में आकर उसे पकड़े रहती हैं। घरों में उन्हें बचपन से ही सिखाया जाता है कि इस लज्जाशीलता की ओढ़नी को कैसे ओढ़े रखना है।[1] इस प्रकार हर 'तो?' के बाद इस लज्जाशीलता की एक झीनी परत उघड़ती और मैं बिपाशा के भीतर गहरे उतरता जाता।

इसका एक दूसरा पहलू यह भी है कि हर बार, जब मैं कई तरह से सोचकर, साहस जुटाकर, अकेले में रिहर्सल तक करके इस 'तो?' तक पहुँचता और पाता कि बिपाशा तो पहले से ही वहाँ है, तब मुझे थोड़ा अजीब लगता। यहाँ मैं फिर से याद दिलाऊँ कि तब मैं अठारह साल का था—बचपना छोड़कर जल्दी से जल्दी पुरुष बन जाना चाहता था। इसलिए मेरे उस तथाकथित 'पुरुष' को चोट पहुँचती जब बिपाशा अपनी अग्रिम सम्मति से उसे चैलेंज कर बैठती। मसलन वही सिनेमा हॉल वाली घटना। कुर्सी के हत्थे पर रखा उसका गोरा हाथ अँधेरे में भी रेडियम-सा झलकता था। मैंने न जाने कितना समय इस पसोपेश में बिता दिया कि उसके हाथ पर अपना हाथ रखूँ अथवा नहीं, कि इस पर उसकी क्या प्रतिक्रिया होगी। तक़रीबन आधे घंटे के ऊहापोह के बाद मैंने जब हिम्मत की तो उसने ऐसे, जैसे यह सामान्य-सी बात हो, और इसे तो होना ही थी, अपनी उँगलियों को मेरी उँगलियों में बझा लिया। मुझे अफ़सोस हुआ, बिपाशा को इतनी जल्दी प्रस्तुत नहीं होना था, थोड़े नखरे इत्यादि, कम-से-कम एक बार तेज़ नज़रों से मुझे घूरना ज़रूर था कि यह क्या हरकत है! अगर वह इतनी आसानी

1. "कहीं न कहीं एडवर्ड के मन में था कि शादी के बाद अपनी पत्नी के आगे छोटा न पड़े।... अब अन्ततः वे यहाँ हैं—शादीशुदा और अकेले। एक-दूसरे के सामने बैठे हुए। वह क्यों नहीं अपनी कुर्सी से उठता, फ्लोरेंस के चेहरे पर चुम्बनों की बौछार लगा देता और बिस्तरे की तरफ़ लिए जाता?...दरअसल यह सब भी उतना आसान नहीं है। उसने एक लम्बे अरसे तक फ्लोरेंस की 'लज्जाशीलता' को देखा है। उसके शरमीले स्वभाव की इज़्ज़त की है, बल्कि कहें, इसके लिए उसके मन में श्रद्धा है। यह लज्जाशीलता दरअसल इज़्ज़तदार घरों की लड़कियों का वह परदा है जिसकी आड़ में वे अपनी ऐन्द्रिक कामनाएँ छिपाकर रखती हैं और इस परदे को एकाएक उघाड़ फेंकना एक पति के बूते की भी बात नहीं। दरअसल एक 'पति' के लिए यह थोड़ा और मुश्किल हो जाता है क्योंकि वे लड़कियाँ कतई नहीं चाहतीं कि पहली ही रात एकाएक खुलकर अपने पति पर वे कोई ग़लत सन्देश दें और उनकी यही छवि जीवन-भर के लिए बन जाए। अपनी इस लज्जाशीलता को वे सँजोए रखती हैं और जल्दी हार नहीं मानतीं। आख़िरकार वे भी चाहती हैं कि अपने पति के आगे छोटी न पड़ें।"

—इयान मैक एवान, ऑन चेसिल बीच, अनुवाद मेरा

से अपना हाथ मेरे हाथों में दे देती है तो इसका मतलब मैं जिस दूरी—हाथों में हाथ दे देने तक की यात्रा—तक इतनी मुश्किल से, और साहित्यिक शब्दावली में कहें तो 'आत्मसंघर्ष' के बाद पहुँचा हूँ, बिपाशा इतनी उथली और मुझे माफ़ करें, इतनी चालू है कि दो सेकेंड में उस दूरी को माप गई! सबसे बड़ी बात कि उस तक मेरी तमाम कोशिशों, मेरे आत्मसंघर्ष का लेश-मात्र भी न पहुँचा और उसने अन्त तक यही समझा किया कि यह परदे पर चल रहे तात्कालिक रोमांटिक सीन की ही त्वरित प्रतिक्रिया है।

अब देखिए कि आज दस साल के गैप के बाद यह कहानी लिखते हुए अपने इस विरोधाभास को मैं ठीक से समझ पा रहा हूँ। एक तरफ़ तो मैंने अभी बिपाशा की 'लज्जाशीलता' की बात की, और ठीक अगले ही पैरा में उसे 'उथली' और 'चालू' तक कह गया। दरअसल बिपाशा और मेरा सम्बन्ध तब अपने शुरुआती स्टेज में ही था, जब हम, जैसा कि मैंने कहा, एक-दूसरे को अभी जान-बूझ और तोल ही रहे थे। कभी-कभी बिपाशा को लेकर, साफ़-साफ़ कहूँ तो उसकी देह के प्रति एक अजीब तरह की चाहना से मैं भर उठता था। न सिर्फ़ उसकी देह, बल्कि देह से जुड़े हर उस आख्यान के प्रति मैं उत्सुक था जो मेरे लिए दूसरे ग्रह के जैसे थे। मसलन फ़ोन पर उसकी शर्मीली हँसी, जो उसके छुपाने के बाद भी उसकी मांसल साँसों के ज़रिये मेरे कानों तक पहुँचती थी। मुझे ज़िद-सी चढ़ जाती थी और मैं फ़ोन पर एक के बाद एक कई ऐसी बातें करता जो अपने में सेक्सुअल संकेत छुपाए होते। वह मुझे डाँटती, दबी-दबी हँसती—बहुत बदमाश हो गए हो, चुप पगले आदि। यहाँ तक तो उसकी लज्जाशीलता की बात हुई। अब इसके बाद, चूँकि इसकी स्वाभाविक परिणति यही होनी थी कि कभी वह भी ऐसी कोई बात कह दे तो इसका अर्थ यह थोड़े हुआ कि वह 'उथली' या कि 'चालू' हो गई! दरअसल जब मैं उस तरह की बातें करता तो कविताओं की तरह मेरे ज़्यादातर शब्द उधार के होते—किसी और की भाषा, जिसे प्रसंगानुकूल थोड़ी हेर-फेर के बाद मैंने हथिया लिया होता। इस तरह वास्तव में मैं वहाँ अभिनय कर रहा होता, जबकि बिपाशा की तरफ़ से ऐसी बातें आतीं तो मुझे लगता, वह ऐसी ही है।

बहरहाल, कुल मिलाकर हमारे बीच सबकुछ ठीक-ठाक चल रहा था कि अचानक वह दिन आ गया।

मैं उस दिन की बात कर रहा हूँ जब कॉलेज के कुछ दोस्तों ने घूमने-फिरने का मन बनाया। यह बहुत स्वाभाविक था, कॉलेज के दिनों में ऐसे मौक़े आपको भी मिले होंगे। बहुत जल्द तय हो गया कि हम पास के एक मन्दिर तक जाएँगे, जो बहुंत प्रसिद्ध था और आसपास सुरम्य स्थल होने की वजह से कम दूरी पर अच्छा पिकनिक स्पॉट था। चार लड़के और तीन लड़कियाँ—एक ही क्लास के, मेरे और बिपाशा को मिलाकर। हुआ यों होगा कि किसी लड़के को सूझा होगा, हर दिन एक-सी पढ़ाई के

मोनोटोन को तोड़ने की गरज से क्यों न तफ़रीह के लिए कहीं चला जाए! अठारह की उम्र में ज़्यादातर लड़कों को ऐसा सूझता है, घूमना-फिरना, पिकनिक, सिनेमा आदि। और अठारह की उम्र में भी हर बात पर बच्चों-सी चीख़ने-चिल्लाने वाली लड़कियाँ एकाएक ख़ुशी के मारे पागल हो गई होंगी। 'वाओ, व्हाट ऐन आइडिया' के साथ किसी लड़की ने उस मन्दिर का नाम सुझाया होगा और एक आम सहमति बनी होगी। (दोस्तो, मुझे पूरा यक़ीन है कि 'मन्दिर' का नाम सर्वप्रथम किसी 'लड़की' ने ही सुझाया होगा और लड़कों में एक लड़का, जो उस सुझाने वाली लड़की का मन-ही-मन दीवाना होगा, आम सहमति के समय सबसे पहले उसी ने अपना हाथ उठाया होगा—संगीता ने कह दिया तो कह दिया!) वहाँ बिपाशा होगी, और उसे मेरे साथ कुछ समय बिताने का एक अच्छा मौक़ा दिखा होगा। उसकी ज़बान पर मेरा नाम आया होगा और सारे लड़के-सड़कियाँ जैसे पहले से जानते हों, हँस दिये होंगे। बिपाशा ने मुस्कराकर कहा होगा, "शटअप!"

मुझे बस यह कहना था कि बिपाशा को सुनाकर किसी से कहूँ, क्या बकवास आइडिया है, मन्दिर कोर्ट कचहरी जेलख़ाना आदि भी कोई घूमने-फिरने की जगहें हैं भला! बिपाशा को उस वक़्त दूसरों के आगे चुप रह जाना था। बाद में मौक़ा देखकर मेरे पास आना था। तर्जनी दिखाते हुए कहना था, तुम चल रहे हो बस्स! मुझे अपने कन्धे उचका देने थे, कोई बहाना बनाना था। इस पर उसे कहना था, मैं कुच्छ नहीं जानती! और अन्ततः मुझे बेमन से ही, लेकिन मान जाना था। दरअसल यह मान जाना शुरू से निश्चित था। मुझे जो भूमिका मिली थी, उसके स्क्रिप्ट में ही तय था कि मैं मान जाऊँगा। मेरे मान जानेवाले पेज तक का स्क्रिप्ट बिपाशा ने पढ़ रखा था। वह शुरू से जानती थी।

इतने पर भी यह पूरी तरह मुझ पर था कि मैं कैसे और कितनी देर में मान जाता हूँ। ध्यान रहे, मैं मान गया था लेकिन बेमन से। झूठमूठ का बेमन। उस उम्र में मुझे लगता था कि झूठमूठ वाली बात सिर्फ़ मैं जानता हूँ। अभी आज अगर यह स्थिति होती तो अपने इस बेमन से मानने को बतौर फ्लर्ट उजागर करता। मतलब, तुम कहती हो तो मान जाता हूँ—तुम दिन को अगर रात कहो रात कहेंगे वाली स्टाइल में। लेकिन अठारह की उम्र में मुझे यक़ीनी तौर पर लगता था कि मैं यह ज़ाहिर करने में सफल हो गया हूँ कि देखो मेरा रत्ती-भर भी मन नहीं है, घसीटा जा रहा हूँ, जौ के साथ घुन, यह क्या बचपना है, क्या मतलब है यार!

जिस मेलोड्रामा की ओर मैंने कहानी की शुरुआत में इशारा किया, वह यही है। लगातार उस चीज़ का अभिनय करना जो शुरू से कहीं नहीं है। निर्मल वर्मा को पढ़ना, दुख क्या है, सुनो वह अक्तूबर (अक्टूबर नहीं) की कोई दुबली शाम थी जब हवा में एक झीना परदा डोलता था और मैंने देखा यह तुम हो। भाषा में तैरना। कॉलेज में हम चार-पाँच घंटे के लिए मिलते और हर घड़ी जैसे मुझ पर एक ख़ब्त

सवार रहती, बिपाशा यह सुनो, वह सुनो। मुझे इसकी जल्दी मची रहती कि बिपाशा की बेमतलब दैनन्दिन बातें ख़त्म हों और मैं कोई गूढ़ बात कहूँ। संकेतों और कूट इशारों से लबरेज। मुझे उम्मीद रहती कि बाद में बिपाशा उसे डिकोड करे। और मुझे बड़ी कोफ़्त होती अगर वह बीच में टोककर पूछती, इसका क्या मतलब?

मैंने पहले ही कहा, जो था भाषिक स्तर पर था। यानी जो नहीं है, उसे भाषा में रचना, उपस्थित करना। और चूँकि छोटा-मोटा ही सही, मैं कवि था तो इस खेल में मुझे बड़ा मज़ा आता। मसलन, मैं कभी-कभी यों ही कह देता कि मेरी तबीयत ठीक नहीं लगती। मेरे लिए यह महज़ एक भाषिक संरचना था—एक वाक्य-भर, गुनगुने विन्यास वाला, और इसे मैंने यों ही कह दिया होता जब कहने के लिए कुछ और न सूझा। लेकिन इसे सुनकर बिपाशा चिन्तित हो जाती। आप जानते हैं, बिपाशा को साहित्य-भाषा-रचना से कोई मतलब नहीं था। वह सीधी-सादी ज़िन्दगी जी रही थी, जीना चाहती थी। सो वह इस तह तक पहुँच ही नहीं सकती थी कि सिर्फ़ भाषा में मेरी तबीयत ठीक नहीं। कल रात मुझे नींद नहीं आई, करवटें, तुम्हारा ख़याल आदि भी महज़ भाषिक टुकड़े थे। इस तरह, मैं बहुत हद तक सिर्फ़ भाषा में बिपाशा से प्यार करता था।

मेरे इस कथन को अन्यथा न लें। प्रेम की अनुभूति से मैं भी बिपाशा के बराबर ही भीगा। मुझे आज भी याद है जब पहली बार, बग़ैर किसी झिझक व शर्म के, मैं बिपाशा की आँखों में आँखें डालकर देर तक उसे देखता रहा था। हम फ़िल्मों में ऐसा होते अक्सर देखा करते थे, लेकिन तब तक मुझे सचमुच इसका अन्दाज़ा नहीं था कि इसमें कैसा अनुभव होगा! हम किसी रेस्टोरेंट में बैठे थे, आमने-सामने, शायद कोई चायनीज़ डिश थी हमारे बीच। सच कहता हूँ, आज दस साल बाद भी अपने उस देखने को याद करते हुए मुझे वही झुरझुरी होती है जो तब हुई थी। हृदय के एकदम क़रीब कोई ग़ैरमामूली हरकत—संवेदना को झकझोर देनेवाली। उसकी आँखों में देखते हुए एकाएक जब ख़्याल आया कि मैं किसी निर्जीव वस्तु को नहीं देख रहा हूँ, एक जीते-जागते इनसान की आँखें हैं ये, और कि वह भी मेरी आँखों में देख रहा है, मुझ-जैसा सोच रहा है, उसके पास भी अनुभवों और आख्यानों से भरी अठारह सालों की पूँजी है, यानी वह भी एक वयस्क है।...ओह! आज दस साल बाद भी अपनी उस कुँवारी झुरझुरी को व्यक्त कर पाने के लिए मेरे पास सटीक शब्द नहीं हैं, हालाँकि अब मैं एक सफल कहानीकार बना फिरता हूँ।

इसके बावजूद मेरा एक अंश जैसे किसी उच्चतर का आकांक्षी बना फिरता था। यह भी सच है कि बिपाशा के साथ अपने सम्बन्धों में ही यह अंश ज़्यादा मुखरित हुआ। इसे यों कहें कि चूँकि प्रेम, साहित्य के लिए नया विषय नहीं—कथावस्तु के स्तर पर थोड़ा-बहुत सब्जेक्टिव हो भी, लेकिन भाषा और शिल्प के स्तर पर कतई नहीं—तो इस कारण पहला प्रेम होने के बावजूद, जैसा मैंने ऊपर बताया वैसे

एकाध मौक़ों को छोड़कर, बिपाशा से प्रेम मुझमें वह रोमांच पैदा नहीं कर सका जिसके तहत मेरी ज़िन्दगी ही बदल जाए। इसके विपरीत, प्रेम में पड़ी बिपाशा का अधिकांश बदल गया था। वह बार-बार मुझसे पूछती, प्रेम में मुझे कैसा महसूस हो रहा है, और एकाएक मैं कोई उत्तर नहीं ढूँढ़ पाता था। वह भोली तब ख़ुद ही अपने अनुभवों को बखानने लग पड़ती, लेकिन चूँकि उसके पास एक समृद्ध भाषा नहीं थी, सो वह थोड़ी दूर चलकर लड़खड़ा जाती। ऐन यहीं पर भाषा का खिलाड़ी मेरा वह अंश हरकत में आता और बिपाशा से प्राप्त क्लू के आधार पर आनन-फानन में भाषा का शीशमहल खड़ा करने लग जाता। बिपाशा मुग्ध होकर सुनती, बीच-बीच में बोल उठती, हाँ-हाँ बिल्कुल ऐसा ही मेरे साथ भी होता है। इससे उस क्रूर खिलाड़ी का अहं तुष्ट होता। बिपाशा को इस बात की भनक तक न लगती कि मैं महज़ एक झूठे प्रवाह में हूँ। जैसा कि मैंने पहले ही कहा, जो नहीं है उसे भाषा में उपस्थित करना।

इस तरह, अगर मैं अपरिपक्व था तो कम-से-कम अपनी भाषा में परिपक्व दिखता होना चाहता था। 'यह क्या बचपना है यार!' जैसे वाक्यों की मार्फ़त मैं बड़ा हो गया हूँ, अब बच्चा नहीं रहा आदि को सिद्ध करना चाहता था। इसी क्रम में तुरन्त मान जाना, सहमत हो जाना मैंने छोड़ दिया था। आख़िर बड़प्पन का मतलब सोच-समझकर चलना होता है। अपने स्वभाव में एक गहरे अड़ियलपन को प्रश्रय देकर सामने वाले पर मैं यह संकेत फेंकता था कि इतना आसान नहीं है मुझे मनाना, मैं कोई लल्लू नहीं हूँ, समझे बेटा!

तो जब लड़कों ने मन्दिर जाने की बात छेड़ी तो इसे क्योंकर होना था कि मैं फौरन मान लेता—हाँ-हाँ चलो, ख़ूब मज़े रहेंगे। यह अनिवार्य था कि मैं कोई नुक्स निकालूँ, लेकिन तत्काल चूँकि बिपाशा ज़िद पर अड़ी थी सो बेमन से मान गया। दरअसल एक गुप्त अड़चन थी जो मुझे बिपाशा के साथ कहीं बाहर जाने से रोकती थी। मैंने कहानी के शुरू में ही अपनी और बिपाशा की आर्थिक स्थिति को साफ़ कर दिया था। बिपाशा को भी इस बात का अन्दाज़ा था और अपने जाने वह भरपूर कोशिश करती कि मुझे बुरा न लगे। इसके लिए वह स्थिति पूरी तरह अपने हाथ में ले लेती, मसलन किस रेस्तराँ में जाना है, क्या ऑर्डर करना है (मेनू में टंकित ज़्यादातर डिशों के नाम पढ़कर भी मुझे अन्दाज़ा नहीं होता कि वे हैं क्या?) और अन्त में उठते हुए वह इस त्वरा से बिल अदा करती मानो उससे अगर एक मिनट की भी देरी हो जाती तो मैं बिल अदा कर देता और कि अपनी इस जीत से ख़ुश होकर ही वह बेयरा को टिप दे रही है। इस तरह उसके साथ मैं जब-जब बाहर जाता, मेरी स्थिति और-से-और बेतुकी होती और वापसी में मन-ही-मन ज़रूर प्रतिज्ञा करता कि यह आख़िरी बार है। बहरहाल, यह अच्छी बात है कि अबकी हम अकेले नहीं थे, क्लास के लड़के-लड़कियों का साथ था।

चलो एक छोटी-सी आउटिंग हो जाएगी, बिपाशा के साथ थोड़ा घूमना-फिरना हो जाएगा आदि।

जब हम मन्दिर पहुँचे, तब तक सब ठीक था। हम उस चतुर जीवन्तता से ऊपर तक भरे थे जो एक बँधी-बँधाई रूटीन से निकलने के बाद ख़ुद-ब-ख़ुद हमारी तमाम क्रियाशीलताओं में घर कर जाती है। हँसी-मज़ाक़, छेड़खानियाँ। हम सब एक ही गाड़ी में थे। बिपाशा और मैं अगल-बगल बैठे थे और पहली बार सबके सामने उसने अपना हाथ मेरे हाथों में रहने दिया था, कई बार उसने थोड़ी-थोड़ी देर के लिए अपना सिर भी मेरे कन्धे पर टिकाया और एक बार कोई बात कहते समय उसके होंठ मेरे कानों की लव से छू तक गए। सच पूछिए तो आज यह सोचकर आश्चर्य होता है कि कैसे इतना सब होने के बावजूद मैं अपने उसी गुमान से भरा बैठा था कि मेरा तो मन नहीं था जाने का!

जैसा अमूमन किसी प्रसिद्ध मन्दिर के चारों ओर होता, है, न जाने कितनी दुकानें थीं जो प्रसाद की मिठाइयों-बताशों, फूल-मालाओं, अगरबत्तियों, रंग-बिरंगी चुनरियों, 'जै माता दी' वाले ब्रेसलेटों-ताबीज़ों से अँटी पड़ी थीं। पंडे-पुजारियों को भी इन्हीं दुकानों से 'हायर' किया जाता और कई दुकानें ऐसी थीं जहाँ टोकन लेकर जूते-चप्पलें सुरक्षित रखी जातीं। काफी भीड़ थी। भिखारियों का हुजूम आगन्तुकों के पीछे लग जाता। सवारियाँ मन्दिर के सिंहद्वार के बहुत इधर ही छोड़ दी जातीं। निजी वाहनों के लिए पार्किंग प्लेस वहीं पर था। हमने गाड़ी पार्क की और पैदल मन्दिर की तरफ़ चलने लगे। एक तरफ़ दुकानों की कतारें और दूसरी तरफ़ गंगा। गंगा के किनारे-किनारे पत्थर की बेंचें लगी थीं, जिन पर प्रेमी युगल बैठे गंगा के बहते पानी, नौकों की कतारों को देखने, बतियाने में मशगूल थे। यहाँ तक भी सब ठीक-ठाक था।

चीज़ें कभी भी यकायक ही घटती हैं, लेकिन अगर आप चौकस रहें तो इस यकायक में भी दो पल की मोहलत ज़रूर मिल जाती है और इतना समय काफी होता है कि आप चेत जाएँ। एक सदमे की तरह मुझे याद आया और मैं ठिठक गया। बिपाशा ने ग़ौर किया। वह झुककर अपने जूतों के तस्मे ढीले कर रही थी। तब तक बाक़ी लड़के-लड़कियाँ नंगे पाँव मन्दिर प्रांगण में प्रवेश कर चुके थे।

"क्या हुआ?" बिपाशा ने अपने जूते जमाकर्ता को दिये और टोकन लेते हुए पूछा।

"कुछ नहीं।" मैं जान चुका था कि अब मुझे क्या कहना है। "ऐसा करो, तुम लोग जाओ। जल्दी आना। मैं मन्दिर के बाहर ही घूमता हूँ तब तक।" मैंने भरसक अपनी आवाज़ को स्वाभाविक और साथ ही फ़ैसलाकुन बनाते हुए कहा।

"ऊँ, मतलब?"

"मतलब मैं भीतर नहीं जाऊँगा।" मैं मुड़ चुका था।

"अरे सुनो तो!" पीछे बिपाशा दौड़ी आई। उसने मुझे रोक लिया। "क्या हुआ तुम्हें अचानक?"

"मुझे क्या होगा! कुछ भी नहीं।" इस वाक्य को मुझे इस तरह कहना था मानो मैं कुछ छिपा रहा हूँ। खेल शुरू हो चुका था। एक पल को यह ख़्याल आया कि बिपाशा को सब सच-सच बता दूँ। मैं उस आदमी को देख रहा था जो दुकान पर लोगों के जूते जमा कर रहा था। उसकी नज़रें मुझ पर टिकी थीं। वह हमसे जल्द-अज़-जल्द छुटकारा पा लेना चाहता था।

दोस्तो, आज दस साल बाद जब यह कहानी लिखने बैठा हूँ तो इस नुक्ते पर पहुँचकर मुझे बड़ा अजीब लग रहा है। मुझे लग रहा है कि जिन बचे-खुचे पाठकों ने अब तक (भी) अपना बचा-खुचा धैर्य नहीं खोया होगा, आगे का पढ़कर ज़रूर खो देंगे। उन्हें यह नामुमकिन प्रतीत होगा कि मेरे साथ (या कि किसी के भी साथ) ऐसा हो सकता है! एक छोटी-सी बात मैं छिपा रहा था, जो अगर उजागर भी हो जाती तो कोई फ़र्क़ नहीं पड़ता, आख़िर बाक़ी लड़के-लड़कियाँ तो भीतर जा चुके थे, वहाँ थी तो बस एक बिपाशा। बिपाशा, मेरी जान, जिसे मैं प्यार करता था, जिससे यों भी मुझे कुछ छिपाना नहीं चाहिए था। लेकिन अब जो मुड़ के देखता हूँ तो याद आता है कि उन दिनों सबसे अधिक मैंने अपने आपको अगर किसी पर ज़ाहिर नहीं होने दिया था तो वह बिपाशा ही थी। जाने वह कौन-सा संकोच था!

दरअसल बात इतनी-भर थी कि दुकान पर पहुँचकर जब अपने साथियों को मैंने जूते उतारते देखा, सहसा मुझे याद आया कि मेरे मोज़े फटे हुए हैं। वहाँ बिपाशा न होती तो शायद मैं चुपके से जूते उतारकर टोकन ले सकता था, लेकिन...

जब यह कहानी मैंने अपने कथाकार दोस्तों—मनोजकुमार पांडेय और राकेश मिश्र को सुनाई तो वे इसकी मार्क्सवादी व्याख्या करने लग पड़े। बिपाशा और मेरे वर्ग का अन्तर, और भी जाने क्या-क्या! लेकिन...। माना कि मेरी आर्थिक स्थिति ठीक नहीं थी पर मोज़े के लिए भी मेरे पास पैसे नहीं होते थे, ऐसा कतई नहीं। बल्कि एक-दो दिन पहले ही मुझे ट्यूशन के पैसे मिले थे और...हाँ यह भी ठीक है कि उसी में मुझे महीने-भर का अपना जेबखर्च भी निकालना होता था और यह भी कि शायद मैं अगले महीने तक वे ही फटे मोज़े पहनता। लेकिन इसका यह मतलब नहीं कि...। पता नहीं, मैं बहुत कन्फ़्यूज़्ड हूँ। मुझे वाक़ई इसका ठीक-ठीक अन्दाज़ा नहीं कि मैं क्यों बिपाशा से इतना शरमाता था। एक झिझक-सी रहती थी, बल्कि स्वीकार करूँगा, एक अजीब हीन-ग्रन्थि का शिकार मैं होता जब-जब बिपाशा के साथ होता। कविताओं, भाषा-साहित्य का तो बिपाशा पर प्रभाव पड़ने से रहा, सो अक्सर मैं एक न समझ में आने वाली ज़िद का सहारा लेने लग पड़ा था। बिपाशा के पास इस ज़िद का कोई तोड़ नहीं था। क्यों भला? दरअसल इस ज़िद को भी मैंने अपनी कविताओं की तरह बहुत रियाज़ से साधा था। बिपाशा की कल्पना में भी नहीं था कि जिस तरह

कविताई के लिए अब उस तथाकथित 'स्पॉन्टैनियस ओवर-फ्लो ऑव इमोशन' की ज़रूरत नहीं रही, उसी तरह हर बार ज़िद की भी एक ख़ास वजह हो, यह ज़रूरी नहीं। वह मेरी हर ज़िद की कोई वजह ढूँढ़ने में लग जाती और उसे लगता कि उसमें ज़रूर उसी का कसूर होगा। वह याद करने लग पड़ती कि उसकी किस बात से मुझे ठेस पहुँची होगी और इतने में मैं उस हावी हो जाता। जैसे उसने उस दिन कहा—

"अब तक नाराज़ हो?" पता नहीं वह किस नाराज़गी की बात कर रही थी, लेकिन उसके इस वाक्य ने हमें एक झटके में वहाँ पहुँचा दिया जहाँ—उसकी किसी ठोस और अक्षम्य हरकत से मैं नाराज़ था और वह जवाबदेही की भूमिका में थी। डूबते को तिनके का सहारा। इसके बाद का स्क्रिप्ट कैसे और किन शब्दों में लिखना है, मैं अच्छी तरह जानता था।

"हाँ हूँ नाराज़, तो? इससे क्या फ़र्क़ पड़ता है तुम्हें?"

"सॉरी बाबा! देखो मैं कान पकड़ती हूँ।...मान जाओ प्लीज़!" वह बच्चों-सी ठुनकने लगी। "प्लीज़-प्लीज़-प्लीज़!...चलो भीतर। सब हमारा इन्तज़ार कर रहे होंगे। देखो, वो सब खड़े हैं।"

"देखो बिपाशा, मुझे किसी से कोई मतलब नहीं। मेरा यहाँ आने का शुरू से ही मन नहीं था, लेकिन ये तुम्हारी ज़िद थी सो मैं यहाँ तक आ गया। अब ये मेरी ज़िद है कि मैं भीतर नहीं जाऊँगा। तुम्हें देवी दर्शन करना है, बेशक़ जाओ, मैं यहाँ बाहर तुम्हारा इन्तज़ार कर रहा हूँ।...नाओ डोंट वेस्ट योर टाइम, गो!"

"कुणाल प्लीज़!" वह जैसे रिरिया रही थी। "सीन क्रियेट मत करो।"

"मैं सीन क्रियेट कर रहा हूँ?" अब मैं एक ठोस ज़मीन पर था। मुझे अपने एक-एक शब्द पर ज़ोर देना था, "तुम ये कह रही हो कि मैं सीन...?"

"मेरा मतलब यह नहीं था। मैं तो बस...।"

"क्या तो बस? तुमने अभी कहा कि मैं सीन क्रियेट कर रहा हूँ। कहा या नहीं?... इधर देखो, कहा या नहीं?"

"आ'म सॉरी, मुझसे ग़लती हो गई। लेकिन मेरा मतलब यह नहीं था।"

वह थोड़ी देर चुप रही। कुछ पलों की ये चुप्पी मुझ पर कितनी भारी बीती, बता नहीं सकता। मैं अपने आपको धिक्कार रहा था। अगर मैं उसे सब सच-सच बता देता तो हद से हद क्या होता? कम-से-कम यह तो नहीं ही होता जो अब हो रहा है। मेरे व्यवहार से बिपाशा कितनी आहत हुई थी, यह उसके चेहरे से ज़ाहिर हो रहा था। आज मुझे ठीक-ठीक याद नहीं, लेकिन ऐसा ज़रूर ही हुआ होगा कि सचाई बताने के लिए मैंने उचित शब्द तलाशे होंगे। यह एक तरह की शिक़स्त थी, और अपनी इस 'शिक़स्त की आवाज़' ने मुझे बुरी तरह झकझोर दिया होगा, हालाँकि बहुत मुमकिन है तब मेरा ध्यान इस तरफ़ नहीं गया होगा। मैंने हमेशा की तरह अपनी एक कमी को ओवरलैप करने के लिए भाषा का इस्तेमाल करना चाहा था और यह

पहली बार था जब मैं कोई 'तुरत्ता दर्शन' गढ़ने में नाकामयाब रहा था। मैं स्वीकार करूँगा, मुझमें भरे 'विशिष्टताबोध' ने ही...मेरा मतलब कि अगर मैं दूसरे साधारण लड़कों की तरह होता जो कवि नहीं थे और जिन्हें लड़कियाँ प्यार से 'पप्पू' बुलाती हैं, तो शायद मैं आसानी से स्वीकार कर लेता कि मेरे मोज़े फटे हुए हो सकते हैं। 'मेरे मोज़े फटे हुए हैं'—यह वाक्य एक अनपढ़-गँवार भी बोल लेता, जबकि तब मैं एक कवि, आज एक कहानीकार हूँ और मेरे पास भी ऐन यही एक सपाट संरचना वाला वाक्य है। इस दो टूक, बेशर्म वाक्य को सजाने के लिए मुझे साहित्य से कोई मदद नहीं मिलती—आज भी नहीं। पहली बार मुझे लगा कि एक हद के बाद सारे शब्द, सारे अलंकार थोथे पड़ जाते हैं, सारे विशेषणों की क़लई खुल जाती है।

दूसरे, अब मैं यह भी महसूस कर रहा था कि इस सचाई को जस-का-तस, इसके ऐसे नंगे रूप में बताने का समय भी निकल चुका है। बिपाशा चुप थी और मैं अपना मुक़दमा हार चुके किसी कमज़ोर वकील की तरह दलीलें दिये जा रहा था कि चूँकि तुम तो जानती हो कि मैं ईश्वर में विश्वास नहीं करता, नीत्शे ने कह भी दिया है, देखो बिपाशा, मैं मार्क्सवादी विचारधारा, चारु मजूमदार, यार मैंने चार साल से किसी मन्दिर में पाँव तक नहीं, बेकार के सब चोंचले, इससे तो अच्छा है डियर कि किसी ग़रीब को, निदा फ़ाजली का वो शेर कि घर से मस्जिद है बहुत दूर, और फिर चचा ग़ालिब ने भी तो कि रग़ों में दौड़ते फिरने के हम नहीं क़ायल, उसी दिन तो सुनाया था तुम्हें, तुम तो जानती हो, क्यों ज़िद, अरे क्या हुआ, सुनो भई, अरे सुनो तो!

बिपाशा चला गई और मैं मुँह लटकाए लौट रहा था। एक बार मन हुआ कि जल्दी से दुकानदार के मुँह पर जूते फेंकूँ और दौड़ पड़ूँ अपनी बिपाशा के पीछे। लेकिन मुझसे तब यह भी नहीं हो सका। आज दस साल बाद इस घटना को रिकॉल करता हूँ तो लगता है क्या बेवकूफ़ी थी! एक इतनी छोटी-सी बात पर मैंने अपना सर्वस्व दाँव पर लगा दिया था! लेकिन आप तो जानते ही हैं, तब मेरी उम्र महज़ अठारह साल की थी।

परिशिष्ट—कहानी की कहानी

यह कहानी वर्ष 2004 के अख़ीर में शुरू हुई थी और इसके साथ ही यह भी गिनाए जाने का रिवाज़ है कि इसके कितने ड्राफ्ट हुए, तो चूँकि सीधे कम्प्यूटर पर लिखता हूँ सो इसका ठीक-ठीक अन्दाज़ा नहीं। बीच-बीच में जोड़-घटाव, उठा-धरी चलती रही, कभी-कभी एक बड़े अंश को री-कम्पोज करना पड़ा। यह सब कहने का अर्थ यह कतई नहीं कि मैं इस बात पर ज़ोर देना चाहता हूँ, यह मेरी अत्यन्त महत्त्वाकांक्षी कहानी है—ज़ोर देना छोड़िए, मैं यह कहना ही नहीं चाहता। इसे लिखने में लगे इतने ज़्यादा समय का कारण मेरी अक्षमता कहिए, किन्हीं दूसरी व्यस्तताओं को ज़िम्मेवार मानिए या फिर मेरी काहिली को दोष दीजिए। अक्षमता इस अर्थ में कि वाक़ई कई

बार इस कहानी को नाधने में मैं असफल रहा। युवा आलोचक, मित्र राहुल सिंह के कुछ महत्त्वपूर्ण सुझावों, और उनके कुछ वैयक्तिक अनुभवों ने इसके स्वरूप को स्थिर किया। कहानी के कई अंश इतने आत्मीय होने का भ्रम पैदा करते हैं कि मुझे भी लगने लगा, ऐसा वाक़ई मेरे साथ हुआ होगा—हालाँकि यह हो सकता है कि उसे मित्र सुशील कान्ति या मनोज चौधरी (जो न जाने कितनी दफ़े मुझसे यह कहानी सुन चुके होंगे) ने सुझाए हों। पहले मैंने 'अन्य पुरुष' में कहानी को लिखना चाहा था, और जब किसी ड्राफ्ट में मैं 'प्रथम पुरुष' पर आया तो इसे लिखना पहले की निस्बत सहज-सरल लगा। पहली बार मुझे एहसास हुआ कि दोनों शैलियों में क्या और कितना अन्तर है! डच उपन्यासकार सेस नोटेबोम ने अपने एक उपन्यास ('दो प्रेमियों का अजीब क़िस्सा', जिसका बहुत ही सुन्दर अनुवाद विष्णु खरे ने किया है) में सच ही लिखा है कि कई मायनों में अन्य पुरुष एक भद्दा बचाव होता है, जैसे कहीं कोई देश हो जहाँ सिर्फ़ अन्य पुरुष रहते हैं और जिन्हें आपके लिए बिरादराना ख़िदमत करने के वास्ते तलब किया जाता हो जब आप स्थायी रूप से शर्म में डूबे होते हैं। इस कहानी में मैंने इस तरह का अपना कोई बचाव नहीं किया है।

सेस नोटेबोम ने यहीं पर यह भी कहा है कि जब भी हम कुछ लिखते हैं तो अक्सरहाँ कई चीज़ें, कई ख़यालात, जिनका लिखे जाते कथ्य से कोई सीधा सम्बन्ध नहीं बैठता—उन्हें हम सेंसर कर देते हैं। "आख़िरकार, जब आप लिखते हैं तो इतनी चीज़ों के बारे में सोचते हैं, और उसका क्या मतलब होगा अगर उस सबको किताब के बाहर ही रहना है।" क्योंकि "लिखना व्यवस्थित होने का प्रश्न है और इसलिए निर्णय लेने का, और उन निर्णयों में यह आते हैं कि एक पुस्तक में क्या होगा और क्या नहीं होगा और वह कब ख़त्म होगी।" इस कहानी को लिखते हुए भी, सेंसर कर दिये गए अंशों को फुटनोट्स के रूप में रख दिया गया है और कई बार लिखे जाते अंश से किन्हीं दूसरे लेखक के मिलते-जुलते अंश (जिसे 'भाव-साम्य' कहें) भी आए हैं।

मेरी सबसे अजीज़ दोस्त नीमा सिंह की शंका भी जायज़ थी कि एक इतनी छोटी-सी बात पर, कि लड़का मन्दिर में नहीं जाता, प्रेम कैसे टूट सकता है! कई पाठक भी ऐसा ही सोचते होंगे। तो अपनी तरफ़ से यह जोड़ दूँ कि क़ायदे से देखा जाए तो यह महज़ एक दिन की प्रेमकथा है। दूसरे दिन कॉलेज में उन्हें फिर से मिलना है, बातें होनी हैं। या यह भी हो सकता है कि मन्दिर से लौटने के बाद लड़का, लड़की को फ़ोन करे। एक बार में नहीं उठाएगी, दोबारा भी यही होगा, लेकिन आइए प्रार्थना करें कि तीसरी बार कॉल जाए तो लड़की फ़ोन उठाए, तमककर बोले—क्या है, क्यों परेशान कर रहे हो? इसके बाद तो लड़का सँभाल ही लेगा। आमीन!

['नया ज्ञानोदय', 2009, सं. रवीन्द्र कालिया]

दिलवाले दुल्हनिया ले जाएँगे

इस कहानी के सारे पात्र व घटनाएँ वास्तविक हैं। अगर आपको यहाँ किसी जीवित अथवा मृत व्यक्ति से किसी भी प्रकार की समरूपता दिखे, तो समझें यह जान-बूझकर किया गया है।

वह जो यथार्थ था

ज़्यादातर लड़कियों की तरह उसे भी शाहरुख़ ख़ान बहुत पसन्द था और उसे इस बात का बड़ा अफ़सोस था कि उसके फ़ादर ने उसका नाम अंजली, पूजा या प्रिया क्यों नहीं रखा। शायद इसकी भरपाई करने की गरज से ही उसने अपना ईमेल आईडी 'सिमरनसिंह85' के नाम से बना रखा था। मुझे लगता है कि वह मेरी तरफ़ देखती भी नहीं अगर मेरा नाम राहुल न होकर सचिन तेन्दुल्कर वाला सचिन या अभय देओल वाला अभय होता। वैसे दुनिया में राहुल भी बहुत हैं—राहुल गांधी से लगाकर राहुल द्रविड़ तक, लेकिन हमारी पहली ही मुलाक़ात में जब उसने मेरा नाम जानना चाहा था और एकदम अनजाने ही मैंने कहा था—राहुल, नाम तो सुना ही होगा...तो वह देर तक हँसती रही थी। जब वह हँस रही थी तो मैं उसे मुग्ध होकर देख नहीं रहा था, बल्कि मुझे मन-ही-मन अफ़सोस हो रहा था कि मेरा सरनेम मल्होत्रा, सिंहानिया या ओबेरॉय क्यों नहीं! फिर जब उसने अपना नाम निहारिका सिंह बतलाया, उस वक़्त मैं सोच रहा था कि मैं आज तक किसी ऐसे व्यक्ति से साक्षात् नहीं मिला जो अपने नाम के आगे ऐसे सरनेम लगाता हो।

हम दोनों की यह पहली मुलाक़ात 'इंस्तित्यूतो दे सर्वान्तेस' में हुई, जहाँ हमने स्पैनिश भाषा सीखने के लिए दाख़िला लिया था, हालाँकि मैं इसलिए सीखने गया था कि किसी कॉलसेंटर में नौकरी कर लूँ और वह शौक़िया सीख रही थी। इंस्टीट्यूट में पहले दिन हमारी ट्यूटर उर्सुला दे ला बेरें ने बारी-बारी से जब यह जानना चाहा कि हम यह भाषा सीखने क्यों आए हैं तो मेरे बगल में बैठी निहारिका घबरा गई। उसने फ़ौरन मुझसे हिन्दी में कहा कि वह यहाँ समय

काटने के लिए आई है, कि वह चाहती है कि वह एंगेज़्ड रहे। मैंने दबे स्वर में कहा, बहुत अच्छी बात है!

"क्या अच्छी बात है!" फुसफुसाहट में भी वह तनिक तेज़ बोल गई। उर्सुला ने अपने होंठों पर उँगली रखकर उसे बरजा, लेकिन जैसे ही वह हमारे एक अन्य सहपाठी से सुनने में व्यस्त हुईं कि वह यहाँ स्पैनिश सीखने क्यों आया है, निहारिका फिर मेरी तरफ़ झुक गई, "तुम क्या सोचते हो, मेरी बारी आएगी तो मैं ये कहूँगी कि मैं यहाँ टाइमपास करने आई हूँ?"

"तो क्या कहोगी?"

"वही तो पूछ रही हूँ कि क्या कहूँ!" उसने एक बार क्लास की तरफ़ देखा, दो-चार लोगों के बाद उसी की बारी थी। यह हमारी पहली मुलाक़ात थी और इस पहली ही बातचीत में उसकी यह अनौपचारिकता मुझे आश्चर्यचकित कर रही थी। हो सकता है यह इसलिए हो कि वह अचानक ही इस 'मुसीबत' में फँस गई थी और ठीक उसकी बगल में इत्तेफ़ाक़ से उस दिन मैं बैठा था।

"कह देना शौक़िया सीख रही हो, और कि इस भाषा से तुम्हें प्रेम है।"

"जिस भाषा को मैं अभी जानती तक नहीं, उससे प्रेम कैसे हो सकता है स्टुपिड!"

"अरे भई, दुनिया में लव ऐट फ़र्स्ट साइट नाम की भी कोई चीज़ होती है कि नहीं!" मैं मुस्करा पड़ा था।

"स्पैनिश से मुझे प्रेम है..." पलकें झुकाकर वह बुदबुदाई, मानो ख़ुद को यक़ीन दिला रही हो, फिर मेरी तरफ़ देखते हुए मुस्कराकर कहा, "हम्म! साउंड्स गुड।" वह अभी आश्वस्त ही हुई थी कि तभी एक सरदारजी, जो काफी उम्रदराज़ थे, ने लगभग यही कह दिया।

"अब...?" उसकी बारी आने ही वाली थी। वह बेतरह घबरा रही थी।

"ओके, कह दो कि तुम्हारा बड़ा मन है कि तुम गैब्रिएल गार्सिया मार्केस को मूल स्पैनिश में पढ़ो।"

"गैब्रिएल मर्सिया...क्या?"

"गार्सिया मार्केस!" मैंने धीमे से हँस दिया, "राइटर है वहाँ का बहुत बड़ा। तुम मार्केस बोलना बस, काम चल जाएगा इतने-भर से।"

उर्सुला जहाँ उसका जवाब सुनकर बहुत प्रभावित हुईं, मेरा जवाब सुनकर उतना ही निराश। मैंने साफ़-साफ़ कहा था कि किसी कॉलसेंटर में नौकरी पाने या एम्बैसी से कुछ अनुवाद का काम झटकने के लिए मैं यहाँ आया हूँ।

"इससे पहले मैंने भारतीय विद्या मन्दिर से डिप्लोमा लिया हुआ है। एक्सेंट सुधारने और फ्लुएंसी बनाने-भर के लिए मैंने यहाँ दाख़िला लिया है। शायद एकाध सेमेस्टर के बाद यहाँ आने की ज़रूरत न पड़े।"

क्लास ओवर होने के बाद निहारिका मेरे पास आई। उसने मुझे धन्यवाद दिया।

'राहुल, नाम तो सुना ही होगा' वाला प्रकरण तभी हुआ। वह देर तक हँसती रही। फिर उसने मुझसे पूछा कि मैंने अपनी बारी आने पर वैसा क्यों कहा!

"सचाई तो यही है।" मैंने मेज़ पर से हेल्मेट उठाते हुए कहा।

"हाँ, लेकिन कुछ और भी कह सकते थे!" उसने समझाइश के स्वर में कहा।

"पहले सोचा था, कुछ और कह दूँगा।"

"फिर?"

"फिर क्या?"

"फिर कहा क्यों नहीं?" हम बरामदे से निकलकर सीढ़ियाँ उतरने लगे। उतरकर वहीं खड़े हो गए। उसका वर्दीधारी ड्राइवर तैनात हो गया।

"तब तुम क्या कहतीं?...और इतनी जल्दी और कुछ सूझा ही नहीं।"

वह थोड़ी देर चुप मुझे देखती रही। फिर मुस्कराकर हाथ बढ़ा दिया, "फ्रेंड्स?"

मैंने भी मुस्कराकर हाथ मिलाया और अपनी बाइक की तरफ़ बढ़ गया।

बाइक में चाबी उमेठते हुए सहसा मुझे लगा कि वह वहीं सीढ़ियों के पास खड़ी मुझे देख रही है। मैं सजग हो गया। मेरे रोंए तक खड़े हो गए। उसकी दोनों आँखें मेरी पीठ पर चुभती हुई महसूस होने लगीं—दहकती हुईं। लगा कि अगर मैंने पलटकर एक बार उसे नहीं देखा तो ये दहकते अंगारे मेरी पीठ में सूराख़ कर देंगे।...और मैं पलटा।

सीढ़ियों के पास वह नहीं थी। वहाँ चमचमाती हुई एक बीएमडब्ल्यू थी जिसके बैक-लाइट जल रहे थे—लाल सुर्ख़। वह अपनी गाड़ी में बैठ चुकी थी जिसे अब उसका ड्राइवर बैक कर रहा था। गली ज़्यादा चौड़ी न थी और गाड़ी को वहाँ से निकलने के लिए मुझे रास्ते से हटना होगा, यह सोचकर मुझे धक्का लगा। एक क्षण के लिए मैं जिस गहरे रोमांच की गिरफ़्त में था, वह चिन्दी-चिन्दी होकर बिखर चुका था। ये बैक-लाइट के सुर्ख़ अंगारे मेरी पीठ की जगह सीधे मेरे सीने में छेद करते हुए मेरी आत्मा की दहलीज़ तक पहुँच रहे थे। वे इतने लाल थे जैसे किसी साज़िश से ऐसे हुए हों। मैंने ग़ौर किया, वे किसी कूट भाषा में मुझ तक सन्देश फेंक रहे थे—गहरे अभिप्रेतों से ऊभ-चूभ। जो मेरे मन में था, वह महज़ एक रूमानी झूठ था, जैसा फ़िल्मों में होता है—लव ऐट फ़र्स्ट साइट, अगर वह मुझसे प्यार करती है तो मुझे पलटकर देखेगी, इतनी शिद्दत से मैंने तुम्हें पाने की कोशिश की है इत्यादि। सचाई यह थी कि उसके पास नीले या सलेटी रंग की एक बीएमडब्ल्यू-7 सीरीज़ थी और मैं एक सेकेंड-हैंड पल्सर पर बैठा था, उसकी वसन्त कुंज या ग्रेटर कैलाश जैसे किसी पॉश एरिया में अपनी कोठी थी और मैं तिलक नगर में किराये की एक कोठरी में रहता था, उसके हाथों में चमचमाता ब्लैकबेरी था और मैंने अपनी जेब में नौकिया-1100 ब्लैक ऐंड ह्वाइट स्क्रीन वाला मोबाइल वाइब्रेशन पर छिपा रखा था, वह एडीडास की जीन और फ़ैब इंडिया के कुर्ते में थी और मैं हमेशा जनपथ व सरोजिनी नगर से सस्ते कपड़ों की ख़रीदारी करता था। सचाई वही थी जो क्लास

में उसने मुझसे फुसफुसाकर और मैंने उर्सुला दे ला बेर्रे से डंके की चोट पर कहा था। ऐसा इत्तेफ़ाक़न ही हुआ, पर मुझे ख़ुशी है कि मैंने किसी मार्केस का सहारा नहीं लिया अपने यथार्थ को ढँकने के लिए।

मैंने एक ज़ोरदार किक के साथ बाइक स्टार्ट की।

आज का अतीत

दूसरे दिन इंस्टीट्यूट पहुँचने में राहुल को थोड़ी देर हो गई। दरअसल रास्ते में वह अपनी बाइक का इंडीकेटर रीप्लेस करवाने लगा था। कोई दस-पन्द्रह मिनट लेट से जब उसने गली में प्रवेश किया तो वहाँ निहारिका की बीएमडब्ल्यू न देखकर उसे थोड़ा अच्छा नहीं लगा। अजीब बात है कि अपने इस अच्छा न लगने को उसने आलोचनात्मक दृष्टि से भी देखा। बुझे मन से जब उसने क्लास में प्रवेश किया तो एकाएक ख़ुशी की एक लहर-सी उसकी रीढ़ पर रेंग गई। निहारिका बैठी थी और बाक़ायदा राहुल के लिए अपनी बगल वाली सीट आरक्षित किये बैठी थी। उसने इशारा किया कि वह उसकी बगल में बैठे। वहाँ जाते हुए राहुल अपनी इस ख़ुशी पर भी एक आलोचनात्मक दृष्टि डालना न भूला।

शुरुआती क्लास में जैसी एक अनजान-सी हवा बहती है, बह रही थी। उर्सुला ने आज उनका तआरुफ़ स्पैनिश वर्णमाला से कराया, जो अमूमन अंग्रेज़ी की तरह ही थी, एकाध बढ़ती के वर्णों को छोड़कर। उन्होंने एक-एक वर्ण का उच्चारण कर के दिखाया, पूरी क्लास को अभ्यास भी कराया। राहुल यह सब पहले भी सीख चुका था, सो इस पूरे दौरान उसके ध्यान की केन्द्रबिन्दु निहारिका ही थी। क्लास की समाप्ति के बाद उसने निहारिका से उसकी गाड़ी की बाबत पूछा तो उसने बताया कि उसके पैरेंट्स वापस हरियाणा लौट चुके हैं, उसकी रिहाइश का बन्दोबस्त कर के। कि उसने और उसकी एक सहेली ने यूसुफ़ सराय में एक फ़्लैट किराये पर ले लिया है। निहारिका ने दिल्ली विश्वविद्यालय से एमए किया था, और उसकी वह सहेली, जो किसी बीपीओ में काम करती थी, एमए के दिनों में उसकी क्लासमेट हुआ करती थी। उस दिन निहारिका और राहुल ने काफी बातें की थीं, वापसी में राहुल ने उसे नज़दीकी मेट्रो स्टेशन तक ड्रॉप भी किया। हालाँकि उसका रास्ता भी रिंग रोड से होकर था, अगर वह चाहती तो राहुल उसे हौज ख़ास के आसपास कहीं छोड़ सकता था जहाँ से उसका फ़्लैट क़रीब पड़ता, लेकिन ऐसा करने के लिए न उसने कहा, न राहुल ने ही कोई पहल की।

दिल्ली विश्वविद्यालय में जब निहारिका और उसकी वह सहेली पद्माशा बिष्ट एमए में थीं, मैं जेएनयू से एमफिल कर रहा था। वे दोनों वहीं नॉर्थ में मुकर्जी नगर के पास परमानन्द कॉलोनी में एक फ़्लैट लेकर साथ ही रहती थीं। पद्माशा से मैं प्रेम

करता था और वह अक्सर जेएनयू के मेरे हॉस्टल में आती थी। कभी रात बितानी हो तो वह निहारिका को फ़ोन कर देती और सुबह-सकारे, जब मैं अभी सो ही रहा होता, 'यू-स्पेशल' पकड़कर वह वापस नॉर्थ लौट जाती। कभी मुझे वहाँ जाना होता तो हम तीनों नरूलाज़ या बरिस्ता में देर तक बैठे गप्पें किया करते थे। पद्मशा पहाड़ से थी, पौड़ी गढ़वाल तरफ़ की। चूँकि मैं बंगाल से था, निहारिका मुझे 'दादा' के सम्बोधन से पुकारती। बांग्ला के एकाध शब्द जैसे 'खूब भालो', 'मिष्टी', 'बोई', 'छातार मूड़ी', 'घोड़ार डीम' इत्यादि उसने सीख लिया था, जिन्हें वह अपने वार्तालाप में बेवजह (और कई बार ग़लत सन्दर्भों में) चस्पाँ करती रहती।

निहारिका का घर मानेसर के पास था, हरियाणे में। आज से तक़रीबन एक-डेढ़ दशक पहले तक उसके घरवालों का मुख्य पेशा खेती-बाड़ी ही हुआ करता था। पिछली सदी के आख़िरी वर्षों में आप सब वाक़िफ़ होंगे कि देश के कोने-अँतरों से निकलकर हरित क्रान्ति दिल्ली को अपना ठिया बना रही थी और 'क्लीन दिल्ली ग्रीन दिल्ली' जैसे नारों का आविष्कार हुआ था। नतीज़तन दिल्ली के सारे उद्योग अगल-बगल के राज्यों की ओर कूच करने को बाध्य हुए और इस तरह गुड़गाँव, फ़रीदाबाद, नोएडा और ग़ाज़ियाबाद को नेशनल कैपिटल रीजन (एनसीआर) कहे और माने जाने की शुरुआत हुई।

इत्तेफ़ाक़ कहें या अन्तरराष्ट्रीय हवाई अड्डे से निकटता या जो भी वजह रही हो, इनमें गुड़गाँव ही ज़्यादातर विदेशी कम्पनियों का पहला चुनाव था जो उदारीकरण और मुक्त बाज़ार नीति के तहत भारत में अपनी पूँजी का सीधा निवेश करने पहुँची थीं। नई सदी आते-आते इस क्षेत्र में गुड़गाँव 'नुमेरो उनो' बन गया। मानेसर के पास जब स्पेशल इकोनॉमिक ज़ोन निर्मित हुआ जो ज़मीन अधिग्रहण के चलते वहाँ के किसान रातोंरात करोड़पति हो गए। निहारिका के पिता श्री दुर्गपाल सिंह भी उन 'भाग्यशाली' किसानों में से थे। आज मानेसर गाँव के पास ही उनका एक आलीशान बँगला है, जिसके लम्बे-चौड़े अहाते की शान बढ़ाने के लिए एक बीएमडब्ल्यू, एक पजेरो, दो जर्सी गाएँ और ब्रूनो नाम का एक डॉबरमैन कुत्ता है। दरवाज़े पर जहाँ 'कुत्तों से सावधान' की लकड़िया पट्टी लगी है, वहीं बँगले के सामने एकदम ऊपर 'श्रीमती इमरती देवी निवास, स्थापना-2004' की एक संगमरमरी पट्टी भी।

इमरती देवी, निहारिका की स्वर्गवासी दादी थीं। उसके दादा श्री जगई सिंह अभी जीवित थे। संयुक्त परिवार था, निहारिका के पिता दुर्गपाल और ताऊ धर्मपाल का। धर्मपाल निस्सन्तान थे, छोटे भाई दुर्गपाल के दो बच्चे थे। निहारिका छोटी थी, उससे बड़ा एक भाई बंटी था। बंटी का भला नाम शायद राजेश था या ऐसा ही कुछ, मुझे ठीक-ठीक नहीं पता। निहारिका उसे बंटी भइया ही कहती थी। पजेरो बंटी ही चलाता था, कई बार निहारिका से मिलने दिल्ली भी आया था। एक बार निहारिका ने उसे मुझसे भी मिलवाया, नोएडा-गुड़गाँव के ज़्यादातर 'नवोदित अमीर' लड़के

जैसा हुआ करते हैं, वह वैसा ही था। पढ़ा-लिखा कुछ ख़ास नहीं, टूटी-फूटी अंग्रेज़ी बोल लेता था, हालाँकि अंग्रेज़ी बोलते हुए भी वह 'न' को 'ण' ही उच्चारता था। पूछा जाए कि करते क्या हो तो कहता था कि रियल इस्टेट में इन्वेस्ट करने की सोच रहा हूँ। निहारिका चटखारे लेकर बताती थी कि भइया को रियल इस्टेट है क्या बला, ये भी नहीं पता, बस उसके सर्किल के लड़के बोलते रहते हैं तो वह भी यही कहता है। सचाई यह थी कि काम-धाम के नाम पर पिता ने वहीं आसपास किराये पर देने के लिए जो दो-चार इमारतें बनवा रखी थीं, उनमें रहने वाले मज़दूरों से समय पर किराया वसूलना-भर उसके ज़िम्मे था। इन दिनों वह अपने पिता पर छतरपुर पहाड़ी के आसपास कोई फ़ॉर्म हाउस ख़रीदने के लिए ज़ोर दिये हुए था।

उसके घर के बैकग्राउंड से भली-भाँति परिचित होने के कारण ही जब मुझे पता चला कि एमए पूरा करने के बाद भी निहारिका दिल्ली में बने रहना चाहती है, तो मुझे थोड़ा आश्चर्य हुआ था। जब उसके पिता स्वयं उसके रहने-खाने-पीने का बन्दोबस्त करने दिल्ली पधारे, तो यह आश्चर्य दुगुना हो गया। पद्माशा पहले वहीं कहीं नॉर्थ में इन्दिरा विहार या हद से हद मॉडल टाउन के आसपास रहना चाहती थी, लेकिन वहाँ से रोज़ इंस्टीट्यूट के लिए आमोदरफ़्त निहारिका के लिए मुश्किल होती। इसलिए उसके फादर ने पद्माशा से अनुरोध किया कि वह कहीं साउथ दिल्ली में रहे। चूँकि वे निहारिका का अकेले रहना 'सेफ' नहीं समझते थे और पढ़ाई के दिनों में कई बार पद्माशा उनके परिवार वालों से मिल चुकी थी, सो वे चाहते थे कि दोनों लड़कियाँ पूर्ववत् साथ ही रहें। यूसुफ़ सराय वाला कमरा मैंने ही ठीक किया था। वहाँ से जेएनयू अपेक्षाकृत पास पड़ता, इसलिए पद्माशा भी अन्ततः मान गई। बाद में पद्माशा ने ही बताया कि मानेसर में जैसा सामाजिक परिवेश है, वह निहारिका या किसी भी पढ़ी-लिखी, देखने में सुन्दर लड़की के लिए ठीक नहीं। दुर्गपाल सिंह के एक मित्र थे मॉरिशस में, जिनका लड़का किसी अच्छे पोस्ट पर वहीं सेटल था। दुर्गपाल की दिली इच्छा थी कि उस लड़के के साथ ही निहारिका की शादी हो। लड़के वालों ने भी थोड़ा-बहुत इंटरेस्ट दिखलाया था, सो वे चाहते थे कि जब तक बात पक्की न हो जाए, निहारिका दिल्ली में ही बनी रहे। पढ़ाई ख़त्म होने के बाद स्पैनिश इंस्टीट्यूट ज्वाइन करना इसी एजेंडे के तहत था।

सिनेमा-सिनेमा

हम ज़्यादातर लड़कियों की पहली पसन्द शाहरुख़ ख़ान ही था, बट निहारिका तो जैसे उसके लिए बावली हो रखी थी। 'द वे ही लुक्स', 'द वे ही स्माइल्स', 'द वे ही लव्ज़' इत्यादि की एक लम्बी फ़ेहरिस्त हुआ करती थी हमेशा उसके पास। इधर शाहरुख़ की कोई नई फ़िल्म रिलीज़ हुई नहीं कि मैडम सीपी-पालिका बाज़ार से

उसकी पाइरेटेड डीवीडी या कभी घर से ज़्यादा पॉकेट मनी मिल रखी हुई हो तो किसी नज़दीकी पीवीआर के दो-तीन टिकिटें लेकर हाज़िर। शाहरुख़ की फ़िल्मों व ऑडियो-वीडियो गानों से उसका लैपटॉप इस क़दर भरा पड़ा था कि उसमें दो-तीन एमबी भी और जगह नहीं बची होगी बाई गॉड! मैंने कहा न कि शाहरुख़ पसन्द हम सबको था, पर निहारिका उसे सुपर लाइक करती थी।

अभी हाल की ही घटना को लीजिए, शाहरुख़ की नई पिक्चर आने वाली थी—रब ने बना दी जोड़ी। चैनलों पर 'हौले-हौले' वाला प्रोमो फ़्लड हो रखा था। हमारी बिल्डिंग में जितनी भी लड़कियाँ थीं, उनके समेत टाइम्स ऑव इंडिया व हिन्दुस्तान टाइम्स के पेज थ्री तक—हर ओर शाहरुख़ के नये 'कॉमन मैन' लुक को लेकर भतेरी चर्चाएँ चल रही थीं। कुछ लड़कियों को शाहरुख़ की मूँछें भा रही थीं तो कुछ को नहीं। पहली बार निहारिका को हमने नाक-भौं सिकोड़ते देखा—नो यार, जम नहीं रही हैं मूँछें। हम खिलखिला पड़ी थीं—डार्लिंग, हमें तो लगा था मूँछ ही नहीं, अगर वह पूँछ लगाकर भी आए तो तू उस पर मर-मिटेगी। अब क्या हुआ सिन्योरिटा!

लेकिन जब उसने फ़िल्म देखी, फिर देखी, फिर-फिर देखी तो हम चौंके। आख़िर क्या है भई इस पिक्चर में? उसका वही सनातनी आलाप—द वे ही लव्ज़ हिज़ वाइफ़! रियली यार, गौरी कित्ती लकी हैगी न!

"मैडम, दिस इज़ सिनेमा। रील में जो दिखता है, रियल में वैसा होता नहीं।"

"बट इन रियल लाइफ़ टू...अच्छा, आज तक तैणे कभी सुना है उसका किसी हीरोइन से चक्कर-वक्कर?"

"हीरोइनों से तो नहीं, बट उसकी जोड़ी करण जौहर के साथ क्या फिट बैठती है!" कहते हुए बाजू वाले फ़्लैट की मीनल खिलखिला पड़ी थी।

"डिस्गस्टिंग!"

ए ल्लो! इतने-भर से ही निहारिका मैडम का मुँह तसले की तरह हो गया। मैं जानती थी, अब उसे वापस ऑन ट्रैक नहीं लाया जा सकता, जब तक वह ख़ुद न चाहे। मीनल तो वैसी ही झल्ली है, उसकी बातों का क्या! हम सब आपसी चिट-चैट में उसे 'राधा ढूँढ़ रही है' कहते थे। इसके पीछे की दास्तान ये कि उसने 'राधा ढूँढ़ रही, किसी ने मेरा श्याम देखा' (निक्की—मानो श्याम कोई चवन्नी हो) जैसा एक चीप रिंग-टोन लगा रखा था, और उसके भी पीछे की दास्तान ये कि शी इज़ डाइंग टु गेट फॉल इन लव (निक्की—इन बेड) विद समवन। लास्ट टाइम जब बंटी भइया आए थे तो उनके आगे बात-बेबात वह झुक-झुक के बेहाल हुई जा रही थी। निक्की कह रही थी—अरे सिर्फ़ झुकने से क्या होता है, भीतर कुछ होना भी चाहिए जो दिखे। मेरी हँसी छूट पड़ी थी, रियली शी हैज़ अ फ़्लैट...

लेकिन निक्की की बात पर निहारिका इसी तरह उखड़ गई थी—डिस्गस्टिंग!

दरअसल थी तो वह हमारी ही उमर की, लेकिन मन से बड़ी भोली थी टच वुड!

जैसे पहली बार जब उसने कुणाल से मेरे सम्बन्धों के बारे में जाना, बड़ी मासूमियत से उसने कहा था कि यह ग़लत है।

"क्या?"

"यही सब...तुम दादा से मिलने उनके हॉस्टल जाती हो।"

मैंने लाड़ से भरकर उसकी ठोड़ी छू ली थी, "किसी से मिलने-जुलने में भला क्या बुराई हो रक्खी है लाडो!"

सहसा वह सकुचा गई, "मेरा मतलब सिर्फ़ मिलने-जुलने से नहीं था, तुम जो नाइट-स्टे करती हो वहाँ कभी-कभी..." मैं सीधे उसकी आँखों में देख रही थी, उसने अपनी आँखें नीची कर लीं, "आई मीन, शादी से पहले ये सब..."

"बड़ा मज़ा आता है बाई गॉड!" मैं हँसने लगी थी, उसे चिढ़ाने का अपना ही मज़ा था। "दुनिया कहाँ से कहाँ चली गई और तू छूट गई वहीं के वहीं, अपने हरयाणे में!"

"नहीं, जानती तो मैं भी हूँ ये सब...लिव-इन रिलेशन और पता नहीं क्या-क्या जो चल रखा है आजकल!" उसकी हिचक थोड़ी कम हो गई थी। "...बट न, मेरी तो हिम्मत ही न हो!" इस बार वह खुल के हँसी।

"चल अबकी जो जाऊँगी, तेरे दादा से बात करती हूँ कि उनके वहाँ कोई अच्छा-सा लड़का हो तो तेरे लिए..."

"नहीं, तै मार खाएगी जो उनसे...छीह!" वह आँखें दिखाने लगी, "बेशरम!"

मैं देर तक हँसती रही थी। बाद में एक बार जब कुणाल से मिली, साकेत पीवीआर में, निहारिका भी मेरे साथ थी। मैंने उसे चिढ़ाने की गरज से पूछा था, "क्यों, बात करूँ क्या?"

"क्या?" कुणाल ने उत्सुकता से पूछा।

"कुछ नहीं दादा, मस्ती चढ़ी है मरी को!" कुणाल से इतना कहने के बाद वह मुझसे मुख़ातिब हुई, "सुधर जा वर्ना बहुत बुरा हैगा, कहे देती हूँ।"

"क्या भई, हमें भी तो कुछ पता चले!" कुणाल ने फिर से पूछा।

"कुछ नहीं, मैं मज़ाक़ कर रही थी।" हँसते हुए मैं कुणाल के कन्धे पे ओलर गई।

तब तक हम यूसुफ़ सराय वाले फ़्लैट में शिफ़्ट हो गए थे और 'माई नेम इज़ ख़ान' रिलीज़ हो चुकी थी। निहारिका को राहुल से मिले हुए अभी दो-चार दिन ही हुए थे।

नये इलाक़े में

बीच में मेरी तबीयत कुछ ख़राब हो गई थी, सो इंस्टीट्यूट जाना नहीं हो पाया। एक दिन गदबेरे चार सवा चार बजे के आसपास, जब मैं बिस्तरे पर पड़ा ऊँघ रहा था,

अचानक तकिये के नीचे दबा फ़ोन वाइब्रेट हुआ। निहारिका का फ़ोन था, पहली बार। ब्लैक ऐंड ह्वाइट स्क्रीन पर उसका नाम चमकते देख मेरा दिल बल्लियों उछलने लगा। लेटा हुआ था, अचानक उठ बैठा। 'निहारिका एस. कॉलिंग...'—कुछ देर तक मैं स्क्रीन को यों ही तकता रहा, समझ में नहीं आ रहा था कि क्या करूँ! खाँस के एक बार गला साफ़ किया, अपने को सहज करते हुए रिसीव करने ही वाला था कि कॉल कट हो गया। ये क्या हुआ! मैंने सोचा कि कॉल बैक करूँ। फिर तुरन्त बैलेंस चेक करने के लिए वन-टू-थ्री पर डायल किया। घबराने की कोई बात नहीं थी, पाँच-सात मिनट तो आराम से बात हो सकती थी।

"हैलो?" उधर से निहारिका थी। बहुत शोर के बीच होने के कारण वह थोड़ा तेज़ बोल रही थी।

"हाँ, ये मैं बोल रहा हूँ—राहुल।"

"हाँ बोलो, नाम तो सुना ही है।" वह हँस रही थी।

"तुमने फ़ोन किया था अभी। मुझसे मिस हो गया तुम्हारा कॉल।" मुझे भी उसी अनुपात में चीख़ना पड़ रहा था। फ़ोन पर यह हमारी पहली बातचीत थी और तेज़-तेज़ बोलने के कारण हमारी आवाज़ों की सम्पूर्ण गरिमा ध्वस्त हो रही थी, जिसका मुझे अफ़सोस था। मैं चाहता था कि हमारी बातचीत में (और ख़ासकर तब, जब यह पहली बातचीत हो) एकान्त का सनसनाता हुआ सहलाव हो, मौन की मांसल और मानीखेज उपस्थिति। वह इंस्टीट्यूट से लौट रही थी, उसने बताया। मेट्रो की भीड़ ने अपने तमाम अनर्गल शोर को मेरे और निहारिका के बीच धकेल दिया था। इस भीड़ के शोर (शोर की भीड़) में हमारी आवाज़ों के हाथ एक-दूसरे से छूट रहे थे, और कहीं छूट ही न जाएँ इस डर से हमारी आवाज़ों ने एक-दूसरे के हाथ को ज़ोर से पकड़ रखा था, इतनी ज़ोर से कि कलाइयों पर नीले दाग़ उभरने लगे, रक्त का प्रवाह रुक-सा गया लगता था।

"क्या हुआ? कुछ बोलो तो!"

"क्या?"

"जो अभी मैंने पूछा। इंस्टीट्यूट क्यों नहीं आ रहे दो दिनों से? तबीयत...हैलो?"

"हाँ ठीक है बिल्कुल।" मानो यह जतलाने के लिए ही मैं बिस्तरे से उठकर बगल की कुर्सी पर जा बैठा।

"ओके, मैं पहुँच के बात करती हूँ, अच्छा?"

"ओके-ओके।"

"टेक केयर, ब-बाई!"

हाँ, यह फ़ोन पर हमारी पहली बातचीत थी। पिछले दिनों उसने मेरा नम्बर लिया था, फिर मेरे फ़ोन पर एक मिस्ड कॉल देने के बाद कहा था कि मैं भी उसका नम्बर सेव कर लूँ। उससे बात करने के बाद मैं देर तक वैसे ही बुत बना

बैठा रहा। काफी देर के बाद उठा और बाथरूम में आ गया। पानी अभी आ रहा था, सो मैंने बिना कुछ तय किये कि ऐसा क्यों कर रहा हूँ, शेव करने लगा। शेविंग करते हुए मेरे दिमाग़ में निहारिका से अभी-अभी हुई बातचीत के टुकड़े घुमड़ रहे थे। बार-बार के दोहराव से धीरे-धीरे उन शब्दों पर से अर्थ की पपड़ियाँ उधड़ने लगीं। एक समय ऐसा आया जब उन शब्दों से अर्थ की पूरी तरह निकासी हो गई, और वे ख़ाली कनस्तरों-से बजने लगे। अब वही बातें मुझे हँसाने लगी थीं। उसका वह थोड़ा खींचकर 'हैलो' कहना ख़ासतौर से हँसा रहा था। मैंने तय किया कि नीचे बाज़ार जाकर एक सौ बीस रुपये का रिचार्ज करवा लूँगा। ब्रेड भी ख़त्म हो चुका है और टूथ पेस्ट ट्यूब का आकार कुछ ऐसा हो रहा था कि...अब मैं खुलकर हँसने लगा। फिर दिल्ली के कुछ स्थानों के नाम याद आए, जब मैं शुरू-शुरू में यहाँ आया था तो ये नाम मुझे ख़ूब हँसाते थे। नाँगलोई, ढाँसा बॉर्डर, कड़कड़ डूमा, पटपड़गंज, शादीपुर डिपो, मजनूँ का टीला, कड़कड़ी मोड़ (टूथ पेस्ट के ट्यूब के लिए ये नाम बड़ा फिट है), नरेला, भोगल, झील, कापसहेड़ा, वेलकम, धौला कुआँ, शकरपुर, अधचीनी आदि।

"तुम कहाँ रहते हो?" एक दिन निहारिका ने पूछा था।

"तिलक नगर।" मैंने कहा, "वहाँ हमारी तरफ़ के दो-चार परिचित रहते हैं, सो यहाँ आया तब से वहीं रहता हूँ। अब सोच रहा हूँ, इधर ही कहीं शिफ़्ट कर लूँ—लाजपत नगर या जंगपुरा साइड।"

"वैसे तुम हो कहाँ के?"

"बिहार से हूँ। प्रॉपर पटना का।"

मैं नहीं जानता, वह कभी बिहार गई भी होगी या नहीं, इसलिए पटना के साथ 'प्रॉपर' लगाने का कोई ख़ास मतलब नहीं था। पुरानी आदत की वजह से मुँह से निकल गया। किसी से कहो कि पटने से बिलॉन्ग करता हूँ और अगर वह वहीं आसपास का हो, तो ज़रूर उसका अगला सवाल होगा कि पटने में कहाँ से हो! ऐसा इसलिए कि आसपास सोनपुर-हाजीपुर तक के लोग भी सुभीते के लिए पटना का नाम ले लेते हैं। जैसे उस दिन निहारिका के मुँहबोले भाई कुणाल से बात हो रही थी तो पता चला वे भी बिहार में कुछ साल बिता चुके हैं।

"पटना में कहाँ से हो?" उन्होंने पूछा था।

"प्रॉपर पटने का ही हूँ।"

"हाँ-हाँ, प्रॉपर पटने में ही तुम्हारा घर कहाँ है?"

"मीठापुर का नाम सुना है?" दिल्ली में ही नहीं, पटने में भी ऐसे-ऐसे हँसाने वाले नाम हैं। एक मिनट के लिए मैं सकुचा गया था, फिर बातचीत में मज़ाक़ का लहजा बहाल करते हुए बोला, "बिहार में गुड़ को मीठा कहते हैं, इस प्रकार मीठापुर का अगर दिल्ली में अनुवाद किया जाए तो वह गुड़गाँव कहलाएगा।"

"क्या? बिहार में भी गुड़गाँव है?" पद्माशा से बातचीत में व्यस्त निहारिका ने हमारी बातों के आधे-अधेले टुकड़े सुने तो टोका। कुणाल दा अभी तक हँस रहे थे। बाद में पता चला, वे बंगाल से हैं।

"पटना में मैं कंकड़बाग़ में रहा तक़रीबन दो-ढाई साल। वहाँ एक दैनिक में था। फिर दिल्ली आ गया।...वैसे मूलत: हमलोग बिहार के ही हैं, छपरे से, सन् 48 में, जिस साल गांधीजी की हत्या हुई थी, कोलकाता माइग्रेट कर गए थे।"

निहारिका के ग्रुप में शामिल होकर जैसे मैं एक नई दुनिया में पहुँच गया था। तिलक नगर में मेरे जो कुछ परिचित रहा करते थे, वे छोटे-मोटे काम करते थे, बल्कि अब आपसे क्या छिपाना, उनमें से दो ऑटो चलाते थे और एक जितेन्द्र करोलबाग़ में किसी प्राइवेट कम्पनी में काम करता था। मैं उसी के साथ रूम शेयर करता था। निहारिका की दुनिया अलहदा थी, वह दिल्ली विश्वविद्यालय से एमए कर चुकी थी, पद्माशा भी किसी हाई-फाई जॉब में थी। कुणाल दा जेएनयू से पी-एचडी कर रहे थे, कहानी-वहानी लिखते थे। उनका सर्किल भी बड़ा था, अक्सर उनके कुछ कहानीकार दोस्त हॉस्टल के उनके कमरा नम्बर 105 में इकट्ठा होते रहते थे। एकाध को तो मैं भी पहचानने लगा था।

हमलोग अक्सर मिलते-जुलते थे, कभी जेएनयू में तो कभी यूसुफ़ सराय वाले फ़्लैट पर। पद्माशा बड़ी अच्छी कुक थीं, ख़ासकर मछली बड़ा स्वादिष्ट बनाती थीं। एक मनोज दा भी थे, जो आकाशवाणी में काम करते थे। वे ही पद्माशा की पाककला के 'शिक्षक' थे। आकाशवाणी में लगने से पेश्तर कलकत्ते की प्रसिद्ध नाट्य-संस्था 'रंगकर्मी' में कई साल बतौर ऐक्टर काम कर चुके थे। नाटकों का शौक़ अभी गया नहीं था, सो पूरा ग्रुप कभी-कभी मंडी हाउस की भी सैर कर आता उनके सौजन्य से। स्वीकार करता हूँ कि यहाँ आने से पेश्तर मैंने नौटंकी तो देखी थी, नाटक नहीं। बाद में लगा, एक भरी-पूरी दुनिया से अब तक अनजान था। एम.के. रैना, पीयूष मिश्रा, यशपाल शर्मा, एनएसडी, ऐक्ट-वन, नादिरा बब्बर... मनोज दा पूरे डिटेल में नाटकों की एक-एक बारीकी को समझाते। ये लोग फ़िल्मों के बारे में भी ऐसी गहरी बातें करते कि मैं दंग रह जाता। कुणाल भाई को फ़िल्मों की अच्छी समझ थी। उनका एक ब्लॉग भी था। इंटरनेट वग़ैरह से भी मैं अब तक अनजान था। बाद में पद्माशा जी ने ही फेसबुक पर मेरा एक अकाउंट खोला और शुरुआती 'दीक्षा' दी। रोज़ मेरा कुछ वक़्त साइबर कैफ़े में बीतने लगा। कुछ समय मैं निहारिका से चैट करने में खर्च करता, बाक़ी के समयों में अनुराग, कुणाल दा, चन्दन भाई आदि के ब्लॉग्स में ताका-झाँकी। उन्हीं दिनों मैंने पहली बार एक कविता लिखी थी, जो निहारिका को बहुत पसन्द भी आई। उसने प्रस्ताव रखा कि अगली बार जब हम सब इकट्ठा हों तो उस कविता का मैं पाठ करूँ, लेकिन फिर न जाने कौन-सा संकोच था कि मैंने मना कर दिया।

"अगली बार जब लिखूँगा फिर...। तब तक कुछ और माँज लेता हूँ ख़ुद को।"

आईने, सपने और वसन्तसेना

रोज़ सुबह की तरह आज भी मेरी आँखें खुलने के लिए रवीन्द्र आरोही के मैसेज का इन्तज़ार कर रही थीं। पिछले कुछ दिनों से यह एक नई आदत निकल आई थी कि सुबह छह बजे के आसपास आरोही के मैसेज आते, महाचाट टाइप—क्या लिख रहे हैं, कहाँ तक लिख चुके, जितना लिखा उतना एसएमएस कर दीजिए इत्यादि। मैं इन सबका इतना अभ्यस्त हो चुका था कि अब सुबह उठने के लिए अलार्म लगाना बन्द कर चुका था। लेकिन आज जब छह से साढ़े छह हो गए और आरोही की कोई ख़बर नहीं तो हारकर मैंने ही उसे फ़ोन कर लिया। पता चला, साहब भोरे-भोर से किसी कहानी में जुटे हुए हैं।

उदाहरण के लिए एक कहानी लिखी जाए। उस दिन दोपहर में जब पद्माशा मेरे साथ थी, निहारिका का फ़ोन आया कि आज कमरे पर वह थोड़ी देर से पहुँचेगी, सो वह चिन्ता न करे। पद्माशा ने सीटी बजाते हुए शरारतन पूछा था, "हेई बेबी, ह्वाट्स गोइंग ऑन?" उधर से क्या जवाब आया, पता नहीं, लेकिन पद्माशा की इस बात से मुझे एक सूत्र मिला कि एक कहानी शुरू हो चुकी है। एक कहानी जिसमें रोमांस है, ड्रामा है, सस्पेंस व थ्रिल है, सजनी अमीर साजन ग़रीब, लेकिन अन्त में हैप्पी एंड। 'अगर किसी फ़िल्म का अन्त सुखद न हो तो समझो कहानी अभी बाक़ी है मेरे दोस्त!'—किसी फ़िल्म का यह डायलॉग इस कहानी को निर्धारित करे तो सबकुछ कितना ठीक है!

बाद में 'वागर्थ' में आरोही की वह कहानी पढ़ी, और मैंने पाया कि उसका अन्त त्रासद है, तो मैं भीतर-भीतर सहम गया। मुझे याद आया, जिस दिन उसने इस कहानी को लिखना शुरू किया था, उसी दिन मेरे ज़ेहन में राहुल और निहारिका की कहानी शुरू हुई थी।

पद्माशा आईने के सामने खड़ी होकर मुँह में क्लचर दबाए अपने बाल सँवार रही थी और मैं पेट के बल लेटा तकिये को सीने से लगाए हुए उसे देख रहा था। छोटा-सा चौकोर आईना मेरी ऊँचाई के अनुपात में दीवार से टँगा था और निचले क़द की होने के कारण वह एड़ियों को तनिक उठाए हुए थी। जब उसने बालों के निचले सिरे पर कंघी करने के लिए उन्हें आगे की तरफ़ कर लिया, लो-कट कमीज़ से उसकी आधी पीठ नुमायाँ हो गई। कंघी वाले हाथ के निरन्तर चलने से पीठ की मांसपेशियों में दाईं तरफ़ निपुण बल पड़ रहे थे। निहारिका का क़द पद्माशा से दो-चार इंच ऊँचा होगा। क्या वह भी अभी अपने बाल सँवार रही होगी? मुझे याद आया, एक बार हम चारों कहीं जा रहे थे। राहुल की बाइक आगे थी और मेरी ज़रा पीछे। अचानक मैंने देखा कि राहुल के पीछे बैठी निहारिका ने अपने हैंडबैग से कुछ निकाला, फिर उसे वापस

कन्धे पर टाँग लिया। उसके बाएँ हाथ में एक छोटा-सा आईना था और दाएँ हाथ से वह बहुत ही सावधानीपूर्वक (अपनी एकाग्रता को बाइक की जर्क्स से बचाती हुई) अपने होंठों पर लिप-ग्लॉस लगा रही थी। यह देखकर बड़ा भीना-सा अहसास हुआ। लगा, ज़माने के खुले ख़तरनाक के बीच दोपहिये पर सवार यह एक मधुर गार्हस्थिक दृश्य है—नितान्त गोपन। इतना कि ख़ुद राहुल को नहीं पता कि उसके न जानते निहारिका फ़िलहाल अपने होंठों पर लिप-ग्लॉस लगा रही है। ठीक वैसे ही जैसे अभी पद्माशा को नहीं पता कि उसके न जानते मैं फ़िलहाल उसे बाल सँवारते देख रहा हूँ।

पद्माशा मेरी ज़िन्दगी में आने वाली दूसरी, तीसरी या कि चौथी लड़की होगी—कौन जाने! मेरे पास स्त्री-देह से सम्बन्धित ढेरों संस्मरण थे, अनगिन रोमांच, और मुझे ठीक-ठीक याद नहीं कि मेरे नथुनों में घर किये शैम्पू की ताज़ा गन्ध पद्माशा के बालों से ही उठी थी या उससे पहले की किसी लड़की से। पहले का जो कुछ हासिल था, उसकी रहनवारी अब पद्माशा की देह के कोनों-अँतरों में थी। पहले की ही क्यों, कभी रास्ता चलते किसी लड़की के होंठों के ऊपर पसीने की झिलमिल रेख को मैं बाद की लिखी कहानियों में पद्माशा के होंठों के आसपास खोज निकालता। मेरी न जाने कितनी कहानियों के जिन्न वह चलते-फिरते, हँसते-बतियाते हुए ढोती रहती और तिस पर यह कि इसका उसे ख़ुद भान नहीं। स्वयं पद्माशा से सम्बद्ध ऐसे न जाने कितने आविष्कार थे जिन्हें मैंने उससे पहले अपनी कहानियों से साझा किया (मसलन अभी बालों में कंघी करते हुए उसकी पीठ पर पड़ते हुए बलों की शमूलियत ज़रूर मेरी किसी कहानी में होगी)। क्या पद्माशा ने कभी अपनी पीठ देखी है? उसकी रीढ़ पर निचली तरफ़ जो एक लहसन है—आईने में बड़ी मशक़्क़त के बाद ही उजागर हो सकेगा। अपनी देह के जिन हिस्सों को हम कभी नहीं देख पाते, वे हमारी अनदेखी से सुबकते रहते हैं। मौक़ा पाते ही वे हमारा आसरा छोड़ किसी और की निगहबानी में अपने लिए एक मुफ़ीद ठौर की खोज कर लेते हैं।

मसलन, मेरे ज़ेहन में जिस कहानी ने आकार लेना शुरू किया है, उसके शुरुआती हिस्से में ही इंस्टीट्यूट से निकलते हुए निहारिका को कुछ अच्छा-अच्छा-सा लगा था, तब, जब उसने जाना कि राहुल ने अपने लिए सोचे हुए जवाब को उसके लिए शहीद कर दिया था। उस वक़्त 'नई जगह-नये माहौल-नये लोग' की अफरा-तफरी में अपने इस 'अच्छा लगने' पर वह ग़ौर नहीं कर सकी थी और राहुल की तरफ़ हाथ बढ़ा दिया था—फ्रेंड्स? लेकिन इतने-भर से उस 'अच्छा लगने' को सन्तोष नहीं हुआ और उसने साज़िश रचकर सिर्फ़ अपने बूते एक कहानी की शुरुआत कर दी। अगर वह उसी दम इस 'अच्छा लगने' पर ग़ौर कर लेती तो बहुत सम्भव था वह तभी इस कहानी का अबॉर्शन करा देती। जैसे-जैसे वक़्त बीतता रहा, इस 'अच्छा लगने' ने हम सबको संक्रमित करना शुरू कर दिया। सबसे पहले राहुल इसकी चपेट में आया—दूसरे दिन क्लास में जब उसने निहारिका को अप्रत्याशित

रूप से (बाहर पहले दिन वाली बीएमडब्ल्यू नहीं थी) पाया, तो उसे बहुत अच्छा लगा। फिर पद्माशा-समेत हम सबको इन दोनों की जोड़ी अच्छी लगने लगी। मेरे ज़ेहन में एक कहानी की शुरुआत हुई और अब तक वह उपेक्षित रहा आया 'अच्छा लगना' अपनी पूरी स्फीति में 'ज्ञानोदय' के इन पृष्ठों पर फैल चुका है। पाठक उस 'अच्छा लगने' को देखेंगे और उसे जो पत्र लिखेंगे तो केयर-ऑव में निहारिका का नाम न होकर 'सम्पादक—नया ज्ञानोदय' लिखा होगा।

इस प्रकार निहारिका के मन के किसी गहरे कुएँ में पनपे इस मीठे, नर्म-से भाव पर अब ख़ुद उसका कॉपीराइट नहीं रहा। जब हम किसी से प्रेम करते हैं तो उसे लेकर चर्चाएँ हम ख़ुद कम हमारे पड़ोसी ज़्यादा करते हैं। देखते-देखते हमारे ग्रुप में बिना किसी स्पष्ट उद्घोषणा के राहुल और निहारिका को कपल मान लिया गया। पीवीआर में बैठते समय हम निहारिका की बगल वाली सीट को राहुल के लिए आरक्षित मान अगली सीट की तरफ़ बढ़ जाते। या फिर आपसी चुहल में जब निहारिका कोई शैतानी करती तो हम राहुल से कहते—बेटा समझा दे इसे कि हमसे पंगा न लिया करे। कभी राहुल को फ़ोन करना हो और उसका फ़ोन नॉट रीचेबल बताए (जो अक्सर बताता) तो हम री-डायल करने की बजाय निहारिका को फ़ोन करते, अगर वह उसके साथ होता (जो वह अक्सर होता) तो सीधे बात ही हो जाती, वर्ना उसके लिए मैसेज छोड़ देना पर्याप्त होता—दोनों मियाँ-बीवी कल शाम सात बजे श्रीराम सेंटर पहुँच जाना।

मेरे ज़ेहन में आकार लेती कहानी के इस नुक्ते पर पहुँचकर हमें कल्पना करना चाहिए कि ख़ुद निहारिका और राहुल इस कहानी को किस रूप में रिसीव कर रहे होंगे। वे दोनों ही बहुत कल्पनाशील और प्रबुद्ध नहीं थे कि इस कहानी का कोई समाजशास्त्रीय इंटरप्रेटेशन या इसे लेकर कोई हाइपोथेसिस उनके पास हो। निश्चित रूप से यह सब उनके लिए एक गुदगुदाने वाले सपने की तरह था जिसका कोई सिरा अनिवार्यत: यथार्थ से जुड़ा होगा, यह तो वे जानते थे, हो सकता है वे इसकी तमाम आसन्न विभीषिकाओं से भी परिचित हों, लेकिन फ़िलहाल दोनों आस्वादन के उस मंच पर इतने मुब्तिला थे कि अगले अँधेरों की बाबत सोचना तत्काल के लिए स्थगित कर रखा था। और वैसे भी हम सब कम-अज़-कम निहारिका से तो बख़ूबी परिचित थे कि उसके पास ऐसे कई उदाहरण होंगे जहाँ अन्त में सबकुछ ठीक हो जाता है—हैप्पी एंडिंग!

आवाज़ भी एक जगह है

निहारिका के पास वोडाफोन का कनेक्शन था और मेरे पास एयरटेल का। एक दिन उसने बहुत रवा-दवाँ तरीक़े से कहा कि अगर मैं भी वोडाफोन का नम्बर ले

लूँ तो कोई नई स्कीम आई है, जिसके तहत रात दस से लगाकर सुबह छह बजे तक वोडाफोन टु वोडाफोन लोकल कॉल फ्री में हो सकेगा। उसी दिन इंस्टीट्यूट से लौटकर अपने लैंड-लॉर्ड से एड्रेस प्रूफ का ज़ेरॉक्स व अपना एक पासपोर्ट साइज़ फोटोग्राफ़ लेकर मैं बाज़ार गया और वोडाफोन का सिम ख़रीद लाया। एक दिन बाद जब सर्विस शुरू हो गई तो मैंने सबसे पहला कॉल निहारिका को किया। सोचा था, नये नम्बर से उसे सरप्राइज़ दूँगा, अपना नाम नहीं बताकर कुछ देर तक उसे छेड़ूँगा, लेकिन मेरा 'हैलो' सुनते ही उसका प्रश्न था—किसके फ़ोन से बोल रहे हो?

चौंकने की बारी मेरी थी, "तुमने मेरी आवाज़ कैसे पहचान ली?"

"तुमने नया नम्बर लिया?"

"तुमने कैसे जाना यार?"

"वोडाफोन का नम्बर लगता है। क्यों?"

मैंने हथियार डाल दिये, "हाँ!...वो क्या है कि पहले वाले के नेटवर्क में थोड़ा प्रॉब्लेम था, इसलिए..."

वह हँसी—खुलकर नहीं, साँसों ही में। फ़ोन पर उसकी मांसल हँसी देर तक गूँजती रही। मैं चुप ही रहा आया। थोड़ी देर बाद उसने बड़े धीमे से कहा, "थैंक्यू!"

"किस बात के लिए?" यह मेरा सवाल था, हालाँकि इसमें प्रश्नवाचकता के तुर्श कोने नहीं थे। मेरे भीतर सुखद गोलाइयों वाला मुलायम-सा कुछ उमड़ रहा था। यह निश्चित था कि पहले हम जिस ज़मीन पर खड़े थे, उससे दो क़दम आगे निकल आए थे—एक-दूसरे के निकट। समीप होते जाने का यह अहसास फ़ोन के दोनों सिरे था—इधर भी, उधर भी। यह अनुभव शर्म के एक भीगे वरक़ में लिपटा था। जैसे घाव से पट्टी उतारते हैं, उतने हल्के हाथों से हम इसे धीमे-धीमे अनावरित कर रहे थे, शनैः-शनैः हम एक-दूसरे के समक्ष नंगे हो रहे थे।

...और सहसा उसे लगा, अभी हमारे इर्द-गिर्द दिन का गर्म उजाला तिर रहा है। उसने कहा, "रात में बात करती हूँ। कितने बजे सोते हो?"

"कितने बजे?" मुझे जल्दी थी, "कितने बजे फ़ोन करोगी?"

"दस बजे तक रुक जाओ।" उस छोर पर एक लचीला मनुहार था।

"ओके। मैं इन्तज़ार करूँगा।"

"इतने तुम डिनर ले लेना, अच्छा?"

"ओके। बाई।"

उस दिन उसने दस बजकर सैंतीस मिनट पर कॉल किया था। रात के भोजन के बाद आसपास के फ़्लैटों से कुछ लड़कियाँ आ जुटी थीं। "अरे मत पूछो, बड़ी मुश्किल से जान बचाकर आई हूँ!" उसका यह कहना मुझे बड़ा प्यारा लगा—खाँटी घरेलू-जैसा कुछ। हुआ यों होगा कि डिनर के बाद निहारिका जल्दी-जल्दी बर्तनों

को वॉश बेसिन में रख रही होगी। तौलिए से हाथ पोंछते हुए उसकी आँखें एक बार दीवार-घड़ी पर गई होंगी तो वहाँ अभी पौने दस ही बजता देखकर उसने इत्मीनान की साँस ली होगी। कि इतने में डोर-बेल बजा होगा। भीतर कमरे से पद्माशा की हाँक, "निहारिका, देखना यार कौन है इत्ते समय?"

"क्या है? कभी ख़ुद उठके नईं देख सकती?" अकासी टॉप और सलेटी रंग के लोअर में निहारिका झमकते हुए दरवाज़े की तरफ़ बढ़ी होगी। निक्की, मीनल या रश्मि में से किसी को (बहुत सम्भव है तीनों को) देखकर एकबारगी वह झुँझला गई होगी। इत्ती रात को अड्डेबाज़ी की सूझी है मरी को—मन-ही-मन उसने उन्हें कोसा होगा। उनसे बातचीत करते हुए भी उसका ध्यान रह-रहकर घड़ी की तरफ़ जाता होगा। कभी 'हाँ-हूँ' में जवाब देकर वह टाल जाती होगी तो कभी उबासी लेकर जतलाती होगी कि यार अब बस भी करो, फूटो यहाँ से।

यह सब सोचते हुए मैं हँसता भी जा रहा था—दिल के ख़ुश रखने का ग़ालिब ये ख़याल अच्छा है!

"खाना खा लिए?" निहारिका ने फिर उसी सिरे को पकड़ा, जहाँ हमारी पिछली बातचीत पर विराम लगा था।

"हाँ, कब का!"

"क्या खाए?"

इस तरह से उस दिन एक नई शुरुआत हुई थी—बहुत धीमी गति में, हालाँकि उस दिन बस दस-पन्द्रह मिनट ही बातचीत हो पाई थी। दरअसल एकाएक हमें लगा था कि आगे बातचीत के लिए हमारे पास कुछ भी नहीं बचा। हम रोज़ ही इंस्टीट्यूट में मिलते थे, अक्सर उसके बाद भी हम दिल्ली की सड़कों पर देर शाम घूमते रहते थे। मैं अक्सर यूसुफ़ सराय तक उसे छोड़ आता, कभी-कदार थोड़ी देर के लिए उसके फ़्लैट में भी चला जाता। इस दौरान हमें एक-दूसरे से बाँधे रखने के लिए बस बातें ही हुआ करती थीं। हम एक-दूसरे के बारे में जितना सम्भव था, सब जान चुके थे। अब फ़ोन पर अलग से कौन-सी बातें हों!

लेकिन फिर...

एक दिन उसे हल्का-सा सिर दर्द हुआ। मुझे याद है, उस दिन इंस्टीट्यूट में वह भली-चंगी थी, क्लास ओवर होने के बाद वह मेरी ज़िद पर एक छोटे ड्राइव पर भी चलने को राज़ी हो गई—आउटर रिंग रोड का आधा-अधेला चक्कर। और अब वह बता रही थी कि इस पूरे दौरान लगातार उसका सिर दुखता रहा था।

"तुमने मुझे तभी क्यों नहीं बताया?" मुझे लगा था जैसे मेरे साथ छल हुआ हो।

"कुछ ख़ास नहीं, छोड़ो हटाओ न!"

"कोई दवा ली?"

"हूँ। अभी थोड़ी देर पहले।"

वह पूरे दिन मेरे साथ रही, और जो आठ-दस घंटे में न बता सकी, फ़ोन पर बड़ी आसानी से कह दिया। दरअसल जब भी हम एक-दूसरे के आमने-सामने प्रत्यक्ष होते हैं, हमारा यों साक्षात् होना दूसरे को उसके और-से-और भीतर धकेलता जाता है। ऐसी कई बातें हैं, कितनी हँसी, कितनी रुलाइयाँ, उबासियाँ, झपकियाँ—जिन्हें हम बड़ी निर्ममता से बस इसलिए स्थगित कर देते हैं कि फ़िलहाल हमारे साथ कोई और भी है जिसकी आँखें हम पर टिकी हैं। इसके विपरीत फ़ोन पर हमारे चेहरे अनुपस्थित होते हैं, वहाँ सिर्फ़ आवाज़ होती है, सामने वाले को सहलाती, पुचकारती, थपकियाँ देती। तब हम आसानी से कह देते हैं कि देखो न सुबह से मेरा सिर दुख रहा है।

जब मैंने निहारिका को फटकार लगाई कि उसने मुझे तब ही क्यों न बताया कि उसके सिर में दर्द है, हम किसी केमिस्ट शॉप से दवा ले लेते इत्यादि, तो उसे बुरा लगा। दरअसल मैं रात के सुखद अँधेरे में फ़ोन पर उससे ये जो बातें कर रहा था, वे दिन की नुकीली धूप वाली वही बातें थीं जब वह लगातार दुखते सिर को बमुश्किल अपनी गरदन पर टिकाए अनिच्छापूर्वक मेरी बाइक पर बैठी (लदी) हुई थी। वह दिन के उस क्रूर संस्मरण को जल्द-अज़-जल्द भूल जाना चाहती थी, जबकि अपनी फटकारों के ज़रिये मैं वापस उसे उन्हीं गलियारों में घसीट रहा था। जल्दी ही मुझे इसका अहसास हुआ, लेकिन तब तक वह फ़ोन काट चुकी थी।

दुबारे जब मैंने उसे फ़ोन किया तब मैंने जिस सम्बोधन से उसे पुकारा, वह था—बाबू! एक रोंएदार गर्म स्वेटर-जैसा सम्बोधन, जो तत्काल के हिमानी आसपास से उसे बचा लेने की जुगत में अनायास मेरे मुँह से फूट पड़ा था। तब मुझे नहीं पता था कि इस स्वेटर को मैं उसकी देह पर नहीं, आत्मा पर पहना रहा हूँ। बाद के दिनों में मैंने हमेशा उसे इसी सम्बोधन से पुकारा।

इस तरह एक नये अध्याय की शुरुआत हुई। एक सत्य से साक्षात्कार हुआ कि फ़ोन पर होनेवाली बातचीत महज़ दिन में चुक गईं बातों का विस्तार नहीं, बल्कि फ़ोन पर हम वह भी कह सकते हैं जो आमने-सामने होने के आलोक में हमारी ज़ुबान पर नहीं आ पाता। कई बार ऐसा होता कि हम फ़ोन पर बहुत ही अन्तरंग हो जाते—मेरे एक-दो बार पूछने पर वह यहाँ तक बता जाती कि उसके अंडर-गारमेंट्स किस कलर के हैं। लेकिन सुबह जब हमारी मुलाक़ात होती तो हमारे बीच रात की बातचीत का कोई रेशा कहीं अँटका नहीं होता। वहाँ हम दुबारे वहीं से शुरू होते जहाँ एक दिन पहले मैंने उसे यूसुफ़ सराय ड्रॉप किया था। इसी के समानान्तर जब रात में मैं उसे फिर फ़ोन करता, तो वहाँ दिन के उजालों का कोई हवाला नहीं होता, हम शुरुआत वहाँ से करते जहाँ एक रात पहले मैंने उसे प्यार से सहलाया था।

नाईन एट नाईन नाईन टू फोर...

मैं अपना मोबाइल कानों पर ज़ोर से सटा लेता था और रिंग-टोन सुनने लगता था, जैसे कम्बल में लिपटी हुई गझिन, गर्म-गुदाज आवाज़, जाने कौन-से स्वर में

सुदूर बजती हुई। सचमुच की आवाज़ के बदले तब तक के लिए आवाज़ की एक प्रतिकृति—कॉलर-ट्यून। तब तक के लिए उतावली प्रतीक्षा में एक तुतलाता हुआ ढाँढ़स।

तब तक के लिए घिर आते हैं बादल, पृथ्वी अपने अक्ष पर दौड़ते-दौड़ते थम जाती है। कहीं एक चिड़िया का चहचहाना रुक जाता है और कहीं एक फूल का खिलना स्थगित हो जाता है तब तक के लिए। मसलन ट्रैफ़िक की बत्ती पीली है और अब तक अवरुद्ध-सा कुछ मचल पड़ता है खुल पड़ने के लिए—चारों तरफ़ जहाँ तक मेरी नज़र जाती है। मेरी साँसें तेज़-तेज़ चलने लगती हैं, शिराओं-धमनियों में लहू का प्रवाह तेज़ हो जाता है। रोमकूपों में रोमांच के छोटे-छोटे अनगिन दाने समा जाते हैं।

यह सब एकदम शुरू-शुरू का होना है। ऊपर की सख्त परत के एक बार हटते ही भीतर का तरल गरगर बहने लगेगा। लेकिन यह हर बार का होना है, ऐसे ही। हर बार का यह प्रतीक्षित, रुका-सा, हर बार ऐसे ही पुनर्नवा।

एकाएक सारे शब्द चुकने लगेंगे, सारी ध्वनियाँ, सारे अर्थ। भाषा का पृष्ठ जैसे कोरा हो चलेगा और पृथ्वी एकाएक नई-नकोर बन जाएगी। अभी थोड़ी देर में यही बादल छँट जाएँगे, रोज़ का जाना-पहचाना सूरज भी यहीं से उदित होगा। यहीं से एक नई सभ्यता विकसेगी, सन्तति के बीज अँखुवाने शुरू होंगे। अभी थोड़ी देर में सब फिर से शुरू होगा, एक भाषा का निर्माण होगा और पहली बार हव्वा कहेगी आदम से, भाषा का पहला पवित्र शब्द—हैलो!

नेपथ्य में हँसी

उन दिनों चन्दन आया हुआ था कुछ दिनों के लिए। मैं अपने उपन्यस 'आदिग्राम उपाख्यान' पर काम कर रहा था और कुछ प्वाइंट्स पर डिस्कशन की ज़रूरत महसूस हो रही थी। चन्दन भी उन दिनों 'रिवॉल्वर' नामक लम्बी कहानी का पहला ड्राफ्ट तैयार कर चुका था। दिन में तो मैं दफ़्तर में होता, शामें बियर के हल्के सुरूर में देशी-विदेशी फ़िल्में देखते हुए बीततीं। इन्हीं दिनों एक सुबह कोई आठ बजे के आसपास राहुल आया। ऐसा लग रहा था कि वह कुछ कहना चाह रहा है, लेकिन चन्दन की मौजूदगी उसे सहज नहीं होने दे रही। मुझे भी दफ़्तर के लिए निकलना था, सो उसे ज़्यादा वक़्त न दे सका। जब तक मैं स्नान वग़ैरह से निबटता, वह चन्दन से उसकी कहानी की बाबत कुछ बातें करता रहा था। मेरे साथ बाहर आते-आते उसने बस यही कहा कि सीपी में उसने किसी फर्म में जॉब ले ली है और जल्द ही कहीं और शिफ़्ट होनेवाला है।

"लक्ष्मीनगर-प्रीतविहार के आसपास सस्ते में अगर वन बेडरूम फ़्लैट मिल जाए तो सुविधा होगी।" उसने कहा था।

"तुम फ़िक्र मत करो, मेरा एक दोस्त है विनीत। मीडिया वग़ैरह पर लिखता है, तुमने पढ़ा होगा। अभी हाल ही में उसने उधर ही कहीं फ़्लैट लिया है मयूर विहार या कि पटपड़गंज में। उससे बात करके देखता हूँ, किसी डीलर-वीलर से तय कर देगा सस्ते में।"

"हाँ, अगर चार-पाँज हज़ार के बजट में हो तो..."

"लेकिन यार, तुम जमना पार क्यों जाना चाहते हो? सुना नहीं, सब तीरथ बार-बार, जमना-पार एक बार।" मैंने उसे छेड़ा, लेकिन वह चुप ही रहा आया। "जहाँ पहले रहते थे...बदरपुर में थे न तुम?...नहीं, तिलक नगर में। कुछ प्रॉब्लेम हो गया है क्या वहाँ?"

"नहीं, वो...। एक्चुअली, क्या है कि अभी किसी को बताया नहीं, हम लोग सोच रहे हैं कि...मेरा मतलब है, निहारिका का कहना है कि अब हमें शादी कर लेनी चाहिए।" वह नीचे की ओर आँखें किये-किये बोला।

"व्हाट!" यह जानकारी चौंकाने वाली थी, "अरे ब्बेटा जी! तुम तो छुपे रुस्तम निकले यार!" मैंने उसके कन्धे पर धौल जमाते हुए कहा।

"वो बस ऐसे ही!" वह बेतरह शरमा रहा था। "काफी सोच-समझकर लिया है ये डिसीजन।"

"पद्माशा को पता है?" मुझे अब भी आश्चर्य हो रहा था।

"निहारिका उन्हें बता चुकी होगी शायद।" वह निश्चित नहीं था।

"एनी वे, कांग्रैचुलेशन्स तुम दोनों को। मैं निहारिका को ख़ुद फ़ोन करके बधाई दूँगा।" मैंने बाइक स्टार्ट करते हुए कहा। धन्यवाद देते हुए वह भी अपनी बाइक की तरफ़ मुड़ चुका था। जाते हुए उसकी पीठ मुझे बड़ी प्यारी लगी। मैंने तत्काल पद्माशा को फ़ोन करके उसे सूचित किया। मेरी तरह वह भी हक्की-बक्की थी। उसने बताया कि कल रात ही निहारिका ने उसे इस बाबत बताया है।

"मैं तुम्हें ख़ुद फ़ोन करने वाली थी।" उसने कहा, "सुनो, अगर राहुल से बात हो तो उसे समझाने की कोशिश करना।"

"राहुल ख़ुद आया था यह बताने।" मैंने बाइक धीमी कर ली, "बात क्या है?... क्या समझाने को बोल रही हो तुम उसे?"

"यही कि...आई मीन तुम्हें कुछ अटपटा नहीं लग रहा?"

"नहीं।"

"मैं शाम को मिलती हूँ तुमसे। चन्दन अभी हैं कि लौट गए करनाल?"

"अभी रुकेगा दो-चार दिन।...बात क्या है, साफ़-साफ़ बोलो।"

"शाम को तुम जब लौटना, मुझे पिक कर लेना। घर पर ही मिलूँगी।"

"ओके। निकलने से पहले फ़ोन कर लूँगा। तुम तैयार रहना।"

पद्माशा की चिन्ताएँ पूरी तरह निर्मूल हों, ऐसा नहीं था। एमए के दिनों में निहारिका के साथ वह कई बार मानेसर जा चुकी थी, एकाध बार मैं भी दुर्गपाल सिंह

और बंटी से मिल चुका था। सीधे तौर पर तो बात इतनी-सी थी कि चूँकि निहारिका और राहुल के फ़ैमिली बैकग्राउंड में ज़मीन-आसमान का अन्तर था सो यह रिश्ता एक तरह से ग़ैरमामूली था, लेकिन निहारिका के घरवालों को देखते हुए आसानी से क़यास लगाया जा सकता है कि यह कहीं ज़्यादा पेंचीदा मामला है। यह निश्चित था कि वे लोग इस रिश्ते को सहज रूप से लेने वाले नहीं थे। निहारिका स्वभावत: ऑप्टीमिस्टिक लड़की थी, सो हो सकता है उसने सोचा हो कि शुरू-शुरू में थोड़ी-बहुत नाराज़गी के बाद उसके घरवाले अन्तत: मान जाएँगे और राहुल को जँवाई के रूप में स्वीकार कर लेंगे। लेकिन...

मैं दफ़्तर में पूरे दिन राहुल और निहारिका के बार में ही सोचता रहा, पर किसी ठोस नतीज़े तक नहीं पहुँच सका। पद्‌माशा का सोचना था कि यह सब अचानक नहीं होना चाहिए। और घरवालों को न बताकर तो हरगिज़ नहीं। आख़िर निहारिका और राहुल को मिले हुए कितने दिन ही हुए हैं! शादी एक बहुत बड़ा फ़ैसला है, सो जल्दबाज़ी न बरत कर दोनों को अभी और समय लेना चाहिए इस निर्णय तक पहुँचने में कि दोनों एक-दूसरे के लिए अप्रोप्रिएट हैं। इस बीच निहारिका अपने घरवालों को भी धीरे-धीरे कॉन्फीडेंस में ले सकती है।

"फ्रैंकली स्पीकिंग, शी इज़ अ बुलशिट!" पद्‌माशा बिफर रही थी, "वह बस राहुल के साथ...यू नो न! लेकिन यह सब वह शादी से पहले करना ग़लत समझती है, बस इसलिए शादी कर रही है।"

"अरे ऐसा न कहो।" मैंने कंसोलेशन के स्वर में कहा।

"नहीं, मैं इसे ग़लत नहीं मानती। इस उमर में किसके साथ ऐसा नहीं होता! बायलॉजिकल नीड है, इसे डिनाई नहीं करना चाहिए। लेकिन ये क्या मतलब हुआ कि बस इसी वजह से शादी...गॉड!...और तुम कहते हो ऐसा न कहूँ! क्यों न कहूँ जब ऐसा ही है तो?"

"हो भी तो हमें ऐसा नहीं कहना चाहिए।"

अगले कुछ दिनों हमने ऐसा ही किया। मेरी विनीत से कमरा देखने की बाबत बात भी हुई। इधर पद्‌माशा के बार-बार समझाने का सुफल यह निकला कि निहारिका ने जो शादी-शादी की रट लगा रखी थी, वह सब बन्द हुआ। तय हुआ कि यद्यपि अभी घर में न बताया जाए, लेकिन उन्हें थोड़ा-थोड़ा हिंट देते रहना चाहिए। दूसरी तरफ़ राहुल और निहारिका एक साथ रहना शुरू करें, इससे उन्हें एक-दूसरे को अच्छी तरह देख-समझ लेने का मौक़ा मिलेगा। फिर जब घरवाले मान जाएँ (पद्‌माशा—होप सो!) तो धूम-धड़ाके से शादी हो।

अन्तत: ग्रुप में कई बार संकटमोचक की भूमिका सफलतापूर्वक निभाने वाले मनोज दा ही काम आए। आश्रम चौक पर सस्ते में सिंगल बेडरूम का फ़्लैट मिल गया। अच्छी बात यह थी कि मकान-मालिक वसन्त विहार में रहता था, सो रोज़-रोज़

की कोई चख-चख भी नहीं। निहारिका ने अपना कुछ सामान यूसुफ़ सराय वाले फ़्लैट पर ही छोड़ना ठीक समझा, ताकि अगर बिना पूर्वसूचना के अचानक मानेसर से कोई आ धमके तो उसे शक़ न हो। पहली तारीख़ को वे दोनों नये घर में शिफ़्ट हो गए। सबकुछ ठीक-ठीक लग रहा था, मगर...

साज़-नासाज़

देखते-देखते हम आश्रम में शिफ़्ट हो गए—सुबह नौ बजे ऑफ़िस के लिए निकलता, शाम को लौटते हुए ख़ुद को एक अधीर ख़ुशी से भरा हुआ पाता। पहले मेरे साथ ऐसा कभी नहीं था कि घर लौटते हुए उन सब सामानों की सूची मुँहज़बानी याद हो जिन्हें पिछले दिन चुक जाते हुए देखा-पाया था। घर लौटने की जल्दबाज़ी में भी मैं कभी नहीं भूलता कि एटीएम से कुछ पैसे निकालने हैं, अदरक-लहसुन का पेस्ट लेना है, दालचीनी भी ले ही लेता हूँ और सब्ज़ी में निहारिका को अरबी व करेला बहुत पसन्द हैं। लाइफ़-ब्वॉय नहीं पियर्स, डाबर लाल दन्त मंजन नहीं पेप्सोडेंट दे दो यार। जनसत्ता नहीं, टाइम्स ऑव इंडिया। ये प्याज़ को क्यों आग लगी है, अस्सी रुपये किलो! घिये का क्या भाव है भाई? हार्पिक का एक डब्बा, हाँ-हाँ छोटा वाला डब्बा।

एक अजीब बात यह थी कि आजकल घर के बाहर होते हुए मुझमें जितनी वाचालता आ गई थी, घर में मैं ज़्यादातर चुप ही रहा करता। दफ़्तर में मैं आर्थिक मन्दी पर, राजनीतिक निर्णयों, घोटालों, आईपीएल, मल्लिका शेरावत, तसलीमा नसरीन, कास्टिंग काउच पर जमकर बातें किया करता, लेकिन कमरे में प्रवेश करते ही एक मीठे अबोले से हम दोनों बँध जाते। निहारिका भी थोड़ा संकोच कर रही थी, ऐसा स्पष्ट दिख-महसूस हो रहा था। मेरे परिवार में अम्मा-बाबूजी के अलावा एक दूर की बुआ-भर ही थीं—जब से घर छोड़ा, लोगों के बीच ही मेरी रहनवारी हुई। निहारिका के साथ रहना शुरू करने के शुरुआती दिनों में थोड़ा अटपटा-सा महसूस होता था हमेशा। सहज होकर रहना एकाएक सम्भव नहीं हो पा रहा था। अपनी हर हरकत को मैं स्वयं से दूर छिटककर एक पर्यवेक्षक की नज़रों से देखता, सोचता कि इन्हें निहारिका किस रूप में ले रही होगी। शायद निहारिका के साथ भी ऐसा ही हो। हमें दो-चार दिन लग गए एक-दूसरे के आगे सहज होने में, बिला शर्म जम्हुआई लेने में, इस ख़्याल के बिना सुबह सोकर उठने में कि जब तक दूसरा उठे, फ्रेश हो लेना चाहिए।

फ़्लैट सिंगल बेडरूम का था, सो हम एक ही बिस्तर पर सोते थे। साथ-साथ सोते हुए भी हमारे बीच एक अवरोधक हमेशा बना रहा इन शुरू के दिनों में। कई बार हम देर रात तक जागे हुए होते, यह जानते हुए कि दूसरा भी बस सोने का नाटक ही कर रहा है। लेकिन एक सुबह जब मैं सोकर उठा, कुहनी पर चेहरा टिकाए

निहारिका मुझे एकटुक ताक रही थी। मुझे बड़ा अजीब लगा, यह सोचकर कि जाने वह कितनी देर से मुझे यों सोता हुआ देख रही हो।

"क्या हुआ?" मैंने आँखें मींचते हुए पूछा। नींद के अँधेरे से निकलते ही आँखों के आगे धूप में उजलता हुआ उसका चेहरा मुझे चौंधिया गया था।

वह मुस्करा रही थी। उठकर जाने को हुई तो मैंने उसकी कलाई पकड़ ली। "क्या हुआ? तुम हँस क्यों रही हो?"

वह मुझ पर झुक गई। झुकने की प्रक्रिया में उसकी जलद साँसों ने मेरे चेहरे पर छींटे मार दिये। मेरी नाक को पकड़ते हुए कहा, "तुम्हें पता है, तुम सोते हुए बहुत धीमे-धीमे खर्राटे भरते हो!"

"अच्छा!" यह जानकारी मेरे लिए नई थी। उसने अपने आपको पूरी तरह मुझ पर ढीला छोड़ दिया। उसकी उँगलियाँ मेरे सीने के बालों के लच्छे बना रही थीं। मैंने सोचा कि बचपन से लगाकर आज तक मैंने सोते हुए खर्राटे भरे होंगे और मुझे यह आज पता चल रहा है!

"...और मैं?"

"तुम क्या...?"

"क्या मैं भी खर्राटे लेती हूँ सोते हुए?"

मैंने उसे अपनी बाँहों में समेट लिया, वह किसी गर्म ख़रगोश की मानिन्द दुबक आई। उसके बाल मेरे चेहरे के आगे अँधियारा कर रहे थे। "उहूँ, तुम खर्राटे नहीं भरती। तुम बहुत गहरी साँसें लेती हो।"

"आवाज़ आती है?" उसने ठोड़ी को मेरे सीने पर टिकाकर फिर से मुझे देखना शुरू कर दिया।

मैंने हामी में सिर हिलाया। पहले जब हम साथ नहीं रहते थे, तब अगर उसने मुझसे यह पूछा होता तो मैं 'न' कर देता, लेकिन अब हमारे बीच साथ रहने की सुखद लापरवाही आ गई थी।

"सॉरी, तुम्हें सोने में परेशानी तो नहीं होती?"

"तुम बहुत जल्द सो जाती हो। बिस्तरे में आते ही।"

उसके होंठ एक शैतानी हँसी से रँग गए, "क्या करूँ, तुम जगाए भी तो नहीं रखते!" अबकी वह एक झटके से उठ गई। चुन्नी को कमर पर बाँधकर किचन की तरफ़ बढ़ते हुए बोली, "चाय बनाती हूँ, तुम फ्रेश हो लो इतने।"

निहारिका मेरे जीवन में आने वाली पहली लड़की थी। इससे पेश्तर मैं किसी के भी इतने पास नहीं रहा। स्त्री-देह को लेकर मेरे मन में अब तक जिन तमाम फन्तासियों ने घर किया हुआ था, उनकी आमद दूरस्थ स्रोतों से हुई थी। फ़िल्मों, पत्रिकाओं, विज्ञापनों से निर्मित ये स्त्री-छवियाँ जितनी उत्तेजक और सनसनीखेज थीं, एकदम इतने पास से निहारिका को वैसा न पाकर पहले-पहल मुझे थोड़ी निराशा हुई

थी। मसलन पहली बार उसकी देह की गर्म गाँठों को खोलते हुए, वहाँ गहरे उतरते हुए मुझे पीड़ा और क्लान्ति महसूस हुई। चेहरा, पसीना, राल, हवा, चेहरा, गर्मी, होंठ, आँखें, साँसें, फिर से चेहरा। मुझे आश्चर्य हुआ कि अपनी कविताई में जिन स्थितियों की निर्मिति मैं बड़ी आसानी से कर लेता हूँ, ऐन उन्हीं सबकुछ से साक्षात् गुज़रते हुए मुझे नई राहों पर चलना पड़ रहा है। 'लिखे हुए यथार्थ' से 'भोगे हुए यथार्थ' का कहीं कोई मेल न था। कँटीले बीहड़ के बीच एक नई पगडंडी बनाते हुए मेरे पैर लहूलुहान हुए जा रहे हैं। उन गर्म उच्छवासों के बीच हाँफते हुए कभी-कभी हमें किन्हीं अप्रासंगिक कार्यों की तरफ़ मुड़ना पड़ता, मसलन कभी हमारे मुँह में टूटे हुए बाल आ जाते जो एकाएक नहीं निकलते और हमें ठहरकर उन्हें हटाना होता, कभी हमारे बीच तकिया आ जाता या कोई बिसराया जा चुका रूमाल जिसे दूर फेंकना होता, और कभी-कभी हमारी समझ में यह बिल्कुल न आता कि हम इन हाथों का आख़िर करें क्या!

तब हम रुक जाते, एक-दूसरे की आँखों में झाँकते और बरबस ही हँसी फूट पड़ती। दिन के उजाले में किन्हीं अवान्तर प्रसंग में जब रात के वाक़ये का ज़िक्र आ जाता, तो हम फिर से हँसने लगते। लेकिन फिर धीरे-धीरे एक तरतीब बनी, सुर सधने लगे, लय व भंगिमाएँ सुनिश्चित हुईं। अपने अंगों को लेकर हमारे पसोपेश दूर हुए, संकोच का पर्दा हटा। हमने उन्हें प्यार करना सीखा, पुचकारना, पहचानना सीखा। एक-दूसरे के पसीने का स्वाद, देह से हिलगी हुई ख़ुशबू, छिपे हुए तिल हमारे लिए अब अजाने नहीं रहे। हमने अपने विश्राम के लिए एक-दूसरे के शरीर में ख़ुद के लिए एक आरामदायक, पुरसुकूनी कोने का आविष्कार कर लिया। हम वहाँ देर तक टेक लिए हुए बैठे रहते आँखें मूँदकर, और कभी-कभी तो सो ही जाते।

यह याद आना सुबह-सकारे होता था कि रात में हम खाना ही भूल गए थे। फिर यह याद कर हम हँसते-हँसते दोहरे हुए जाते।

ब्रह्महत्या और अन्य कहानियाँ

जब पूरे पाँच दिन हो गए तो मुझे कुछ शक़ हुआ। मैंने कुणाल को फ़ोन किया और सारा वाक़या कह सुनाया।

"...मुझे तो पैले से ही डाउट था। उसका सेल भी कभी स्विच्ड-ऑफ़ तो कभी नॉट रीचेबल बता रहा है।" अन्त में मैंने जोड़ा।

"तुमने राहुल से बात की इस बाबत?"

"नहीं।"

"उससे कुछ कहना भी मत।" कुणाल ने फ़ैसलाकुन स्वर में कहा, "मुझे लगता है ऐसी कोई बात नहीं। वैसे भी रिसेशन की वजह से उसकी कम्पनी की हालत ख़राब

हो रखी है, कब उसकी छँटाई हो जाए कोई ठीक नहीं। ऐसे में उससे यह सब कहोगी तो उसकी परेशानी और बढ़ेगी ही।"

"आई ऑल्सो प्रे कि ऐसा कुछ न हुआ हो, बट तुम इस चीज़ को पूरी तरह से इग्नोर करके भी मत चलना।"

कुणाल कुछ देर तक चुप रहा। फिर अचानक उसकी आवाज़ में एक चहक बसर कर गई, जैसे उसे कुछ सूझ गया हो, "वहाँ का लैंड-लाइन नम्बर भी तो है न तेरे पास, यू कॉल हर अप। कोई पूछे तो कहना, यों ही रूटीन कॉल है। काफी दिन हो गए उसे मानेसर गए हुए तो तुम्हें चिन्ता हुई कि कहीं बीमार-वीमार तो नहीं पड़ गई!...या ऐसा कुछ मत कहना, जस्ट से कि यू मिस हर। क्यों?"

"हम्म! ट्राई करके देखती हूँ।"

दरअसल कुछ दिनों पहले बंटी भैया चले आए थे एकाएक। रात के कोई नौ-साढ़े नौ बज रहे थे। बताया, नोएडा आए हुए थे किसी काम के सिलसिले में, लौटते हुए सोचा कि निहारिका से मिलते चलें। मैंने बहाना बनाया कि वह अपनी किसी फ्रेंड की शादी में गई है। "जाना मुझे भी था भैया, बट कल से मेरी तबीयत कुछ ठीक नईं लग रही थी। दोनों में से कोई एक भी न जाए तो कितना ऑड लगेगा आप ही बोलो! यही सोचकर मैंने उसे इतनी देर बाहर रहने की इजाज़त दे दी।"

"क्यों तुम्हें क्या हुआ?"

"मुझे क्या होगा?" एकाएक मैं समझी नहीं।

"अभी तो कैह री थी तुम्हारी तबीयत ठीक णा है। क्या हुआ तुम्हें? चंगी-भली तो दिख री हो!" कहते हुए वह मुझे घूरे जा रहे थे। मैंने थोड़े बड़े गले का टॉप और ढीली-ढाली कैप्री पहनी हुई थी।

बालों को आगे की तरफ़ लाते हुए मैंने एक पल को सोचा कि क्या जवाब दूँ, फिर मुस्कराकर बोली, "वो भैया, हम लड़कियों को तो आप जानते ही हैं, तबीयत तो ख़राब होती ही रहती है!" मैंने थोड़ा मटकते हुए ख़ुद को किचन की तरफ़ धकेल दिया। इडियट साला!

किचन में आकर मैंने फौरन निहारिका को एसएमएस किया—jitni jldi ho sake yha aa ja, tera ujjad bhai aaya hua hai itni rat. maine kaha hai 2 kisi frnd ki shadi men gyi hui hai, isliye thoda saj-sanwar k aana. aate hi mujhpe jhallana ki meri wajah se 2jhe kin kin musibaton men fansna pdta hai. jaldi aana meri jaan, tera ye bhai mujhe aankhon se hi…hihi… chal 2 aa, main kaise v kr k izzat bachati hun tb tk. Bye.

अभी चाय के पानी में उबाल भी नहीं आया होगा कि बंटी भैया किचन के गेट पर नमूदार हुए। मुझे इसकी उम्मीद थी। मैं जानती थी कि इतनी रात को निहारिका के यहाँ न होने के पीछे मैंने जो कैफ़ियत दी है, बंटी-लोगों के लिए वह नाकाफ़ी है।

जब तक वह यहाँ नहीं आ जाती, तब तक उनके सवाल और प्रवचन जारी रहेंगे। मैं फ़िलहाल इस बहस में पड़ना नहीं चाहती थी, इसलिए मैंने यह नहीं कहा कि मुझे सरदर्द या कि अल्सर है। किचन की तरफ़ आते हुए मेरे कूल्हों या टॉप के पिछले गले से झाँकते टैटू पर उनकी आँखें चिपकी हुई थीं, इसका भान मुझे था, लेकिन यह मेरे लिए आसान था बनिस्पत इसके कि मैं घंटे-भर तक उनके सवालों का जवाब देती और झूठ पर झूठ गढ़ती रहूँ।

निहारिका को राहुल छोड़ गया बाइक से, यद्यपि वह भीतर नहीं आया, नीचे से ही लौट गया। वाक़ई निहारिका का मेक-अप किसी बोरिंग रिसेप्शन से लौटी लड़की-जैसा था। जैसा मैंने कहा था, वह मुझ पर झुँझलाई भी कि मैं उसे कहाँ-कहाँ फँसा देती हूँ। लेकिन एक गड़बड़ बहुत पहले ही हो चुकी थी जिसका मुझे आभास नहीं था, न ही बंटी भैया ने बताया था। एक्चुअली यहाँ आने से पैले वे इंस्टीट्यूट का चक्कर भी लगा चुके थे, जहाँ उन्हें पता चला था कि निहारिका पिछले एक सप्ताह से वहाँ नहीं गई। निहारिका के बदले मैंने ही जवाब दिया, "भैया, मैंने आपको बताया था न वो लड़कियों वाला प्रॉब्लम!...मैं तो जैसे-तैसे मैनेज कर लेती हूँ, बट निहारिका तो अभी बच्ची है न! इसे बहुत पेन होता है, सो जेनेरली अवॉइड करती है बाहर-वाहर निकलना।"

लेकिन यह मेरी भूल साबित हुई। बंटी-जैसे लोगों को दूसरी लड़कियों में जो चीज़ें अच्छी लगती हैं, ऐन वही चीज़ें वे अपनी माँ-बहनों के सन्दर्भ में पाएँ तो आपे से बाहर हो जाते हैं। वे ख़ुद दसियों बारी प्रेम कर सकते हैं, लेकिन उनकी बहनें एक बारी किसी की तरफ़ आँख उठाकर भी देख ले तो बाप और खाप की पंचायत उसकी क़त्ल का फ़रमान निकाल देती है।

"राजवीर की भैण की शादी है। परसों की डेट निकली है। तू अभी त्यार हो जा। मैं नीचे गाड़ी में तेरा वेट कर रा हूँ।" उन्होंने निहारिका की तरफ़ ग़ुस्सैल आँखों से देखते हुए कहा।

"ओह नो भइया, मैं अभी एक पार्टी से लौटी हूँ। थकान के मारे पैर नहीं बढ़ाए जा रहे, और तुम कहते हो कि अभी निकलना है।"

"रै जादे बक-बक णा कर, पैदल जाणे की णा कै रहा। गाड़ी में वेट कर रा, पाँच-सात मिन्ट में आ जा।" एक बार फिर से मेरी तरफ़ भरपूर नज़रों से देखने के बाद वह नीचे चले गए।

निहारिका सामने पड़ी कुर्सी पर धम्म-से बैठ गई। सिर पर हाथ रखकर आँखें मूँद लीं उसने। मैंने कुर्सी की पुश्त से टिककर उसके कन्धे सहलाए, "देख, शुक्र है कि उन्हें शक़ नहीं हुआ। इसलिए चुपचाप निकल ले, ज़्यादा ना-नुकर करेगी तो गड़बड़ होने के चांसेज़ हैं।" मैंने यह कहकर एक और भूलकर दी, जिसका मुझे बाद में अहसास होना था। राहुल को फ़ोन पर सारी स्थितियों को समझाने के बाद उसने चेहरे से मेक-अप उतारा और उन्हीं कपड़ों में वह मानेसर के लिए रवाना हो गई।

और आज उसे गए हुए पूरे पाँच दिन हो गए, कोई अता-पता नहीं उसका।

"हलो, अं...बंटी भैया? हलो?...सॉरी अंकल, मैं पद्माशा बोल रही हूँ।... हलो, हलो?"

इसके बाद मैंने दो या तीन दफ़े फ़ोन मिलाया, लेकिन पूरा रिंग होने के बाद कॉल बन्द हो जाता था। मैंने कुणाल को बताया, तब रात के दस बज रहे थे।

"यार वो दिल्ली नहीं, मानेसर है। रात के दस बजे क्यों किया था फ़ोन? समझा करो यार, इस टाइम तक तो वहाँ पूरा सन्नाटा हो जाता होगा, लोगबाग ही नहीं कुत्ते-बिल्लियाँ तक सो जाती होंगी।"

"दस तो अभी बज रहे हैं, मैं तो पिछले घंटे-भर से ट्राई कर रही हूँ।" लेकिन यह कहते हुए भी मुझे भीतर-भीतर लग रहा था कि कुणाल की बात ठीक है। तमाम डेवलप्मेंट के बाद भी आख़िर वह है तो गाँव ही न!

"तुम कल सुबह ट्राई करना।...चलो, कल बात होती है, ओके?"

"तुम इत्ती जल्दी में क्यों हो? कहीं कोई और तो नहीं तुम्हारे साथ?" मैंने नक़ली ग़ुस्सा दिखाया। पूरे दिन का तनाव गरगर बहने लगा था।

"कौन होगा भला इतनी रात को?"

"भई कॉमन हॉस्टल है, कोई मिल गई होगी चाइनीज़ या ब्रज़ीलियन आइटम!" अब मैं अपनी हँसी नहीं दबा पाई। जब कभी हम पोर्न देखते तो कुणाल कभी भी किसी चाइनीज़ या ब्लैक को डाइजेस्ट नहीं कर पाता था, और उसे चिढ़ाने के लिए मैं अक्सर ऐसे पोर्न्स ही डाउनलोड करती।

"हटाओ यार, क्या मैं ही मिला था!...कल फ़ोन पर जो बातें हों, बताना याद से।"

"ओके स्वीट! गुडनाइट, टेककेयर!"

"बाई।"

रात जैसे-तैसे बीती। दूसरे दिन जब मैंने क़रीब दस बजे सुबह फ़ोन मिलाया तो एक-दो रिंग के बाद ही बंटी भैया ने फ़ोन उठा लिया—"हैलो!"

"हलो, कौन बोल रहे हैं?" मैंने हड़बड़ाकर पूछा, फिर सँभलकर आगे जोड़ा, "बंटी भैया...?"

"कौन?"

हाँ, वही साला था। "मैं पद्माशा बोल रही हूँ बंटी भैया!" मैंने अपनी आवाज़ को अत्यधिक मुलायम बनाते हुए बताया।

"हाँजी, बोलो।...अब कैसी है तुम्हारी तबीयत?"

"हॉ...बहुत नॉटी हो गए हो भैया आप!" मैंने झूठमूठ हँसते हुए कहा।

"बोलो जी, कैसे याद किया?"

"वो..." मुझे सहसा सूझा नहीं कि बात की शुरुआत कैसे हो। "...वो शादी अच्छे से निबट गई?"

“हाँ, भोत अच्छे से।” उधर से हँसने की अश्लील आवाज़ आई।

“तो...मैं कह रही थी कि निहारिका है घर पे?”

“णा जी, वो तो णा है।”

“कहीं बाहर निकली है क्या?”

“...”

“हलो?...एक्चुअली इत्ते दिन हो गए, उसकी कोई ख़बर नहीं। फ़ोन भी नॉट रीचेबल बता रहा है उसका। तो...तो मैंने सोचा कहीं बीमार-वीमार तो नहीं पड़ गई!”

“...”

“हलो, हलो...हाँ बंटी भैया, आप सुन पा रहे हैं मेरी आवाज़? मैं पूछ रही थी कि कब तक लौटेगी वो?”

“हैंजी?”

साला कुत्ता कहीं का! मैंने मन-ही-मन उसे गाली दी।

“क्या कै री हो? कुछ सुनाई णा पड़ रा ठीक से।” उसने ज़रा ज़ोर से कहा तो मैंने अपनी बात दोहराई। लेकिन बीच में ही उसने दो-तीन बारी ‘हैलो-हैलो’ कहने के बाद फ़ोन काट दिया। दुबारा-तिबारा फ़ोन किया, लेकिन उसने फिर फ़ोन नहीं उठाया।

अब मेरा शक़ यक़ीन में बदल गया।

...और अन्त में प्रार्थना

अभी मैं दफ़्तर पहुँचा ही था कि मनोज दा का फ़ोन आया, राहुल का एक्सीडेंट हो गया है।

“कब? कैसे?”

पता चला कि राहुल दफ़्तर के रास्ते थे, निज़ामुद्दीन दरगाह के पास उसकी बाइक को सामने से आती डीटीसी ने टक्कर मार दी। “माइनर है, एम्स में। मैं उसके साथ ही हूँ। तुम भी आ जाओ, अगर आ सको तो।” मनोज दा ने बताया।

मैंने कोई आधे घंटे वेट किया बॉस के आने का, फिर उनसे इजाज़त लेकर एम्स के लिए निकल पड़ा। चन्दन अभी यहीं था, मैंने उसे बता दिया था। वह भी पहुँच चुका था तब तक। ज़्यादा चोट नहीं आई थी, लेकिन पैर ज़ख़्मी हो गया था। शुक्र है, ब्लीडिंग ज़्यादा नहीं हुई थी। ऐडमिट नहीं करेंगे, प्लास्टर वग़ैरह के बाद छोड़ देंगे। दिन-भर हम उसके साथ ही रहे। लौटते हुए चन्दन मेरी बाइक लेता गया, मैं राहुल और मनोज दा के साथ थ्री-व्हीलर से आश्रम आ गया।

“दादा, निहारिका की कोई ख़बर मिली?” घर पहुँचकर राहुल ने पूछा। मैं चुप ही रहा, क्या जवाब दे सकता था! सात बजे के आसपास पद्माशा आई, सीधे अपने

ऑफ़िस से। तय हुआ कि आज की रात हम तीनों वहीं बिताएँगे। कुछ देर बातें करने के बाद पद्माशा किचन में चली गई।

मेरी समझ में नहीं आ रहा था कि राहुल से क्या बातें हो! शायद वह मेरे शशोपंज को समझ चुका था। थोड़ी देर इधर-उधर करने की बातें करने के बाद आराम करने के बहाने आँखें मूँद लेट गया। मैं उसे देर तक देखता रहा, फिर उठकर खिड़की के पास आ गया। मेरे बैग में वोदका का एक अद्धा पड़ा था। एक लार्ज बनाकर धीरे-धीरे सिप करने लगा।

आज निहारिका को गए हुए दो हफ़्ते हो रहे हैं। राहुल को न मैंने बताया, न पद्माशा ने ही कि दो दिन पहले हम दोनों मानेसर गए हुए थे। वहाँ काफी देर इन्तज़ार करने के बाद दुर्गपाल सिंह मिलने आए। पद्माशा को तो वे जानते ही थी, मुझसे भी एकाध दफ़े पहले मिल चुके थे, सो किसी तरह के परिचय-सत्र का झमेला नहीं हुआ। उम्मीद के उलट वे काफी ज़िन्दादिली से मिले।

"अंकल, निहारिका को क्या हुआ? वो ठीक तो है न!" बड़ी देर तक जब उन्होंने हमारे इस तरह अचानक चले आने का कारण नहीं पूछा तो पद्माशा को ही शुरुआत करनी पड़ी।

"हाँ-हाँ, ठीक है।" वे मुस्करा रहे थे।

"फिर उसका फ़ोन क्यों बन्द है?" पद्माशा ने पूछा।

चाय की प्याली मेज़ पर रखते हुए मैंने कहा, "कहाँ है वो, दिख नहीं रही?" मेरे इस सवाल को वे ग़लत न समझें, इसलिए आगे जोड़ा, "भई हमने तो समझा कि अनजाने में हमसे कोई भूल-चूक तो नहीं हो गई, जो वह नाराज़ होकर मुँह फुलाए यहाँ पड़ी है!"

"अरे ना-ना, आप लोगों की बच्ची है, नाराज़ क्यों होगी आप सब से?" उन्होंने भी अपनी चाय ख़त्म की।

उनका यह मुलायम रुख़ देखते हुए पद्माशा ने हिम्मत करके पूछा, "फिर वो इतने दिन से यहाँ क्यों पड़ी है? उधर उसकी पढ़ाई का कितना नुकसान हो रहा है!"

"वैसे भी वो उधर रहके पढ़ाई कहाँ कर री थी?" हमने नज़र घुमाई तो सीढ़ियों पर खड़ा बंटी दिखा। पता नहीं वह कब से हमारी बातचीत को सुन रहा था।

"अंकल, क्या हम उससे मिल सकते हैं?" उसकी अनदेखी करते हुए मैंने दुर्गपाल सिंह से पूछा।

"णा भाई, मिल तो णा सकते।" बंटी एकदम मेरे सामने आ खड़ा हुआ। उसके रुख़ से लगा, अभी वह कॉलर पकड़कर मुझे बाहर धकेल देगा।

"देखिए, बात यह है कि हमने पिछले दिनों उसकी शादी कर दी।" यह दुर्गपाल सिंह थे।

"व्हाट!" पद्माशा उछलकर खड़ी हो गई। "शादी कर दी?"

"हाँजी, कर दी शादी, और बोलो?" बंटी ने घूरते हुए कहा।

"लेकिन ऐसे कैसे कर दी शादी?" यह मैं था।

"जा भाई जा, क्यों मज़बूर कर रे हो कि एक चमेटे में तेरा हुलिया बिगाड़ दूँ भैण के!...साले लड़की हमारी, हम चाहें उसकी शादी करें या उसे काट कर फेंक दें, तेरी क्यों फटती है!"

अब मुझसे रहा न गया, मैं उठकर ठीक उसके सामने खड़ा हो गया। शर्ट की उपरली जेब से अपनी प्रेस आईडी निकालकर दिखाते हुए पूछा, "काट कर फेंक देने का मतलब भी समझते हो?"

"फेंक चुका हूँ साले, अपने इन्हीं हाथों से। अब बोल कै कर लेगा तू?" उसने मेरे चेहरे के सामने अपनी हथेली को लहराते हुए कहा, "और सुण, क्या नाम है उस लौंडे का...उस साले राहुल को कै देणा, जिस दिन हत्थे चढ़ गया, उसकी...!"

अचानक दुर्गपाल सिंह ने उसका कन्धा पकड़कर उसे पीछे धकेला। हमसे बोले, "देखिए बेटे, हमारा तो बड़ा मन था कि शादी में आप सबको भी बुलाएँ, लेकिन वो क्या है जी कि लड़के वालों ने इतना टाइम ही नहीं दिया...आप बैठिए, खड़े क्यों हैं?"

मैं बैठ गया, पद्माशा भी। तो इन्हें राहुल के बारे में भी सब पता चल चुका है। इसका मतलब उस दिन बंटी ने कैजुअब विज़िट नहीं की थी, बल्कि दुर्गपाल सिंह ने उसे बहाने से निहारिका को ले आने के लिए भेजा था।

"...उन्हें मॉरिशस लौटना था, सो सबकुछ जल्दी-जल्दी करना पड़ा।"

लौटते हुए हम निहारिका की माँ से भी मिले। वह न जाने क्यों पद्माशा से लगकर देर तक रोती रहीं। निकलते वक़्त दुर्गपाल सिंह के साथ वे बाहर तक हमें छोड़ने के लिए आईं।

"बेटा, अब निहारिका तो नहीं रही, तुम कभी-कभी आ जाया करना, मन लग जाएगा हमारा।"

"नहीं रही मतलब?"

"मतलब ये कि अब तो वो मॉरिशस में है न!" दुर्गपाल सिंह ने हँसते हुए कहा था।

मैंने देखा कि राहुल को नींद आ गई है। थोड़ी देर में किचन से पद्माशा आई तो मैंने उसे राहुल को जगाने से बरज दिया। वोदका ख़त्म हो चुकी थी।

दोस्तो, राहुल को तो आप जानते ही हैं, अगर उससे कहीं मुलाक़ात हो तो आपसे मेरी यही प्रार्थना है कि उसे कभी मत बताइएगा, निहारिका के साथ क्या हुआ। एक-दो दिन में सारे दोस्तों को अपने हॉस्टल बुलाऊँगा, तय करेंगे कि आगे क्या करना है। आप सब भी सादर आमंत्रित हैं। हमें आप लोगों की बहुत ज़रूरत है।

['नया ज्ञानोदय', 2011, सं. रवीन्द्र कालिया]

झूठ तथा अन्य कहानियाँ

मसलन हमने शिबू के पिता को कभी नहीं देखा। इस सन्दर्भ में अपनी माँ से शिबू ने कई बार पूछा भी था, शुरू में तो वह टालती रहीं, फिर एक दिन आज़िज आकर कसके तमाचा जड़ दिया। बात हमेशा के लिए ख़त्म। कस्बे के बाहर हाइवे के पास नत्था की टिपरिया चाय, पान-बीड़ी की दुकान के पीछे छिपकर सिगरेट पीने का अभ्यास करते हुए उसे अचानक यह बात याद आई और उसने अपना दर्द बयान करते हुए मुझसे कहा। उसने रोते हुए मुझसे कहा था, "झूठ बोलती है स्साली। कहती है कि जिस साल मैं पैदा हुआ था, मेरा बाप हैजे में मर गया। कभी कहती है, ख़ूब दारू पीता था, जिगर की ख़राबी से मर गया।" प्रकटत: नहीं मुस्कराने की कोशिश करते हुए और उसे ढाँढ़स देते हुए मैंने उसके कन्धे सहलाए थे—"जाने दे यार। मैं समझ सकता हूँ।" मेरी यह हमदर्दी पाकर उसकी हिचकी बँध गई थी। सिगरेट का आख़िरी कश खींचकर मैंने उसकी टोंटी नत्था की दुकान के पीछे बहने वाले उस नाले में उछाल दी। शिबू अपनी आस्तीन से आँसू और नाक पोंछ रहा था। बात ख़त्म हो रही थी, सो मैंने फिर से कुरेदते हुए कहा—"अच्छा देख, हिसाब लगा ज़रा। जब तू पैदा हुआ था, तेरी माँ के अनुसार तभी तेरा बाप मर गया। ठीक? मैं पूछता हूँ कि फिर तेरी बहन कहाँ से टपक पड़ी? फिर देख अपना और अपनी माँ का साँवला रंग...दूसरी तरफ़ नैना, एकदम खड़िया-सी उजली। नाक-नक़्श भी रवीना टंडन से कम नहीं। बात कुछ समझ में आ रही है?" उसने सहमति में सिर हिलाया—"वही तो। लेकिन अगर मैं यह पूछने जाऊँ कि नैना का असली बाप कौन है, तो अबकी मुझे लात से मारेगी, पक्का।"

उसकी बहन नैना के बारे में मैंने जो अभी ऊटपटाँग बातें कीं, अगर तापस ने सुन लिया होता तो मुझे लात से मारता, पक्का। शिबू को नहीं बताया मैंने कि तापस नैना पर जान छिड़कता था। खुलेआम 'नैना मेरी मैना, जगाए सारी रैना, छीने मेरा चैना' वाला गीत गाता था। वैसे शिबू को इस सन्दर्भ में कुछ बताने की ज़रूरत भी नहीं थी, हम सभी जानते थे। तापस की मनमानी देखो कि वह ख़ुद उसके बारे में गन्दी-गन्दी बातें करता था, लेकिन उसकी बातें सुनकर अगर हममें से किसी ने एक

सिसकारी भी भरी, तो पीट देता था। नैना के साथ अपने काल्पनिक सम्बन्धों की दुहाई देता हुआ वह कहता था कि नैना हमारी भाभी है, सो हममें से कोई भी उसका नाम लेकर नहीं पुकारा करे। वह उम्र में हम दोनों से चार और नैना से साढ़े पाँच साल बड़ा था। एक दिन मैंने उसे शिबू के घर से कमर पर बँधे अँगोछे को ठीक करते हुए निकलते देखा था। "नैना तो स्कूल में थी, फिर वह किसके साथ...?" सुनकर शिबू ने फिर से अपनी माँ के लिए एक भद्दी-सी गाली निकाली थी, "क्या करूँ, मेरी क़िस्मत ही ऐसी है। बहन तो बहन, माँ भी उससे अच्छत-भर कम नहीं। कभी-कभी तो मेरे मन में आता है कि नदी में कूदकर जान दे दूँ।" मैंने उसे दिलासा दिया—"जाने दे यार, मैं समझ सकता हूँ।" लेकिन मैंने तापस के उसके घर से अँगोछे ठीक करते निकलने वाली बात झूठ कही थी।

मैं अच्छे परिवार से था, गाँव में मेरे पिताजी का बड़ा रसूख था। वैसे तो पिताजी कुछ नहीं करते थे, लेकिन मेरे पिताजी के पिताजी गाँव के ज़मींदार थे। मेरा घर बहुत बड़ा था, नौकर-चाकर थे, गाड़ी थी, टेलीफ़ोन था। मेरी माँ हमेशा पूजा-पाठ करतीं और छुप-छुपकर रोती रहती थीं। मेरे सिर में हिमताज तेल लगाकर मालिश करती थीं और कहती थीं कि झूठ बोलना पाप होता है। वह चोरी करने को भी पाप मानती थीं, जबकि मुझे चोरी करने में बड़ा मज़ा आता था। मेरे लिए चोरी करना एक नशे की तरह था। घर में ही नहीं, मैं स्कूल में भी चोरी किया करता था। जब कुछ करने को नहीं होता, मैं चोरी करता या झूठमूठ क़िस्से बनाता कि कल मैंने देखा कि तापस कमर में बँधे अँगोछे को ठीक करता हुआ...। शिबू अपनी माँ को गाली देते हुए कहता था कि एक दिन वह नदी में कूदकर अपनी जान दे देगा या बिना किसी से बताए घर छोड़कर बम्बई भाग जाएगा। मैं उसे प्रोत्साहित करते हुए किसी फ़िल्म का डायलॉग मारता—"ऐसी ज़िन्दगी से तो मौत बेहतर।" मैंने उससे नहीं बताया कि मैं भी नैना को लेकर बम्बई भाग जाने के सपने देखा करता था। रात में सोने से पहले रोज़ ही मैं नैना के बारे में गन्दी-गन्दी बातें सोचा करता था। नैना के बारे में सोचते हुए अक्सर मैं उत्तेजना से तपने लगता। कभी बीच में मेरी माँ देखने आतीं कि मैं ठीक से सोया हूँ कि नहीं। वे मेरी मसहरी ठीक करतीं, चादर ओढ़ा जातीं। कभी-कभी पलँग के पाए से लगकर देर तक मुझे सोते हुए देखतीं और न जाने क्या कुछ बुदबुदाती रहतीं। मैं दम साधकर सोने का नाटक करता।

हमारे घर मांस-मछली नहीं बनती थी। पिताजी वैष्णव थे, तुलसी धारण किया हुआ था। माँ ने बताया था कि वह अपने मायके में खाया करती थीं, शादी के बाद उन्होंने भी छोड़ दिया। घर में जो कुछ बनता-पकता था, पिताजी की रुचि के अनुसार ही। मसलन, पिताजी को बैंगन पसन्द नहीं था तो हमारे घर बैंगन कभी नहीं बना और आज तक मुझे मौक़ा नहीं मिला यह तय करने का कि बैंगन मुझे पसन्द है या नहीं। पिताजी कढ़ी भी नहीं खाते थे, जबकि मुझे दही डली कढ़ी बहुत पसन्द थी।

शिबू की माँ कभी-कभी मेरे लिए कढ़ी बनाया करती थीं और बुलाकर खिला दिया करती थीं। वे मछली भी क्या ही स्वादिष्ट बनाती थीं। एक दिन मैंने कहा—"काकी, अब से जब भी बनाना, मेरे लिए भी बना देना। मैं शिबू के साथ आकर खा जाया करूँगा।" उन्होंने प्यार से मेरी ठोड़ी छूते हुए कहा था—"ठीक है, लेकिन दीदी को या ठाकुर दा को मत बताना।" गाँव के ज़्यादातर लोगों की तरह वह पिताजी को मालिक ठाकुर नहीं कहती थीं। हमारे परिवार से आत्मीयता जतलाने के लिए वह मेरी माँ को दीदी और पिताजी को ठाकुर दा कहती थीं। अपने माता-पिता से सच न बोलना, अपने-आप में झूठ बोलने का स्वाद लिए होता। जिन दिनों हम सर्वाधिक झूठ बोल रहे होते, हमारे चेहरे सच के अपूर्व प्रकाश में खिले हुए होते। दुनिया के जघन्य अपराधियों के चेहरे साधुओं की शान्ति-दीप्ति लिए हुए होते। पिताजी का चेहरा हमेशा निर्लिप्त रहता था। वहाँ अमूमन कोई भाव नहीं होता। रेडियो पर क्रिकेट की उत्तेजक कमेंटरी सुन रहे होते और हमें भ्रम होता, वे सो गए हैं।

पिताजी दिन-भर सहन में पड़ी आरामकुर्सी पर पैर फेंके हुक्का पीते रहते थे और शतरंज की किसी उलझी बाज़ी में सिर गड़ाए रहते। वे हुक्का पीते हुए अकेले ही शतरंज खेला करते थे। मैं भी छिपकर हुक्का पीता था। मैं सोचता था कि जब मैं बड़ा हो जाऊँगा तो दिन-भर खुलेआम हुक्का पियूँगा। माँ कहती थीं, "छी-छी, हुक्का पीना गन्दी बात है।" मैं कहता, "लेकिन पिताजी तो पीते हैं। तुम उन्हें तो कुछ नहीं कहा करतीं।" माँ कहतीं, "वे तो बड़े हैं।" मैं कहता, "ठीक है, जब मैं भी बड़ा हो जाऊँगा तो पिताजी की तरह गन्दी बातें किया करूँगा।" इस बात पर माँ कभी हँसने लगतीं, कभी आँख निकालकर डराती थीं। माँ ने मुझे तीन-चार दफ़े पीटा था, पिताजी ने कभी छुआ भी नहीं था। इस पर भी मैं माँ से नहीं डरता, लेकिन पिताजी से थर-थर काँपता था।

पिताजी के अलावा मैं तापस से भी ख़ूब डरता था। वह जब भी जहाँ जाने को कहता, मैं और शिबू मन मारकर चल देते। कभी माठ में दूसरे बच्चों के साथ क्रिकेट या खो-खो खेल रहे होते, खेल क्या ही जम रहा होता, हमारा दल जीत रहा होता कि वह आता और पुकार लगाता।

"क्या है?" आगे आकर मैं पूछता।

वह कहता, "काम है।" और मुड़कर चलने लगता। हम उसके पीछे-पीछे घिसटने को बाध्य होते।

फिर वह हमें नदी किनारे ले जाता, चट्टान पर बैठकर इधर-उधर की बातें करता। आज़िज आकर मैं पूछता, "बोलो, क्या काम है?" वह मुस्कराते हुए रवि ठाकुर की कोई कविता सुनाने लगता। नज़रूल गीत-सुगम संगीत, मोहन बागान-ईस्ट बेंगाल। उसके पास बातों का कभी न ख़त्म होनेवाला भंडार था। वह उत्तम कुमार की तारीफ़

करता, जबकि हमें उस ज़माने की फ़िल्मों में सौमित्र की तथा आजकल मिठुन या प्रसेनजित की फ़िल्में पसन्द थीं। उसकी अनर्गल बातों को सुनते हुए हम अपने सिर धुनते रहते। सत्यजीत रे या ऋत्विक घटक का नाम हमने सबसे पहले उसी के मुख से सुना था। पहाड़ी सान्याल-छबि बिस्वास, मेघे ढाका तारा-तहादेर कथा। वह पूछता, शरत बाबू का 'पथेर दाबी' पढ़ रहा हूँ, उसका एक अंश सुनोगे तुम लोग? मेरी माँ भी दोपहर के खाने के बाद जब पिताजी भात-नींद लेते, उन्हें पंखा झलतीं और शरत बाबू को पढ़ती रहतीं। शरत बाबू उन्हें रोने का बहाना देते। पिताजी या मेरे पूछने पर वे आँचर से लोर पोंछते हुए कहतीं, "आह बेचारी किरणमयी।"

तापस हमारे गाँव का ही लड़का था, हमसे उम्र में कुछ बड़ा। गाँव के बाक़ी लड़कों पर अपने पिताजी का रोब मैं जिस आसानी से चला लिया करता था, तापस के सम्मुख मेरा कोई प्रभाव नहीं टिक पाता था। कविता, फ़िल्म और कला की अपनी समझ से उसने एक समानान्तर प्रभाव-वृत्त निर्मित कर लिया था, जिसकी ठसक लिए वह घूमता-फिरता था। इसके अलावा वह बाहुबल में भी मुझ पर कहीं भारी पड़ता था और इसकी धौंस देने में भी वह कभी पीछे नहीं रहता। इसके विपरीत शिबू तथा अन्य लड़के मेरे नेतृत्व को स्वीकार कर चुके थे। नदी किनारे जब मैं और शिबू होते, मैं कंकड़ी उठाकर पानी की सतह पर यों फेंकता कि कंकड़ी दो-तीन बार उछलते हुए सतह को छीलती जाती। मैं बहुत कोशिश करता, लेकिन दो-तीन से ज़्यादा उछाल नहीं दे पाता, शिबू कभी-कभी सात-आठ उछाल दे देता। इस पर भी उसने कभी डींगें नहीं हाँकी, कि कहीं मुझे बुरा न लग जाए। वह मेरी ही कक्षा में पढ़ता, उसकी याद्दाश्त बहुत पक्की थी। जिस पाठ को मैं सुबह-सुबह दूध-चबेने के साथ रट्टा मारकर भी ठीक से याद नहीं कर पाता, वह दो-एक बार पढ़ने के बाद ही कंठस्थ कर लेता। गुरुजी उसकी तारीफ़ करते नहीं थकते। मैं मन-ही-मन कुढ़ता और तरह-तरह के क़िस्से बनाता। बदले की भावना से भरकर मैं नैना के बारे में स्कूल के पेशाबघर की दीवारों पर गन्दी-गन्दी बातें लिखता और बाद में शिबू से पढ़वाता। एक बार मैंने नैना का नंगा चित्र भी बनाया था जो मुझे ख़ुद ही बहुत सुन्दर लगा। बाद में कॉपी पर मैंने कई बार कोशिश की, लेकिन उतना सुन्दर नहीं उतर पाया।

एक बार तापस ने मेरा कॉलर पकड़कर पूछा था, "नैना के बारे में तू ही अनाप-शनाप लिखता है न पेशाबघर की दीवारों पर?" मैं मारे डर के एकबारगी काँप गया था, इनकारी में सिर हिलाया, हकलाते हुए विद्या क़सम खाई। तापस मुझे ग़ौर से देखता रहा, बोला, "देख कुणाल, एक बात अच्छी तरह गाँठ बाँध के रख ले। तूने दुबारे ये हरकत की तो तेरे ज़मींदार बाप को नदी में तेरी लाश उतराती हुई मिलेगी। समझा?" उस दिन लंच टाइम में कदम्ब की गाछ के नीचे मैंने शिबू को बताया कि यह तापस ही है जिसने पेशाबघर की दीवारों पर नैना का नंगा चित्र उकेरा था। "उसने ख़ुद मुझसे ऐसा कहा। वह कह रहा था कि नैना को लेकर वह

बहुत सीरियस है। कह रहा था कि नैना भी उससे उतना ही मोहब्बत करती है। आग दोनों तरफ़ बराबर की लगी है, शिबू। दोनों एक नहीं, मेरा ख़याल है कि कई दफ़े एक-दूसरे के साथ सो चुके हैं। उसने ख़ुद मुझसे ऐसा कहा। वर्ना वह इन दीवारों पर नैना की नंगी तस्वीरें हू-ब-हू क्योंकर बनाता?" फिर मैंने देर तक नैना के अंगों के आकार-प्रकार पर बातें की थीं। कदम्ब की गाछ के नीचे बैठे शिबू ने कुछ नहीं कहा, चुपचाप मुझे देखता रहा।

मैं इतने से ही सन्तुष्ट नहीं हुआ, उस दिन स्कूल के बाद मैं उसके साथ उसके घर भी गया। इत्तेफ़ाक़ से काकी ने मछली बनाई थी। उस दिन मैं किसी नशे में था—वह उन्माद था कि जाने क्या, क्रूर से क्रूरतम होने के क्रम में खाते हुए मैं काकी के अस्त-व्यस्त कपड़ों में ताका-झाँकी करता रहा। शिबू ने ऐसा करते हुए मुझे देख लिया और जब उसकी माँ ने उससे पूछा, "और लेगा?" वह ग़ुस्से से तमतमाते हुए बोला, "कोई ज़रूरत नहीं।" खाना खाने के बाद मैं नैना के कमरे में गया, वह बिस्तर पर पेट के बल अधलेटी 'अदरक के एक सौ एक गुण' नामक पुस्तक पढ़ रही थी। पीछे से आकर मैंने उसकी बाँह को सहलाते हुए पूछा, "यह क्या पढ़ रही हो मेरी नैना?" वह तुनक गई, उठते हुए मेरा हाथ झिड़ककर पूछा, "तुमसे मतलब?" मैंने कपड़ों के ऊपर से उसकी जाँघ पर चिकोटी काट ली। घुटनों को मोड़ते हुए उसने मुझे देखा, मेरी हिम्मत की बलिहारी, मैंने तभी उसे आँख मारी। उसने मुझे गाली दी, "कुत्ता कहीं का, बेशरम।" मैं उससे उम्र में तो बड़ा था ही, मेरी सामाजिक हैसियत भी उससे बड़ी थी। ऐसे में उसका मुझे गाली देना उस विशेषाधिकार के तहत आता था जहाँ बड़े-बड़े राजा-रजवाड़े शराब के नशे में धुत्त होकर दो-टके की वेश्याओं के क़दमों में लोटते रहते हैं और वह उन्हें मद में भरी दुत्कारती-फटकारती रहती है। उसे एक फ्लाइंग किस देने के बाद अपनी कलाई पर लिपटे उस अदृश्य गजरे को सूँघते हुए मैं ही-ही करता हुआ बाहर चला आया।

लौटा तो शिबू अपने कमरे में सोने के लिए चला गया था। उसकी माँ आँगन में बैठी बर्तन धो रही थीं। उनके आगे कुर्सी डालकर बैठ गया। वह उकड़ू हो बैठी थीं, मैं उन्हें ग़ौर से देख रहा था। बर्तनों को मिट्टी और कोयले की राख से अच्छी तरह माँजने के बाद वह उन्हें पानी से भरी बाल्टी में डालती जाती थीं। इस क्रम में कभी-कभी वह मुझे देख लेतीं और मुस्कराने लगतीं। उन्होंने साड़ी को घुटनों तक खींच लिया था कि गीली न हो। ब्लाउज़ में कसे उनके स्तन एक-अपर से कसे हुए नुमायाँ हो रहे थे। मैंने निकर पहना हुआ था, थोड़ी देर में मेरा उनके सामने बैठना मुश्किल हो गया। उन्होंने भी ग़ौर किया, पल्लू ठीक कर लिया, हँसते हुए बोलीं, "जा भाग यहाँ से, बदमाश कहीं का।"

दूसरे दिन मैंने शिबू को सारी बातें विस्तार से बताईं, जिनमें से कई झूठे अतिरेकों से भरी थीं। मैं चाहता था कि शिबू रोए, फिर से अपनी माँ को गाली देना शुरू करे,

लेकिन ऐसा कुछ भी न हुआ। वह उजबक की तरह मुझे टुकुर-टुकुर देखता रहा। पहली बार यह सब सुनकर भी उसके चेहरे पर कोई भाव नहीं आया। अन्त में थककर मैं चुप हो गया। फिर थोड़ी देर बाद वहाँ से उठकर हम माठ में खेलने आ गए। खेलते हुए एक बार जान-बूझकर मैंने उसे धक्का दिया। वह गिर पड़ा, उसका बायाँ घुटना छिल गया। मैंने उससे पूछा, "क्या मैं तुम्हें सहारा देकर तुम्हारे घर छोड़ दूँ?" उसने कहा कि वह ठीक है और लँगड़ाते हुए घर लौट गया।

इस घटना के बाद दो दिनों तक शिबू मुझसे नहीं मिला, न स्कूल ही आया और न शाम को माठ में खेलने। तीसरे दिन मैं उसके घर पहुँचा तो पता चला, वह बीमार है। वह बिस्तरे पर लेटा हुआ खाँस रहा था। मैंने थोड़ी देर उससे इधर-उधर की बातें कीं, उसकी माँ से मिला। उसकी माँ ने नैना को चाय बनाने के लिए कहा। चीनी नहीं थी, सो वह गुड़ की चाय बना लाई। मैंने चाय की तारीफ़ की, वह आँगन से लगे लकड़ी के पाए से सटकर सुनती रही। मेरी देखा-देखी उसकी माँ भी उसकी तारीफ़ कर रही थीं। नैना की नज़रें नीचे की तरफ़ थीं और वह पैर के अँगूठे से फ़र्श को खुरच रही थी। अब तक शिबू चादर ताने सोने की कोशिश कर रहा था। थोड़ी देर बाद जब उसकी माँ चली गईं, चाय ख़त्म कर मैं उठा।

"कप कहाँ रखूँ?" मैंने नैना से पूछा।

"मुझे दे दो।" वह पाए की आड़ से निकलकर मेरी तरफ़ ख़ुद कम बढ़ी, अपने हाथ को ज़्यादा बढ़ाया।

मैंने एक नज़र शिबू को देखा, उसने करवट लेकर अपना मुँह दीवार की तरफ़ कर लिया था। चादर सिर तक ताने। अवसर देख मैंने नैना का हाथ पकड़ लिया। उसने चुप ही चुप हाथ छुड़ाने की कोशिश की। मैं आगे बढ़ा और उसकी तर्जनी को मुँह में भरकर चूसने लगा। उसे गुदगुदी हुई, वह कसमसाई, फिर खिल-खिल हँसने लगी। चादर के भीतर शिबू की बेडौल आकृति खाँसने लगी। मैंने दूसरे हाथ से समीज के ऊपर से उसकी छातियाँ टटोलनी शुरू कर दीं। नैना ने एक नज़र उधर देखने के बाद पहले मौन विनती की कि छोड़ दूँ, फिर मुझे आँखें तरेरने लगी। मैंने एक बार कसके उसकी छाती को भींचा, उसके मुँह से एक अजीब-सी सीत्कार निकली। शिबू की खाँसी बढ़ गई। मैंने नैना को और पास खींचा। इस खींचातानी में स्टील का कप फ़र्श पर गिर पड़ा और हमारी चुप्पी के बरक्स शिबू की खाँसी के साथ ताल मिलाते हुए ज़ोर से टुनटुनाकर चुगली करने पर उतारू हो गया। हड़बड़ाकर मैंने उसे छोड़ दिया। मुस्कराहट से पगी फुसफुसाहट में उसने मुझे गाली दी, "कमीना।" और कप को उठाकर चली गई। उसके जाने के बाद मैंने शिबू से कहा कि यार मैं भी चलता हूँ। उसने कोई जवाब नहीं दिया। दीवार की तरफ़ करवट किये वह सोता रहा, खाँसता रहा।

घर लौटा तो पड़ोस की एक दादी आई हुई थीं माँ के पास। मेरी ही बातें चल रही थीं, किसी सन्दर्भ में माँ मेरी तारीफ़ कर रही थीं। मैंने दादी के चरण छुए और माँ से कहा, "माँ खाना निकालो, भूख लगी है।" दादी ने मेरे बालों में उँगली फेरीं, बोलीं, "बड़ा प्यारा और संस्कारी बच्चा है।" माँ ने उठते हुए हँसकर कहा, "नज़र न लगे मेरे लाल को।" और वह खाना निकालने चली गईं। मैंने दादी से कहा, "दादीजी हाथ-मुँह धोकर आता हूँ। खेलकर आया हूँ, सो हाथों में बहुत सारे किटाणु होंगे न। डिटॉल साबुन से रगड़-रगड़कर धोऊँगा और फ्रेश हो जाऊँगा।" दादी बोलीं, "जा-जा बेटा, जल्दी जा। रेडियो पर किटाणुओं के बारे में बहुत सुना है। बड़े उत्पाती और दुष्ट होते हैं। जा तू मेरे लाल।"

माँ को मेरी सारी बातें पसन्द थीं, सिवाय इसके कि मैं शिबू-लोगों से मेलजोल रखता हूँ। इस सन्दर्भ में पिताजी मुझसे कुछ नहीं कहते, लेकिन माँ जब-तब अकेले में बरजा करती थीं। दरअसल हमारे गाँव में शिबू-लोगों के बारे में कई बातें प्रचारित थीं। शिबू के पिता को, जैसा कि मैं पहले ही बता चुका हूँ, आज तक मैंने नहीं देखा। उनका घर कैसे चलता है, आमदनी के क्या स्रोत हैं, यह भी किसी से छुपा न था। कुल मिलाकर मैं भली-भाँति जानता था कि खुले तौर पर उनसे किसी प्रकार का सम्बन्ध मेरे-जैसे घर के लोगों के लिए वर्जित था। इसके उलट शिबू की माँ कई बार मेरे दालान में आती-जाती दिख जातीं। पिताजी से घूँघट की आड़ करतीं, पिताजी हुक्का पीते रहते। एक बार आधी रात जब प्रकृति की पुकार से निबटकर मैं सहन से गुज़र रहा था, वह दालान से जल्दी-जल्दी निकलती दिखीं। हमारे खेतिहर जब धान या सब्ज़ी ले आते तो पिताजी थोड़ा-बहुत शिबू के घर भिजवा देते। माँ कुढ़ती रहतीं। बहुत दिनों पहले एक बार जब खेल में मैं हार रहा था तो शिबू की माँ ने उसे फटकारा था, उसके बाद अक्सर मैं जीत जाता और मेरी जीत पर शिबू की माँ बहुत ख़ुश होतीं। इसी प्रकार कक्षा पाँच के बाद से मैं हमेशा प्रथम आया और शिबू द्वितीय, जबकि शिबू मुझसे कहीं मेधावी था। एक बार इस सन्दर्भ में शिबू ने बताया था कि उसकी माँ हेड सर से मिलने गई थीं और तभी से ऐसा होने लगा कि उसकी जगह मैं कक्षा में प्रथम स्थान प्राप्त करने लगा।

दो-चार दिनों में शिबू की तबीयत जब ठीक हुई, तो उसकी माँ ने उसे मेरे साथ खेलने को भेजा। इन दो-चार दिनों में मैं तापस के साथ नदी में तैरना सीख रहा था। तापस बड़ा तैराक था, अक्सर नदी हेल जाया करता था। मैं बस पानी में हाथ-पाँव पटकते हुए किनारे से कुछ दूर जाकर वापस लौट आता। शिबू जब आया, तो मैंने अपने इस नये शौक़ के बारे में उसे बताया। झूठ, चोरी, मांस-मछली और बैंगन-कढ़ी की तरह नदी में नहाना भी मेरे घर में वर्जित था। माँ कहतीं, मेरे सिर के पिछले हिस्से में बालों के बीच दो भँवरें पड़ा करते हैं। कहा जाता है कि ऐसे लोगों को पानी से

दूर रहना चाहिए। मेरी तरह शिबू को भी नदी में नहाना बहुत पसन्द था, और उसके घर में कोई ख़ास रोक-टोक भी नहीं थी। नैना शुरू से ही नदी में नहाती थी, उसकी माँ भी कभी-कभी उसके साथ हो लेतीं। इसलिए जब भी हम नहाते, शिबू अपने घर से अँगोछा ले आता। चूँकि उसकी माँ भी नहीं चाहती थीं कि मैं नदी में नहाऊँ, इसलिए वह सिर्फ़ अपने लिए ही अँगोछा लाता। उससे अँगोछा लेकर मैं अपने सारे कपड़े उतार देता और नदी में कूद पड़ता। वह किनारे बैठा मेरे कपड़ों को अगोरता रहता। कभी उसे नहाना होता तो मेरे बाद गीला अँगोछा लपेटकर वह भी उतर जाता। कभी-कभी मैं ज़िद करता कि हम दोनों साथ नहाएँ। इसके लिए वह बमुश्किल तैयार होता, क्योंकि तब उसे नंगे ही उतरना होता। पानी के भीतर मैं अक्सर उसे चिढ़ाता। वह हँसकर टाल जाता।

एक बार ऐसे ही पानी के भीतर वह नंगा था, तो मैं उसे चिढ़ाने लगा। थोड़ी देर बाद मैं उत्तेजित हो गया और अनायास ही मेरे मुँह से नैना का नाम निकल गया। एक पल को वह ठिठका। मुझे चुपचाप देखने लगा। फ़ारिग होने के बाद मैं देर तक चट्टान पर लेटा हाँफता रहा।

इस घटना के बाद मैं शिबू के सामने नैना के मामले में खुलकर बातें करने लगा। शुरू-शुरू में वह चुप ही रहा करता, जैसे उसने स्थिति को स्वीकार कर लिया हो। कभी मैं जब उसके घर पर होता, वह जान-बूझकर इधर-उधर हो लेता, ताकि मैं नैना के साथ ज़्यादा से ज़्यादा वक़्त बिता सकूँ। एक समय ऐसा आया जब मैं उसकी माँ के समक्ष नैना का हाथ थाम लेता। नैना के मन में मेरे लिए क्या था, यह मुझे नहीं पता। वह बहुत सुन्दर थी और स्कूल-भर के लड़के उसकी नज़र में आने के लिए बेताब रहा करते थे। तापस से उसका ठीक किस स्तर तक सम्बन्ध था, मुझे या शिबू को यह नहीं पता, लेकिन इतना तय है कि उसकी तस्वीर मैं ही पेशाबघर की दीवारों पर उकेरता था, यह ख़बर तापस तक किसी और ने नहीं, ख़ुद नैना ने पहुँचाई थी।

मुझे आज भी याद है, एक बार लगातार दो दिनों से मूसलाधार बारिश हो रही थी। बीच में आधे घंटे से बारिश रुकी थी, और लगातार दो दिनों तक बिना कुछ किये-धरे अपने कमरे में क़ैद रहने के बाद जैसे ही बारिश रुकी, मैं शिबू के पास चल पड़ा। रास्तों में पानी भर आया था, खेतों में खड़ी फ़सलें बरबाद हो गई थीं। घरों-खलिहानों में लग आए पानी को लोगबाग टम्बर-बाल्टियों से उलीच रहे थे। बच्चे छप्प-छप्प बारिश के चहबच्चों में उछल-कूद मचाए हुए थे। मैं जैसे-तैसे शिबू के यहाँ पहुँचा, द्वार पर ही नैना से भेंट हो गई। वह एक हाथ में साफ़-धुली नाइटी, साबुन आदि तथा दूसरे हाथ में पीतल की एक लुटिया लिए नदी की तरफ़ जा रही थी। अँगोछे को उसने पहनी हुई नाइटी के ऊपर से ही शॉल की तरह वक्षों पर लपेट लिया था। मैंने उसे टोका, "ऐसे में नदी पर जा रही हो नहाने?"

उसने कुछ नहीं कहा।

"ज्वार आया होगा।"

"चलोगे?" उसने बस इतना पूछा।

"चलूँ?" मैंने पूछा, हालाँकि इसकी क्या ज़रूरत थी।

वह बिना कोई उत्तर दिये आगे बढ़ गई। असमंजस में मैं वहीं रुका रहा। दस क़दम बढ़कर वह रुकी, मुड़कर देखा। किसी सम्मोहन में मैं उसके पीछे बढ़ गया। वह फिर से आगे बढ़ गई। गाँव के सीमाने को पार कर उसकी गति थोड़ी धीमी हुई, जिससे कुछ ही देर में मैं उसके साथ हो गया। उसने साबुनदानी और लुटिया मुझे पकड़ा दी। हाथ में ली हुई नाइटी के नीचे उसके अधोवस्त्र दिखे, जिन्हें उसने दिखने दिया।

नदी का जल-स्तर काफी बढ़ गया था। लहरें ऊँची हुई आ रही थीं। घाट की अधिकांश सीढ़ियाँ जलमग्न थीं। चारों तरफ़ सुनसान, एक परिन्दा तक नहीं। बहती हुई हवा अपेक्षा से ज़्यादा ठंडी थी और उसकी गति तेज़। आसमान का रंग काला हो रहा था, बारिश कभी भी लौट सकती थी।

"लौट चलो नैना।" जब वह घाट की सीढ़ियाँ उतरने को हुई, मैंने कहा। मेरी आवाज़ जैसे लौकी की लता हो, नैना की गतिविधियों से लगी-बझी।

"अकेले में मेरे साथ डर लगता है?...भाई के सामने या माँ के सामने तो बड़े ढीठ बन जाते हो।" उसने गर्दन मोड़कर मुझे स्त्रैण लहजे में कोंचा।

"बात वो नहीं। नदी ख़तरनाक हो चुकी है।"

मज़बूत मुफ़ीद जवाब देने की जगह उसने अपनी कोमल भंगुर बाँह बढ़ाई, जैसे बुला रही हो। आज सचमुच उसके हाव-भाव साँप की तरह आकर्षित करने, किन्तु डराने वाले थे। एक अजीब-से सम्मोहन में लिथड़ता जब मैं उसके एकदम पास घिसट आया, उसने फुसफुसाकर कहा, "ज़रा मेरी नाइटी का हुक तो खोल दो।" उसके बुलाने से लगाकर मेरे यहाँ आने तक के फ़ासले में उसकी उजली आँखें मेरी आँखों की दीवार को छील रही थीं। जब उसने बहुत धीमी रफ़्तार से (और अन्त समय तक उसकी आँखें मेरी आँखों से चस्पाँ रहीं) आगे की तरफ़ मुँह कर लिया, मैंने देखा, हुक से उलझे हुए मेरे हाथ काँप रहे थे। तब तक उसने जूड़े में लगे पिन को ढीला कर झटके से बालों को खोल दिया। मेरे चेहरे को बुहारते हुए उसके साँवले केश उसकी कमर पर फैल गए, और ठीक इसी वक़्त मैंने उसकी नाइटी ढीली कर दी। एक पल के लिए उसकी नंगी पीठ झलकी और फिर केशों की आड़ में छिप गई, जैसे एक क्षण के लिए बिजली चमकी हो, फिर पूर्ववत् अँधेरा। उसकी पीठ की धूप ने मुझे चौंधिया दिया। गिरती हुई नाइटी को उसने थामने का कोई यत्न न किया। उसके आलता लगे तलुवों को गोलाई में घेरती हुई नाइटी ने सीढ़ियों के फ़र्श पर जैसे एक सुरक्षा वृत्त बना दिया और जब उसने दायाँ पैर उठाकर उस वृत्त को लाँघा, तो मुझे ऐसा लगा वह एकदम नंगी दुनिया के खुले ख़तरनाक में दाख़िल हो

गई। पीछे उस मूरख नाइटी की लाश बिछी थी जिसने मरते दम तक उसे ढँके रखने की ज़िद पाल रखी थी।

वह जैसे किसी नशे के प्रभाव में सीढ़ियाँ उतर रही थी, फ़ैसलाकुन पाँव से दम्भ-भरे क़दमों को एक नियमित अन्तराल से नापती हुई। जब उसके तलुवों ने पानी की सतह को स्पर्श किया, उसके पैरों के रोंगटे खड़े हो गए। वह रुकी। मुड़ी। हम दोनों की नज़रें मिलीं। मैं आगे बढ़ा। उसने साथ लाए धुले कपड़ों को मेरी तरफ़ बढ़ाया। मैंने ले लिया। उसके हाथ पीठ की तरफ़ मुड़े और उसने बड़ी सौम्यता से अपनी अँगिया को खोला। एक पल के लिए जैसे मुझे काठ मार गया। पीतल की लुटिया मेरे हाथ से गिरकर देर तक टुनटुनाती रही, फिर जलमग्न सीढ़ी पर जाकर पानी में गुड़प हो गई। क्या कोई इतनी सुन्दर हो सकती है? उनकी शंक्वाकार गोलाइयों ने मुझे और मेरी दृष्टि को जड़ कर दिया। उसने हाथ बढ़ाकर मेरे बाएँ हाथ को पकड़ा और हवा में एक निश्चित दूरी तक अपनी छाती की दिशा में बढ़ाकर फिर छोड़ दिया। बीच की रिक्तता को मैंने ख़ुद तय किया। जैसे ही मैंने उन्हें छुआ, अब तक करीने से बिछे उसकी बाँहों के रोंए खड़े हो गए। उसके उभारों में कई नीली-हरी शिराएँ झलक रही थीं, मानो इस ज़िद में कि अगर सिर्फ़ छातियों पर ध्यान केन्द्रित किया जाए तो वे चुगली कर सकें, ये छातियाँ भी अन्ततः रक्त-मांस की बनी हैं, दैवीय नहीं। कत्थई दानों के गिर्द एकाध रोंए अपना आकार खोकर बड़े छल्ले बना रहे थे। रोंए से भरे तलपेट, गहरी नाभि, थोड़ा उभरा हुआ पेड़ू, सुनसान आसपास, हवा का गम्भीर बलग़मी बहाव, आसमान के ऊपर बादलों का घिरना, धरती पर नीचे मेरा हल्के-हल्के काँपना...वहाँ जो कुछ था, कमज़ोर और थोड़ा कुरूप था, इसलिए अपूर्ण था, मानवीय था, इसलिए ऊष्म और उत्तेजक था। वहाँ मुझे पहली बार अपनी मर्दानगी पर पूरा विश्वास न हुआ, वहाँ नैना पहली बार सम्पूर्ण सुन्दर न लगी। वहाँ सबकुछ खुला था, अनावृत्त, हर राज़ से परदा उठ गया लगता था। वहाँ जो था दो-टूक वही था, ऐन उतना ही था। उससे लगे-बझे क़िस्से फन्तासियाँ अब न बचीं। आज के बाद नैना के बारे में सोचते हुए मेरी रातें बेस्वाद होनी बदी थीं।

आती हुई लहरों ने अबकी हमारे काँपते घुटनों को निशाना बनाया। एक तेज़ की छपाक हुई और वह पानी में कूद चुकी थी। मैंने महसूस किया कि सबसे पहले मेरे उस अब तक बढ़े हुए हाथ पर एक बूँद गिरी। जैसे ही मैंने अपना चेहरा ऊपर आसमान की तरफ़ किया, मेरे गाल के ठीक ऊपर आँखों के पास एक और बूँद। शुरू के कुछ बूँदों का हिसाब रखने के बाद मैं गड़बड़ा गया, और वहीं खड़ा-खड़ा बारिश में भीगने लगा। कहीं दूर से बादल के घरघराने की आवाज़ आई। एक किलकारी, फिर होश आया कि नैना कहाँ है। वह नदी में काफी आगे बढ़ गई थी। छींटों से आगे का दृश्य धुँधला दिख पड़ रहा था और नैना एक छोटे काले धब्बे की तरह दिख रही थी। एक नज़र ऊपर की सीढ़ियों को देखा, दो-चार सीढ़ी ऊपर गिरी

पड़ी नाइटी पानी में सराबोर हो अब लोंदे की तरह दिख रही थी। मेरे दाएँ हाथ में नैना का धुला हुआ कपड़ा भी भीगकर कीचड़ हो रहा था। कपड़ों को वहीं दो सीढ़ी ऊपर सावधानी से रखकर मैं मय कपड़ों के पानी में उतर गया।

नैना की किलकारी रह-रहकर गूँज रही थी। मैंने तैरना नया-नया ही सीखा था, थोड़ी दूर तैरने के बाद ही थक गया। नदी के फ़र्श पर बारिश झमाझम बरस रही थी। पानी की सतह पर पड़ती बारिश की बूँदें साँस तक लेना दुश्वार कर रही थीं। कभी-कभी थपेड़े सीधे चेहरे पर पड़ते और तमाचे की तरह झनझनाते। नैना जैसे वापस आ रही थी। मैंने उसे आवाज़ दी, पता नहीं उसने सुना या कि नहीं। मुझे ख़ुद अपनी आवाज़ ठीक-ठीक नहीं सुनाई पड़ रही थी। लौटने की सोचकर एक नज़र पीछे की ओर देखा, तो अहसास हुआ कि मैं एक ऐसी ख़तरनाक दूरी तक आ गया हूँ कि वापस लौटना भी शायद ही सम्भव है। सहसा एक डर से मेरा कलेजा काँपने लगा। मैंने महसूस किया कि अब हाथ-पैर चलाने में भी काफ़ी मशक़्क़त करनी पड़ रही है। जाँघें बँध चुकी थीं। सिवाय मेरी चेतना के सब सुन्न पड़ने लगा। अन्ततः मैं चीख़ने लगा। हलक़ में नदी का पानी घुसने लगा। मेरी आवाज़ एक कुरूप घों-घों में तब्दील हो गई।

जब मुझे होश आया, पहला अहसास यह हुआ कि बारिश अब भी हो रही है। मेरी पीठ किसी सख़्त चीज़ पर टिकी हुई है और मेरे ऐन चेहरे के ऊपर कुछ अँधियारा-सा है। नैना थी। अपने मुँह से मेरे मुँह में साँसें भरती हुई। अलफ़ नंगी। उसकी छातियाँ उसकी देह का आसरा खोकर अब मेरे सीने पर टिकी थीं। जिस गति से वह मुझमें साँस भरती जा रही थी, उसके गीले बाल दुबले सँपोलों की तरह मेरे चेहरे और इर्द-गिर्द की हवा में लहराते हुए फुँफकारी भर रहे थे। बीच-बीच में वह कुछ कह रही थी और उसी ताल में मेरा कन्धा झकझोर रही थी। कभी वह मेरे तलपेट को दबाती और फिर मेरे मुँह पर गर्म भपारे छोड़ते अपने मुँह को आरोपित कर देती। मैंने आज़िज आकर फिर से आँखें मूँद लीं। उसके होंठों के ऊपर हल्के रोंयों की गीली रेख की छवि मेरे बन्द हो चुकी आँखों के आगे तैरती रही, मैं फिर से ग़फ़लत की छिछली गहराइयों में उतरता गया।

थोड़ी देर बाद जब मैंने आँखें खोलीं, चारों तरफ़ देखा तो पता चला कि मैं नदी के दूसरे किनारे हूँ। नैना का कहीं कोई पता न था। कराहते हुए उठा तो अहसास हुआ, मेरी पीठ में चोट आई है। सिर किसी डिब्बे की तरह भारी था। बारिश अभी भी हो रही थी और ठीक मेरे ऊपर एक पाइप जैसा कुछ लगा था जो दूर दिखती दीवार में जाकर बिला जाता था। यह वर्षों से बन्द पड़ी जूट मिल की दीवार थी जो नदी के उस पार से भी दिखती थी। लोहे के उस जंग खाए पाइप का सहारा लेकर मैं खड़ा हो गया। चप्पलें उसी किनारे छूट गई थीं। पतलून लस्त-पस्त। चारों तरफ़

देखा, नैना कहीं भी नहीं थी। खड़ा रहना दुश्वार होने लगा, तो धम्म-से वहीं बैठ गया। जाने कितनी देर तक बैठा रहा।

नैना जब लौटी तो उसके शरीर पर सिवाय जाँघिये के और कुछ न था। उसे देखकर मेरी घबराहट थोड़ी कम हुई, लेकिन जब उसी दीवार की आड़ से एक युवक भी निकला, तो मेरी हैरानी का ओर-अन्त न रहा। नैना ने बताया कि मैं लगभग डूब ही चुका था कि उसके इस दोस्त ने अपनी जान पर खेलकर मुझे नदी से निकाला। वह विस्तार से वर्णन करती रही।...मुझे चुप देखकर उसने अन्त में पूछा, "जब तुम्हें तैरना नहीं आता तो फिर क्यों कूद पड़े थे मेरे पीछे? मैं आ ही जाती एकाध घंटे में, बच्ची थोड़े हूँ।"

नैना के बारे में यह इस तरह की पहली घटना थी, जिसका जिक्र मैंने शिबू तो क्या, अपने जानने वाले किसी भी व्यक्ति से न किया। चन्दन नाम था उस लड़के का, उसी के बुलाने पर वह नदी पार कर उससे मिलने आई थी। यह अजीब बात है कि यह सब उसके मुँह से सुनने और उसे किसी और के साथ अधनंगी अवस्था में देखने के बाद भी मुझे उससे प्रेम की तीव्र अनुभूति हुई। इससे पहले कभी वह मेरी इतनी अपनी नहीं लगी थी। दो-एक दिन बाद मैंने उसे एक प्रेम-पत्र लिखा था, लिखा था कि मैं उससे शादी करना चाहता हूँ। उसके साथ घर बसाकर एक स्वस्थ और सुखी जीवन जीना चाहता हूँ। उसे पत्र थमाते हुए मेरे हाथ काँप रहे थे। उसने पूछा, "क्या है ये?" मैंने कहा, "ख़ुद ही देख लो।"

"जानती हूँ क्या हो सकता है।" कहते हुए उसने पत्र को अपनी अँगिया में दबा लिया था। कई दिन बीत गए, उसने कोई जवाब नहीं दिया। पता नहीं उसने उस पत्र का क्या किया। एक बार साहस कर मैंने पूछा। उसने कहा, "कई लोगों ने ऐसी चिट्ठियाँ पकड़ाई हैं। तुम्हें तो फिर भी जवाब दे दिया, औरों की चिट्ठी तो फाड़ के फेंक देती हूँ वहीं के वहीं।"

"तुमने मुझे जवाब कब दिया?"

"दे चुकी हूँ कुणाल, याद करो।"

नैना की माँ को अन्दाज़ा था कि मुहल्ले के सारे उसके हमउम्र उस पर जान छिड़कते हैं। उन्हें अपनी जवानी के दिन याद आ जाते। वह नैना को ग़ौर से देखतीं, क्या ख़ूब क़द-काठ पाई है उसने। कभी उन्हें उस पर लाड़ आता तो कभी वे डर जातीं। एक बार उन्होंने मुझसे खुले शब्दों में पूछा था कि क्या मैं नैना को पसन्द करता हूँ। मुझे तब नदी पार वाली घटना याद आई और जो मैंने कहा, उसका मुझे आज भी अफ़सोस है। मैंने कहा था कि नैना से मैं हँसी-मज़ाक़ कर लेता हूँ, लेकिन इसके अलावा उसके प्रति मेरे मन में और कुछ भी नहीं। शिबू वहीं था, उसे मेरा यह जवाब सुनकर आश्चर्य हुआ होगा। उसकी माँ ने मेरे सिर में दुलार वाली उँगलियाँ फेरीं। मैं

बहक गया, बोला, "लेकिन काकी, नैना अब बड़ी हो रही है। बड़ी हो क्या रही है, बल्कि हो ही चुकी है। अब तुम उसे अकेले नदी पर नहाने के लिए या सौदा-सुलुफ लाने मत भेजा करो। गाँव वाले कैसे हैं, मुझसे बेहतर तुम जानती हो।"

"हाँ रे। जानता है, ठाकुर दा ने उसके लिए कोई लड़का देख रखा है। एकाध सालों में देवी माँ ने चाहा तो पार लगा दूँगी। फिर एक ये शिबू रह जाएगा तो इसके लिए कोई चिन्ता नहीं।" शिबू की माँ की आँखों में एक प्रकार की आस्तिक तरलता घिर आई।

हालाँकि शादी की बात सुनकर मुझे अच्छा नहीं लगा था, लेकिन उनके रवैये से मुझे थोड़ा-साहस मिला था। उस परिवार के प्रति मैं एकाएक किसी बड़प्पन से भर उठा था। मैंने पूछा, "काकी, तुमने क्यों पूछा कि नैना मुझे पसन्द है कि नहीं?"

"वो तो वैसे ही पूछा था शोना। तुझे बचपन से देखती आ रही हूँ, लेकिन समझ नहीं पाई कभी।" वह उठते हुए बोलीं। सहसा देहरी तक जाकर रुकीं और अपनी आवाज़ में एक प्रकार की राज़दारी को भरते हुए कहा, "और सुन, उसकी शादी में अभी वक़्त है। तब तक तू भी यहीं है और नैना भी। हँस-बतिया लिया कर। मैंने उसे समझा दिया है, वह तुझे रोकेगी नहीं। ठाकुर दा नहीं होते तो जाने हमारा क्या होता।"

वह चली गईं और मैं आश्चर्य से उन्हें देखता रह गया। उनके जाने के बाद कमरे में शिबू और मैं ही बचे थे। हम दोनों के बीच डोलने वाली हवा एकाएक भारी हो गई थी। इस बात को महसूस कर ही शायद थोड़ी देर बाद शिबू उठकर अपने कमरे में चला गया। एक नज़र मैंने नैना के कमरे की तरफ़ देखा, लेकिन फिर बाहर चला आया। उस दिन पहली बार मैं नदी के किनारे अकेले गया था। चट्टान पर बैठे-बैठे जाने कितना समय बीत गया। रह-रहकर उस दिन वाला दृश्य आँखों के आगे कौंध जाता जब नैना के साथ यहाँ आया था। उसकी उल्लंग छातियाँ, उसके घने बाल, बारिश, मौत, उसका प्रेमी। क्या नैना की माँ को उस युवक के बारे में पता है? क्या शिबू भी कुछ नहीं जानता? मुझे अपने-आप पर खीझ होती कि मैं ही क्यों न उन्हें सबकुछ बता देता। बता दूँ, फिर नैना क्या सोचेगी मेरे बारे में? उसे मुझ पर यक़ीन न होता तो वह मुझे अपने साथ क्यों आने देती? लेकिन अगले ही पल मैं यह सोचकर शशोपंज में पड़ जाता कि क्या नैना ने यह सब इसलिए किया कि उसे मुझ पर यक़ीन था? या वह बताना चाहती थी कि वह मुझसे, तापस या उस पर मर-मिटने वाले दसियों लोग से नहीं, बल्कि उस चन्दन से प्रेम करती है? उसे कैसे मालूम था कि मैं उसे प्रेमपत्र लिखने वाला हूँ, कि उसने मुझे पहले ही इतना करारा जवाब दे दिया!

निश्चित रूप से यह एक ऐसा सच था जो नैना के अलावा उसके घरवालों को पता नहीं था। मुझे पता भी था तो मैं उसकी माँ या शिबू से इस बाबत कुछ कहने वाला

नहीं था, यह तय था। क्यों, यह ख़ुद मुझे भी नहीं मालूम। मेरे चारों तरफ़ ऐसे कई सच थे जिनके बारे में लोगबाग सब जानते थे, लेकिन उनकी चर्चा कोई नहीं करता था, क्यों यह नहीं मालूम। नैना की माँ और मेरे पिताजी के बारे में मेरी माँ अच्छी तरह वाक़िफ़ थीं, उन्हें कई दफ़े छुपकर रोते मैंने देखा है। नैना का चेहरा-मोहरा मेरे पिताजी से मिलता था, फिर भी उसके लिए मेरे मन में कोई नेक ख़यालात नहीं थे, यह उसका सगा भाई शिबू और उसकी माँ भी जानती थीं। मेरी माँ नहीं जानती थीं कि मैंने कई बारी नैना की जाँघों को सहलाया है, उसकी छातियाँ मसली हैं। वह यह भी नहीं जानतीं कि मैं उनके दुख को समझने जितना बड़ा हो चुका हूँ। या क्या पता जानती भी हों तो ज़ाहिर नहीं करतीं। रातों में मेरे गीले सपनों में कभी नैना होती तो कभी उसकी माँ, यह सच शिबू को मैंने बताया है, लेकिन क्या इस बारे में उसकी माँ जानती हैं? कई बार अनजान बनकर मैं शिबू की माँ की देह से सट गया हूँ, यह उन्हें अच्छी तरह पता होगा। तापस समझता है कि नैना औरों की अपेक्षा मुझे ज़्यादा छूट देती है, मेरे साथ अकेले नदी पर नहाने जाती है। मेरी माँ को नहीं पता कि मुझे तैरना आ गया है। शिबू की माँ समझती हैं कि मैं पानी से बहुत डरता हूँ, इसलिए वह भी कभी-कभी मुझे बरजा करती हैं कि नदी किनारे न जाया करूँ। शिबू मेरे साथ नहाना नहीं चाहता, अगर कभी मेरी ज़िद पर नंगे पानी में उतरे भी तो मुझसे दूर-दूर ही रहा करता है। मेरे पिताजी ज़मींदार हैं, अमीर हैं, रसूख वाले, यह सच सब जानते हैं, मेरी माँ भी और मेरे स्कूल के हेड सर भी।

तापस को मैंने ही बताया था शेखी बघारते हुए कि उस दिन ख़ुद नैना ने मुझे अपने साथ नहाने चलने को कहा था। "मेरा मन नहीं था। फिर वैसे भी मेरे घर में सबने मना कर रखा है कि मैं नदी में नहाने न जाया करूँ। लेकिन नैना को कौन समझाए! तुम तो जानते ही हो, वह कितनी ज़िद्दी है।"

वह मेरी बातें सुनने के बाद देर तक चुप रहा था, फिर सहसा हताश स्वर में पूछा था कि क्या नैना मुझसे प्रेम करने लगी है?

कन्धे उचकाते हुए मैंने कहा था, "क्या पता, शायद।" फिर मैं गुनगुनाने लगा था—"नैना मेरी मैना, जगाए सारी रैना, छीने मेरा चैना..."

तापस बुरी तरह मरोड़ खा चुका था। इससे पहले जाने कितनी बार उसने मुझे परेशान किया था, धमकाया था। आज वह ज़्यादातर चुप था। एक बार उसने मुझसे नैना के लिए लिखा प्रेमपत्र भी भिजवाया था, जिसे मैंने रास्ते में ही फाड़कर फेंक दिया था। बाद में उसे पता चला, तो साथ-साथ यह भी पता चल गया कि हो न हो मैं भी नैना से प्रेम करता हूँ। "क्या तू भी नैना से मोहब्बत करता है?" तब उसने पूछा था। तब मैंने इनकारी में सिर हिलाया था। "फिर तूने मेरी चिट्ठी क्यों नहीं दी उसे?" मैंने बहाना बनाया था कि उसकी चिट्ठी मेरी पतलून की जेबी में थी और ग़लती से माँ ने उसे धो दिया। उल्टे मैं ही उस पर चढ़ बैठा कि शुक्र करो

कि माँ की नज़र में चिट्ठी नहीं पड़ी, वर्ना मेरी तो धुलाई होती ही, पिताजी तुम्हारी टाँगें भी तोड़ देते।

उस दिन मैंने उसे नदी वाली बात विस्तार से बताई, सिर्फ़ चन्दन वाली बात छिपा गया। आगे वह सुन न सका। बोला, "आटा निकालने को चक्की पर गेहूँ दे आया हूँ। बातों ही बातों में देर हो गई।" बोला, कि अब उसे निकलना होगा।

इसके बाद से तापस मुझसे कटा-कटा सा रहने लगा, दूसरी तरफ़ जब से मैंने शिबू की माँ से कहा कि नैना के लिए मेरे मन में कुछ ख़ास नहीं, शिबू ने पहले-सा निस्संकोच मेरे साथ उठना-बैठना शुरू कर दिया। इसके प्रतिसाद में अब मेरा भी भरपूर प्रयास होता कि उसके सामने नैना या उसकी माँ के बारे में कोई ऐसी-वैसी बातें न करूँ। कभी खेल में उसके साथ कोई बेईमानी कर रहा होता, तो मैं उसके पक्ष में उतर जाता। एक बार जब पहले की तरह बीच खेल में तापस आया और उसने हमें आवाज़ दी, शिबू उसकी तरफ़ बढ़ने ही लगा था कि मैंने उसे रोक दिया। तापस से साफ़ शब्दों में कहा कि अभी हम दोनों नहीं आ सकते। शिबू ने इशारे में मना करना चाहा, लेकिन मैं अड़ गया कि जब तक खेल पूरा नहीं होता, और उसके बाद भी जब तक हमारी इच्छा नहीं होती, हम यहाँ से कहीं नहीं जाएँगे। इतना कहने के बाद शिबू का हाथ पकड़े मैं खेल के मैदान में लौट गया। कुछ देर तक तापस वहीं खड़ा-खड़ा हमें खेलता हुआ देखता रहा, फिर सिर झुकाए चुपचाप लौट गया। उस दिन शिबू के चेहरे पर एक अरसे के बाद मैंने ख़ुशी की पनियल छाँह देखी। उस दिन मुझे उस पर बड़ा प्यार आया था। लेकिन उस दिन तापस के लिए भी मेरे मन में हमदर्दी जगी थी। पता नहीं क्यों!

इसके बाद मैं जब भी शिबू-लोगों के घर जाता, काकी से इधर-उधर की बातें करने के बाद, या शिबू के कमरे में कुछ वक़्त बिताने के बाद निकल आता। नैना की याद आती भी तो प्रकट नहीं करता। कभी आते-जाते नैना से दो-चार हो जाता, तो भी मेरी कोशिश रहती कि उससे आम बातचीत ही हो। मैंने कई बार साफ़-साफ़ महसूस किया कि उसकी माँ या शिबू ही, जान-बूझकर मुझे नैना के साथ अकेला छोड़ने की फ़िराक़ में हैं, लेकिन हर बार मैं बहाना कर निकलता कि अब देर हो गई, मुझे घर लौटना चाहिए। दूसरी एक आदत मुझमें और आ गई कि अब मैं अक्सरहाँ नदी के किनारे अकेले बैठ जाता। काफी सुकून का अहसास होता बहते हुए पानी को देखकर। शाम बीत जाती, अँधियारा होने लगता तो ही मैं घर के लिए निकलने का उपक्रम करता।

एक दिन शाम को जब मैं अपने कमरे में बैठा था, माँ आईं और मुझसे पूछा, "क्या बात है, आजकल तू चुप-चुप रहने लगा है!" मेरी समझ में न आया कि क्या वाक़ई मैं चुप-चुप रहने लगा हूँ। मैंने बस इतना ही कहा, "नहीं तो माँ।" और हँस दिया। फिर माँ मेरे साथ देर तक बैठी मेरे दोस्तों, स्कूल, मेरी पढ़ाई-लिखाई की बातें

करती रहीं। बिस्तरे पर लेटकर मैंने उनकी गोदी में अपना सिर टिका दिया। वह मेरे बालों में कंघी की तरह उँगलियाँ फेरती रहीं और बातें करती रहीं। मैं हूँ-हाँ में उनकी बातों का जवाब दे रहा था। कुछ देर बाद हम दोनों चुप हो गए। मेरी आँखें मुँदने लगीं। मैं अपनी माँ की गोदी में था, लेकिन मुझे शिबू की माँ बेतरह याद आती रहीं। मुझे जीवन में पहली बार शिबू की माँ के सन्दर्भ में ग्लानि का अहसास हुआ। वह कहीं से भी मेरी माँ से अलहदा नहीं थीं। इसी के समानान्तर तापस के लिए भी दिल में रह-रहकर हूक-सी उठ रही थी। थोड़ी देर ऐसे ही लेटे-लेटे मुझे नींद आ गई। जब आँख खुली, मेरे सिर के नीचे तकिया लगा हुआ था। रात के आठ के आसपास का वक़्त रहा होगा, माँ रसोई में होंगी। जाने कब वह वहाँ से चली गई थीं।

सुबह-सुबह जब मेरी आँखें खुलीं और महरी की जगह नैना को अपने कमरे में झाड़ू लगाते देखा तो मेरे मुँह से चीख़ निकलते-निकलते रह गई। मैं तीर की तरह माँ के कमरे में पहुँचा। वे स्नान करने के बाद पूजा की तैयारी कर रही थीं। मैंने जब पूछा तो उन्होंने बताया कि महरी अपने बेटे के यहाँ कोलकाता लौट चुकी है।

"मतलब?" मैं कुछ समझा नहीं।

"अब मुझसे तो यह सब पार लगेगा नहीं। शिबू की माँ काम पर लगना चाहती थी, लेकिन तू तो जानता है, उसकी शकल तक मुझे पसन्द नहीं।"

"तो?"

"...तो ये कि जब तक कोई और महरी नहीं मिल जाती, नैना ही कर दिया करेगी।" आरती की थाल सजाते हुए माँ ने जब कहा तो पता नहीं क्यों मैं भीतर तक दहल गया।

"किसी और को भी रख सकती थीं।"

"क्या हुआ सुबह-सुबह तुझे?" माँ ने उल्टी हथेली को मेरे माथे पर लगाकर तापमान जाँचा। मुझे चिढ़ हुई। मैंने उनका हाथ झटक दिया।

"तू ठीक तो है न?"

"मुझे क्या होगा।...लेकिन तुम तो जानती हो, मेरे कमरे में मेरी घड़ी, बटुआ सब यों ही पड़े रहते हैं। पहले वाली महरी थी तो डर नहीं था।" मेरा दिमाग़ चलने लगा था। अपनी गढ़ी इस बात पर मुझे ख़ुद ही आश्चर्य हो रहा था।

"देख, भले मैं शिबू की माँ को पसन्द नहीं करती, लेकिन इतना जानती हूँ कि ये लोग और चाहे जो कर लें, चोरी-वोरी नहीं कर सकते। वर्ना शिबू की माँ की जगह कोई और होती तो वह बहुत कुछ कर सकती थी।" अख़ीर तक आते-आते उनकी आवाज़ इतनी दब गई थी, मानो अन्तिम वाक्य उन्होंने मुझसे न कहकर अपने-आप से कही हो। कड़वा-सा मुँह बनाकर माँ मुड़ चुकी थीं। मैं वहीं खड़ा रहा, जब तक नैना को अपने कमरे की सफ़ाई कर निकलते नहीं देख लिया।

उस दिन स्कूल से लौटकर मैंने अपना बैग फेंका और तुरन्त बाहर निकल गया। नैना भी स्कूल से लौट आई होगी और थोड़ी देर में यहाँ पहुँच जाएगी। कई दिनों तक मेरी कोशिश थी कि मेरा सामना उससे न हो। वह सुबह सात बजे के आसपास आ जाती और नौ-साढ़े नौ तक बनी रहती, शाम को पाँच बजे के आसपास आने के बाद लौटना रात के खाने के बाद ही होता। जाते हुए माँ कुछ खाना भी बाँध देतीं। कभी उसे जल्दी निकलना होता तो खाने का डब्बा पहुँचाने का काम मुझे करना पड़ जाता। शिबू-लोगों के लिए माँ के मन में अचानक से यह हमदर्दी कहाँ से आ गई थी, मेरी समझ में नहीं आ रहा था। कहाँ तो वह कभी उनके नाम से ही चिढ़ती थीं, मुझे वहाँ जाने से बरजा करती थीं और कहाँ अब अपने हाथों से डब्बा तैयार करतीं, उनके घर दे आने के लिए मेरी चिरौरी करने पर उतर आतीं। इसका नतीज़ा यह हुआ कि शिबू के साथ उसके घर की मेरी तफ़रीह कम-से-कमतर होती गई। कभी जाता और उसकी माँ मेरी आवभगत में घर की एकमात्र कुर्सी लाने के लिए शिबू को भेजतीं तो मुझे अटपटा लगता। वह पूछतीं, "क्यों बेटा, नैना मन लगाकर काम तो कर रही है न?" मैं कन्धे उचका देता। फिर उसकी माँ देर तक मेरी माँ की तारीफ़ करती रहतीं। कहतीं, "साच्छात् देवी हैं दीदी। भगवान मुझे कभी माफ़ नहीं करेंगे।"

काफ़ी वक़्त लगा मुझे नैना के इस नये अवतार को स्वीकार करने में। धीरे-धीरे मैं सहज हुआ। इस बीच की अवधि में उसने मुझे समझा, कभी भी उसने कोशिश नहीं की कि मुझसे अकेले में मिले, बातें करे। बल्कि जब से उसने मेरे घर में काम करना शुरू किया, वह मेरे प्रति पहले-सी शोख नहीं रही। हमेशा एक तरह की रुक्षता उसके नक़्क़ूश पर मली होती। वह माँ की फ़रमाँबरदार थी। माँ उसे बहुत मानने लगी थीं। शाम को सारे काम निबटाकर दोनों टीवी देखने बैठ जातीं। मुझे हँसी आती दोनों को साथ बैठे सास-बहू वाला सीरियल देखते देखकर। कई दफ़े माँ लाड़ से भरकर उसे डाँटतीं कि वह अपना ख़याल नहीं रख रही, बाल अस्त-व्यस्त हो रहे हैं, कपड़े मैले हो गए हैं इत्यादि। हद तब हुई जब एक दिन माँ ने ख़ुद मेरी अलमारी से क्रीम निकालकर उसे दिया कि वह नहाने के बाद अपने चेहरे पर लगाया करे। न सिर्फ़ यह, बल्कि उसे इस बात की इजाज़त मिल गई कि वह यहीं का साबुन-शैम्पू इस्तेमाल करे। नैना ने संकोच से मेरी तरफ़ देखा था तो माँ ने कहा था, "उसकी ओर क्या देख रही है, मैं कह रही हूँ न।" दुर्गापूजा के अवसर पर पिताजी ने तो चाहे जो दिया हो, माँ ने अपनी तरफ़ से भी नैना के लिए दो जोड़ी सलवार-कमीज़ दिलवाई। नैना ने उसे मेरी ही अलमारी में रख दिया यह कहकर कि उसके घर में सीलन से ये महँगे कपड़े ख़राब हो जाएँगे। देखते-देखते मेरी अलमारी के एक आले पर उसका उपनिवेश स्थापित हो गया। उसकी बिन्दियाँ, चूड़े, क्लचर, पाउडर, आलते की शीशी, मेहँदी के पैकेट्स, कपड़े आदि वहाँ सलीक़े से जमाए रखे रहते। जब भी मैं अलमारी खोलता, उसका

आला देखकर एक सुखद अनुभूति से भर जाता। कभी मेरी कंघी में नैना का कोई टूटा हुआ बाल फँसा मिल जाता, तो कभी मेरी मेज़ पर गृहशोभा गोल-मोल कर रखी होती।

जब उसे पहली तन्ख्वाह मिली, वह सीधे मेरे कमरे में आई। मैं बिस्तर पर लेटा हुआ जीवनानन्द दास को पढ़ रहा था। उसने मुझे देखा, मुस्करा दिया। अँगिया में गुड़ीमुड़ी कर रखे नोटों को निकाला, थूक लगाकर उन्हें गिना। अलमारी खोली और उस डिबिया को निकाला, जिसमें मैं खुले पैसे जमा रखता था। मैं चुपचाप उसे देख रहा था।

उसने कहा, "पूरे साढ़े पाँच सौ हैं, रख रही हूँ। हिसाब रखना अब से तुम्हीं।"

"और अगर मैंने तुम्हें बिना बताए खर्च कर दिये तो?" मैंने शरारती हँसी हँसते हुए पूछा।

"मत करना।" वह जाने लगी। फिर रुकी। मुड़ी। एक बार हल्के-से दाएँ-बाएँ सिर हिलाते हुए पूछा, "नहीं करोगे न खर्च?"

"नहीं करूँगा।"

"मुझे छूकर बोलो।" उसने अपनी बाँह बढ़ा दी। कोहनी के आगे उसकी बाँह वक्र हो गई थी। बाँह की रोंएदार पीठ नीचे थी और पीठ की अपेक्षा पेट की चमड़ी मुलायम और उजली थी। इससे पहले जाने कितनी दफ़े मैं उसकी बाँह पकड़ चुका था, लेकिन यह पहली बार था कि उसकी बाँहों को छूते हुए मैंने अपने भीतर एक सिहरन-सी महसूस की।

वह जाने लगी, फिर लौटी। पलँग के पैताने खड़ी हो गई। चेहरा नीचे। एक हाथ से केश की सँवार से बाहर निकल आई लट को तर्जनी में घुमेटती। चुप। मैंने कहा, "तुम्हें छूकर कहा न, नहीं करूँगा खर्च। जाओ निश्चिन्त रहो।"

"नहीं, वो बात नहीं है।"

"फिर?"

वह किसी असमंजस में थोड़ी देर चुप बनी रही। फिर चेहरा उठाकर हठात् बोली, "कुणाल, तुम मार्केट जाओगे?"

"क्यों?"

"एक काम था।"

"क्या?"

"तुमसे कुछ मँगवाना था।...अपने लिए।" अन्तिम वाक्य थोड़ा धीमे कहा गया था, जैसे सिर्फ़ 'अपने लिए' कहा गया हो—दूसरे सुनने वाले से दूर हटकर।

"हाँ भई, अब तो तुम अमीर हो गई हो, हाथ खोलकर खर्च कर सकती हो।" मैंने हँसते हुए कहा। उसने बस एक फीकी हँसी हँस दी। हँसने की जुम्बिश में आँखों के कोर छोटे हो गए और उनमें मधु भर आया।

"क्या मँगवाना है? रघु को बोल दूँ?" रघु हमारा नौकर था, घर के लिए सौदा-बाज़ार या बाहर के अन्य काम वही किया करता था।

"नहीं, जब तुम जाओगे तो बताना।" वह जाने को उद्धत हुई तो मैंने उसे टोका, "ठीक है, शाम को जाऊँगा। अब तो बोलो क्या मँगवाना है?"

"जाने लगना तो बताना।" कहकर वह चली गई। मैंने पुस्तक एक तरफ़ कर दी और उसके बारे में सोचने लगा।

शाम को जब मैं तैयार हुआ तो वह चाय देने मेरे कमरे में आई। एक बार एहतियातन इधर-उधर देखा और हाथ में दबाई एक मुड़ी-तुड़ी पर्ची थमा दी। पसीने से भीगने को आई उस पर्ची को जब मैंने खोलना चाहा तो उसने फुसफुसाकर बरज दिया, "अभी नहीं, बाज़ार में पहुँचकर खोलना।" मैं कुछ समझा नहीं, इस भाव से उसे देखने लगा। मेरे हाथ से पर्ची छीनकर उसने मेरी कमीज़ की जेब में डाल दी। यह सब करते हुए उसका मेरे पास आना अनायास ही हो गया। मैंने दरवाज़े की तरफ़ देखा कि किसी ने देखा तो नहीं। वह ढीठ वहीं खड़ी रही। निचले होंठ को दबाए मुस्कराती हुई। मेरी जेब को अपनी हथेली से सहलाने-थपथपाने लगी।

"एक बात पूछूँ कुणाल?...क्या बात है, मुझसे तुम्हारा मन भर गया लगता है?" उसने धीमे से पूछा। पूछने की इस सुनहली बेशरमी में उसका चेहरा कम आँखें ज़्यादा झुक गईं।

मेरी साँसें तेज़ हो गईं, "हटो यहाँ से, कोई आ जाएगा।"

"माँ सन्ध्या-पूजन कर रही हैं।" उसका चेहरा अभी भी नीचे था।

"घर में और भी लोग हैं।" कहते हुए मेरा चेहरा ख़ुद-ब-ख़ुद उसके चेहरे से सटने लगा। उसने अपना चेहरा ऊपर को तान दिया। नज़रें मिलीं। मैंने उसकी कमर अपनी बाँहों में बाँध ली। मेरी जेब पर रखी हुई उसकी बाँह अब कॉलर का घेरा बनाते हुए मेरे कन्धे पर आ चुकी थी। उसकी देह से पसीने और मसालों-घी की घरेलू गन्ध आ रही थी।

"तुम्हें मैं सुन्दर लगती हूँ?"

"हूँ। बहुत।"

"कितनी?" वह घुँघरुओं-सी खिलखिलाहटों के बीच बोली। गुलाबी मसूढ़ों के अनुशासन में धवल दन्तपंक्तियाँ टिमकने लगीं।

मेरा चेहरा और पास आ गया। मेरी संजीदगी को भाँपकर उसकी हँसी काफूर हो गई। होंठों पर पिछली मुस्कराहट के आधे-अधेले संस्मरण शेष रह गए थे। कुनमुनाती हुई वह बोली, "कोई आ जाएगा।" उसके इस कहे हुए वाक्य की दीवारें दरकती हुई-सी थीं।

"तुम्हीं ने तो बताया, माँ पूजा कर रही हैं।"

"घर में और लोग भी हैं।" कहते हुए उसने अपना चेहरा मेरे चेहरे से साट दिया।

मैंने अपने होंठ उसके होंठों से लगा दिये। उसकी नासापुटों से भाप का एक गर्म झोंका निकला। मेरी ज़ुबान ने पहली बार उसके तालू का स्वाद चखा। थोड़ी

देर बाद उसने कहा, "छोड़ो न।" मैंने उसे छोड़ दिया। उसकी नज़र मेरे बिखर चुके बालों पर गई। सबकुछ भूलकर सहसा वह हँसी, "देखो तो, एकदम भालू जैसे लग रहे हो।"

वह अलमारी से कंघी लेती आई और मेरे सामने आकर मेरे बालों को सँवारने लगी। पहली बार मुझे पता चला, वह क़द में मुझसे बित्ता-भर नीची थी। मैंने सिर झुकाया हुआ था, वह अपनी एड़ियों को ज़रा उठाकर खड़ी थी। हमारे बीच किसी भी तरह की वासना से परे अब सामीप्य की घरेलू गर्म नज़दीकी थी। थोड़ी देर में मैं एक अच्छा बच्चा बन गया। मेरी ठोड़ी पकड़कर उसने मेरा चेहरा दाएँ-बाएँ करके मुझे निरखा, फिर उचककर चट्-से मेरी पेशानी को चूमते हुए कहा, "देखने में तो तुमसे शरीफ़ कोई और नहीं।"

मुझे नहीं पता था कि पर्ची में क्या लिखा था नैना ने। अगर इस बात की ज़रा भी भनक होती तो मैं अपने साथ शिबू को ले जाने की ग़लती कभी न करता। शिबू ने पूछा भी था कि ऐसा क्या ख़रीदना है जिसके लिए मुझे ख़ुद बाज़ार जाने की नौबत आन पड़ी। मैंने उससे कहा था कि ख़रीदना कुछ ख़ास नहीं, बस कई दिनों से इस तरफ़ आना नहीं हुआ तो सोचा, घूम-फिर लिया जाए। और जब नैना ने जाना कि मैं बाज़ार जा रहा हूँ तो घर की कुछ ज़रूरी चीज़ों की फ़ेहरिस्त पकड़ा दी। फिर मैंने बात बनाई, "यार, दरअसल मुझे कभी-कभी बाज़ार आते रहना चाहिए, पता तो चले कि जिस चीज़ का भाव रघु बीस रुपये बता रहा है, उसका असल रेट क्या चल रहा है।"

"बात तो ठीक कहते हो।" शिबू ने सहमति में सिर हिलाया, "एक बात अच्छी लग रही है कि तुम घर के प्रति काफी ज़िम्मेदार हो गए हो।"

मैं हँस दिया। गाँव से कुछ दूर जहाँ हाइवे एक तीखा कोण लेकर बिछी है, एक छोटा-मोटा बाज़ार बस गया है। ज़रूरत के समानात की दुकानें और फिर एक मछली बाज़ार। ज़ेरॉक्स-एसटीडी बूथ, जूते-चप्पलों, मिठाइयों, सैलून, विडियो पार्लर, कपड़ों और दवाइयों की दुकानें थोड़ा हटकर हैं और इसी से सटा हुआ सब्ज़ी बाज़ार। नत्था की पान-चाय की टिपरिया दुकान पर बैठकर मैंने दो सिगरेटें लीं और दोनों को शिबू की तरफ़ बढ़ाते हुए कहा, "जा, चूल्हे से सुलगा ले।" उसने हैरत-भरी नज़रों से मुझे देखा, बोला कुछ नहीं। पहले भी हम नत्था की इस दुकान से सिगरेटें लिया करते थे, लेकिन यों खुलेआम नहीं, बल्कि उसकी दुकान के पीछे जाकर पिया करते थे। बहरहाल, मुझसे सिगरेटें लेकर चूल्हे की तरफ़ बढ़ गया। साथ में हमने चाय का ऑर्डर दिया। पैसे देने के लिए जब मैंने जेब टटोली, साथ में नैना की दी हुई पर्ची निकलकर गिर गई। शिबू ने उठाया, पढ़ा। वह नैना की हस्तलिपि से वाक़िफ़ था। चुपचाप पर्ची को मेरी तरफ़ बढ़ा दिया।

"क्या मँगाया है नैना ने?" मैंने पूछा।

मेरे इस सवाल के जवाब में शिबू ने कहा, "यार तुम ख़रीदारी करो, मेरा पेट ज़रा गड़बड़ है सुबह से। मैं पीछे के तालाब का चक्कर लगा आता हूँ तब तक।"

"ठीक है, फिर यहीं मिलना। आधे घंटे में।" पर्ची को जेब के हवाले कर मैं आगे बढ़ गया। थोड़ी देर बाद जब मैंने पर्ची को निकालकर पढ़ा तो सहसा साँप सूँघ गया। अनजाने ही आज फिर से शिबू पर मैंने अत्याचार कर दिया था। नैना ने अपने लिए कुछ सैनिटरी नैप्किन्स और एक ब्रेसरी मँगायी थी। सैनिटरी नैप्किन्स के आगे घसीटकर लिखा था, जैसा टीवी में दिखाया जाता है।

इन चीज़ों को ख़रीदने में मुझे कितनी परेशानी आई, बता नहीं सकता। ख़रीदारी करके निकलते हुए मुझे महसूस हो रहा था कि मेरे हाथ में पॉलिथीन का बैग नहीं, बम की अटैची है। शिबू मुझे नत्था की दुकान पर ही मिल गया। उसे देखकर मैं अस्थिर-सा हुआ, फिर इस उलझन को एक झटके में परे खिसकाने के लिए मैंने उससे कहा, "यार, मुझे पता नहीं था कि नैना ने यह सब लाने के लिए लिखा है। तेरी क़सम।"

वह मुस्करा दिया, "कोई बात नहीं। मैं उसका भाई हूँ, इसलिए शायद मुझसे कहते शरमा रही होगी। फिर मेरे बाद बचा तो एक तू ही न जो यह सब उसे लाकर दे।"

उसकी बात सुनकर मैं दंग रह गया। कितनी बड़ी बात उसने कितनी आसानी से कह दी थी! नैना के लिए मैं एक बाहरी पुरुष था और शिबू घर का। इसलिए वह शिबू से उतना नहीं खुल सकती जितना मुझसे। शिबू उसे बचपन से देखता आया था, उसके लिए वह वही बहन थी जिसे कभी-कभी उसने अपनी गोदी में बहलाया था, अपने हाथों से निवाले खिलाए थे। धीरे-धीरे वह बड़ी होती गई और उसके रूप-रंग, क़द-काठ ने अपना एक जुदा अस्तित्व धारण किया। लेकिन शिबू ने भाई होने के नाते हमेशा उसकी इस छवि को नज़रअन्दाज़ किया। मैं या तापस या अन्य लड़के जब उससे नैना की सुन्दरता, मादकता के बारे में बातें करते तो वह एक कान से सुनकर दूसरे से निकाल देता। यह एक झूठ था कि उसकी बहन उसके लिए अब भी बच्ची थी, लेकिन भाई होने के नाते वह इस झूठ को पूरी शिद्दत से निभाए जा रहा था। मेरे हाथों में पॉलिथीन का जो बैग था, उसमें उसकी बहन की छातियों की नाप थी, लेकिन शिबू से पूछा जाए तो उसे पता ही नहीं था कि उसकी बहन की छातियाँ भी हैं।

शिबू भली-भाँति परिचित था कि जब से नैना हमारे घर में काम करने लगी है, उससे मेरी निकटता बढ़ गई है। धीरे-धीरे न सिर्फ़ शिबू को, तापस इत्यादि सबको इसका अहसास हो गया। कई लड़के मुझसे चिढ़ते थे, हँसी-मज़ाक़ करते थे। शिबू इसे भी सहजतापूर्वक लेता, कम-से-कम मेरे सामने सहज ही दिखता। इसके उलट तापस मुझसे उखड़ा-उखड़ा रहने लगा। कभी आते-जाते उससे टक्कर हो जाती, वह मुस्कराता, पूछता कि क्या नया चल रहा है, लेकिन फिर तुरन्त किसी बहाने खिसक

लेता। उसे जानने वाले उसका यह रूप देखकर आश्चर्य में थे। पहले भी वह घंटों बगियारी में घूमता-टहलता दिख जाता था, कभी कोई गीत गुनगुनाते हुए, कभी कोई पुस्तक पढ़ते हुए, लेकिन इस बीच वह लगभग पूरा का पूरा दिन पागलों की नाईं भटकता रहता। और एक सुबह, जब अभी अलाली ही थी, तारे ठीक से डूबे नहीं थे और आसमान के एक कोने में थका हुआ चाँद धीरे-धीरे रेंग रहा था, उसने पेड़ की एक मज़बूत डाल से लटककर फाँसी लगा ली। उसके शरीर पर एक सूत न था, और आँखें बाहर निकलने-निकलने को थीं। नीचे ज़मीन पर उसकी कविताओं की कॉपी पड़ी थी, जिसके पहले पृष्ठ पर बड़े हरफ़ों में 'तुम्हारे लिए...' लिखा था।

उसकी मृत्यु के बाद पता नहीं क्यों शिबू बुरी तरह ख़ौफ़ज़दा हो गया था। कई बार अकेले में वह मेरा हाथ थाम लेता और जैसे उसकी साँसें रुकने लगतीं। किसी दिशा में एकटुक देखते हुए वह अपनी काँपती तर्जनी उठाता और कहता, "वह देखो।" मैं उसके बालों में हाथ फेरता और पूछता, "क्या दिख रहा है?" वह हकलाते हुए कहता, "पता नहीं कौन है, पूरा नंगा। देखो, वह हमारी ओर ही नज़रें गड़ाए हुए है।"

मुझे याद आया, जब हमें एक पागल बुड्ढे ने यह सूचना दी थी कि आम की बगियारी में तापस की लाश लटक रही है, शिबू देखने जाना नहीं चाहता था। मेरी ही ज़िद पर वह वहाँ गया था। तब तक पूरे गाँव में चर्चा फैल चुकी थी। काफी भीड़ लगी थी वहाँ। पड़ोस के पुलिस थाने से दो हवलदार और चांडाल बुलाए जा चुके थे। लाश को उतारा जा चुका था। डाल में गाँठ पड़ जाने से फन्दे को खोला नहीं गया था, चाकू से काटकर एक तरफ़ रखा गया था। रस्सी का कुछ हिस्सा अभी डाल से लटक रहा था। तापस की माँ छाती पीट-पीटकर रो रही थीं। कह रही थीं, "आख़िर उस चुड़ैल ने मेरे बेटे को लील ही लिया। मिल गई शान्ति अब उसे।"

उसकी माँ का विलाप सुनकर शिबू ने फुसफुसाते हुए मुझे वहाँ से चलने को कहा था। जब मैंने कोई तवज्जो न दी तो थोड़ी देर में वह स्वयं वहाँ से निकल गया। बाद में मैंने उसे चारों ओर खोजा, वह नदी के किनारे उसी चट्टान पर बैठा मिला जहाँ तापस अक्सरहाँ बैठा करता था। जब मैं वहाँ पहुँचा, एक पल के लिए उसकी पीठ देखकर लगा, वह नहीं तापस है। घुटनों में अपना सिर दबाए बैठा शिबू धीमे-धीमे रो रहा है, इसका पता थोड़ी देर बाद उसकी पीठ को एक लय में हिलते देखकर हुआ। मैं दबे पाँव उसके पास पहुँचा और ज्यों ही उसकी पीठ को सहलाया, वह डर के मारे एकबारगी चीख़ पड़ा। "मैं हूँ यार!" मैंने कहा तो उसने आस्तीन से आँसुओं को पोंछा और एक भद्दी-सी गाली निकाली। वह गाली मेरे लिए नहीं थी, मैं जानता था। वह अक्सर अपनी माँ के लिए यही गाली निकालता था, लेकिन अबकी यह गाली उसकी माँ के लिए भी नहीं थी, यह भी मैं जानता था। तब मुझे उस पर ग़ुस्सा आया।

"ज़बान सँभाल के बात किया कर, इसमें उस बेचारी का क्या दोष है?"

उसने मेरी दोनों बाँहों को पकड़कर झकझोरते हुए कहा, "यार, मैं उसे तुझसे ज़्यादा जानता हूँ। तू उससे बचकर रहना, वर्ना तुझे भी खा जाएगी एक दिन।" इतना कहकर वह दुबारे से रोने लगा। अबकी मैंने उसे चुप नहीं कराया। सचमुच तब मैं भी डर गया था।

इसके बाद शिबू बीमार पड़ गया। एक दिन मैं उसके घर पर था। सुबह का समय था। नैना भी वहीं थी। उसकी माँ शिबू की पट्टियाँ कर रही थीं। अचानक आँगन में बँधे तार से अँगोछा उतारते हुए नैना ने अपनी माँ से कहा, "मैं नदी पर नहाने जा रही हूँ।" मैंने देखा, उसकी माँ थोड़ी असहज हुईं, फिर बोलीं, "आज यहीं नहा ले।"

नैना ने मेरी जानिब इशारा करते हुए कहा, "दादा को साथ लिए जा रही हूँ। डरने की कोई बात नहीं, घंटे-भर में आ जाएँगे। दादा को बहुत दिनों से टाल रही थी, आज जाने दो।" कहना न होगा, वह साफ़-साफ़ झूठ बोल रही थी, लेकिन मुझसे कुछ कहते न बना।

उसकी माँ ने मेरी तरफ़ देखा। उचटे स्वर में कहा, "ख़याल रखना कोई देख न ले।"

मैं न चाहते हुए भी उठा और नैना के साथ हो लिया। रास्ते में मैंने पूछा, "तुमने झूठ क्यों कहा?"

"मेरी मर्ज़ी। तुम्हें वहीं के वहीं बता देना था कि मैं झूठ बोल रही हूँ।"

"मेरे बताने से भी क्या काकी मान लेतीं कि तू झूठ बोल रही है?"

"वही तो।" वह इतराकर बोली। उसका यह इतराना मुझे बाज़ारू क़िस्म का लगा। ताव में आकर मैंने कहा, "आज तुझे नदी के उस पार नहीं जाने दूँगा।"

"अच्छा?" उसने ललकारने के स्वर में मेरी तरफ़ तिरछी नज़रों से देखते हुए कहा। उसकी बाईं आँख के सफ़ेद कोये में एक तिल था जो अभी साफ़-साफ़ दिख पड़ा।

"आख़िर क्यों कर रही है ये सब?" मैं लगभग गिड़गिड़ा रहा था। मुझे अपनी आवाज़ से नफ़रत हुई।

"तुम करो तो ठीक और मैं करूँ तो ग़लत?"

"मैंने क्या किया आज तक तेरे साथ?" मेरी आवाज़ तेज़ हो गई। उसने उसी अनुपात में धीमे-से कहा, "मैंने क्या रोक रक्खा है? बस तुम भी मुझे न रोका करना।"

स्वीकार करता हूँ कि जब से नैना ने हमारे घर पर काम करना शुरू किया था, मेरे मन में उसके प्रति जो भावनाएँ पहले थीं, बदलने लगी थीं। उस दिन जब नैना ने नदी पार चलने की ज़िद की, मैंने मना कर दिया। वह अकेले ही गई। मैं चट्टान पर बैठा उसे दूर तक देखता रहा। धीरे-धीरे तैरते हुए उसका आकार छोटा होता जाता था और जब वह थोड़ा-सा कुछ भी नहीं बची, मैंने आँखों का रुख़ मोड़ लिया। उसे

लौटने में तक़रीबन एक-सवा घंटा लगा। इतनी देर तक मैं वहाँ क्यों बैठा रहा, और बैठे-बैठे क्या कुछ सोचता रहा, पता नहीं। लौटी तो वह थोड़ा चुप-चुप थी। मैंने जाने क्यों पूछा, "क्या हुआ? सब ठीक है न?"

वह चुप रही। चुपचाप आकर चट्टान पर बैठ गई। थोड़ी देर बाद मैंने उसके चेहरे से अपनी आँखें हटाकर नदी की पनीली सतह पर लगा दी। इस तरह काफी देर बैठने के बाद मैंने कहा, "देर हो रही है। अब हमें लौटना चाहिए।"

उसने कहा, "अच्छा कुणाल तुम्हीं बोलो, कल को कोई और भी फाँसी लगा ले, इस नदी में डूब मरे, ज़हर खा ले, तो इसमें मेरा क्या दोष?"

मैं चुप रहा।

उसने नदी के उस पार क्षितिज को तकते हुए कहा, "तापस के फाँसी लगा लेने की ख़बर मुझसे भी पहले उस पार पहुँच चुकी थी। ख़बरें क्या तैरते हुए जाती हैं, या कि उड़ते हुए?" फिर वह अपनी इस बात पर ख़ुद ही हँस पड़ी। उसकी हँसी की तमाम मांसलता छीज चुकी थी और अन्त तक आते-आते उसकी हँसी की अस्थि-पंजरियाँ साफ़-साफ़ गोचर हो रही थीं।

मैं चुप रहा।

उसने कहा, "तुम बहुत अच्छे हो। सब तुम्हारे जैसे नहीं होते।"

धूप में अब तक उसकी देह से चिपके गीले कपड़े सूखने को थे। फिर भी वह आड़ में चली गई। लौटी तो उसने कपड़े बदल रखे थे। हम बीमार क़दमों से घर को लौट पड़े।

शिबू से मेरे सम्बन्ध अब पहले से बेहतर थे। तापस की आत्महत्या को लेकर उसके मन में जो ग्रन्थि समा गई थी, उससे वह काफी हद तक उबर चुका था। नदी किनारे हम फिर से जाने लगे थे। अब तक हमने अच्छी तरह से तैरना सीख लिया था। कभी-कभी हम नदी के पार चले जाते। तैरना एक नशे की मानिन्द था और जब तक हम पूरी तरह से थक न जाते, घर लौटने का नाम नहीं लेते। ख़ासकर तैरते हुए जब हम नदी की देह के ऐन बीचोंबीच होते, लगता हम किसी गोलार्द्ध की सबसे ऊपरी नोक पर टिके हैं और हमारे चारों तरफ़ सिर्फ़ पानी ही पानी है। पृथ्वी कितनी गोल है, यह तैरते हुए ही जाना जा सकता है।

कभी-कभी ऐसा होता कि तैरते हुए हम दोनों में से कोई एक दस रस्सी-भर आगे निकल जाता। तब पीछे छूटे हुए को एक बेचैनी-सी घेर लेती। लगता, यदि उसने तेज़ हाथ-पाँव न मारे तो बस डूब ही जाएगा। लगता, पूरी दुनिया निकली जाती है और वह अकेला छूट गया। लगता, पीछे कोई तापस है जो हमारे पैरों को बाँधे दे रहा है, अपनी ओर, पीछे से और पीछे खींचे लिए जा रहा है। तब सचमुच डर लगता।

पता नहीं ऐसा कैसे होता कि ऐन तभी सामने वाला पीछे छूट गए की मानसिकता को भाँप लेता और जान-बूझकर उसकी गति धीमी पड़ जाती। ऐसे ही एक बार जब मैं आगे था तो एक हल्की-सी आवाज़ आई पीछे से। तैरते हुए नदी की आवाज़ से थोड़ा अलग इस आवाज़ को सुनकर मैंने पूछा, "शिबू?...आ जा यार, थोड़ा तेज़ चला हाथ।" कोई प्रतिक्रिया नहीं। मैं थोड़ा धीमा हुआ। रुका। मेरे पैर नीचे हुए। मुड़ा। देखा। शिबू कहीं नहीं था।

हाँ, मैं डर गया। शिबू के लिए भी, और पूरी नदी में ख़ुद को एक-अकेला पाकर भी।

मैंने डरते हुए आवाज़ लगाई, "शिबू-शिबू।" इधर-उधर देखा। नहीं, वह कहीं नहीं था।

मैंने अपनी सोच को तत्काल के लिए स्थगित किया और विपरीत दिशा में तैरने लगा। पानी की सतह, जो अब तक मेरे रुकने पर भँवर-सी बनाती हुई ठोस हो चली थी, अब फिर से दो-फाड़ हुई मुझे रास्ता दे रही थी। लेकिन उसे चीरने की वह ख़ुशी अब नदारद थी जब हम आगे की दिशा में तैरते हैं। तब हमें लगता है कि हम मैदान जीतते हुए आगे बढ़ते सिकन्दर-से हैं। लौटते हुए हम अपने द्वारा कभी खोले गए अध्याय को बन्द करते चलते-से प्रतीत होते हैं।

घाट के क़रीब जैसे ही मेरे पैर ज़मीन से छूने लगे, मैंने एक दौड़ लगाई और सीधा घाट पर। एक नज़र फिर से नदी की तरफ़ देखा, वह चुड़ैल ऐसे बह रही थी जैसे इन सबसे उसका कोई देना-पावना नहीं। दूर दृश्य के सुलझेपन में सबकुछ पूर्ववत् था। शान्त, स्थिर। कहीं कोई हलचल नहीं। मैंने महसूस किया कि मेरे घुटने काँप रहे हैं। मैं वहीं सीढ़ियों पर उकड़ू होकर बैठ गया। मितली-सी आने लगी। फिर अचानक मैं रोने लगा और देर तक हिचकियाँ लेता रहा।

मुझे उम्मीद थी कि थोड़ी देर में शिबू लौट आएगा। मैंने एक बार शुरू से सबकुछ सोचा, कैसे हम एक साथ पानी में उतरे थे, थोड़ी दूर तक साथ-साथ ही तैरना हुआ था। फिर मेरी गति बढ़ी और बढ़ती ही गई थी। फिर पीछे से आने वाली आवाज़ पर मैंने ग़ौर किया, क्या वह शिबू था? मैंने दिमाग़ पर ज़ोर डाला कि उसने क्या कहा होगा। क्या उसने ये कहा था कि वह थक गया है और लौट रहा है? उसकी आवाज़ सुनने के बाद मैं फौरन तो पीछे मुड़ा नहीं था, कोई दसेक मिनट तक तैरता रहा। जान-बूझकर अपनी गति धीमी कर ली थी कि वह कवर कर ले। उससे कहा था कि वह तेज़ी से अपने हाथ-पाँव चलाए।...और तब कहीं मैं मुड़ा था। क्या इस बीच वह लौट चुका था? अभी वह घर पर तो नहीं?...और मैंने तुरन्त अपने कपड़े पहने और तेज़ क़दमों से उसके घर की तरफ़ चल पड़ा।

जब मैं उसके घर के दरवाज़े पर खड़ा था, भीतर से घरेलू खटर-पटर सुनाई पड़ी थी। दरवाज़ा मुस्करा रहा था, उसकी कुंडी जीभ बिरा रही थी। जिस डर ने

अब तक मेरा साथ छोड़ा हुआ था, वह लौट आया। मैंने काँपते हाथों से कपाट को धकेला। भीतर काकी थीं। पूछा, "शिबू कहाँ है काकी?"

"कौन?" काकी ने जैसे मेरा प्रश्न नहीं समझा।

मैंने हिचक को एक झटके में दूर धकेलकर पूछा, "शिबू?"

और तभी मैंने महसूस किया कि जैसे मेरे भीतर कुछ आकार ले रहा है, नाभि के पास एक हौल-सी उठ रही है, जिसके बाद मुझे राहत मिली। मैंने अपने-आपको तनते हुए पाया। मेरी रीढ़ ने आसपास की हवा में अब तक अपना सन्तुलन गाँठ लिया था।

"वह तो तेरे साथ ही होगा न?" काकी जैसे स्पष्ट नहीं थीं। उनकी इस उलझन ने मुझे बल दिया और जब जवाबदारी में मैंने जब अपना मुँह खोला तो अब तक मेरे भीतर पूरी तरह से आकार ले चुका वह झूठ अपनी पूरी भव्यता के साथ निकला, "नहीं तो। मैंने तो उसे सुबह से ही नहीं देखा।"

"तो कहीं माठ में तो नहीं खेल रहा?"

"यहाँ आने से पहले मैं गया था माठ की तरफ़। वहाँ उसे न पाकर ही यहाँ आया हूँ।"

"होगा यहीं कहीं, कहाँ जाएगा भला! आओ, चाय बनाती हूँ।"

मैं वहाँ कोई आधे घंटे के आसपास बैठा। चाय पी और नैना से हल्की-फुल्की बातें कीं। मुझे अहसास हो रहा था कि नैना से बातचीत में इस बीच मेरे भीतर जो ठंडापन आ गया था, वह अब नहीं रहा। यह भी, कि नैना को मेरी यह ख़ुलूसी भा रही थी। काकी ने हमें थोड़ी देर के लिए अकेला छोड़ा तो मैंने उस दिन नैना को दुबारे चूमा। देर तक।

रात में जब मैं पढ़ रहा था, माँ आईं और प्यार से मेरे सिर पर हाथ फेरते हुए पूछा, "क्यों रे, तुझे सच्ची नहीं पता कि शिबू कहाँ गया?"

"मतलब?" मुझे ग़ुस्सा आ गया। अब तक जिस झूठ को मैं झूठ मानकर बोलता आया था कि शिबू के बारे में मुझे कुछ नहीं पता, इतनी देर में वह सच का स्थानापन्न बन गया था। अब सचमुच ही शिबू के बारे में मुझे कुछ नहीं पता था।

"उसके घर में सब परेशान हैं। तेरे साथ ही तो लगा रहता था हमेशा। तुझे बताया तो होगा उसने कुछ?"

"हाल-फ़िलहाल तो कुछ नहीं बताया, लेकिन एकाध महीने पहले कह रहा था कि वह मुम्बई जाना चाहता है।"

"बम्बई? क्यों भला?"

"वहाँ सब किसलिए जाते हैं माँ? फ़िल्मों में काम करने, और क्या?"

शिबू के घर रोना-पीटना मच गया। काकी छातियाँ कूट रही थीं और नैना भी दबे-दबे रो रही थी। पिताजी का बुलावा आया और उन्होंने मुझे खींचकर एक तमाचा रसीद किया। पूछा कुछ नहीं। मैंने अब तक जिस रुलाई को स्थगित कर रखा था,

उसे बाहर आने का बहाना मिला और मैं देर तक रोता रहा। माँ मेरी पीठ सहलाती रहीं, बोलीं कुछ नहीं।

खाने के वक़्त जब नैना मेरे कमरे में आई, मैं चुपचाप खिड़की से बाहर देख रहा था। हम खाना साथ ही खाते थे, लेकिन उस दिन मैंने अपने कमरे पर मँगवा लिया था। माँ ने नैना के ज़रिये काकी को भी बुलवा लिया था। काकी अब भी बीच-बीच में रोती जा रही थीं। नैना न सिर्फ़ मेरा, बल्कि अपना खाना भी लाई थी। उसने बताया कि माँ ने कहा था कि मुझे अकेला न छोड़े। मैंने कहा था कि ढँककर रख दो, अभी खाने की इच्छा नहीं है। नैना ने कहा था, उसे भूख लगी है। मैंने उसे अपने पास खींच लिया और हम एक-दूसरे को बेतहाशा चूमने लगे। जब मैंने नैना की कमीज़ में हाथ डालना चाहा, तो उसने बरजते हुए कहा कि फट जाएगी। "फट जाने दे।" मैंने कहा था। "अभी नहीं, रात में आऊँगी।" उसने कहा। "मुझे छूकर क़सम खाओ।" मैंने कहा। वह हँसने लगी। उसने अपने होंठों से मुझे छू लिया।

और वह आई। रात के कोई दो बज रहे थे। मैं उसके आने का वायदा भूलकर सो गया था। जगा तब, जब लगा कि बिस्तरे में मैं अकेला नहीं हूँ। मैंने उसे दबोच लिया। उसकी हँसी घुँघरुओं-सी थी। उसने भीतर वही अधोवस्त्र डाल रखे थे, जिन्हें मैंने ख़रीदा था। जल्द ही हमारी साँसें तेज़ हो गईं। यह मेरा पहला अनुभव था।

दो दिन और तेरह घंटे बाद मुहल्ले में इधर-उधर घूमते रहने वाले उसी बौड़म ने आकर ख़बर दी कि यहाँ से दो-ढाई किलोमीटर दूर पंछेड़ गाँव में शिबू की लाश किनारे लगी दिखी है। कहीं फिर से बह न जाए, इसलिए वह किनारे एक तेंतुल गाछ के तने से उसे बाँध आया है। पिताजी को जगाया गया, गाँव के कुछ लोगों और चांडाल को लेकर वे पंछेड़ गए। काकी और नैना भी जाना चाहती थीं, लेकिन माँ और गाँव की कुछ अन्य बुज़ुर्ग महिलाओं ने उन्हें जाने से बरज दिया। काकी रो नहीं पा रही थीं। नैना मेरी तरफ़ देखे जा रही थी, लगातार।

शिबू की लाश बेतरह फूल गई थी। कौव्वों ने कई जगह चोंच मारे थे और बाईं आँख की कौड़ी फूट गई थी। चांडाल ने पिताजी से दारू के पैसे लिए, पिया, फिर इस स्थिति में आया कि लाश को ढोकर ले आ सके। तय हुआ कि वहाँ से सीधे श्मशान ले जाया जाए। जब हम लौटें तो संस्कार कर के ही लौटें। उसी हत्यारी नदी में उसके फूल सिराए गए। फ़िलहाल काकी को बताया गया कि लाश शिबू की नहीं, किसी और की थी। पगले ने ग़लत सूचना दी थी। घर लौटने के बाद काकी ने मुझसे रोते हुए पूछा था कि क्या यह ख़बर सच है कि वह शिबू न था? मैंने कहा, हाँ। और अपने कमरे में चला आया।

उस दिन पहली बार माँ को झूठ बोलते हुए देखा जब वे काकी को कह रही थीं कि शिबू ने जाने से पहले उनसे कुछ रुपये लिए थे। मैं कहाँ जानती थी कि मुआ

बम्बई जाने के लिए ले रहा है। मैंने सोचा, दोनों बच्चे साथ रहते हैं, सिनेमा-विनेमा देखने के लिए मेरे बेटे ने ही उसे भेजा होगा कि जा माँ से माँग ला। धीरज रखो, एक-दो दिन में लौट आएगा।

देखा था, काकी बहुत आश्वस्त लग रही थीं। सेहन के पाए से लगी नैना अब भी मुझे देखे जा रही थी।

दोपहर में खाना खाते हुए मैंने माँ से कहा, "मुझे नहीं पता वह नदी के पास क्यों गया था।"

"सच-सच बता।" माँ ने उठी हुईं भौंहों से देखा। एक पल को मैं ठहरा, कौर निगलते हुए बोला, "तुम्हारी क़सम माँ। वह कहता था कि उसे तैरना सीखना है। लेकिन मुझे तैरना आता नहीं, इसलिए मैं मना कर देता था। तुमने साफ़-साफ़ मना कर रखा है कि मैं नदी पर न जाऊँ—फिर मैं क्यों जाऊँगा भला! उसकी ज़िद पर कभी जाता भी था तो घाट की सीढ़ियों से ही लौट आता था।" सफ़ाई देने के अतिरेक में मैं बालपन की मासूमियत को छूने लग पड़ा था।

उस रात भी नैना आई थी मेरे कमरे में। पूछा था, "तुमने ही डुबोया न?"

मेरी समझ में नहीं आया, मैं उसे क्या जवाब दूँ। वह मेरे पास पलँग पर बैठ गई। मैंने उसे छूना चाहा तो तर्जनी उठाकर उसने बरजा। मैं जहाँ का तहाँ ठिठक गया। बहुत धीमे शब्दों में मैंने कहना शुरू किया। सब सच-सच बता दिया। वहाँ तक जहाँ से मेरे भीतर उस झूठ ने आकार लेना शुरू किया था। वह चुप थी। मैं जाने क्यों रोने लगा था। वह आगे बढ़ी और मेरे चेहरे को अपने कन्धे पर ले लिया। माँ की तरह उसने मेरी पीठ सहलाई थी। माँ की तरह ही वह कुछ न बोली थी।

मैंने अपने को सँभालते हुए उससे पूछा, "क्या तुमने माँ को कुछ बताया है?"

"नहीं।"

"बताना भी मत। वह पूछ रही थीं तो मैंने कहा कि मुझे तैरना नहीं आता।" अब मैं उसे सीधे-सीधे देख रहा था। अब मैं फिर से बदल रहा था।

"लेकिन क्यों किया तुमने?" पूछने की जुम्बिश में उसका चेहरा एक तरफ़ को झुक गया। तेल लगे खुले बालों के लच्छे झूल गए। उसकी आवाज़ में पूछने का खुरदुरापन नहीं, एक कातर थरथराता कौतूहल-भर था।

"मैंने कुछ नहीं किया। अभी सारी बातें बताईं तो तुम्हें।"

वह चुप रही। उसे चुप देखकर मैं डर गया। मैंने हकलाते हुए पूछा, "तुम मेरे कमरे में हो, माँ जानती हैं?" यह एक शुरुआती प्रश्न था, और इसमें शुरू-शुरू का अनगढ़पना शेष था और क्रूरता अभी पूरी तरह से आकार में नहीं आई थी।

"पागल हो क्या? उनको क्यों बताऊँगी?" उसकी आवाज़ में सहसा एक दबी-छिपी सावधानी आ गई। उसने मुड़कर दरवाज़े के कपाटों की तरफ़ देख लिया कि आते हुए उसने उन्हें खुला तो नहीं छोड़ दिया।

"उस दिन मेरे-तुम्हारे बीच जो हुआ, उसके बारे में किसी को पता है?" उसकी इस सतर्कता को देखते हुए अब तक मैं एक शैतानी रौ में आ चुका था। अब मुझे चाहकर भी वह नहीं रोक सकती थी। वह किसी शातिर बिल्ली की तरह तुरन्त इसे भाँप गई।

"तुम मुझे धमकी दे रहे हो?"

"और नदी पार तुम क्यों जाती हो, ये?" मैंने पत्ते खोलना जारी रखा।

वह चुप हो गई।

"चन्दन के बारे में मैंने किसी को नहीं बताया अभी तक।" अब मैं उसे धमकी दे रहा था।

"तुमने ऐसा क्यों किया?" थोड़ी देर चुप रहने के बाद उसने मुझे वापस उन्हीं गलियारों में घसीटने की कोशिश की। लेकिन मैं अपनी जगह से हिलने वाला न था। यह मेरा एकमात्र सहारा था, मेरे पाँव तले की ज़मीन। अब तक मैं अपनी जड़ें बहुत गहरे तक जमा चुका था।

"तापस से तुम्हारा क्या सम्बन्ध था?"

"कुछ नहीं।" जिसके फण को कुचलने की कोशिश की जाए, उसने ऐसी नागिन की तरह फुँफकार कर कहा, "मैंने आज तक उसे अपने को छूने भी नहीं दिया।"

मैंने किसी वहशी उन्माद में उसे अपनी ओर खींच लिया। वह कुनमुनाई तो हाथों से उसकी ठोढ़ी को पकड़कर चूमने लगा। उसके होंठों पर अपने पैने दाँत गड़ा दिये। ख़ून की बिन्दियाँ छलक आईं। मेरी ज़ुबान को ख़ून का स्वाद लग गया।

"तापस से..."

"कहा न कुछ नहीं किया उसके साथ।" वह हाँफने लगी थी। वह अब छूटने का प्रयत्न करना छोड़ चुकी थी। उसका हाँफना वासना से दिप रहा था।

"तुम्हें झूठ बोलते शर्म नहीं आती?" मेरी आँखें छोटी हो आई थीं।

"तुम्हें आती है झूठ बोलने में शर्म?" उसने मेरा कॉलर पकड़ लिया। झकझोरते हुए पूछने लगी, "क्यों किया? क्यों किया?" उसकी रुलाई फूट पड़ी। जैसे वह ढह गई हो, उसने अपने को मुझ पर छोड़ दिया।

"जो भी किया, तुम्हारी वजह से किया।" अबकी यह मैं था जो उसकी पीठ सहला रहा था। यह एक झूठ था, जिससे मैंने चाबुक की तरह उस पर सटाक्-से वार किया था। उसकी पीठ बुरी तरह आहत हुई थी। उसके आँसू मेरे सीने के बालों को सींच रहे थे।

उस रात मैंने उसे बुरी तरह रौंदा।

नैना ने, जैसा कि मुझे उम्मीद थी, किसी को कुछ नहीं बताया।

साल-भर तक वह मेरे साथ वैसे ही पेश आती रही जैसे पहले आती थी। पहले की तरह ही कभी-कभी रात में मेरे साथ हो लेती। पिताजी ने उसके लिए जो लड़का देख रखा था, उससे उसकी शादी तय हो चुकी थी। मुझे लगता था, उस दिन के बाद वह चन्दन को पूरी तरह भूल चुकी है, लेकिन ऐन शादी से दो महीने पहले वह घर से भाग गई। पिताजी और माँ ही नहीं, उसकी इस हरकत से ख़ुद काकी भी स्तब्ध थीं। निश्चित रूप से उन्हें चन्दन के बारे में कुछ भी नहीं पता था।

एक रात जब मैं सोने का यत्न कर रहा था, माँ मेरे कमरे में आईं। पूछा कि क्या इस बाबत मैं कुछ जानता था पहले से?

मैंने कहा, "नहीं।"

['नया ज्ञानोदय', 2011, सं. रवीन्द्र कालिया]

⚙